中华译学倡立信守真

以中华为根 译与学并重

弘扬优秀文传 促进中外交流

拓展精神疆域 驱动思想创新

丁酉年冬月 许钧撰 罗卫东书

中华译学馆·中华翻译研究文库

许 钧◎总主编

# 林语堂著译互文
# 关系研究

李 平◎著

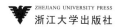
ZHEJIANG UNIVERSITY PRESS
浙江大学出版社

国家社科基金一般项目"林语堂创作与翻译的互文关系研究" （13BYY028）结项成果

林语堂先生

（1895—1976）

# 总　序

改革开放前后的一个时期,中国译界学人对翻译的思考大多基于对中国历史上出现的数次翻译高潮的考量与探讨。简言之,主要是对佛学译介、西学东渐与文学译介的主体、活动及结果的探索。

20 世纪 80 年代兴起的文化转向,让我们不断拓宽视野,对影响译介活动的诸要素及翻译之为有了更加深入的认识。考察一国以往翻译之活动,必与该国的文化语境、民族兴亡和社会发展等诸维度相联系。三十多年来,国内译学界对清末民初的西学东渐与“五四”前后的文学译介的研究已取得相当丰硕的成果。但进入 21 世纪以来,随着中国国力的增强,中国的影响力不断扩大,中西古今关系发生了变化,其态势从总体上看,可以说与“五四”前后的情形完全相反:中西古今关系之变化在一定意义上,可以说是根本性的变化。在民族复兴的语境中,新世纪的中西关系,出现了以“中国文化走向世界”诉求中的文化自觉与文化输出为特征的新态势;而古今之变,则在民族复兴的语境中对中华民族的五千年文化传统与精华有了新的认识,完全不同于“五四”前后与“旧世界”和文化传统的彻底决裂与革命。于是,就我们译学界而言,对翻译的思考语境发生了根本性的变化,我们对翻译思考的路径和维度也不可能不发生变化。

变化之一,涉及中西,便是由西学东渐转向中国文化"走出去",呈东学西传之趋势。变化之二,涉及古今,便是从与"旧世界"的根本决裂转向对中国传统文化、中华民族价值观的重新认识与发扬。这两个根本性的转变给译学界提出了新的大问题:翻译在此转变中应承担怎样的责任? 翻译在此转变中如何定位? 翻译研究者应持有怎样的翻译观念? 以研究"外译中"翻译历史与活动为基础的中国译学研究是否要与时俱进,把目光投向"中译外"的活动? 中国文化"走出去",中国要向世界展示的是什么样的"中国文化"? 当中国一改"五四"前后的"革命"与"决裂"态势,将中国传统文化推向世界,在世界各地创建孔子学院、推广中国文化之时,"翻译什么"与"如何翻译"这双重之问也是我们译学界必须思考与回答的。

综观中华文化发展史,翻译发挥了不可忽视的作用,一如季羡林先生所言,"中华文化之所以能永葆青春","翻译之为用大矣哉"。翻译的社会价值、文化价值、语言价值、创造价值和历史价值在中国文化的形成与发展中表现尤为突出。从文化角度来考察翻译,我们可以看到,翻译活动在人类历史上一直存在,其形式与内涵在不断丰富,且与社会、经济、文化发展相联系,这种联系不是被动的联系,而是一种互动的关系、一种建构性的力量。因此,从这个意义上来说,翻译是推动世界文化发展的一种重大力量,我们应站在跨文化交流的高度对翻译活动进行思考，以维护文化多样性为目标来考察翻译活动的丰富性、复杂性与创造性。

基于这样的认识，也基于对翻译的重新定位和思考，浙江大学于 2018 年正式设立了"浙江大学中华译学馆"，旨在"传承文化之脉，发挥翻译之用，促进中外交流，拓展思想疆域，驱动思想创新"。中华译学馆的任务主要体现在三个层面：在译的层面，推出包括文学、历史、哲学、社会科学的系列译丛，"译入"与"译出"互动，积极参与国家战略性的出版工程；在学的层面，就翻译活动所涉及的重大问题展开思考与探索，出版系列翻译研究丛书，举办翻译学术会议；在中外文化交流层面，举办具有社会影响力的翻译家论坛，思想家、作家与翻译家对话等，以翻译与文学为核心开展系列活动。正是在这样的发展思路下，我们与浙江大学出版社合作，集合全国译学界的力量，推出具有学术性与开拓性的"中华翻译研究文库"。

积累与创新是学问之道，也将是本文库坚持的发展路径。本文库为开放性文库，不拘形式，以思想性与学术性为其衡量标准。我们对专著和论文（集）的遴选原则主要有四：一是研究的独创性，要有新意和价值，对整体翻译研究或翻译研究的某个领域有深入的思考，有自己的学术洞见；二是研究的系统性，围绕某一研究话题或领域，有强烈的问题意识、合理的研究方法、有说服力的研究结论以及较大的后续研究空间；三是研究的社会性，鼓励密切关注社会现实的选题与研究，如中国文学与文化"走出去"研究、语言服务行业与译者的职业发展研究、中国典籍对外译介与影响研究、翻译教育改革研究等；四是研究的(跨)学科性,鼓励深入系统地探索翻译学领域的任一分支领域,如元翻译理论研究、翻译史研究、翻译批评研究、翻译教学研究、翻译技术研究等,同时鼓励从跨学科视角探索翻译的规律与奥秘。

青年学者是学科发展的希望,我们特别欢迎青年翻译学者向本文库积极投稿,我们将及时遴选有价值的著作予以出版,集中展现青年学者的学术面貌。在青年学者和资深学者的共同支持下,我们有信心把"中华翻译研究文库"打造成翻译研究领域的精品丛书。

许 钧

2018 年春

# 目　录

# 第一章　绪　论

　　林语堂是现代著名双语作家、语言学家、翻译家,由于他生活在特殊的历史时代,其作品和思想一直难以系统地整理。因地域关系,大陆研究者主要研究其在大陆发表的中文著译,台湾研究者研究其在台湾发表的中文著译;国外研究者研究其英文著译。由于学科和专业特点,林语堂作品被划块,现代文学界研究其中文作品,外国文学界研究其英文作品,翻译界研究其译作,结果林氏中文著译与英文著译的研究几乎长期处于割裂状态,中英文著译之间的复杂关系一直难以理顺。如何跨越地域、跨越语言、跨越学科,系统地整理和研究林语堂的著译,在多语境中解读林语堂的思想及其互文关系? 这是笔者在本书中试图解决的问题。查明建提出,从互文性的角度审视中外文学关系是一个较好的视角。[①] 笔者认为,从互文性角度研究林语堂先生的创作与翻译,将有助于改变林氏中文著译与英文著译间互相割裂的状态。

　　本章以互文性的流变及其主要特征为切入点,对互文性的概念进行界定,明确本书所研究的互文关系的范围;同时,解读中西方互文、互文性的来源及阐释,比较两者之同与异。笔者认为,借用西方理论来重新审视中国理论,或者从中国理论出发来引入西方理论,有利于中西方的互通互动,进而为理论的传承与发展提供新思路。中外研究者应求同存异,共同

---

① 查明建. 从互文性角度重新审视 20 世纪中外文学关系——兼论影响研究. 中国比较文学,2000(2):33-49.

发展。本章还对林语堂著译的互文关系研究现状进行了综述,并指出林语堂著译中可能存在的互文关系。

## 第一节　互文性及其主要特征

在写作之前,有必要对一些概念进行界定,以避免术语和语义上的错误与混淆。首先要区分中国传统的互文与西方的互文之间有哪些同与异,其次是界定引用、暗示、仿作、参考、对拟、抄袭、参考资料等术语。

"互文性"(intertextuality)是一个新的文艺理论概念,1966 年由法国著名语言学家、文艺批评家朱莉娅·克里斯蒂娃(Julia Kristeva)创造。前缀 inter-表示"在……之间,相互",intertext 表示两个或几个文本之间的关系。在她看来,单独的文本是不存在的,所有文本都存在相互的关系,互为文本。不过,互文性并非无中生有,而是有其理论根源的。虽然沃顿和斯蒂尔(Worton & Still)在《互文性:理论与实践》一书中将其追溯到柏拉图[1],但是,一般学者认为,互文性的学术渊源来自索绪尔的结构主义语言学和巴赫金的诗学美学思想[2]。罗兰·巴特(Roland Barthes)认为:"我们当然不能把互文性仅仅归结为起源和影响的问题;互文是由这样一些内容构成的普遍范畴:已无从查考出自何人所言的套式,下意识的引用和未加标注的参考资料。"[3]克里斯蒂娃的确是受到了巴赫金的影响,在《如是》(*Tel Quel*)杂志发表的一篇题为《词、对话和小说》("Le mot, le dialogue, le roman", 1966)的文章中第一次使用了这个术语。在另一篇题为《封闭的文本》("Text clos", 1967)的文章中进一步明确了定义——"一篇文本中交叉出现的其他文本的表述"[4]。后来,菲利普·索莱尔斯

---

① Worton, M. & Still, J. (eds.). *Intertextuality: Theories and Practices*. Manchester and New York: Manchester University Press, 1990: 2.
② 赵渭绒. 西方互文性理论对中国的影响. 成都:巴蜀书社,2012:65.
③ 转引自:萨莫瓦约. 互文性研究. 邵炜,译. 天津:天津人民出版社,2003:12.
④ 转引自:萨莫瓦约. 互文性研究. 邵炜,译. 天津:天津人民出版社,2003:3.

(Philippe Sollers)重新定义了互文性:"每一篇文本都联系着若干篇文本,并且对这些文本起着复读、强调、浓缩、转移和深化的作用。"①

"互文"一词并不是外来词,在中国早已存在。但是,对于互文一词的由来及其意义的延伸却有不同的说法。经刘斐考证,《淮南子》注中四次出现"互文"一词,且均指同义互文②。刘斐考证后还发现,"'互文'这一术语由郑玄最早提出,互文辞格也由郑玄最早发现"③。我国汉代经学家在注释经书时注意到"文"之间存在某种互动关系,并自觉使用"互文"等"互"类术语来指称。"互"类术语大致可以分为两类:(1)总括性互文标签(只是揭示出"文"之间有互动关系,而未明示有何种互动关系)——互文、互辞;(2)明示性互文标签(明示出"文"之间具体的互动关系)——"互言、互举、互相明(互明)、互相见(互见)、互相成、互相足、互相备、互相挟"④。但是,郑玄等经学家并没有对"互文"进行深入研究,更没有明确地阐释"互文"的内涵及其形成机制。

唐代贾公彦对互文理论进行了系统总结。他不仅研究了互文辞格的形成机制,还探索了互文的理解机制。但是,正如刘斐所言,在我国传统互文理论建构的过程中,贾公彦起着双刃剑的作用⑤。他是我国第一位对传统的互文进行理论总结,并对"互文"的内涵、形成机制加以研究并准确概括的开拓者;但另一方面,他对互文机制的研究有着不容忽视的缺陷:

> ……贾公彦试图将类型多样的互文仅仅局限于互文辞格,将原本涵盖"文"之间各种互动关系的互文局限为仅仅表示前后文交错省

---

① 转引自:萨莫瓦约. 互文性研究. 邵炜,译. 天津:天津人民出版社,2003:5.
② 刘斐. 中国传统互文研究——兼论中西互文的对话. 上海:复旦大学博士学位论文,2012:47.
③ 刘斐. 中国传统互文研究——兼论中西互文的对话. 上海:复旦大学博士学位论文,2012:i.
④ 刘斐. 中国传统互文研究——兼论中西互文的对话. 上海:复旦大学博士学位论文,2012:271.
⑤ 刘斐. 中国传统互文研究——兼论中西互文的对话. 上海:复旦大学博士学位论文,2012:77.

略、参互见义的一种修辞格，极大地影响了后世的研究轨迹。后世学者基本沿着贾公彦的道路，将"互文"仅视为互文辞格，在互文辞格的狭小空间进行研究……①

也就是说，我国传统互文一开始并非局限于互文辞格，也并非局限于文本内，只是后来越用越窄。中国并没有如西方那样完整、系统、独立的互文理论，中国的传统互文只是修辞学的一个辞格，但这并不表示中国文学中没有西方意义的互文现象和互文思想。实际上，"传统文献中存在大量独具中国特色的语言现象，虽然这些现象古人并不将其视为'互文'，但其实际上与西方互文性理论关注的现象具有相通之处"②。中国传统文化中的"对诗词""对对联"与民间"对山歌"，乃至流传至今的酒令文化等，都是互文现象。

另外，在中国古代文论中还存在大量带有互文性思想的论述，这些论述是对西方互文性理论的有益补充。例如，西晋的傅玄提出"引其源而广之，承其流而作之"，陆机提出"或袭故而弥新，或沿浊而更清"都表示应该向过去的作家、作品和传统学习，模仿旧作，并在此基础上创新。

中国的互文与西方的互文之间到底有什么关系呢？两者仅仅是名称的巧合还是有实质的关联？

西方的 intertextuality 其实在中国没有精确的对等词。因此，严格来说，中国的互文与西方的 intertextuality 是两个概念。将西方的 intertextuality 翻译为"互文性"，会让中国读者联想到中国的互文修辞，从而引起一定程度上的误解。为了避免这种误解，有人将其译为"文本间性""间文本性""文际关系""文本互涉""互涉文本""文本互释性"等③。周流溪甚至认为，"文本间性"适合于文学理论、史学理论等领域，对于语言

① 刘斐. 中国传统互文研究——兼论中西互文的对话. 上海：复旦大学博士学位论文，2012：78.
② 刘斐. 中国传统互文研究——兼论中西互文的对话. 上海：复旦大学博士学位论文，2012：261.
③ 甘莅豪. 中西互文概念的理论渊源与整合. 修辞学习，2006(5)：19.

学,"语篇间性"更合适。① 同一个英文词在不同领域翻译成不同术语,是很常见的现象。但是,学术界大多数使用"互文性"或"互文"这个译名,按照约定俗成的翻译原则,没有必要再翻译成其他词语,以免造成术语的泛滥。因此,本书一律使用"互文"来指代 intertext,用"互文性"来指代 intertextuality。

早在 20 世纪 60 年代,克里斯蒂娃就已提出"互文性"这一概念,但由于历史原因,我国学界直到 80 年代才对互文性理论有所了解。80 年代初,张隆溪发表了一系列文章,比较系统地向国内文学界介绍了西方文论,其中之一就是克里斯蒂娃的互文性理论。

> 由于一篇作品里的符号与未在作品里出现的其他符号相关联,所以任何作品的本文②都与别的本文互相交织,或者如朱丽娅·克利斯蒂瓦所说:"任何作品的本文都是像许多引文的镶嵌品那样构成的,任何本文都是其他本文的吸收和转化。"③

这是克里斯蒂娃及其"互文性"首次被介绍到中国。在该文中,张隆溪首次把 intertext 翻译成"互文",把 intertextuality 翻译成"互文性",后来的研究者大多接受这些译名。张隆溪甚至把西方的互文性与中国诗文中的用典做了比较,最早提出了互文性与用典的同与异。

> 中国诗文讲究用典,往往把前人辞句和文意嵌进自己的作品里,使之化为新作的一部分……但"互文性"不仅指明显借用前人辞句和典故,而且指构成本文的每个语言符号都与本文之外的其他符号相关联,在形成差异时显出自己的价值。没有任何本文是真正独创的,所有的本文(text)都必然是"互文"(intertext)。"互文性"最终要说

---

① 周流溪. 互文与"互文性". 北京师范大学学报,2013(3):141.
② 张隆溪在该文中把 text 译为"本文",现在一般译为"文本"。
③ 张隆溪. 结构的消失——后结构主义的消解式批评. 读书,1983(12):99. 引文中,Julia Kristeva 的译名尊重原译,不做统一。

明的是:文学作品的意义总是超出本文范围,不断变动游移。①

在张隆溪看来,西方的互文性理论与中国的用典不是同一层次的概念,前者的内涵要远远大于后者,中国的用典只是西方互文的一种形式而已。西方的互文认知机制可以概括为"嵌入即互文",具体表现为"形式嵌入即互文"与"联想嵌入即互文"。我国传统互文认知机制的两大原则——"相似即互文"与"互补即互文",实际为西方互文"联想嵌入即互文"原则的具体表现②。也就是说,中国传统的互文,尽管历史悠久,其内容只是西方互文的一部分。

关于互文性的研究范围,国内外至今没有定论。法国互文性理论大师热拉尔·热奈特(Gérard Genette)在《隐迹稿本》中提出了五种跨文本关系:

第一种类型是狭义互文性。这种互文性有明显的"事实依据",引用是这种互文关系中最为常见的形式。除了这种带引号的引用,还有一种不带引号、秘而不宣的"引用",如剽窃、寓意。不过,这种不太明显的互文关系有赖于读者的互文阅读能力。

第二种类型是副文本关系。副文本指正文的附属性东西,比如标题、副标题、前言、序、前边的话、后记、告读者、致谢、插图、封面、插页、护封等,还包括作者亲笔留下的赠言、读者的旁批、眉批、笺注、标签等。

第三种类型是元文本性。这种互文性是一种批评关系,指的是联络文本 A 与文本 B 之间的评论关系。文本 B,可以引用所评论的文本 A,也可以不引用,甚至绝口不提所评论的文本 A,而是映射或暗指。

第四种类型是承文本性。这是联络文本 A 与文本 B 之间的非评论性关系,改写是这种互文关系中最为常见的形式。也就是说,文本 B 是从已经存在的文本 A 派生出来的,没有文本 A 就没有文本 B,但是在文本 B 中

---

① 张隆溪. 结构的消失——后结构主义的消解式批评. 读书,1983(12):99.
② 刘斐. 中国传统互文研究——兼论中西互文的对话. 上海:复旦大学博士学位论文,2012:ii.

可能直接提到文本 A,也可能不提。

第五种类型是广义文本性。这种关系往往以隐蔽的方式出现,秘而不宣,最多在副文本里提示一下。这种关系包括言语类型、陈述方式、文学体裁等。①

热奈特提出的这五种跨文本关系,其实是相对意义上的互文关系,因为这五种关系是互相交织的。同一个文本,对不同读者的唤起程度不同,其阅读深度就不同。它既可能是互文性的,也可能是承文本性的,还可能是元文本性的,只是程度不同而已。热奈特的这五种类型,涵盖了一切可能的互文关系。相比之下,萨莫瓦约(Tiphaine Samoyault)对互文的分类则更具体、明确。

萨莫瓦约也认为互文的方式有多种样式,如引用(citation)、暗示(allusion)、参考(reference)、仿作(pastiche)、戏拟(parody)、抄袭(plagiarism),以及各式各样的照搬照用②。他把这些互文方式分为两种关系:共存关系和派生关系。

> 引用、暗示、抄袭、参考都是把一段已有的文字放入当前的文本中。这些互文手法都属于两篇或几篇文本共存,即多多少少把已有的文本吸收到当前文本中,以建立甚至掩盖当前文本所汇集的典籍。③

共存类别下的引用、暗示、抄袭、参考,"都是把一段已有的文本放入当前的文本中",它们的区别在于共存的迹象程度不同。有的是有标识的引用,如斜体字、引号、另列的文字,或辅文,如脚注、尾注、附录、表格、缩进、索引等。由于特殊的排版标志,这些引用可立即被识别出来。有的是无标识的引用,如暗示、抄袭、参考资料。暗示通过文本中一些模糊迹象表明互文的存在,通过提到一个名字(某位作者、某个文本中的人物)或者一个题目及其相关信息,从而反映出若干篇文本或人物。"暗示并不是一

---

① 赵渭绒. 西方互文性理论对中国的影响. 成都:巴蜀书社,2012:133-138.
② 萨莫瓦约. 互文性研究. 邵炜,译. 天津:天津人民出版社,2003:ii.
③ 萨莫瓦约. 互文性研究. 邵炜,译. 天津:天津人民出版社,2003:36.

目了然的,作者与读者之间需要有一种默契方可看出暗示所在。暗示比其他互文手法更依赖阅读效果:正如它可能不被读出一样,它亦可能被无中生有。"①抄袭是指引用他人的作品(文字或思想)而不说明出处。但是,究竟什么情况算剽窃,什么情况是创造性的模仿,两者的界限却不容易明确界定。参考资料是"通过一个书名、作者名、人物名或特定形势下的发言等来谈到相关文本"②,而不是作为援引文本出现的。因此,与其他互文手法比起来,参考资料更难以判断。热奈特的互文分类就没有包含参考资料。总之,参考资料、暗示和抄袭的互文关系具有不明确性或偶然性,读者欲辨识这些互文关系,需要靠他们自己通过记忆、查阅、询问等方式来填补无标识引用的空缺。如前所言,无标识的引用依赖于读者的阅读效果:它可能不被认出,也可能被无中生有。派生关系主要有两种形式:戏拟和仿作。"戏拟是对原文进行转换,要么以漫画的形式反映原文,要么挪用原文。无论对原文是转换还是扭曲,它都表现出和原有文学之间的直接关系。"③仿作,顾名思义,是模仿原作,包括风格仿作、体裁仿作、内容仿作等。

　　鉴于学术界对互文性的概念理解和理论发展没有定论,严格意义上说,互文性还是一个发展中的、不稳定的概念,因此,在研究过程中遵循广义的互文性,将共生和派生统称为互文性,应该是可以接受的。另外,如查明建所言,"无论是狭义还是广义的互文性概念,都能有效指涉 20 世纪中外文学复杂的关系"④。本书并非研究互文性本身,而是借助互文性这个理论——同时作为研究方法——来梳理林语堂著译的互文关系,因此,本书的互文性遵循广义的概念,把热奈特和萨莫瓦约的分类都纳入研究范围,以期达到最佳效果。需要说明的是,这里的广义互文性是相对狭义

① 萨莫瓦约. 互文性研究. 邵炜,译. 天津:天津人民出版社,2003:39.
② 萨莫瓦约. 互文性研究. 邵炜,译. 天津:天津人民出版社,2003:38.
③ 萨莫瓦约. 互文性研究. 邵炜,译. 天津:天津人民出版社,2003:41.
④ 查明建. 从互文性角度重新审视 20 世纪中外文学关系——兼论影响研究. 中国比较文学,2000(2):46.

互文性而言的,不是那种大而无当、缺乏必要限制或依据的关系。

互文性是文学的基本特征之一,没有哪个文本是孤立的、独创的、完全不受他人影响的,也就是说,所有文本都是互文的。正如法国蒙田所言,"话语的一半在于言者,一半在于听者"①,作者、听者或读者都是互文性的重要组成部分。就文学接受理论而言,接受包含两个方面:一方面是写作者对文学的接受,另一方面是阅读者对文学的接受。前者是作者对他人文本的接受和应用,后者是读者对作者互文性文本的反应和传播。因此,互文首先是一种阅读效果,从而使互文性的概念更加贴近阅读。无论原作多么优秀,引经据典,旁征博引,用了多少互文手法,但是如果读者不能发现这些互文手法,就无法理解原文字里行间的意味,无法欣赏原文之美,往往会断章取义,形成碎片式阅读。互文性彻底打破了作品原创性的神话,推翻了作者的权威,而赋予读者极大的阐释权利。作者虽然写下这些文字,但是却无法控制"意义的游移"②。文本的意义也不在其自身,而存在于与读者的接触中。对不同的读者而言,同一文本有不同的意义;即使同一读者,不同时间阅读也会产生不同的意义。从理想的角度而言,作者希望读者完全理解其作品,既不要过多阐释,也不要忽略意义,但是实际上,读者对文本的解读是呈垂直轴线而非水平轴线的。换句话说,读者要么过度阐释文本的意义,把作品的意义提升至更高水平;要么对文本理解不足,低估了文本的价值。这两种情形在今天都是常见的,当作者心目中的读者(ideal reader)与实际的读者(actual reader)有相当大的时空距离时,情形更是如此。

罗兰·巴特曾指出:"任何本文都是互本文;在一个本文之中,不同程度地并以各种多少能辨认的形式存在着其他本文。"③萨莫瓦约也明确指出:"一切文学肯定都具有互文性,不过对于不同的文本,程度也有所不

---

① 转引自:萨莫瓦约. 互文性研究. 邵炜,译. 天津:天津人民出版社,2003:81.
② 张隆溪. 结构的消失——后结构主义的消解式批评. 读书,1983(12):100.
③ 转引自:王一川. 语言乌托邦. 昆明:云南人民出版社,1999:250.

同。所以,不管我们分析的是明确加注的引言,是经过证实了的范式,还是来源不明的典故,都必须有三种能力:考据的能力、功能性的能力(以便研究互文性是如何被组织起来的)和语义的能力(以便分析被借用来的话语发生了哪些变化,以及该话语是如何使受文的形式和内容发生变化的)。"①基于此,本书在考据的基础上梳理林语堂著译的互文性,考察这些互文性是如何被组织起来的,以及文本之间发生了哪些变化等。

## 第二节　国内外的互文性研究

互文性自 20 世纪 60 年代诞生,80 年代传入中国,从此遍地开花,理论与实践均得到长足发展。本节先对国内互文性研究成果进行综述,然后论述国外研究成果。

### 一、国内互文性研究

前文提到,20 世纪 80 年代初,张隆溪最先把"互文性"介绍到中国,首次把 intertext 翻译成"互文",把 intertextuality 翻译成"互文性",此后,探讨互文和互文性的论文和著作越来越多。对于互文性理论在我国的传播与发展,研究者一般按年代顺序,将其大致分为三个阶段:第一阶段为 20 世纪 80 年代的早期译介期;第二阶段为 20 世纪 90 年代的系统引介期;第三阶段是 21 世纪开始至今的逐步繁荣期②。这种分类当时有一定的合理性,但是,如果我们拉长时间跨度,就可以发现,这种分类略显粗糙。下面从期刊论文发表、著作出版、国家社科基金项目情况来谈互文性研究在中国的发展。

---

① 萨莫瓦约. 互文性研究. 邵炜,译. 天津:天津人民出版社,2003:115-116.
② 刘斐. 三十余年来互文性理论在中国的传播与发展. 当代修辞学,2013(5):28.

（一）期刊论文发表情况

期刊论文具有时效性强的特点，它承载理论热点和学术前沿，多为学界业界的最新优秀成果。由于受版面限制，论文往往言简意赅，含金量极高，具有很高的学术价值和应用价值。在中国知网（CNKI）以"互文"为主题进行检索（2019 年 9 月 19 日），自 1978 年至 2018 年，共得到 6880 篇各类文章。以"互文性"为主题进行检索，得到 5017 篇各类文章，时间涵盖 1978 年至 2018 年。进一步以"互文"为篇名进行检索，得到 3962 篇各类文章，时间涵盖 1978 年至 2018 年（如图 1-1 所示。因时间关系，2019 年未能完全收录，没有统计意义，故实际收录 3815 篇）。

图 1-1　在知网以"互文"为篇名进行检索（2019 年 9 月 19 日检索）

数据显示，探讨互文的论文数量虽有起伏，但总体呈上升趋势，2011年后基本稳定保持在 300 多篇/年。需要说明的是，早期以"互文"为题的论文，大多从中国修辞学的视角探讨、例释互文或互文见义现象，辨析其与互体、通感、博喻、错文、变文、对文、并提、对偶等修辞格之间的区别。至于西方互文性理论，"几乎均以译文、译著的形式引介入中国"①。1994

---

① 刘斐. 三十余年来互文性理论在中国的传播与发展. 当代修辞学,2013(5):31.

年以后,互文性在中国逐渐得到接受,不仅理论得到广泛深入探讨,而且被尝试应用到各学科领域。其中,最早专门探讨互文性的论文是殷企平的《谈"互文性"》。他在文中指出,在阐释文本时,基于互文性原则,采用文艺创作与文艺批评相结合的手法,这是罗兰·巴特的首倡,已经被西方文艺批评家所接受。① 从已经发表的几千篇论文可以看出,互文性不仅为文艺创作和文艺批评提供了新视角、新思路,还为语言学、翻译、文化、艺术、音乐等提供了新的视角。所以,殷企平认为:"互文性原则还有助于打破文学创作和文学批评之间的界限,甚至有助于打破不同学科之间的界限。"②这个预言是非常正确的。在所有探讨互文的论文中,秦海鹰的《互文性理论的缘起与流变》影响最大,被引 700 多次。秦海鹰首次对互文性这个概念进行了界定:

> 互文性是一个文本(主文本)把其他文本(互文本)纳入自身的现象,是一个文本与其他文本之间发生关系的特性。这种关系可以在文本的写作过程中通过明引、暗引、拼贴、模仿、重写、戏拟、改编、套用等互文写作手法来建立,也可以在文本的阅读过程中通过读者的主观联想、研究者的实证研究和互文分析等互文阅读方法来建立。其他文本可以是前人的文学作品、文类范畴或整个文学遗产,也可以是后人的文学作品,还可以泛指社会历史文本。③

该定义是在借鉴了现有各种定义的基础上综合而成的,为后来的互文性研究奠定了基础,因而为国内研究者所普遍接受。秦海鹰还指出,西方的"互文"与中国传统的"互文"字面上虽有巧合,但两者之间并没有"互文"关系,也不是同一层次的概念,但是两者也有一定的重叠,并非毫无关联。④ 这些互文性理论观点对国内的研究者影响很大,后来的研究者几乎

---

① 殷企平. 谈"互文性". 外国文学评论,1994(2):44.
② 殷企平. 谈"互文性". 外国文学评论,1994(2):45.
③ 秦海鹰. 互文性理论的缘起与流变. 外国文学评论,2004(3):29.
④ 秦海鹰. 互文性理论的缘起与流变. 外国文学评论,2004(3):29.

都是在此基础上继续探讨。

互文性理论引入中国之后,逐渐应用于其他学科。最早将互文性应用于翻译学科的是杨衍松,他在《互文性与翻译》(1994)一文中,把互文性关联归纳为引用(含明引、暗引)、借用、点化、改制、翻新等,并例证如何处理翻译实践中的互文性问题。在翻译界影响最大的两篇论文是蒋骁华的《互文性与文学翻译》(1998)和秦文华的《在翻译文本新墨痕的字里行间——从互文性角度谈翻译》(2002),分别被引185次和233次(2019年9月19日检索)。从语篇角度对互文性理论进行深入研究的论文也很多,其中影响最大的无疑是辛斌的研究。自2000年至今,辛斌在核心期刊发表互文性研究论文9篇,出版专著2部,获得国家社科一般项目一次、重点项目一次。其中《语篇互文性的语用分析》(2000)是语言学领域最早的一篇论文,也是该领域影响最大的一篇,被引366次(2019年9月19日检索)。辛斌认为:"互文性是语篇的一个基本特性,互文性分析构成语篇分析的一个重要方面。"①他从读者或分析者视角,把互文性分为具体(specific)互文性和体裁(generic)互文性②。在比较文学领域,查明建建议从互文性角度重新审视20世纪中外文学关系,因为"互文性研究方法能有效涵括复杂的文学关系现象"③。

(二)著作出版情况

在中国国家图书馆(http://www.nlc.cn/)以"互文"为题进行查阅(2019年9月19日检索),找到67部著作(不完全统计)。以下按出版先后列出41部重要著作:

　　[1] 语篇互文性的批评性分析(辛斌,苏州大学出版社,2000)
　　[2] 福斯特小说的互文性研究(李建波,北京大学出版社,2001)

---

① 辛斌. 语篇互文性的语用分析. 外语研究,2000(3):16.
② 辛斌. 语篇研究中的互文性分析. 外语与外语教学,2008(1):9.
③ 查明建. 从互文性角度重新审视20世纪中外文学关系——兼论影响研究. 中国比较文学,2000(2):44.

［3］中国现代小说互文性研究（程丽蓉，四川人民出版社，2003）

［4］互文性研究（［法］蒂费纳·萨莫瓦约，邵炜译，天津人民出版社，2003）

［5］互文性（王瑾，广西师范大学出版社，2005）

［6］同时代的莎士比亚：语境、互文、多种视域（张冲，复旦大学出版社，2005）

［7］翻译研究的互文性视角（秦文华，上海译文出版社，2006）

［8］文化文本的互文性书写（万书辉，巴蜀书社，2007）

［9］互文视野中的女性诗歌（张晓红，广西师范大学出版社，2008）

［10］当代汉语公共话语中的篇际互文性研究（武建国，上海外语教育出版社，2010）

［11］汉英报纸新闻语篇互文性研究（辛斌，外语教学与研究出版社，2010）

［12］宋诗与白居易的互文性研究（陈金现，文津出版社有限公司，2010）

［13］互文性：在艺术、美学与哲学之间（张贤根，长江文艺出版社，2011）

［14］哥特建筑与英国哥特小说互文性研究（刘怡，四川大学出版社，2011）

［15］游目骋怀：文学与美术的互文与再生（衣若芬，里仁书局，2011）

［16］系统功能语言学视角下的互文性（杨增成，中国社会科学出版社，2012）

［17］西方互文性理论对中国的影响（赵渭绒，巴蜀书社，2012）

［18］狭义互文理论研究与应用（张杰，山西人民出版社，2012）

［19］春蚕与止酒：互文性视域下的陶渊明诗（范子烨，社会科学文献出版社，2012）

[20] 探究莎士比亚：文本·语境·互文（张冲，复旦大学出版社，2012）

[21] 跨文化视角下的林语堂翻译研究（王少娣，上海外语教育出版社，2012）

[22] 台湾女性书写与电影叙事之互文研究（黄仪冠，花木兰文化出版社，2013）

[23] 互文性：文学理论研究的新视野（李玉平，商务印书馆，2014）

[24] 电视艺术的互文性（范侃，光明日报出版社，2014）

[25] 文之舞：网络文学与互文性研究（陈定家，社会科学文献出版社，2014）

[26] 互文翻译的语境重构：以《红楼梦》英译为例（向红，湖南师范大学出版社，2014）

[27] 中国古代小说插图及其语-图互文研究（陆涛，南京大学出版社，2014）

[28] 互文性视角下的中国古典诗歌英译研究（吴迪龙，复旦大学出版社，2015）

[29] 唐·德里罗《第六场》言语行为及互文性研究（杨梅，华中师范大学出版社，2015）

[30] 民族文学语境中的小说互文性研究（李瑛，民族出版社，2016）

[31] 注释、参考文献与新闻类学术语篇的互文性研究（黄小平，中国社会科学出版社，2016）

[32] 语篇互文视角下的演讲修辞性叙事研究（杨家勤，世界图书出版广东有限公司，2016）

[33] 穿越时空的对话：英汉文学文本翻译的互文性研究（范司永，武汉大学出版社，2016）

[34] 互文之雪（蒋静米，暨南大学出版社，2016）

[35] 主体·互文·精神分析:克里斯蒂娃复旦大学演讲集([法]朱莉娅·克里斯蒂娃,生活·读书·新知三联书店,2016,祝克懿、黄蓓编译)

[36] 以物观物:台湾、东亚与世界的互文脉络(杨雅惠,台湾中山大学人文研究中心、台湾中山大学文学院,2016)

[37] 斯奈德寒山诗英译与诗歌创作的互文性研究(谭燕保,武汉大学出版社,2017)

[38] 《论语》与《圣经》的主题互文性研究(么孝颖,同济大学出版社,2017)

[39] 文化互文中的文学批评理论(陈永国,北京师范大学出版社,2017)

[40] 中国现代通俗文学与通俗文化互文研究(范伯群,江苏凤凰教育出版社,2017)

[41] 互文视野下美中诗歌的后现代变构(尚婷,外语教学与研究出版社,2017)

相对于论文而言,著作有一定的滞后性,但是由于其作者有充足的时间对某一问题进行广泛深入的探讨,著作的研究过程或论证过程更系统、更完善,因此,其研究结果更具权威性。从以上列举论著可以看出,2000年以后,国内出版了一系列探讨互文性的论著。有专门探讨互文性理论的译著(萨莫瓦约,2003;克里斯蒂娃,2016)和专著(王瑾,2005;赵渭绒,2012;李玉平,2014),这些著作有助于人们深刻认识和了解互文性理论。但大多数论著探讨互文性理论在各学科领域的应用:有的专门探讨互文性理论在语言学领域的应用(辛斌,2000,2010;杨增成,2012),有的专门探讨互文性理论在文学领域的应用(李建波,2001;程丽蓉,2003;李瑛,2016),有的专门探讨互文性理论在翻译领域的应用(秦文华,2006;向红,2014;范司永,2016),以及在文化、艺术、音乐等领域的应用。

### (三)国家社科基金项目情况

自 2000 年起,互文性研究几乎每年都有国家社会科学基金项目立项。在国家社科基金项目数据库"项目名称"栏键入"互文",我们可以找到 21 个项目,项目类别涵盖重点项目、一般项目、青年项目、西部项目(见图 1-2)。自 2011 年以来,几乎每年都有 2 个以上的互文研究项目,内容涵盖语言学、外国文学、中国文学等学科领域。从研究内容来看,互文研

| | 项目批准号 | 项目类别 | 学科分类 | 项目名称 | 立项时间 | 项目负责人 | 专业职务 |
|---|---|---|---|---|---|---|---|
| ❶ | 17BYY033 | 一般项目 | 语言学 | 话语视域下中外行业语篇互文动态系统研究 | 2017-06-30 | 邓鹂鸣 | 正高级 |
| ❷ | 17BZW032 | 一般项目 | 中国文学 | 抗美援朝文学与1950年代中国报刊漫画的互文研究 | 2017-06-30 | 常彬 | 正高级 |
| ❸ | 16AYY021 | 重点项目 | 语言学 | 中美关系危机话语的互文性与对话性比较研究 | 2016-06-30 | 辛斌 | 正高级 |
| ❹ | 16CZW044 | 青年项目 | 中国文学 | 互文性视角下中国现代作家创作与日本文学翻译研究 | 2016-06-30 | 崔琦 | 中级 |
| ❺ | 15BWW059 | 一般项目 | 外国文学 | 布莱克诗画创作的视觉想象与互文研究 | 2015-06-16 | 应宜文 | 副高级 |
| ❻ | 15CZW048 | 青年项目 | 中国文学 | 晚清民国时期报人小说与报刊新闻的互文性研究 | 2015-06-16 | 康鑫 | 中级 |
| ❼ | 15XZW013 | 西部项目 | 中国文学 | 明清小说互文性研究的专题分析与体系构建研究 | 2015-06-16 | 王凌 | 中级 |
| ❽ | 14FYY014 | 后期资助项 | 体育学 | 现代汉语互文研究 | 2014-09-02 | 徐赳赳 | 正高级 |
| ❾ | 14BZW176 | 一般项目 | 中国文学 | 陶渊明作品互文性研究 | 2014-06-15 | 范子烨 | 正高级 |
| ❿ | 14CZW076 | 青年项目 | 中国文学 | 20世纪中国文学中的互文现象研究 | 2014-06-15 | 李明彦 | 副高级 |
| ⓫ | 13FWW012 | 后期资助项 | 外国文学 | 文化互文本中的文学批评理论 | 2013-11-22 | 陈永国 | 正高级 |
| ⓬ | 13CYY089 | 青年项目 | 语言学 | 中国当代大众语篇中的篇际互文性研究 | 2013-06-10 | 武建国 | 正高级 |
| ⓭ | 13BYY028 | 一般项目 | 语言学 | 林语堂创作与翻译的互文关系研究 | 2013-06-10 | 李平 | 副高级 |
| ⓮ | 13BYY032 | 一般项目 | 语言学 | 茶典籍系列的互文模因追溯及其异译的多维视域融合 | 2013-06-10 | 姜怡 | 正高级 |
| ⓯ | 11BYY034 | 一般项目 | 语言学 | 汉语网络语篇的互文性调查与研究 | 2011-07-01 | 郑庆君 | 正高级 |
| ⓰ | 11BZW005 | 一般项目 | 中国文学 | 中国古代"语-图"互文传统研究 | 2011-07-01 | 张玉勤 | 副高级 |
| ⓱ | 08BYY058 | 一般项目 | 语言学 | 互文视野中的语篇结构研究 | 2008-06-04 | 祝克懿 | 正高级 |
| ⓲ | 06CZW001 | 青年项目 | 中国文学 | 互文性与文学理论基本问题 | 2006-07-01 | 李玉平 | 副高级 |
| ⓳ | 05XZW008 | 西部项目 | 中国文学 | 陕西地缘文学与历史文化渊源互文性研究 | 2005-07-01 | 冯肖华 | 正高级 |
| ⓴ | 04BYY040 | 一般项目 | 语言学 | 英汉报纸新闻互文性的比较研究 | 2004-05-09 | 辛斌 | 正高级 |
| ㉑ | 00BWW001 | 一般项目 | 外国文学 | 互文性问题研究 | 2000-07-01 | 秦海鹰 | 正高级 |

图 1-2 国家社科基金项目数据库以"互文"为题的项目①

———————

① 参见:国家社科基金数据库(2019-09-19)[2019-09-19]. http://fz. people. com. cn/skygb/sk/.

究从早期的纯理论研究,如秦海鹰的"互文性问题研究"(2000 年立项)和李玉平的"互文性与文学理论基本问题"(2006 年立项),发展到理论与实践兼顾。无论是把互文性"当作一个批判武器",还是"一个描述工具"①,今天的互文研究者都更注重实践性和实证性。辛斌认为:"互文性分析必须摆脱纯粹客观描写的实证主义影响,注重语篇互文关系的功能性分析。"②笔者认为,这两者并不矛盾,可以兼容。到底是采用客观描写的实证方法还是对语篇的互文关系进行功能性分析,取决于文本自身。有的文本适宜于采取客观描写的实证方法,有的文本需要进行语篇分析,有的文本则可以兼而有之。

总之,综观近 40 年来互文性在中国的传播与发展,笔者认为,1994 年和 2000 年可以成为两个分界线。1994 年之前主要是译介西方的互文理论。1994—2000 年,互文理论开始被中国学界接受,并被尝试应用于各学科领域。2000 年以后,互文研究在质与量上均出现了飞跃发展,出版了大量译著、专著,发表了大量论文,并持续获得国家社科基金项目资助。理论上,研究者致力于西方"互文性"理论与中国古今诸多文艺理论形成对接、互释;实践中,将互文性理论引入具体文本分析,致力于互文性理论的中国化。

## 二、国外的互文性研究

互文性理论形成于 20 世纪 60 年代,之后被广泛应用于文学批评及翻译。辛斌曾对西方的互文性分类进行了归纳:法国著名文学批评家克里斯蒂娃把互文性划分为水平(horizontal)互文性和垂直(vertical)互文性,詹妮(Jenny)把互文性划分为强势(strong)互文性和弱势(weak)互文性,菲尔科劳(Fairclough)把互文性划分为显著(manifest)互文性和构成

---

① 秦海鹰. 互文性问题研究. (2011-05-15)[2019-09-19]. http://cpc.people.com.cn/GB/219457/219506/219508/219526/14640234.html.

② 辛斌. 语篇互文性的语用分析. 外语研究,2000(3):16.

(constitutive)互文性①。前文提到,萨莫瓦约把互文方式分为共存关系和派生关系②。针对这些分类,中国学者也提出了自己的观点,例如,辛斌把互文性分为具体互文性和体裁互文性③,李玉平把互文性划分为积极互文性和消极互文性④。所有二分法均来自不同的视角,其实大同小异,与互文相关度有关,前者相关性极强,容易辨认,后者较弱,难以辨认。

国外的互文性研究与国内的研究大同小异,既有系统的理论探讨,如艾伦(Allen)的《互文性》⑤、鲍曼(Bauman)的《他人话语的世界:互文性的跨文化视角》⑥,也有互文性在文学、艺术等方面的实践探讨,如勒布(Loeb)的《文学婚姻:乔伊斯·卡罗尔·奥茨短篇小说系列的互文性研究》⑦和马齐尔斯卡(Mazierska)的《欧洲电影与互文性:历史、记忆与政治》⑧。从以上篇名即可看出,在实践探讨方面,前者是探讨文学作品中的互文性,后者是探讨电影中的互文性。在百链云图书馆以"intertextual"为标题进行外文检索,找到相关的外文期刊论文6476篇(见图1-3)。从文章的分类可以看出,互文性主要应用于文学领域,其次是社会科学、语言学、宗教、历史、艺术等。

以语言学为例,早在1978年,韩礼德(Halliday)就将互文性理论应用于语篇研究。他认为互文性存在于语篇之间,并列举了三种类型的语篇

① 辛斌. 语篇互文性的语用分析. 外语研究,2000(3):14.
② 萨莫瓦约. 互文性研究. 邵炜,译. 天津:天津人民出版社,2003:36.
③ 辛斌. 语篇互文性的语用分析. 外语研究,2000(3):14.
④ 李玉平. 互文性新论. 南开学报,2006(3):112.
⑤ Allen, G. *Intertextuality*. London: Routledge, 2000.
⑥ Bauman, R. *A World of Others' Words: Cross-cultural Perspectives on Intertextuality*. Hoboken, NJ: Wiley-Blackwell, 2004.
⑦ Loeb, M. *Literary Marriages: A Study of Intertextuality in a Series of Short Stories by Joyce Carol Oates*. New York: Peter Lang Pub Inc., 2001.
⑧ Mazierska, E. *European Cinema and Intertextuality: History, Memory and Politics*. Basingstroke: Palgrave Macmillan UK, 2011.

图 1-3　在百链以"intertextual"为篇名的检索（2019 年 9 月 19 日检索）

互文性①。第一种类型出现在大语篇中的小语篇，即正在研究的语篇与其他语篇同属某个更大的语篇。例如，同一部小说中，一个章节与其他章节之间存在互文关系。第二种类型出现在正在研究的语篇与同一类型的其他语篇之间。例如，海明威的《太阳照常升起》（*The Sun Also Rises*）与他的《永别了，武器》（*A Farewell to Arms*）、《丧钟为谁而鸣》（*For Whom the Bell Tolls*）、《老人与海》（*The Old Man and the Sea*）等作品存在互文关系。第三种类型出现在正在研究的语篇与其他不同类型的语篇之间。例如，莎士比亚(Shakespeare)的《哈姆雷特》与其评论文章、翻译研究文章之间存在互文关系。韩礼德提出的语篇互文性理论比国内的相关研究早了20 多年，而且，这三种类型的篇章互文性同样适用于林语堂著译互文研究，因而对本书具有重要的指导意义。

_____

① 　Halliday，M. A. K. *Language as Social Semiotic：The Social Interpretation of Language and Meaning*. London：Edward Arnold，1978. 转引自：朱永生. 功能语言学对文体学分析的贡献. 外语与外语教学，2001(5)：2.

## 第三节　林语堂著译互文关系研究现状

徐訏曾说，林语堂在中国文学史中"也许是最不容易写的一章"①。经过30多年的努力，林语堂研究取得了不错的成绩。但是，林语堂研究专家王兆胜仍然认为："林语堂研究还处于初级阶段……不要说与鲁迅、老舍、巴金，就是与沈从文、张爱玲、梁实秋甚至与萧红等人相比，林语堂研究也是不能望其项背，这充分反映了林语堂研究在中国现代文学研究中的滞后状态。"②在一定程度上，研究者所掌握的资料、语言以及研究者所属学科特点的限制等因素制约了林语堂研究的发展。国家社科基金评审专家也意识到这一点，从2013年起至今（截至2019年）的5个国家级林语堂研究项目几乎都与资料整理有关（见图1-4）。

| | 项目批准号 | 项目类别 | 学科分类 | 项目名称 | 立项时间 | 项目负责人 | |
|---|---|---|---|---|---|---|---|
| ❶ | 16CWW006 | 青年项目 | 外国文学 | 日藏林语堂《红楼梦》英译原稿整理与研究 | 2016-06-30 | 宋丹 | 中级 |
| ❷ | 14BZW105 | 一般项目 | 中国文学 | 林语堂文献整理与中英文资料库建设 | 2014-06-15 | 张桂兴 | 正高级 |
| ❸ | 14BYY012 | 一般项目 | 语言学 | 林语堂作品的中国文化变译策略研究 | 2014-06-15 | 卞建华 | 正高级 |
| ❹ | 13BYY028 | 一般项目 | 语言学 | 林语堂创作与翻译的互文关系研究 | 2013-06-10 | 李平 | 副高级 |
| ❺ | 13BZW109 | 一般项目 | 中国文学 | 林语堂小说研究 | 2013-06-10 | 肖百容 | 正高级 |

图1-4　以"林语堂"为题的国家社科基金项目

互文性作为一种重要的文学解读方法和创作方法已得到有效探讨，互文性与翻译的关系研究也成为学者们关注的焦点之一。王正仁、高健最先指出林氏前期中文作品与其英文作品有互文关系③，但该文并没有引起学界足够的重视。对于林氏中英文著译的关系，文学界（如王兆胜④）和

---

① 徐訏. 追思林语堂先生//子通. 林语堂评说七十年. 北京：中国华侨出版社，2002：155.

② 王兆胜. 林语堂与中国文化. 北京：社会科学文献出版社，2007：358.

③ 王正仁，高健. 林语堂前期中文作品与其英文原本的关系. 外国语，1995（5）：49-54.

④ 王兆胜. 林语堂与中国文化. 北京：社会科学文献出版社，2007.

翻译界(如杨柳①、冯智强②、褚东伟③)均有所涉及,但均未进行专门探讨。在中国知网(CNKI)以"林语堂"为主题进行检索(2019 年 9 月 19 日检索)的数据显示,共有 5550 篇各类论文,自 2006 年起,每年发文量均在 200 篇以上(见图 1-5);在该结果中以"互文"为题目进行检索,仅得到相关论文33 篇(含硕士论文 10 篇,重复收录 1 篇)(见图 1-6)。这些论文几乎全都是从翻译学科出发探讨林语堂著译中存在的互文关系,以王少娣④的成果最为突出。这些论文绝大多数为个案研究,部分论文存在着大量引用二手资料和重复研究的现象,其中 11 篇以林译《浮生六记》为研究对象,6 篇探讨《京华烟云》(*Moment in Peking*),但是,这些论文都从互文视角对林

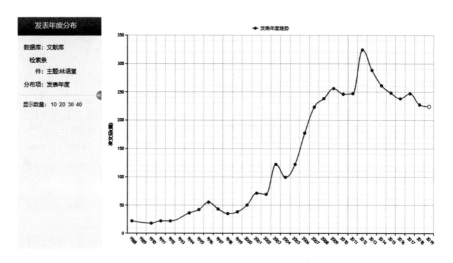

图 1-5　以"林语堂"为主题的检索结果(2019 年 9 月 19 日检索)

①　杨柳. 林语堂翻译研究——审美现代性透视. 长沙:湖南人民出版社,2005.
②　冯智强. 中国智慧的跨文化传播:林语堂英文著译研究. 青岛:中国海洋大学出版社,2011.
③　褚东伟. 翻译家林语堂. 上海:上海外语教育出版社,2012.
④　王少娣. 互文性视阈下的林语堂翻译探析. 外语教学理论与实践,2008(1):75-79;王少娣. 林语堂的东方主义倾向与其翻译的互文性分析. 解放军外国语学院学报,2009(2):55-60;王少娣. 林语堂审美观的互文性透视. 中译外研究,2014(2):107-116.

分组浏览： 主题　发表年度　研究层次　作者　机构　基金　　　　　　　　　免费订阅　✕

林语堂(31)　互文性(23)　《浮生六记》(11)　互文关系(4)　Moment in Pekin...(4)　英译本(3)　翻译方法(3)　翻译策略(3)
《京华烟云》(3)　美学理论(2)　审美观(2)　京华烟云(2)　东西文化(2)　哲学观(2)　章回小说(2)　>>

排序： 相关度　发表时间　被引↓　下载　　　　⊕中文文献　◉外文文献　☰列表　摘要　　每页显示： 10 20 50

已选文献： 0　清除　│　批量下载　导出/参考文献　计量可视化分析 ▾　　　　　　找到 33 条结果　1/2　>

| | 题名 | 作者 | 来源 | 发表时间 | 数据库 | 被引 | 下载 | 阅读 | 收藏 |
|---|---|---|---|---|---|---|---|---|---|
| 1 | 林语堂的东方主义倾向与其翻译的互文性分析 | 王少娣 | 解放军外国语学院学报 | 2009-03-25 | 期刊 | 22 | 1607 ⤓ | HTML | ☆ |
| 2 | 假如林语堂翻译《红楼梦》——基于互文的文化翻译实证探索 | 刘泽权;张丹丹 | 中国翻译 | 2015-03-15 | 期刊 | 19 | 2190 ⤓ | 📖 | ☆ |
| 3 | 文学创作与文学翻译的互文关系研究——基于林语堂作品的描述性分析 | 姜秋霞;金萍;周静 | 外国文学研究 | 2009-04-25 | 期刊 | 18 | 1703 ⤓ | HTML | ☆ |
| 4 | 互文性视阈下的林语堂翻译探析 | 王少娣 | 外语教学理论与实践 | 2008-01-15 | 期刊 | 11 | 1215 ⤓ | 📖 | ☆ |
| 5 | 从互文性角度觅《京华烟云》的翻译痕迹 | 高巍;宋启娜;徐晶莹 | 长春理工大学学报(社会科学) | 2010-03-15 | 期刊 | 6 | 839 ⤓ | HTML | ☆ |

图 1-6　以"林语堂"为主题，"互文"为篇名的检索结果（2019 年 9 月 19 日检索）

语堂的作品进行了尝试性研究，尤其是姜秋霞等[①]的论文，尽管因作者缺乏对林氏作品长期系统研究而对其了解不够充分，又因研究资料不足而含有一些例证错误，但其原创性贡献功不可没。

　　海外研究中未见有直接从互文性视角研究林语堂的实例。但是，瑞士汉学家冯铁（Raoul David Findeisen）在《"向尼采致歉"——林语堂对〈萨拉图斯脱拉如是说〉的借用》一文中将"借用"作为一种互文手法提及[②]。美国周质平在林语堂与胡适的比较研究中，中国香港钱锁桥在林语堂与赛珍珠（Pearl S. Buck）的比较研究中，中国台湾秦贤次、苏迪然（Diran Sohigian）在林语堂传记中都提到林氏作品与同时代文人作品的

---

[①]　姜秋霞，金萍，周静. 文学创作与文学翻译的互文关系研究——基于林语堂作品的描述性分析. 外国文学研究，2009(2)：89-98.

[②]　冯铁. "向尼采致歉"——林语堂对《萨拉图斯脱拉如是说》的借用. 王宇根，译. 中国现代文学研究丛刊，1994(3)：117-126.

互文关系①。这些研究者以史料为基础,从比较文学或跨文化视角探讨了林语堂思想的现代性及现实意义。钱锁桥编的《小评论:林语堂双语文集》②收录了 50 组林氏双语作品,第一次让读者直观地看到林氏中英文创作之间的互文关系,相信会引起新的研究热潮。不过,林氏作品的互文关系论文远不止这些,还有大量材料有待挖掘与深入研究。

  总之,现有的林语堂研究大多从各学科视角出发,或侧重于文学翻译,或侧重于文学创作,或侧重于哲学宗教,或侧重于跨文化传播,但缺乏跨学科研究。林氏中英文著译的互文关系研究目前仍处于初级阶段。中国翻译史和中国文学史的研究不可能绕开林语堂,对林氏中英文创作和翻译分离式的研究无助于深入了解林语堂本人及其作品与思想。

## 第四节　林语堂著译互文关系概述

  林氏的中英文创作和翻译,单个来看,都是独立成篇的,但是,从出版时间和作品内容来看,它们绝大部分都不是相互独立、完全分割的文本,而是与别的文本(自己的或者别人的著译)相互交织,无处不受中西文学文化传统的影响。陈平原指出:"由中郎而东坡而陶潜而庄子,林语堂这才寻到真正的'根'。林语堂艺术思想四个支点(非功利、幽默、性灵、闲适),借助于道家文化,才真正汇为一体。"③这句话隐含着大量互文关系,

---

① 周质平. 光焰不熄:胡适思想与现代中国. 北京:九州出版社,2012;钱锁桥. 谁来解说中国. 二十一世纪双月刊,2007(5):62-68;秦贤次. 林语堂与圣约翰大学//林语堂故居. 跨越与前进:从林语堂研究看文化的相融/相涵国际学术研讨会论文集. 台北:秀威资讯科技股份有限公司,2007;苏迪然. 林语堂与 20 年代的中国:幽默、悲喜剧与新时代女性//林语堂故居. 跨越与前进:从林语堂研究看文化的相融/相涵国际学术研讨会论文集. 台北:秀威资讯科技股份有限公司,2007.
② 钱锁桥. 小评论:林语堂双语文集(英汉对照). 北京:九州出版社,2012. 为方便作者注释、读者查阅,论述中涉及的林语堂双语小品文均引自该书。
③ 陈平原. 在东西方文化碰撞中. 杭州:浙江文艺出版社,1987:68.

因为无论是袁中郎、苏东坡、陶渊明还是庄子,这些名字在林语堂的中英文著译中均出现无数次,他们的作品也被反复引用。而幽默、性灵、闲适是林语堂在 20 世纪 30 年代反复宣扬的文学观,林语堂也因此成为左翼作家攻击的对象。

　同一作者不同文本之间存在互文性,这是已经证明的事实,如前文提到的海明威的《老人与海》与《丧钟为谁而鸣》。这种互文关联,可能是题材上的,可能是情感上的,可能是人物上的,可能是文本(或语篇)上的。我们可以尝试将一个作者的全部作品拿出来,进行分析比较,发现其多部作品之间的互文关系。同一作家同一时期的作品之间可能存在的互文性更大、更多,然而,发表于不同时期,但拥有共同的母题或者原型的文本之间也可能存在互文性,如苏轼的《前赤壁赋》《后赤壁赋》《赤壁怀古》。另外,作者、读者、小说人物之间也可能存在互文性。作者与小说人物之间存在一定程度的互文关系。意大利作家、哲学家安伯托·艾柯(Umberto Eco)在接受《巴黎评论》(*Paris Review*)的一次采访时曾提到:"我认为在某种意义上每部小说都是我的自传。当你虚构一个人物的时候,你就会赋予他或她自己的个人回忆。你把自己的部分性格给了一个角色,另外一部分性格给了另外一个角色。在这个意义上,我并没有写过任何自传,但是我创作的小说就是我的自传。"①无独有偶,诺贝尔文学奖得主库切(J. M. Coetzee)也坦陈,"所有的自传都在讲故事,所有创作都是自传"②。因此,作家与作品及作品中的人物有着千丝万缕的关系。这些前人的研究成果或心得体会都可应用于本书。比如,林语堂在《八十自叙》中就提到,《京华烟云》中的曼娘,就是他和几个兄弟在厦门鼓浪屿的吕姓

---

① Zanganeh,L. A. Umberto Eco,the art of fiction No. 197. *Paris Review*,2008 (185). 转引自 The Paris Review 主页[2019-09-18]:https://www. theparisreview. org/interviews/5856/umberto-eco-the-art-of-fiction-no-197-umberto-eco.

② 傅小平. 库切:所有的自传都在讲故事,所有的创作都是自传. 文学报,2017-11-17. 转引自中国社会科学网[2019-09-18]:http://ex. cssn. cn/wx/wx_whsd/ 201711/t20171117_3746565. shtml.

教母的写照。林语堂写道：

> 她的未婚夫死了，她就成了未嫁的寡妇，她宁愿以处女之身守
> "望门寡"，而不愿嫁人。吕医师挑选了两个孩子，打算抚养长大。在
> 我看来，这位处女寡妇不愧为中国旧式妇女中的理想人物。我到她
> 屋里去时，她常为我梳头发。她的化妆品极为精美，香味高雅不俗。
> 她就是我所知道的"曼娘"。"平亚"的死，在《京华烟云》里记载得很
> 忠实。曼娘和木兰二人常常手拉着手。在《京华烟云》这本小说里，
> 曼娘我最熟悉。①

由此可见，《京华烟云》与《八十自叙》在某些题材上、人物上、情感上
有着互文联系。林语堂的创作在某种程度上是一种自传。同样，林语堂
在其《八十自叙》中多次提到其自传小说《赖柏英》，并有大段引文②。总
之，林语堂后期的作品与前期的作品存在互文联系。

姜秋霞等曾把林语堂的著译分为三个阶段：第一阶段（1918—1936）、
第二阶段（1936—1966）、第三阶段（1966—1976）③。这种分类早已为学界
所接受④。然后，她们根据林语堂著译的互文形态，从三个互文类型及其
对应的互文手法（见表1-1）对其进行了描述分析。这些互文手法在林语
堂的著译中确实存在，但是把第一阶段著译之间的互文关系简单地划分
为超文性，互文表现手法为重写，就显得草率；把第三阶段著译之间的互
文关系划分为类文性，互文表现手法为粘贴，同样缺乏说服力。简单地
说，其对林语堂著译三个阶段进行的文本抽样分析缺乏依据，其选取的抽

---

① 林语堂. 林语堂名著全集（第10卷）：林语堂自传　从异教徒到基督徒　八十自叙.
长春：东北师范大学出版社，1994：286-287.
② 参见：林语堂. 林语堂名著全集（第10卷）：林语堂自传　从异教徒到基督徒　八
十自叙. 长春：东北师范大学出版社，1994：253-254.
③ 姜秋霞，金萍，周静. 文学创作与文学翻译的互文关系研究——基于林语堂作品
的描述性分析. 外国文学研究，2009（2）：89-98.
④ 1936年，林语堂赴美，以英文写作为生，是其人生的重大转折点。1966年，林语堂
离开美国，到中国台湾定居，是其人生的另一个重大转折点。

样文本理由——"这些文本中既有翻译文本,又有创作文本"①——不充分,因为林语堂的翻译与创作从来都不是分得那么清楚的,也就是说,林语堂的所有创作中有翻译,翻译中有创作,只是比重不同而已(笔者在后文会详细例证)。所以,用单一的互文手法来描写分析林语堂著译的互文关系,难免挂一漏万,以偏概全。

表 1-1　互文类型与互文手法的对应关系

| 互文类型 | 互文性 | 类文性 | 超文性 |
|---|---|---|---|
| 互文手法 | 引用、抄袭、暗示 | 粘贴 | 戏拟、仿作、改编、重写 |

在本书中,笔者无意对林语堂的著译进行互文类型的文本分类,而是专注于互文手法:引用、抄袭或剽窃、暗示、粘贴、戏拟、仿作、改编、重写、参考等,以及各种副文本。据笔者初步研究,林语堂著译的互文关系研究可以从以下几个方面进行。

## 一、林氏创作与翻译存在互文关系

林语堂的文学创作与文学翻译之间从来没有绝对分开过,随便打开林语堂的一本书,我们都能找到翻译或创作的内容,只是比例大小不同而已。换句话说,其创作中有翻译,翻译中有创作——这也是乔志高②对林语堂翻译成就的肯定。不过,创作中翻译的比例肯定较小,否则很难称之为创作,而翻译中创作的比例小,否则不能称之为翻译。姜秋霞等曾选取林语堂为个案,对其文学创作与文学翻译的互文关系进行描述与分析③。尽管这些前期研究存在种种缺陷,但是其原创贡献功不可没。无论是《吾国与吾民》(*My Country and My People*)、《生活的艺术》(*The Importance of Living*),还是《京华烟云》(*Moment in Peking*),读者都能从中发现大

---

① 姜秋霞,金萍,周静. 文学创作与文学翻译的互文关系研究——基于林语堂作品的描述性分析. 外国文学研究,2009(2):91.

② 乔志高. 一言难尽:我的双语生涯. 台北:联合文学出版社,2000:61.

③ 姜秋霞,金萍,周静. 文学创作与文学翻译的互文关系研究——基于林语堂作品的描述性分析. 外国文学研究,2009(2):89-98.

量翻译文本。我们在图书市场上看到的林语堂中英对照系列,如天津百花文艺出版社于 2002 年出版的林语堂编译系列,与台北正中书局出版的系列雷同:《板桥家书》《东坡诗文选》《西湖七月半》《扬州瘦马》《冥寥子游》《记旧历除夕》《不亦快哉》《幽梦影》等,名义上是林语堂编译,其实绝大部分是其女婿黎明从林语堂著译作品中挑选出来的。林语堂生前编译的对照本,只有《浮生六记》《冥寥子游》和《有不为斋古文小品》,均由其入股的上海西风社出版。而《冥寥子游》是在《生活的艺术》第十一章"旅行的享受"中首次全部译出的。如沈复的《浮生六记》,林语堂早在 1935 年就译完了这本书,并在《天下月刊》(*T'ien Hsia Monthly*)连载。而在《吾国与吾民》中,林语堂就是以《浮生六记》讲述穷书生沈复想方设法布置一个漂亮的家的故事为例,来论述中国建筑的不规则原理的:

> 若夫园亭楼阁,套室回廊,叠石成山。栽花取势,又在大中见小,小中见大,虚中有实,实中有虚,或藏或露,或浅或深,不仅在周回曲折四字,又不在地广石多,徒烦工费。或掘地堆土成山,间以块石,杂以花草,篱用梅编,墙以藤引,则无山而成山矣。大中见小者,散漫处植易长之竹,编易茂之梅以屏之。小中见大者,窄院之墙,宜凹凸其形,饰以绿色,引以藤蔓,嵌大石,凿字作碑记形,推窗如临石壁,便觉峻峭无穷。虚中有实者,或山穷水尽处,一折而豁然开朗;或轩阁设厨处,一开而可通别院。实中有虚者,开门于不通之院,映以竹石,如有实无也;设矮栏于墙头,如上有月台,而实虚也。贫士屋少人多,当仿吾乡太平船后梢之位置,再加转移其间。台级为床,前后借凑,可作三榻,间以板而裱以纸,则前后上下皆越绝。譬之如行长路,即不觉其窄矣。余夫妇侨寓扬州时,曾仿此法,屋仅两椽,上下卧房,厨灶客座皆越绝,而绰然有余。芸曾笑曰:"位置虽精,终非富贵家气象也。"是诚然欤!①

---

① 林语堂. 林语堂名著全集(第 20 卷):吾国与吾民. 黄嘉德,译. 长春:东北师范大学出版社,1994:318.

再往下看,还有一大段引文(译文)谈论夫妻二人怎样在贫困愁苦的生活中欣赏大自然之美。

同样,林语堂在《生活的艺术》第十章"享受大自然"中记述两位中国女子,其中一位即沈复的妻子芸娘,简单介绍后,大篇幅引用(翻译)了在苏州过夏的记录①。后来提到赏花,林语堂又引用(翻译)了《浮生六记》中的一段描写:

> 花以兰为最,取其幽香韵致也,而瓣品之稍堪入谱者不可多得。兰坡临终时,赠余荷瓣素心春兰一盆,皆肩平心阔,茎细瓣净,可以入谱者。余珍如拱璧。值余游幕于外,芸能亲为灌溉,花叶颇茂。不二年,一日忽萎死。起根视之,皆白如玉,且兰芽勃然。初不可解,以为无福消受,浩叹而已。事后始悉有人欲分不允,故用滚汤灌杀也。从此誓不植兰。②

再后来提到插花的艺术,《浮生六记》"闲情记趣"的一大段③再次被引用(翻译)。无论是《吾国与吾民》还是《生活的艺术》,都不是译作,但是翻译的内容在其中占据了相当的篇幅。

至于翻译中的创作,最经典的例子是《孔子的智慧》(*The Wisdom of Confucius*,林语堂译为《孔子哲言》)。这本书既不是纯粹的翻译,也不是纯粹的创作,而是编译。林语堂在《在美编〈论语〉及其他》④一文中讲得很明白:第一是选材问题。读《论语》的正确方法是读两三句话后,掩卷深思,体会其意义后再接着读,读后再思,如此循环往复。可惜现代读者(中

---

① 林语堂. 林语堂名著全集(第 21 卷):生活的艺术. 越裔,译. 长春:东北师范大学出版社,1994:281-282.
② 林语堂. 林语堂名著全集(第 21 卷):生活的艺术. 越裔,译. 长春:东北师范大学出版社,1994:294-295.
③ 林语堂. 林语堂名著全集(第 21 卷):生活的艺术. 越裔,译. 长春:东北师范大学出版社,1994:296-297.
④ 林语堂. 林语堂名著全集(第 18 卷):拾遗集(下). 长春:东北师范大学出版社,1994:324-335.

外相同)不肯下苦功夫,读书时三心二意。如果按照《论语》原文那样一句一句译成英文,"尽管是堆经砌玉,必不足引起现代读者兴趣"①。于是,林语堂从《论语》《大学》《中庸》《孟子》《礼记》《史记》等典籍中挑选与孔子有关的内容,将孔子的学说及其喜怒哀乐汇集成一书。因此,该书不仅比较系统地向西方介绍了儒家学说,而且比较完整地表达了林语堂的孔子观。第二是翻译问题。古文"译英既如译成中文白话,则所谓译,直是Paraphrase,即增加词字而为完满有意义之解说"②。林语堂不是逐字逐句地翻译原文,而是采取释义(paraphrase)的方法,直接向英文读者解释原语词句在上下文的意思,这样既能保存原文的信息,又能给译者表达上较多的自由,从而使译文读起来流畅易懂。该书 1938 年出版后,受到了美国广大读者的欢迎,林语堂也得到了"哲学家"的美名,而且在很长时期内,该书作为西方读者了解孔子及其学说的入门之作,为促进西方读者了解中国儒家传统文化起到了重要的作用。

《英译重编传奇小说》,顾名思义,把中国的传奇小说"英译",然后"重编"。英译重编传奇故事并不是用英文对中国传奇故事的简单重复,而是——林语堂作为故事的讲述者——用自己的话叙述故事,用自己的细节把故事激活。从一种语言到另一种语言、从一种文化到另一种文化,面对不同的读者,在讲述的过程中,故事的情节总是有取有舍,但故事的内容、框架特点大致不变。这也是互文性的功能之一:"在激活一段典故之余,还让故事在人类的记忆中得到延续。"③本节前文和后文提到的引用都是如此。互文性的特殊贡献,就是使老作品、老故事不断地进入新一轮意义的循环④。让中国传奇故事在西方传播,使故事在他乡再生,其实是对

---

① 林语堂. 林语堂名著全集(第 18 卷):拾遗集(下). 长春:东北师范大学出版社,1994:325.
② 林语堂. 林语堂名著全集(第 18 卷):拾遗集(下). 长春:东北师范大学出版社,1994:331.
③ 萨莫瓦约. 互文性研究. 邵炜,译. 天津:天津人民出版社,2002:108.
④ 萨莫瓦约. 互文性研究. 邵炜,译. 天津:天津人民出版社,2002:114.

其生命的一种延续。在海外 30 年,林语堂最大的贡献就在于此。林语堂著作与翻译之间的互文关系在本书第二章将有更详细的探讨。

## 二、中英文小品文存在互文关系

林语堂在北京大学教学期间,闲暇之余开始发表文学作品。1926 年因政治原因,林语堂被迫离开北京,先后到厦门、武汉工作,最后来到上海,靠卖文为生。后来承蔡元培提携,担任中研院院长英文秘书,开始有了正式职业,但仍坚持写作。

在上海期间,林语堂发表了大量中英文作品,不少作品是一稿两投。据笔者统计,林语堂一生发表了 60 组双语作品,其中 50 组于 1930—1936 年间发表的文章收录在钱锁桥编的《小评论:林语堂双语文集》中。对比发表时间的先后顺序,发现其中 46 篇先发表英文稿,然后发表中文稿。这些文章都存在着各种互文关系,值得探讨。

同一个文本,用两种语言表述,结果却大不相同。林语堂曾经在《写中西文之别》(《宇宙风》第 6 期,1935 年 12 月 1 日)中抱怨中文和英文的书写差异:

> 明明同一篇文章,用英文写就畅快,可以发挥淋漓,用中文写就拘束,战战兢兢。写了之后,英文读者都觉得入情入理,尚无大过;而在中国自以为并非"小市民",但也不见得是真"普罗"的批评家,便觉得消闲落伍,风月无边,虽然老老实实,我一则不曾谈风月,二则不曾谈女臀。……然而写中西文之不同是无可讳言的事实了。我文既无两样,影响确又不同,是诚咄咄怪事。①

真的如林语堂所言是"同一篇文章"吗? 如果是,为何同一篇文章,中英文读者反应如此不同? 中英文小品文之间的互文关系将在本书第三章详细探讨。

---

① 林语堂. 林语堂名著全集(第 18 卷):拾遗集(下). 长春:东北师范大学出版社,1994:200-201.

### 三、中国著译与美国著译存在互文关系

1936 年 8 月 10 日,林语堂携全家登上"胡佛总统号"邮轮离开上海前往美国。研究者一般以此为分界线,将林语堂之前的活动与之后的活动一分为二。从时间上看,这种划分是无误的,因为林语堂后来长期在海外生活。从语言上看,也没有大问题,虽然林语堂去美国前就已经从事英文创作了,但是中文著译依旧是其主要的活动;而林语堂到美国后,几乎是专门从事英文著译,中文著译逐渐放下了。但是,从内容上看却有不妥之处,因为林语堂在美国著译的内容主要还是与中国有关的,与其前期作品的内容休戚相关,无法割断。

林语堂当时买的是往返船票,准备在美国待一年后回国,因此他的家私大多寄存在亲戚朋友那里,而不是卖掉。据林太乙回忆,"单来回船费就要一千二百美元①。但是,1937 年"七七事变"爆发,国内不太平,"父亲这时进退两难。他为一家人买的来回船票期限一年,不能延长。本来,父母亲打算回国之后,在北平买一幢房子住下来。现在,谁也不知道战争什么时候才会结束"②。为避战祸,林语堂一家暂时在美国安身。抗战结束后接着的是三年内战,1949 年中华人民共和国成立。30 年代长期受到左翼作家攻击从而对共产党没有好感的林语堂从此没有再回到祖国大陆。但是,林语堂的根还在中国,其海外作品的主要人物和思想都是中国化的,与其早年的作品是一脉相承的。林语堂在自传中说:"自我反观,我相信我的头脑是西洋的产品,而我的心却是中国的。"③

比较研究林语堂 1936 年之前的著译与 1936—1966 年的著译,可以发现其英文创作、翻译与中国文学之间的互文关系。由于中国研究者对林语堂在美国的著译情况不熟悉,或者美国研究者对林语堂在中国的著

---

① 林太乙. 林语堂传. 台北:联经出版事业公司,1989:161.
② 林太乙. 林语堂传. 台北:联经出版事业公司,1989:174-175.
③ 林语堂. 林语堂名著全集(第 10 卷):林语堂自传 从异教徒到基督徒 八十自叙. 长春:东北师范大学出版社,1994:21.

译情况不熟悉,在研究过程中往往存在以偏概全的情况。通过互文性研究林语堂的全部作品,可以跨越语言、地域和时空,为读者拨开迷雾,让他们了解其一部作品或者某一观点的来龙去脉,看到真实的情况,从而做出正确的判断。中国著译与美国著译之间的互文关系将在第四章详细探讨。

## 四、林氏晚年著译与早年著译存在互文关系

1966 年,林语堂应邀到台湾定居。回台湾之前的 1964 年,林语堂应台湾"中央通讯社"社长马星野①之邀,为其写专栏,从而恢复了中断多年的中文写作。从此,林语堂的文章定期在台湾"中央社"专栏《无所不谈》发表,并被台湾各大中文报刊转载,后来这些文章绝大部分都收录在《无所不谈》合集中。第五章主要探讨林氏晚年在台湾、香港著译与早年在大陆著译的互文关系,从而揭示林氏的文化观和翻译观的变化及其背后的社会因素。

打开《无所不谈》合集,看看这 100 多篇文章,内容琳琅满目,正如林语堂在序言中所言:"书中杂谈古今中外,山川人物,类多小品之作,即有意见,以深入浅出文调写来,意主浅显,不重理论,不涉玄虚。"②著名作家徐訏对此表示赞同。他认为,整个地看林语堂的作品,确实"灿烂缤纷,琳琅满目"③。同时,正如徐訏所言,如果拿出他以前在上海时期发表的作品,与在台湾发表的作品相比较,就可发现其"趣味与境界,变化确实不大"④。有的读者也许认为,林语堂没有与时俱进,而是写一些过时的东西。但是,如果从学术角度或者个人风格而言,这恰恰说明林语堂的坚持

---

① 马星野,原名马允伟,浙江平阳人,林语堂在厦门大学任教时的学生。
② 林语堂. 无所不谈. 台北:开明书店,1974:i.
③ 徐訏. 追思林语堂先生//子通. 林语堂评说七十年. 北京:中国华侨出版社,2002:141.
④ 徐訏. 追思林语堂先生//子通. 林语堂评说七十年. 北京:中国华侨出版社,2002:141.

与执着,而不是骑墙派或投机分子,同时也很好地证明了林语堂前文与后文之间存在互文关系。林语堂本人生前也曾有意把早年(1936 年前)在《晨报副刊》《语丝》《论语》《人间世》《宇宙风》等刊物上发表的文字,与其晚年在台湾发表的文字放在一起比较,可以"互相印证,以见本人之一贯旨趣"①。

有意思的是,有的文章在大陆出版过,后来在台湾再版。同一篇文章,在大陆出版时几乎没有什么反响,在台湾出版却引起轩然大波,如《尼姑思凡英译》。反之,有的文章早年在大陆引起巨大反响,在台湾再版后却反应平淡,如《论幽默》。他用西方文化的眼光来观照中国的古人古事,先后引发了两次大争论:《子见南子》的演出与《尼姑思凡英译》。前者在大陆引起风波,后者在台湾引起风波。林氏晚年著译与早年著译的互文关系将在本书第五章给予详谈。

## 五、小　结

只有把林语堂的全部著译串通起来,而非专注于一作或一文,解读林语堂的思想才能互文见义,不流于一知半解,断章取义。鲁迅曾说:"倘要论文,最好是顾及全篇,并且顾及作者的全人,以及他所处的社会状态,这才较为确凿。"②鲁迅的话适用于鲁迅研究,也适用于林语堂研究。套用笔者研究鲁迅时曾说过的话:那些喜欢林语堂的人专找有利的材料,而不喜欢林语堂的人专找不利的材料,其实都是在"捧杀"或"骂杀"林语堂。③ 这些林语堂研究,为了达到某种非学术目的而故意操纵论据或证据,都是伪研究、伪学问。胡适曾经在信里批评苏雪林谩骂鲁迅的态度,说:"凡论一人,总须持平。爱而知其恶,恶而知其美,方是持平。"④他的话也适用于林

---

① 林语堂. 语堂文集. 台北:开明书店,1978:i.
② 鲁迅. 鲁迅全集(第 6 卷). 北京:人民文学出版社,2005:444.
③ 李平. 鲁迅批评研究真伪现象探究. 江苏广播电视大学学报,2011(3):62-65.
④ 胡适. 1936 年 12 月 14 日致苏雪林信//胡适来往书信选(中册). 北京:中华书局,1979:339.

语堂研究。林语堂著译文本间的互文研究可以让我们看到一个真实的林语堂。本书将对林语堂著译中可能存在的互文关系逐一论证。

其实,任何文本之间都存在不同程度的互文性。李玉平曾用 A、B、X 三个量来形象表达两个文本间的互文性程度,如图 1-7 所示①。变量(X)表示两个文本之间的互文程度。A 表示两个文本完全不同,没有任何关联之处,即零互文性。B 表示两个文本完全相同,即完全互文性。事实上,两个文本间正常的互文性关系,应该是处于 A 与 B 之间的状态。两个文本完全不同(A)或两个文本完全相同(B),都不是两个文本关系的常态。这是基于两个文本本身的分析,是一种静态的分析。但在实际阅读中,没有零互文性的文本,也没有完全互文性的文本。一个文本与其他文本必然存在着或多或少的互文关系。区别于单行线的影响研究,互文性是多向的、呈辐射状展开的一张网,所有的文本处于一个庞大的文本网系之中。如果我们把互文性看成蜘蛛网(如图 1-8 所示),那么蜘蛛网的大小取决于文本的深度和读者的洞察力。也就是说,文本越有深度,读者见识越广,所见到的蜘蛛网就越大;如果读者的知识水平有限,那么他就只能看到蜘蛛网的一部分,而不是全部。就作者而言,互文性手法的合理运用,有助于融入创作的风格,丰富作品的内涵,而读者在阅读其作品的过程中将不自觉地提高自己的文学素养和审美情操。

图 1-7　两个文本间互文性程度示意

读者阅读该文本时,到底能发现多少互文关系,取决于读者的知识储量。有的读者读不出文本的互文关系,要么是读者的程度不合,要么是知识积累不够。有些文本,读者刚开始也许读不出与其他文本的互文关系,但是随着年龄的增长、知识的不断积累,一次不懂,二次不懂,三次就懂

---

① 李玉平. 互文性定义探析. 文学与文化,2012(4):20.

图 1-8　一个文本与其他文本之间的互文关系

了。比如,林语堂在《吾国与吾民》第二章中谈论"中国人之性格"(The Chinese Character),有的读者立即就会联想到美国明恩溥(Arthur Smith)的《中国人的特征》①和辜鸿铭的《春秋大义》②,有的读者可能就达不到这种境界。林语堂的确在前后章节中提到了这两人及其作品,只是需要读者细心去发现。而对于 character 一词的意义,林语堂在该章也有探讨,比如:

> "character"是一个典型的英语词汇。……英文中"性格"一词,意谓力量、勇气、"有种",有时因生气或失望而看上去有些闷闷不乐;而汉语中的"性格"一词则使我们联想到一个老成温厚的中国人,在任何情况下都安之若素,不仅完全知己,而且完全知彼。③

character 与性格,字面意义也许相同,然而,在不同文化中的联想意义不同。林语堂早在《论语》第 3 期《涵养》(1932 年 10 月 16 日)一文中就谈及 character 一词的翻译:"英国之所谓性格,原文为 character,不但中

---

① Smith,A. *The Chinese Characteristics*. New York:Fleming H. Revell Co.,1894.

② Ku,H. M. *The Spirit of the Chinese People*. Peking:The Commercial Press,1922.

③ Lin,Y. T. *My Country and My People*. New York:John Day,1935:42.

文不可译,法德文皆不可译,因此字含义,特指坚毅,恒心,镇静,蕴藉,临危不惧,见义勇为,服从纪律,谨守礼俗等成分……"①因此,前后两文有一定的互文联系,对林语堂作品不熟悉的读者不一定看得出来。读一本书,引出相关的十几种书,由此循序渐进,自然会触类旁通,旁征博引,读者的知识面就会越来越宽,见识就越来越广,阅读过程中发现的互文联系也就越来越多。如前文提到的《浮生六记》英译本,自林语堂1935年将其译成英文,刊登在英文《天下月刊》及《西风》月刊,1939年上海西风社出版了汉英对照本,1942年在美国纽约出版英文本,收入《中国与印度之智慧》(*The Wisdom of China and India*),1964年在台湾再次出版汉英对照本,1999年外研社把1939年对照本再版——这些都是林语堂的译本。另外,1960年牛津出版社出版了布莱克(S. M. Black)的英译本,2006年南京译林出版社出版了白伦、江惠英译的汉英对照本。无论是林语堂自己的译本还是后来的译本,都与1935年译本有互文联系,而且本本之间都有互文联系。对于大多数读者而言,阅读其中一个译本就足矣,尽管译者可能在前言、后记或者脚注、尾注等副文本中暗示了与其他文本或译本有互文关系,但他们也许不以为意,只有极少数读者或研究者才会或才能够追根溯源,一探究竟。

---

① 林语堂. 林语堂名著全集(第14卷):行素集　披荆集. 长春:东北师范大学出版社,1994:237.

# 第二章　林语堂的翻译与创作互文关系研究

　　读者可能注意到,林语堂的英文创作比中文多。只要想想林语堂一直就读于教会学校,本科毕业于以英文著名的上海圣约翰大学,并在国外完成硕士博士学习,就不难理解了。他在《八十自叙》中提到:"在二年级时,休业典礼上,我接连四次到讲台上去接受三种奖章,并因领导讲演队参加比赛获胜而接受银杯,当时全校轰动。"①据查,这四个奖分别是"英文散文"(English Essay)、"英文小说"(English Fiction)、"英文演说"(English Oration)三项最优等"金牌奖"和"英文辩论"(English Debate)最优胜"银杯"一个②。由此可见,林语堂在本科阶段英文就非常出类拔萃。他还尝试文学创作,在校刊《约翰声》(*The St. John's Echo*)上发表了多篇习作。根据目前所掌握的史料,林语堂的第一篇文章《汉语拼音》("The Chinese Alphabet")发表于1913年4月,载《约翰声》第24卷第3期,这篇处女作展现了林语堂在语言学上的天赋。自此以后,林语堂每年都有作品发表在《约翰声》月刊或者圣约翰大学年鉴《约翰年刊》(*The Johannean*)上。如果说林语堂在学生阶段的作品不成熟,属于练笔阶段,那么林语堂在清华大学教学之余发表的两篇文章,基本预示着林语堂一

① 林语堂. 林语堂名著全集(第10卷):林语堂自传　从异教徒到基督徒　八十自叙.
　　长春:东北师范大学出版社,1994:271.
② 李平. 林语堂的学生生涯史料考察. 闽台文化交流,2009(4):118.

生的追求。1917 年 3 月,林语堂在《中国社会及政治学报》( *The Chinese Social and Political Science Review* )第 2 卷第 1 期发表了《礼:中国社会制约与机构组织的准则》("Li: The Chinese Principle of Social Control and Organization")一文,从六个方面阐释中国是礼仪之邦以及礼仪对于维护中国社会和谐和秩序的重要性。林语堂第一次尝试用英文向西方读者介绍中国文化①,后来长期从事中学西传活动,这是其一生的主要贡献之一。读者如果读过林语堂的《吾国与吾民》《孔子的智慧》,就应该知道这篇文章与其中部分章节存在互文关系。1917 年 5 月,林语堂在《清华学报》英文版第 2 卷第 7 期发表了"An Index System for Chinese Characters"一文。同年 10 月,他又在《科学》杂志第 3 卷第 10 期上发表了《创设汉字索引制议》(署名:林玉堂),这是林语堂公开发表的第一篇中文文章,从篇名可以看出,这是前文的中文版,是林语堂的第一篇自译,也是林语堂在语言学界小试牛刀,用科学方法检索文字,为后来发明新的检字法、发明中文打字机、编撰词典埋下了伏笔。最重要的是,林语堂在 1917 年就开始用中英文双语写作,而不是普遍认为的 20 世纪 30 年代,从此,林语堂就没有放下手中的笔,在语言学、文学、翻译界随意播种,留下了累累硕果。

## 第一节　翻译中有创作,创作中有翻译

　　林语堂作为语言学家,在一定阶段停止过语言研究,但是作为文学家、翻译家,其文学创作与翻译活动一直没有停止过,只是某一阶段文学创作多一点,另一阶段翻译多一点,大多数时候两者是互相交织、同时进行的,如乔志高所言,林语堂的翻译中有创作,创作中有翻译②。林语堂著

---

①　在学生时代,林语堂就尝试用英文介绍中国文化,在《约翰声》第 24 卷第 8 期(1913 年 11 月)和第 9 期(1913 年 12 月)分别发表了"The Revival of Confucianism"(《儒教的复兴》)和"Chinese Fiction"(《中国小说》)。

②　乔志高. 一言难尽:我的双语生涯. 台北:联合文学出版社,2000:61.

译之间的互动关系,冯智强在其著作《中国智慧的跨文化传播:林语堂英文著译研究》中有所提及:第一,题材选择,如作品中的女性形象、闲适哲学;第二,写作风格,如闲适笔调;第三,著译目的,如沟通中西文化。[①] 但是,言之不详,点到为止而已。李平在其著作《译路同行——林语堂的翻译遗产》中也对林语堂的著译题材做了探讨,但主要是探讨译作、译评与译论,对中英文创作探讨不多[②]。

林语堂的著译生涯大约经历了翻译—创作—翻译—创作—翻译—创作这个过程,而林语堂从翻译到创作,又经历了一系列步骤:从逐字逐句的翻译开始,进入改编和模仿的高一级阶段,最后形成独创性的作品。翻译是一种重写,而重写是一种互文手法。根据其一生生活的主要区域,我们可以将其著译生涯大致分为四个阶段。根据他在这四个阶段的主要成果,我们可以看出其著译的轨迹。

**第一阶段:北京时期——从翻译到创作**

林语堂从德国留学回来不久,就尝试从翻译逐步过渡到创作。这个时期的林语堂(林玉堂),由于白话文不熟练,翻译成为练笔的手段,主要在《晨报副刊》《语丝》上发表作品。由于从德国留学回国,所读的都是德国文学作品,因此,最先发表就是对海涅诗歌的翻译。林语堂在《晨报副刊》上发表了20篇"海呐选译",是国内当时译介海涅诗歌最多的译者。除了翻译海涅的作品,林语堂还翻译了五首莪默(Omar)的诗,因该诗的译文受到读者的质疑,林语堂的诗歌中译就此告一段落。在北京时期,他主要从事语言学研究和杂文写作。

《晨报副刊》在孙伏园主编时期,致力于发展新文学。林语堂自1923年9月12日在该刊发表《国语罗马字拼音与科学方法》,到1924年12月1日发表《古有复辅音说》,前后一年多,共发表了近30篇文章,其中包括

---

① 冯智强. 中国智慧的跨文化传播:林语堂英文著译研究. 青岛:中国海洋大学出版社,2011.

② 李平. 译路同行——林语堂的翻译遗产(*Lin Yutang's Legacy in Translation Studies*). 北京:中央编译出版社,2014.

林语堂提倡幽默的第一篇文章《征译散文并提倡"幽默"》,刊于《晨报副刊》1924 年 5 月 23 日。这些文章,语言学类的后来收入《语言学论丛》,文学类的收入《翦拂集》,但仍有不少散落,后来不为人所知。1924 年 10 月孙伏园辞去《晨报副刊》编辑职务,并于 11 月与鲁迅、周作人、林语堂等人创立《语丝》周刊,由孙伏园、周作人先后主编。1924 年 12 月 1 日这一天,林语堂在《晨报副刊》发表了最后一篇文章《古有复辅音说》,同时在《语丝》上发表了第一篇文章《论土气与思想界之关系》,大约有承前启后之意。自在《语丝》第 3 期(1924 年 12 月 1 日)上发表第一篇文章起,林语堂一共在该刊发表了 35 篇文章(含译文),其中北京《语丝》时期 19 篇,上海《语丝》时期 16 篇,是语丝社的一位活跃分子。林语堂在其自传中多次回忆 20 世纪 20 年代北京的自由风气。例如,在《林语堂自传》中,林语堂写道:

> 那时北大的教授们分为两派,带甲备战,旗鼓相当:一是《现代评论》所代表的,以胡适博士为领袖;一是《语丝》所代表的,以周氏兄弟作人和树人(鲁迅)为首。我是属于后一派的。当这两个周刊关于教育部与女子师范大学问题而发生论战之时,真是令人惊心动魄。那里真是一个知识界发表意见的中心,是知识界活动的园地,那一场大战令我十分欢欣。①

在《八十自叙》中,林语堂大篇幅地提到当年语丝社的情况:

> 北京大学的教授出版了几个杂志,其中有《现代评论》,由胡适之为中心的若干人办的;一个是颇有名气的《语丝》,由周作人,周树人,钱玄同,刘半农,郁达夫等人主办的。胡适之那一派之中包括徐志摩,陈源(西滢),蒋廷黻,周鲠生,陶孟和。说来也怪,我不属于胡适之派,而属于语丝派。我们都认为胡适之那一派是士大夫派,他们是

---

① 林语堂. 林语堂名著全集(第 10 卷):林语堂自传　从异教徒到基督徒　八十自叙. 长春:东北师范大学出版社,1994:28.

能写政论文章的人,并且适于做官的。我们的理想是各人说自己的话,而"不是说别人让你说的话"。(我们对他们有几分讽刺)这对我很适宜。我们虽然并非必然是自由主义分子,但把《语丝》看做我们发表意见的自由园地,周氏兄弟在杂志上往往是打前锋的。

我们是每两周聚会一次,通常是在星期六下午,地点是中央公园来今雨轩的茂密的松林之下。周作人总是经常出席。……

北京当年人才济济,但语丝社和现代评论社诸同仁,则各忙于自己的事。我们大家都是适之先生的好朋友,并且大家都是自由主义者。在外人看来,这两个杂志之间那种似乎夸大的对立,事实上,只是鲁迅和陈源的敌对而已。①

上面两段文字之间的互文联系是显而易见的。现代评论派与语丝派是论敌,争论的文章不少,但是,双方都是北大同仁,"都是自由主义者",虽然不同意对方的意见,但是尊重对方的话语权,因此,文章中的自由辩论并不影响他们的友谊。林语堂不仅与鲁迅、周作人、郁达夫等语丝派相处融洽,而且与胡适之、徐志摩、陈源等现代评论派都是终生好友。至于鲁迅,几乎与所有同事断绝来往,那是后话。尽管林语堂在《八十自叙》中的回忆与实际情况有某些出入②,但是读者若参照鲁迅③、周作人、郁达夫等人的文章,就可发现基本情况无误。

**第二阶段:上海时期——从翻译到创作,边翻译边创作**

1927 年年初,林语堂应武汉国民政府外交部部长陈友仁的多次邀请,

---

① 林语堂. 林语堂名著全集(第 10 卷):林语堂自传　从异教徒到基督徒　八十自叙. 长春:东北师范大学出版社,1994:296-298.

② 比如,鲁迅与周作人在《语丝》创办前已经断交,尽管两人都投稿,但是不可能同时出现在语丝社的活动中。

③ 比如,鲁迅的《我与〈语丝〉的始终》(1930 年 2 月 1 日《萌芽月刊》第 1 卷第 2 期)一文。

到武汉就职①。3 月乘兴而去,8 月底败兴而归。林语堂初到上海,立足未稳时期,依旧是靠翻译试水,同时继续在《语丝》上发表文章。在 1927—1929 年间,林语堂处于职业转型期,为了在大都市上海养家糊口,翻译了大量作品。该时期是其一生的第一个翻译高潮。这段时间他主要从事英译汉工作,主要译著有:

[1]《国民革命外纪》,英国蓝孙姆著,上海北新书局,1929 年。

[2]《新俄学生日记》,俄国奥格约夫著,与张友松合译,上海春潮书局,1929 年。

[3]《卖花女》,英国萧伯纳著,上海开明书店,1929 年。

[4]《女子与知识》,英国罗素夫人著,上海北新书局,1929 年。

[5]《易卜生评传及其情书》,丹麦布兰地司著,上海春潮书局,1929 年。

[6]《新的文评》,美国史宾冈等著,上海北新书局,1930 年。

前五本书都是译著,均有独立作者,而最后一本是译文集。这六本译作,题材各异,在一定程度上具有承前启后的作用。《国民革命外纪》和《新俄学生日记》都是革命题材,显然与其 1927 年在武汉国民政府的工作经历有关。《卖花女》和《女子与知识》都是女性题材,与其关心的妇女运动有关。不过,《卖花女》的翻译目的和意义远不止于此,后文详述。《易卜生评传及其情书》和《新的文评》都是评论题材,尤其是《新的文评》,其主题是文学批评,内容均为林语堂在 1928—1929 年翻译的文章:

[1] 安特卢亮评论哈代,《北新半月刊》,第 2 卷第 9 期,1928 年 3 月 16 日。

[2] 论静思与空谈,王尔德著,《语丝》,第 4 卷第 13 期,1928 年 3

---

① 林语堂在武汉国民政府担任外交部秘书期间,因工作需要,在英文刊物 *People's Tribune* 上发表了一系列与当时政治有关的文章,后来大部分收集在 *Letters of a Chinese Amazon and War-Time Essays*(《林语堂时事述译汇刊》,上海:商务印书馆,1930 年)一书中。因本书不探讨林语堂的政治思想变化,故略过。

月 26 日。

[3] 论创作与批评,王尔德著,《语丝》,第 4 卷第 18 期,1928 年 4 月 30 日。

[4] 批评家与少年美国,V. W. Brooks 著,《奔流》,第 1 卷第 1 期,1928 年 6 月 20 日。

[5] Henrik Ibsen(易卜生),G. Brandes 著,《奔流》,第 1 卷第 3 期,1928 年 8 月 20 日。

[6] 新的批评,J. E. Spingarn 著,《奔流》,第 1 卷第 4 期,1928 年 9 月 20 日。

[7] 法国文评(上),E. Dowden 著,《奔流》,第 2 卷第 1 期。

[8] 法国文评(下),E. Dowden 著,《奔流》,第 2 卷第 2 期。

[9] 七种艺术与七种谬见,Spingarn 著,《北新》月刊,第 3 卷第 12 期。

[10] 印象主义的批评,王尔德著,《北新》月刊,第 3 卷第 18 期,1929 年 9 月 16 日。

[11] 批评家的要德,王尔德著,《北新》月刊,第 3 卷第 22 期,1929 年 11 月 16 日。

[12] 美学:表现的科学(上),克罗齐著,《语丝》,第 5 卷第 36 期,1929 年 11 月 18 日。

[13] 美学:表现的科学(下),克罗齐著,《语丝》,第 5 卷第 37 期,1929 年 11 月 25 日。

林语堂为何突然翻译这些文学批评理论？这与其当年在哈佛大学的研究生课程有关:

当时我的教授是 Bliss Perry, Irving Babbitt(白璧德), Von Jagerman(他教我"歌德研究"), Kittredge(教莎士比亚),还有另外一位教授意大利文。……

白璧德教授在文学批评方面引起了轩然大波。他主张保持一个文学批评的水准,和 J. E. Spingarn 派的主张正好相反。白璧德是哈佛大学里唯一持有硕士学位的教授。因为他学识渊博,他常从法国的文学批评家圣柏孚的 Port Royal 和十八世纪法国作家著作中读给学生,还从现代法国批评家的 Brunetière 著作中引证文句。他用"卢梭与浪漫主义"这一门课,探讨一切标准之消失,把这种消失归之于卢梭的影响。这门课论到德·斯达勒夫人(Madam de Stael)以及其他早期的浪漫主义作家,如 Tieck,Novalis 等人。

白璧德对中国现代文学批评的影响,是够深的。娄光来和吴宓把他的学说传到中国。……我不肯接受白璧德教授的标准说,有一次,我毅然决然为 Spingarn 辩护,最后,对于一切批评都是"表现"的原由方面,我完全与意大利哲学家克罗齐的看法相吻合。所有别的解释都太浅薄。①

林语堂在《八十自叙》中回首往事,不仅表明前后文之间的互文联系,还为其早年的翻译活动提供了线索。另外,从他早年留学期间与胡适的通信中,我们也找到了蛛丝马迹:"我以为有人用西洋法子去研究中国小说,做大学一科,岂不是很有趣味?"②"弟近于文学一门,□出很深的趣味。……文学一门以文评小说等为最趣味。回国后定拟文评为一科……"③遗憾的是,林语堂学成回国后,并没有教授文学批评这门课,因为他因经济困难无法在哈佛大学比较文学研究所继续完成学业,而是到法国打工,到德国莱比锡大学转向语言学,并获得语言学博士学位,到北京大学教授的也是英语基础课程和语言学课程。多年后林语堂重温旧梦,向中国读者译介这些文评,则不仅仅是为了实现多年前的计划,更多是基于现实意义:其一是他现在有了空闲时间,可以做一些以前想做而未

---

① 林语堂. 林语堂名著全集(第10卷):林语堂自传　从异教徒到基督徒　八十自叙.长春:东北师范大学出版社,1994:280-281.
② 耿云志. 胡适遗稿及秘藏书信(第29册). 合肥:黄山书社,1994:316.
③ 耿云志. 胡适遗稿及秘藏书信(第29册). 合肥:黄山书社,1994:336.

做的事;其二是他觉得中国文学界需要美学批评理论。林语堂在其辑译的《新的文评》的"序言"中说道,"中国只有评文美恶的意见,而没有美学,只有批评,而没有关于批评的理论,所以许多美学上的问题,是谈不到的"①。因此,向中国文艺界介绍西方文艺批评理论是十分必要的。虽然白璧德教授及其人文主义(Humanism)思想由其中国门生——梅光迪、娄光来、吴宓、梁实秋等——传到中国,并产生了一定的影响,但是,林语堂认为,中国读者还需要了解其对立的派别——表现派,"将 Spingarn 少校及 Croce 的表现学说,更充分的介绍出来,使有心研究这问题的读者,更能窥到这派的原理上的根据,及其影响于文学见解深长的意义"②。而且,在林语堂看来,"现在中国文学界用得着的,只是解放的文评,是表现主义的批评,是 Croce,Spingarn,Brooks 所认识的推翻评律的批评"③,而林语堂翻译的恰好都是这些人的论述。需要指出的是,林语堂的这些译作,对于其后来的翻译观、文学观的形成都有着深远的影响。比如,林语堂基于前期的翻译实践,在著名的《论翻译》(1933)一文中提出了"忠实、通顺、美"的翻译标准,并探讨了翻译与艺术文之间的关系,其理论来源主要有两个:一个是严复的"信达雅",一个是克罗齐(Croce)的可译性与不可译性。在"论艺术文之不可译"一节,他引用克罗齐的话:"凡真正的艺术作品都是不能译的。"并解释说,"Croce 谓艺术文不可'翻译'只可'重作',译文即译者之创作品,可视为 production 不可视为 reproduction"④,并在文

---

① 林语堂. 林语堂名著全集(第27卷):女子与知识　易卜生评传　卖花女　新的文评. 长春:东北师范大学出版社,1994:197.
② 林语堂. 林语堂名著全集(第27卷):女子与知识　易卜生评传　卖花女　新的文评. 长春:东北师范大学出版社,1994:191-192.
③ 林语堂. 林语堂名著全集(第27卷):女子与知识　易卜生评传　卖花女　新的文评. 长春:东北师范大学出版社,1994:293.
④ 林语堂. 林语堂名著全集(第19卷):语言学论丛. 长春:东北师范大学出版社,1994:318.

章最后再次强调克罗齐的"翻译即创作 not reproduction, but production"①
的观点。克罗齐在《美学:表现的科学》第六节"论翻译之不可能"提出,
"'求雅而失信,求信而失雅'正是译者所处的难境"②。从事翻译研究的读
者读了这句话,是否似曾相识? 在第十一节"论翻译的比较可能",恰好提
出了翻译即创作的观点:"因为有这些类似之点,所以翻译是相对的可能
的。这并不是说能把原文复制出来(Reproduktion)(因为这是永远办不
到的),但是算为创制(Produktion)一种新的,与原文多少相似的表现。好
的翻译,只能算为庶几的尝试,自有他艺术作品独立的价值,而可以独立
存在。"③把这两章放在一起,恰好就是林语堂笔下'忠实'的第三种含义:
"绝对忠实之不可能;译者所能达到之忠实,即比较的忠实之谓,非绝对的
忠实之谓。"④因此,通过比较林语堂的译文与其论述文,就可发现两者之
间的互文联系,更能发现林语堂的翻译理论源泉。

　　1927 年 10 月,《语丝》在北京被查禁,当年 12 月在上海复刊,鲁迅担
任主编,林语堂继续在该刊发表文章,直至 1929 年 12 月 23 日最后一
篇⑤。此后,林语堂的中文创作进入调整期,也是林语堂从《语丝》向《论
语》转变的时期。但是,林语堂并未停下手中的笔,而是转向了英文写作。
1928 年 5 月 31 日,以林语堂的哈佛大学同学张歆海、桂中枢为首的归国
留学生在上海发起并创办了民办英文报刊《中国评论周报》(*The China
Critic*)。他们向全世界的英语读者发出中国人的声音。上海公共租界工

---

① 林语堂. 林语堂名著全集(第 19 卷):语言学论丛. 长春:东北师范大学出版社,
　1994:320.
② 参见:林语堂. 林语堂名著全集(第 27 卷):女子与知识　易卜生评传　卖花女
　新的文评. 长春:东北师范大学出版社,1994:230.
③ 参见:林语堂. 林语堂名著全集(第 27 卷):女子与知识　易卜生评传　卖花女
　新的文评. 长春:东北师范大学出版社,1994:234.
④ 林语堂. 林语堂名著全集(第 19 卷):语言学论丛. 长春:东北师范大学出版社,
　1994:315.
⑤ 上海时期的《语丝》逐渐商业化,已不再是北京时期的同人杂志了。鲁迅于 1929
　年 1 月 7 日(《语丝》第 4 卷第 52 期出版)辞去了主编职务。《语丝》最终于 1930
　年 3 月 10 日出完第 5 卷第 52 期后停刊。

部局 1929 年发行的《政治年鉴》(*The Political Year Book*)曾称之为"唯一的中国人拥有的在国外被广泛引用的英文周刊"①。

林语堂自 1928 年年底开始投稿,刚开始断断续续,但从 1930 年 1 月 23 日开始,林语堂持续性发表作品,并主持《小评论》(Little Critic)专栏,直至 1936 年赴美②。这是林语堂在上海期间持续时间最长、发表论文最多的刊物。据笔者粗略统计,林语堂在《中国评论周报》上一共发表了 150 篇文章。这些文章的影响之大,超出了林语堂和一般读者的想象。林语堂从这个刊物起步③,逐渐走向其他英文刊物,如《天下月刊》、《亚细亚》(*ASIA*)、《纽约时报》(*The New York Times*),走出中国,走向世界。林语堂在《八十自叙》中回忆道:

> 我之成为一个超然独立的批评家,是从我给英文刊物《中国评论周报》的《小评论》(Little Critic)专栏写稿开始。……小心谨慎的批评家为讨人人高兴而所不敢言者,我却敢写。同时,我创出一种风格,这种风格的秘诀就是把读者引为知己,向他说真心话,就犹如对老朋友畅所欲言毫不避讳一样。所有我写的书都有这个特点,自有其魔力。这种风格能使读者跟自己接近。④

赛珍珠就是《中国评论周报》的读者,她通过阅读《小评论》的文章而注意到林语堂。赛珍珠后来在《讽颂集》(*With Love and Irony*)的序言中写道:"我住在南京时,曾经常极注意几种新的在挣扎着的小杂志,因为我关心周围的革命中国的动态。其中有一种英文的杂志名叫《中国评论周

---

① 转引自:杨昊成.《中国评论周报》中有关鲁迅的三则文字. 鲁迅研究月刊,2013 (6):80.

② 1931 年 5 月至 1932 年 5 月,林语堂先是代表中研院出席在瑞士召开的"国际联盟文化合作委员会"年会,会后前往英国,邀请专家校阅《开明英文读本》修订本,同时寻找工程师设计中文打字机模型。这段时间没有文章发表。

③ 林语堂以前也在其他英文刊物,如 *The Chinese Social and Political Science Review* 和 *People's Tribune*,发表过文章,但均影响甚微。

④ 林语堂. 林语堂名著全集(第 10 卷):林语堂自传 从异教徒到基督徒 八十自叙. 长春:东北师范大学出版社,1994:303.

报》。……那时在这杂志中开始新辟了一栏题为'小评论',署名是一个叫做林语堂的人,关于这个人的名声那时我从未听到过。"①林语堂由此得以与赛珍珠相识,由此得以在美国出版《吾国与吾民》,由此得以从中国作家变为世界著名作家。《吾国与吾民》这本书及其之后的《生活的艺术》中的部分章节,最初便是《小评论》专栏中的那些文章。而且,在《中国评论周报》上发表的这些文章,其中约三分之一经林语堂之手,通过翻译或重写、改写等方式,在《论语》《人间世》《宇宙风》等中文刊物上再次发表。林语堂的这些英语小评论,后来由上海商务印书馆 1935 年结集出版:《英文小品(甲集)》( *The Little Critic*:*Essays*,*Satires and Sketches on China* ( *First Series*:1930—1932 ) )和《英文小品(乙集)》( *The Little Critic*:*Essays*,*Satires and Sketches on China* ( *Second Series*:1933—1935 ) ),1940 年林语堂又遴选其中一部分,在美国以 *With Love and Irony* 为名出版。也就是说,林语堂的后期中英文作品与其前期英文小评论有着或多或少的互文联系。

1932 年 9 月 16 日,《论语》半月刊创立,他又开始了大量创作,偶尔翻译小短文。在一定程度上,《论语》是《语丝》的延续和发展,因为来《论语》投稿的人大部分都是语丝派的人。《语丝》的诞生是由于当时北京的一批知识分子感觉生活太枯燥,思想太沉闷,心里不愉快,想发泄一下情绪,于是就办一小报,作自由发表的地方。《论语》的诞生大体如此,也是上海的几个友人茶余饭后闲谈的结果。林语堂制定的《论语社同人戒条》与周作人写的《语丝》"发刊辞"有不少类似之处。比如,《论语》戒条中"不拿别人的钱,不说他人的话","不附庸风雅,更不附庸权贵","不互相标榜;反对肉麻主义"与《语丝》"提倡自由思想,独立判断"有异曲同工之妙。两者的最大区别在于"幽默"这块招牌。早在 1924 年 5 月 23 日,林语堂就在北京《晨报副刊》刊发《征译散文并提倡"幽默"》一文,可惜应者寥寥。1932 年

---

① 林语堂. 林语堂名著全集(第 15 卷):讽颂集. 今文,译. 长春:东北师范大学出版社,1994:i.

林语堂再次在上海打出"幽默"这块招牌,却一时应者云集,真是彼一时,此一时也。后来的《人间世》《宇宙风》,刊名虽然不同,但都是基于《论语》的延续和发展。

在中英文写作之余,林语堂仍忙里偷闲,翻译一些作品。根据翻译的内容和发表的档期来看,这些英译汉作品更多是应景之作。比如,林语堂在《人间世》第12期(1934年10月5日)发表了译文《辜鸿铭论》,因为这一期是"辜鸿铭特辑"。尽管辜鸿铭已去世6年,但林语堂仍然视辜鸿铭为偶像,出特辑以表敬意。同样,林语堂在《论语》第56期(1935年1月1日)发表了两篇译文——一篇是莎士比亚的《人生七记》,另一篇是尼采(Nietzsche)的《市场的苍蝇》——因为这一期是"西洋幽默专号",发表的作品大部分都是译作。但是,林语堂的汉译英作品都是有心之作。从1934年9月开始,林语堂有意识地翻译一些中国古今幽默故事和经典小品文,如林嗣环的《口技》、王猷定的《汤琵琶传》、陶渊明的《闲情赋》,发表在《中国评论周报》上,1936年收录到《英译老残游记第二集及其他选译》(*A Nun of Taishan and Other Translations*)中出版。需要指出的是,这些译文,在林语堂的其他英文著作中不同程度地被引用或提及,尤其是《吾国与吾民》和《生活的艺术》。1935年,林语堂完成了其翻译活动中最重要的一本译作《浮生六记》,在《天下月刊》连载。对于不懂英文的读者而言,这本书也许无关紧要;但是,对于某些英文读者和翻译爱好者而言,这本书的价值不亚于林语堂的任何一本书,至今仍是许多英语专业、翻译专业的必读书目。而且,《浮生六记》也是林语堂在其作品中反复提及的一本书。

**第三阶段:国外时期——以创作为主,翻译为辅**

林语堂因《吾国与吾民》在美国一炮走红而成为世界知名作家,并受邀到美国写作。在赛珍珠夫妇的帮助下,林语堂一鼓作气,连续写了几本畅销书,在美国奠定了作家的地位。林语堂的作品当时在国外都很好卖,只是销售数量不同而已。林语堂在美国出版的作品大致可以分为三类:

畅销作品、非畅销作品和未出版作品①。

　　林语堂在国外的畅销书,主要由国外两家出版社出版:第一是兰登书屋(Random House);第二是庄台公司(The John Day Company)。根据Ramsdell② 对 1931—1980 年间美国亚洲题材畅销书(best-sellers)的统计,林语堂一共有五本书登上了美国畅销书榜,其中兰登书屋一本(《中国与印度之智慧》),庄台公司四本(《生活的艺术》《啼笑皆非》《枕戈待旦》《朱门》)。需要说明的是,这里提到的美国亚洲题材畅销书是 Ramsdell对 1931—1980 年间《纽约时报书评》(The New York Times Book Review)和《出版周报》(Publisher's Weekly)的统计结果。而根据林太乙的记述:"《吾国与吾民》在一九三五年四个月之间印了七版,登上畅销书排行榜。"③但是她没有提供出处,不知是哪个排行榜。

　　林语堂在兰登书屋出版的三本东方智慧系列——《孔子的智慧》(1938)、《中国与印度之智慧》(1942)和《老子的智慧》(The Wisdom of Laotse,1948)——都是编译的,都很受欢迎,其中《中国与印度之智慧》影响最大,荣登当年畅销书榜。林语堂的"智慧"系列影响如此之大,以至于当时兴起了一场"智慧热"。1943 年美国的一家小报 Syracuse Herald-American 报道说:"林语堂编的鸿篇巨制《中国与印度之智慧》出版之后立即引起公众反响,兰登书屋决定把丛书里后面两本的出版计划提前。《希腊的智慧》原定于 1944 年年底出版,尽可能提前到 1943 年 11 月份。《以色列的智慧》也由 1945 年提前到 1944 年春。"④其实,这三本智慧书,其中部分内容有重合之处,部分内容早年在中国用中文或英文出版过。

---

① 李平. 中国文化对外译介中出版社与编辑之责任——以林语堂英文作品的出版为例. 天津外国语大学学报,2018(1):62-70.
② Ramsdell, D. Asia askew: US best-sellers on Asia, 1931—1980. *Bulletin of Concerned Asian Scholars*,1983(4): 10-12.
③ 林太乙. 林语堂传. 台北:联经出版事业公司,1989:158.
④ 原文见 1943 年 2 月 7 日 *Syracuse Herald-American* 第 18 页,转引自褚东伟的《自然的译者——对林语堂翻译生涯的动态研究》,见其博客(2011-01-20)[2018-09-07]:http://blog.sina.com.cn/s/blog_863603770101mcko.html.

林语堂是应赛珍珠夫妇之邀赴美的,理所当然在他们的庄台公司出版的书最多。林语堂一共在那里出版了13本书(见表2-1),大部分很受欢迎,既叫好又叫座,其中有四本登上了美国畅销书榜(表2-1中带＊号的书),在美国仅次于赛珍珠。赛珍珠和林语堂是庄台公司的台柱子,而公司老板华尔希(Richard Walsh)就是赛珍珠的丈夫。华尔希1926年创立庄台公司,他首先"发现"了赛珍珠,然后通过赛珍珠又"发现"了林语堂。林语堂的成功固然有其个人杰出才能的因素,但也与赛珍珠夫妇的努力分不开——华尔希事实上兼着林语堂经纪人、赞助人的角色。赛珍珠夫妇与美国报刊文学评论界关系非常好。从林语堂与赛珍珠夫妇的往来书信中可以看出,林语堂与出版商的合作是全面的,"从一本书题材的选择、

表2-1　庄台公司出版书目

| 序号 | 英文著作(中译名) | 出版年 |
|---|---|---|
| 1 | *My Country and My People*(《吾国与吾民》) | 1935 |
| 2 | ＊*The Importance of Living*(《生活的艺术》) | 1937 |
| 3 | *Moment in Peking*(《瞬息京华》或《京华烟云》) | 1939 |
| 4 | *With Love and Irony*(《讽颂集》) | 1940 |
| 5 | *A Leaf in the Storm*(《风声鹤唳》) | 1941 |
| 6 | ＊*Between Tears and Laughter*(《啼笑皆非》) | 1943 |
| 7 | ＊*The Vigil of a Nation*(《枕戈待旦》) | 1944 |
| 8 | *The Gay Genius：The Life and Times of Su Tungpo*(《苏东坡传》) | 1947 |
| 9 | *Chinatown Family*(《唐人街》) | 1948 |
| 10 | *On the Wisdom of America*(《美国的智慧》) | 1950 |
| 11 | *Widow，Nun and Courtesan*(《寡妇、尼姑与歌妓》) | 1951 |
| 12 | *Famous Chinese Short Stories*(《英译重编传奇小说》) | 1952 |
| 13 | ＊*The Vermilion Gate*(《朱门》) | 1953 |

命名、封面设计、编辑、选择出版时间、出版后的文宣等等"①,都有华尔希的参与。林语堂在确定选题之前、著译过程中都与编辑商量,著译完毕后交给出版社专业编辑修改润色;图书出版后,出版社在重要报刊上打广告,并邀请专家写书评,等等。

读者也许注意到,林语堂几乎每年都有一两本著作出版,但是 1944年之后有三年的空歇期,直到 1947 年才有作品《苏东坡传》出版。难道《苏东坡传》花了林语堂这么长时间才完成? 当然不是,而是因为 1944 年林语堂没有听从出版商的建议,坚持出版了《枕戈待旦》这本书。这是一部中国游记,记录 1943 年 9 月至 1944 年 3 月期间林语堂在中国战时自由区巡游的所见所闻。这本书虽然销路不错,甚至进入畅销书榜,但是由于书中的亲蒋立场,不仅得罪了美国的亲共人士和左派,还影响了林语堂在读者心目中"文化使者"的形象。鉴于此,出版商建议林语堂以后不要写与当前政治有关的题材②。

中国人说"一言丧邦",美国文坛倒真可以说"一言丧书"。哈金介绍,美国不像中国有官方机构下指令,但它有大的媒体,有一套机制来控制:"像《纽约时报》书评,如果你第一本书出来,它给你一个劣评(bad review),你就好几年缓不过气来。"③林语堂没有听从出版商的建议,坚持出版《枕戈待旦》(1944)这本书,结果读者反映很差。面对美国的政治现实,林语堂只好转向,重新回到中国文化题材,开始编译出版了《苏东坡传》《寡妇、尼姑与歌妓》《英译重编传奇小说》等与政治无关的作品。值得一提的是,林语堂的这种转向不是突然无中生有的,而是一种反省和回归。林语堂在出国之时,就有宣传中国文化的计划,并有意出版一系列译

---

① 钱锁桥. 谁来解说中国. 二十一世纪双月刊,2007(5):64.

② Qian, S. Q. *Liberal Cosmopolitan:Lin Yutang and Middling Chinese Modernity*. Leiden and Boston:Brill Academic Publishing,2011:249.

③ 高伐林. 为自由愿意付出什么代价? ——专访华裔作家哈金. 原载《多维月刊》,转引自文心(2009-01-07)[2019-09-19]:http://wxs. hi2net. com/home/blog_read. asp? id = 14&blogid = 32419。

著——1936 年赴美时,为写作和翻译做了充分的准备,带去不少精心挑选的中文参考书,包括《廿五史》《郑板桥全集》、苏东坡的珍本古籍等,这些图书大部分最后都带到了台湾,至今陈列在台北林语堂故居①——林语堂本来打算"翻译五六本中国中篇名著,如《浮生六记》《老残游记二集》《影梅庵忆语》《秋灯琐忆》,足以代表中国生活艺术及文化精神专书,加点张山来的《幽梦影》格言,曾国藩、郑板桥的《家书》,李易安的《金石录后序》等"②,只是到了美国以后,庄台公司老板华尔希从读者对林语堂《吾国与吾民》的反馈意见敏锐地意识到,西方读者对中国人的生活艺术非常感兴趣,于是要求林语堂把翻译的事暂且放在一边,赶紧写出《生活的艺术》这本书,以满足读者的需求。林语堂在赛珍珠夫妇的推动下,根据美国图书市场的需要,写了一系列计划之外的书。《唐人街》和《美国的智慧》都是经出版商策划并提供写作素材才完成的。后来由于国内国际时局的变化,以及个人爱国心的冲动,又写了一些为中国抗战摇旗呐喊的作品。1953 年,林语堂因为版税和版权问题与庄台公司分手,这是一个两败俱伤的结果:庄台公司失去了一个台柱子,而林语堂的作品从此不再畅销。林语堂后来多次更换出版公司,但都无济于事。

1933 年,鲁迅曾去信劝林语堂"不必为办杂志多费气力,以他的英文造诣,翻译翻译西洋名著,不特有益于现在中国,即在将来也是有用的"③。林语堂回复说,西洋名著的翻译事业要在老年再做,现在中年时期,他要做中文译成英文的工作。后来,陶亢德在《林语堂与翻译》④一文中,比较详细地解读了林语堂的翻译计划,并表示赞同。在他看来,无论是外译中,还是中译外,都是对读者有益的。由于外译中的能手很

---

① 读者可以登录林语堂故居网页:http://www.linyutang.org.tw/big5/research.asp,在线查阅林语堂藏书。

② 林语堂. 林语堂名著全集(第 18 卷):拾遗集(下). 长春:东北师范大学出版社,1994:299.

③ 鲁迅. 鲁迅全集(第 13 卷). 北京:人民文学出版社,2005:198.

④ 陶亢德. 林语堂与翻译. 逸经,1936-08-05(11):24.

多,而中译外的能手很少,这样一来,中译外的工作反而显得更重要。的确如此,物以稀为贵,中国确实非常缺乏林语堂这样的中译外人才。讲好中国故事,传播中国声音,增强在国际上的话语权,需要大量这样的人才。把中国的思想文化传播到国外,让外国人了解中国,改变外国人对中国的偏见,无论是当时,还是现在,甚至未来,都是非常重要的。

　　不过,这不是林语堂第一次谈到自己的译介计划。早在 1919 年 8 月 19 日,林语堂在去美留学的途中,就写信给胡适,说出了自己的计划:"在美国的时候,既然读近代文学,必要时常有论,一个一个文学家的论文 essays,我要试试用白话做,寄回来可以登印的登印,介绍近代文学于中国。未翻的书,未介绍的 authors 还多着呢。"[①]林语堂的这些计划后来当然没有完全实现,他因经济所迫,一年不到就离开美国,到法国谋生,最后到德国专攻语言学。从林语堂后期的著译来看,林语堂并没有翻译几本西洋名著(仅翻译了海涅、尼采、萧伯纳、莎士比亚等人的少量作品),而是通过翻译、编译、阐释等各种形式,把中国思想文化大量介绍给全世界英语读者。

　　就林语堂的译著及译作,笔者曾做过比较完整的统计[②]。不计林语堂的《当代汉英词典》,他共有 14 本汉译英著作(含编译),但是,董娜建立的林语堂翻译语料库仅包括 7 部译作,即《英译老残游记第二集及其他选译》(1936)、《孔子的智慧》(1938)、《浮生六记》(1939)、《老子的智慧》

---

① 　林语堂早年写给胡适的信均收入耿云志主编《胡适遗稿及秘藏书信》第 29 册(合肥:黄山书社,1994:294)。

② 　参见:李平. 译路同行——林语堂的翻译遗产(*Lin Yutang's Legacy in Translation Studies*). 北京:中央编译出版社,2014:243-248.

(1948)、《英译重编传奇故事》(1952)、《庄子》(1957)、《古文小品译英》(1960)①。另外 7 部译作是《林语堂时事述译汇刊》(1930)、《冥寥子游》(1940)、《有不为斋古文小品》(1940)、《中国与印度之智慧》(1942)、《寡妇、尼姑与歌妓》②(1951)、《中国画论》(1967)、《鸟语》(1971)。这些译著，不全是在国外出版，但是绝大部分是在海外期间完成的。毋庸讳言，林语堂作为独立作家，在美国期间主要还是以英文创作为主，只有在受邀请的情况下，或者在创作受挫以后，才从事翻译工作。事实上，林语堂的这些中译外作品，不仅兑现了当年对鲁迅的承诺，而且对于中国文化的对外传播起到了重要作用。鉴于林语堂所取得的成就，后来的中译外工作或多或少借鉴了林语堂的翻译策略。

**第四阶段：台湾时期——以翻译（编词典）为主，创作为辅**

1966 年林语堂回到台湾，开始了人生最后一段旅程，其中文创作最大的收获应该是《无所不谈》合集，但是，有些作品内容与其 30 年代的文章大有雷同之处，如论幽默，在某些人看来"不合时宜"，因而受到了不少批评，甚至（再次）发表的《〈尼姑思凡〉英译》一文也受到攻击。之后，林语堂

---

① 董娜在《基于语料库的"译者痕迹"研究——林语堂翻译文本解读》(北京：中国社会科学出版社，2010)中对林语堂英文著作书名的翻译很随意（见第 121 页），而不是遵从作者林语堂提供的书名。她把 *The Importance of Living*（《生活的艺术》）作为译本来研究，甚至把书名译为《生活意义》（见第 124-125 页）。董娜把英国国家语料库（British National Corpus，简称 BNC）和翻译英语语料库（Translational English Corpus，简称 TEC）作为参照语料，对比林语堂翻译语料库，来研究林语堂的翻译语言特点，以发现并描述"译者痕迹"。但是，笔者认为，把林语堂的英语创作与翻译作对比，更能实现作者的目的，因为董娜发现的这些"译者痕迹"在林语堂的英语创作中同样存在。那么，这些不仅仅是"译者痕迹"，也是林语堂的写作风格。

② 林语堂在美国出版的《寡妇、尼姑与歌妓》(*Widow, Nun and Courtesan*, 1951)是由三部分组成的，包含了冯梦龙的《杜十娘怒沉百宝箱》、刘鹗的《老残游记二集》和老向的《全家村》。在该书出版之前，他在英国出版了《杜十娘》(*Miss Tu*. London：William Heinemann Ltd.，1950)，之后又在英国出版了《全家村》(*Widow Chuan*. London：William Heinemann Ltd.，1952)。所以，后两本书不单独计算。

转向《当代汉英词典》的编纂工作,经过七年努力,终于在 1972 年出版。林语堂 30 年代就组织人手编词典,在大功告成之际却毁于战火,在晚年终于圆梦。林语堂曾高度评价自己的词典,认为这是他著译生涯的皇冠(the "crown" of his career)。美国《读者文摘》的创始人德威特·华莱士(DeWitt Wallace)补充说,任何读过林语堂著作的读者显然会发现,林语堂的皇冠上有许多宝石(Lin Yutang's crown had many jewels in it)①。

最后,值得一提的是,林语堂在台湾和香港安度晚年的岁月里,努力编译《红楼梦》(*The Red Chamber Dream*),圆自己的最后一个梦。尽管该译本最终未能出版,暂时也无法与世人见面,但是鉴于《红楼梦》的影响力、林语堂的文学创作能力和英文表达能力,该译本一旦出版,其影响力或许会超越他之前的所有作品。

对于大多数双语作家而言,翻译是创作的练笔,是寻找创作灵感的手段,也是创作之余的消遣。对于晚年的林语堂而言,翻译是其精神的寄托,是其圆梦的最终手段。终其一生,林语堂的译与作,似乎从来就不曾分开过。在选定一个主题后,他能作就作,不能作就译,有时候作中有译,有时候译中有作。

## 第二节　女性——林语堂著译中的共同话题

在林语堂的绝大部分作品中,无论是创作还是翻译,女性均是其中重要人物,很多故事情节都围绕女性展开。中西方学者研究林语堂,均离不开这个主题。王兆胜认为:"林语堂不仅尽其一生关注女性,而且有着独特的女性观念,即女性崇拜思想。"②笔者对此并不完全赞同。作为一个深受西方影响的现代知识分子,林语堂具有现代男女观念和家庭观念,在生活中对女性表现出特别的关爱和尊重,极力主张男女平等,提倡女性独立

---

① Wallace,D. Lin Yutang:A Memorial(booklet). *Reader's Digest*,1976(28):i.
② 王兆胜. 论林语堂的女性崇拜思想. 社会科学战线,1998(1):138.

自主,并在创作中常把女性作为主人公之一。但是,说林语堂具有女性崇拜思想,笔者不敢苟同。

　　林语堂最原始的女性接触和对女性的关怀显然来自原生家庭。林语堂曾经在自传中说:"一个人一生出发时所需要的,除了康健的身体和灵敏的感觉之外,只是一个快乐的孩童时期——充满家庭的爱和美丽的自然环境便够了。在这条件之下生长起来,没有人是走错的。"①的确如此,林语堂的家庭里充满了爱,有父母之爱,兄弟姐妹之爱。在《林语堂自传》《从异教徒到基督徒》和《八十自叙》中,林语堂多次谈到原生家庭的欢乐,尤其是其母亲和二姐对他的爱。林语堂兄弟姐妹共八人,林语堂是家中第七个孩子,不是最小的,却与母亲非常亲密。在《八十自叙》中,林语堂写道:"新婚的前夜,我要我母亲和我同睡。我和母亲极为亲密。那是我能与母亲同睡的最后一夜。我有一个习惯玩母亲的奶,一直玩到十岁。就因为有那种无法言明的愿望,我才愿睡在她身边。"②母亲是林语堂接触女性的起点,对他的影响最大最深远。其次是他身边的另一位女性——二姐。林语堂一生对其二姐念念不忘,在自传中大篇幅提及:

　　《林语堂自传》:

　　生平有一小事,其印象常镂刻在我的记忆中者,就是我已故的二姐之出阁。她比我长五岁,故当我十三岁正在中学念书时,她年约十八岁,美艳如桃,快乐似雀。她和我常好联合串编故事,——其实是合作一部小说,——且编且讲给母亲听。……到出嫁的那一天,二姐给我四毛钱,含泪而微笑对我说:"我们很穷,姐姐不能多给你了。你好好的用功念书,因为你必得要成名。我是一个女儿,不能进大学去。你从学校回家时,来这里看我吧。"不幸她结婚后约十个月便去

────────────

① 林语堂. 林语堂名著全集(第10卷):林语堂自传　从异教徒到基督徒　八十自叙. 长春:东北师范大学出版社,1994:4.
② 林语堂. 林语堂名著全集(第10卷):林语堂自传　从异教徒到基督徒　八十自叙. 长春:东北师范大学出版社,1994:276.

世了。①

《八十自叙》：

二姐的眼睛特别有神，牙又整齐又洁白。……那年，我就要到上海去读圣约翰大学。她也要嫁到西溪去，也是往漳州去的方向。所以我们路上停下去参加她的婚礼。在婚礼前一天的早晨，她从身上掏出四毛钱对我说："和乐，你要去上大学了。不要糟蹋了这个好机会。**要做个好人，做个有用的人，做个有名气的人。**这是姐姐对你的愿望。"我上大学，一部分是我父亲的热望。我又因深知二姐的愿望，我深深感到她那几句话简单而充满了力量。整个这件事使我心神不安，觉得我好像犯了罪。她那几句话在我心里有极重的压力，好像重重的烙在我的心上，所以我有一种感觉，仿佛我是在替她上大学。第二年我回到故乡时，二姐却因横痃性瘟疫亡故，已经有八个月的身孕。这件事给我的印象太深，永远不能忘记。②（黑体为笔者所加）

不仅如此，林语堂还专门写了一篇文章《姐姐的梦想成真》（"A Sister's Dream Came True"）③，以此来怀念二姐，内容与上文大致相同。因为年纪相仿，林语堂与二姐关系特别亲密。然而，由于家贫，二姐完成中学教育后无法继续学业，而林语堂却可以上大学，他由此心生愧疚。后来二姐不幸英年早逝，林语堂无以回报，心中留下了永久的遗憾。林语堂不仅仅在自传中回忆二姐，在其文学创作中也留下了二姐的影子。《京华烟云》中的木兰、《风声鹤唳》中的丹妮、《朱门》中的柔安、《红牡丹》中的红牡丹等，都是大姐大式的独立女性，有自己的思想，为了家族事业而牺牲自己。"要做个好人，做个有用的人，做个有名气的人。"这话与其说是二

① 林语堂. 林语堂名著全集(第10卷)：林语堂自传　从异教徒到基督徒　八十自叙. 长春：东北师范大学出版社,1994:6.
② 林语堂. 林语堂名著全集(第10卷)：林语堂自传　从异教徒到基督徒　八十自叙. 长春：东北师范大学出版社,1994:260-261.
③ Lin, Y. T. A Sister's Dream Came True. *The Rotarian*, August, 1941：8-10.

姐说给他听的,倒不如说是林语堂借二姐的名义说给自己听的。

其次,林语堂自己的小家庭也充满了欢乐。尽管林语堂的恋爱过程遭遇两次挫折,第一次是与青梅竹马的赖柏英①分手,第二次是被迫与两情相悦的陈锦端离别,但是其与廖翠凤结婚后生活美满。尽管两人是父母之命媒妁之言,先结婚后恋爱,林语堂与他同时代的人物相比,其温暖的家庭生活是让许多人羡慕的。1919 年 8 月,林语堂携新婚的妻子从上海登船赴美留学,两人手拉手在甲板上散步,这种当时非常前卫的行为让同行的留学生羡慕不已②。从他的《林语堂自传》和《八十自叙》中可以了解他们夫妻生活的快乐;从他三个女儿所写的日记《吾家》(Our Family)和二女儿林太乙写的《林语堂传》和《林家次女》,都可以了解林语堂家庭生活的快乐。林语堂在《生活的艺术》“家庭之乐”(The Enjoyment of the Home)一节中指出,婚姻和家庭是人类生活中最亲密的部分,是发挥生物的本能。

再次,林语堂在教会学校接受教育阶段受到女老师的影响。家里女性,如母亲、姐妹,给予的爱是出于亲情,而进入社会最初接触到的女性,对于成长阶段的男孩子而言,才具有真正的魅力,影响其一生对女性的判断和选择。

> 对于我感力尤大者则为两位外国妇人,一为华医生夫人,即李寿山女士(Mrs. Harmy, then Miss. Deprey),她是我第一个英文教师,一个文雅娴淑的灵魂也。其次则为毕牧师夫人(Mrs. P. W.

---

① 有学者(陈煜斓. 李代桃僵话柏英识——林语堂初恋情人考. 文艺报,2018-02-28:6)提出,林语堂的初恋情人应该是赖桂英,而不是赖柏英。其实,《赖柏英》(Juniper Loa)是自传体小说。既然是小说,就少不了虚构的成分,不宜对号入座。在《赖柏英》的正文前,作者特意说明:The story is fiction. Any resemblance between the characters and any living or dead persons is purely coincidental. (Lin, Y. T. Juniper Loa. Cleveland and New York: The World Publishing Company, 1963) 大意为:本故事是虚构的,如有雷同,纯属巧合。

② Meng, C. Chinese American Understanding: A Sixty-Year Search. New York: China Institute in America, 1981:100.

Pitcher），即寻源书院校长之夫人，她是温静如闺秀之美国旧式妇女。完全令我倾倒的不是斯宾塞的哲学或亚兰布（E. A. Poe）的小说，却是这两女士之慈祥的音调。在易受印象的青年时期，我之易受女性感力自是不可免的事。这两女士所说的英文，在我听来，确是非常的美，胜于我一向所听得的本国言语。①

两位女老师的文雅贤淑、温柔慈祥，对于青春期的林语堂而言，具有无穷的魅力。林语堂的英文胜过中文，在一定程度上，就是受到了女老师的影响。这在学校教育中是比较典型的案例：学生常常因为喜欢某一位老师而喜欢某一门功课，或者因为讨厌某位老师而某一门功课没学好。这些女老师不仅影响了林语堂对西方文明的态度，更影响了林语堂对配偶的选择，以及林语堂作品中的女性形象。无论是家庭妇女还是职业妇女，在林语堂的成长过程中都是善良的、美好的，因此，与鲁迅笔下的祥林嫂、张爱玲笔下的曹七巧的悲惨命运不同，在林语堂笔下的女性，都是温柔贤惠的、知性优雅的、追求自由独立却又乐天知命的。即使《京华烟云》中那个为寻找儿子陈三而消失的陈妈，也在《风声鹤唳》中得到了圆满的结局：陈三回家娶妻生子，最后与母亲陈妈团圆。林语堂最讨厌的女性，估计是《红楼梦》中的妙玉了。他在《平心论高鹗》中对妙玉的结局幸灾乐祸地说："妙玉那个好洁神经变态的色情狂家伙，到底落了粗汉之手。"②妙玉带发修行，作为佛门人士，却嫌弃刘姥姥，甚至与贾宝玉调情，这些都令他难以接受。

林语堂对女性的探讨主要通过三种方式进行：

**第一，译介西方与妇女运动有关的著作到中国。** 1929 年，林语堂翻译出版了罗素夫人（Dora Russell）的《女子与知识》（*Hypatia；or，Woman*

---

① 林语堂. 林语堂名著全集（第 10 卷）：林语堂自传　从异教徒到基督徒　八十自叙. 长春：东北师范大学出版社，1994：22.

② 林语堂. 林语堂名著全集（第 26 卷）：平心论高鹗. 长春：东北师范大学出版社，1994：4.

*and Knowledge*)。罗素夫人在书中倡导女性独立自主、追求自由权力,尤其是在生育和节育方面的权力,赞美母性的伟大并对理想女性进行了界定。罗素夫人说:"大概最合理想的是使女子继续她的教育至少到十八岁,在廿四岁时产第一胎儿,以后也许再生三儿,每两胎中间有两年距离。这是假定一大部分的妇女不愿意生产,到三十五岁时候,在有好学堂、方便的住宅、管理得宜的饭馆的社会,每位有四个小孩的母亲应该有功夫再加入社会上的公共事业。"①这些都深刻地影响了林语堂的女性思想。林语堂后来在作品中多次引用罗素夫人的思想。例如,在《论语》第 24 期《婚嫁与女子职业》(1933)中提到:

> 我想女子,尤其是受过教育的女子,除了做贤妻之外,还应有社会上独立的工作。我想罗素夫人的意思是可取的。她以为女子应廿五左右出嫁,隔三四年生一小孩,这样生了三个小孩,到了三十五岁,又来加入社会工作。有了适宜的节育方法及相当的设备,有的女人在生产期间仍可服务社会。罗素夫人指出一点,就是三十五岁养过小孩子的女人做教员比闺女好。因为从她做母亲的经验,她更能明白儿童心理而有应付儿童的本领。我向来反对闺女做校长,尤其是女校的校长,因为她们的人生观道德观都不是成熟的。现在最可惜的,就是女教员等出阁,出阁者并不等着出来再做教员。她们不见了。②

很显然,林语堂赞同罗素夫人的观点,女子应该结婚生孩子,待孩子长大一点,自己再出来工作。但是,林语堂要么记忆有误,要么按照自己家庭的情况,有意修正罗素夫人的观点,把四个孩子变成三个。在他看

---

① 林语堂. 林语堂名著全集(第 27 卷):女子与知识　易卜生评传　卖花女　新的文评. 长春:东北师范大学出版社,1994:41.
② 林语堂. 林语堂名著全集(第 14 卷):行素集　披荆集. 长春:东北师范大学出版社,1994:110.

来,他的家庭是最理想的家庭①。不过,就社会工作而言,做过母亲的人大多比闺女更稳重、更有耐心,人生观道德观更成熟。林语堂不赞成独身,认为那是现代文明的畸形产物。而且,他认为,男人、女人、小孩三者之间的关系是生命中最紧要的关系②。在林语堂看来,有小孩的家庭才是正常的家庭。他在《生活的艺术》中说,"无论哪一代的文明,决无理由剥削男女人产生婴孩的权利"③,这与罗素夫人的观点一致:"除非有最重要理由,社会永远不可禁止男女做父母的机会。"④不过,针对社会上出现的丁克家庭现象,罗素夫人的观点相当激进:"两年以上无子的结婚,如有一方愿意,即可解除婚约。"⑤无论是在欧洲还是在中国,即使现在这么说,恐怕也会招致大量攻击。林语堂则从伦理道德上说理:"据我的意见,不论他们所持的是何种理由,凡是男女不遗留子女而离开这世界,实在是犯了一件对于自身的大罪。"⑥这完全符合中国"不孝有三,无后为大"的传统观念。即使在 21 世纪的今天,年轻夫妻拒绝生育孩子的行为依旧不能为社会所容忍,何况 20 世纪 30 年代!中国旧社会的一夫多妻制,一定程度上就是为了解决生育问题。林语堂在《吾国与吾民》中谈到"妓女与妾"时认为,

---

① 林语堂夫妇实行计划生育,有三个女儿,每个相隔 3～4 岁。长女林如斯生于 1923 年,次女林太乙生于 1926 年,幺女林相如生于 1930 年。没有生儿子是其妻子廖翠凤一生最大的遗憾,但是林语堂不在乎传宗接代,认为女儿和儿子一样好(林太乙. 林家次女. 北京:西苑出版社,1997:14-16)。林语堂不赞成离婚,反对独身,然而事与愿违,大女儿离了婚,小女儿一生未婚,只有二女儿林太乙婚姻圆满,家庭幸福。

② 林语堂. 林语堂名著全集(第 21 卷):生活的艺术. 越裔,译. 长春:东北师范大学出版社,1994:172.

③ 林语堂. 林语堂名著全集(第 21 卷):生活的艺术. 越裔,译. 长春:东北师范大学出版社,1994:172.

④ 林语堂. 林语堂名著全集(第 27 卷):女子与知识 易卜生评传 卖花女 新的文评. 长春:东北师范大学出版社,1994:42.

⑤ 林语堂. 林语堂名著全集(第 27 卷):女子与知识 易卜生评传 卖花女 新的文评. 长春:东北师范大学出版社,1994:42.

⑥ 林语堂. 林语堂名著全集(第 21 卷):生活的艺术. 越裔,译. 长春:东北师范大学出版社,1994:172.

中国的纳妾制度实际上代替了西方的离婚制。区别于罗素夫人提出的无子女则离婚的办法,中国的一些妻子如果没有能力为丈夫生下儿子,还会请求丈夫纳妾,而且有法律依据:"明代的法律且明白规定,凡男子年满四十岁而无后嗣者,得娶妾。"①

林语堂认为,婚姻是女性最好的职业,而母亲是女性最崇高的身份。他说:"我仍坚持女人只在为母时能达到她的最崇高身份。如若一个女人竟拒绝为母,则她便立刻丧失大部分的尊严和庄重,而有成为玩具的危险。我以为一个女人,不论她在法律上的身份如何,只要有了子女,便可视之为妻;而如若没有子女,则即使是妻,也只能视做姘妇。子女使姘妇抬高身份,而无子女则使妻降级。"②一个女人是不是妻子,居然不是法律规定的,而是由子女决定的。这些话看似不可理喻,却有一定道理。

除了家庭,女子如何独立也是很重要的一面。他还关注易卜生和萧伯纳的女性解放思想,翻译了丹麦作家布兰地司(Georg Brandes)的《易卜生评传》和萧伯纳的剧本《卖花女》。《卖花女》中,伊莉莎(Eliza)经过六个月的训练,从一个语音蹩脚、言语粗俗的街头卖花女蜕变为一个语音纯正、谈吐文雅的淑女。林语堂通过译介这本书,除了让读者欣赏萧伯纳幽默的语言,更是让中国读者了解一个弱女性如何获得独立意识,如何学会自我支配和争取独立自由。

除了自己翻译,林语堂还推荐国外的一些优秀作品,希望有志之士翻

---

① 林语堂. 林语堂名著全集(第 20 卷):吾国与吾民. 黄嘉德,译. 长春:东北师范大学出版社,1994:147.

② 林语堂. 林语堂名著全集(第 21 卷):生活的艺术. 越裔,译. 长春:东北师范大学出版社,1994:185. 译文的表达水平实在不尽如人意,并未能完整表达林语堂的观点,因此附上英文原文,供读者参考:I insist that woman reaches her noblest status only as mother, and that a wife who by choice refuses to become a mother immediately loses a great part of her dignity and seriousness and stands in danger of becoming a plaything. To me, any wife without children is a mistress, and any mistress with children is a wife, no matter what their legal standing is. The children ennoble and sanctify the mistress, and the absence of children degrades. (Lin, Y. T. *The Importance of Living*. New York:John Day, 1937:185.)

译成中文。例如,他在《论语》第 3 期(1932 年 10 月 16 日)发表《有不为斋随笔——读邓肯自传》一文,希望有人翻译《邓肯自传》,因为"女子自传最不容易,尤其是关于性的运动的叙述。邓肯是解放的思想家,也许可说她比常人浪漫,但是她的浪漫是有主义的,至少是诚实的。……关于她生产的苦痛,养儿的快乐,尤其有诚实的描写。……这本书是应该译成中文的。"[1]性的描写、生产的过程等在中国社会都是女性隐私,林语堂希望中国读者通过阅读该书,更多地了解妇女的思想、她养儿育女的辛苦和快乐以及为家庭做出的牺牲,应该说,这种想法在当时是非常先进的。

**第二,译介中国女性给西方。**林语堂不仅把西方妇女运动译介到中国,也通过翻译与女性有关的中文作品来传播我国女性运动的思想。林语堂以女性为题材的著译有很多。有古代的,也有近代的,还有新时代的。林语堂在《吾国与吾民》第五章专门探讨中国妇女的生活,从八个方面进行了介绍:一、女性之从属地位;二、家庭和婚姻;三、理想中的女性;四、我们的女子教育;五、恋爱和求婚;六、妓女与妾;七、缠足的习俗;八、解放运动。尽管由于介绍了中国的妓女、娶妾、妇女缠足等陋俗而引起一些中国保守学者的不满,他们嘲讽林语堂"卖国卖民",但是林语堂所讲述的内容没有伪造,都是基于历史事实。中国的妇女运动经历了很长的发展过程,在最后一节"解放运动"的第一句就提出"妇女束缚,现在已成过去"[2],强调中国社会变迁之快令人难以置信,并按照时间发展顺序列出中国妇女地位的变化:1911 年承认男女平等;1919 年大学实行男女同学;1926—1927 年女青年参加革命;1927 年女公务员入职,南京政府公布法律,承认女子享有平等继承权,废除多妻制度,等等。所以,批评者并没有真正阅读或者没有完整阅读林语堂的作品,而是道听途说或者选择性地阅读并批评林语堂。著名女作家谢冰莹(1906—2000)就是林语堂"发

① 林语堂. 有不为斋随笔——读邓肯自传. 论语,1932-10-16(3):106.
② 林语堂. 林语堂名著全集(第 20 卷):吾国与吾民. 黄嘉德,译. 长春:东北师范大学出版社,1994:153.

现"并推向世界的。谢冰莹出生在一个传统的封建家庭,三岁就订婚,绝食三天才得以读书。1926 年偷偷考入武汉的中央军事政治学校(黄埔军校武汉分校)政治科,成为中国近代史上第一批女兵。林语堂把谢冰莹的《从军日记》译成英文,在当时的《中央日报》英文版上连载,让西方读者看到了新时代的中国女军人,如林语堂在《冰莹〈从军日记〉序》中所言:

> 我们读这些文章时,只看见一位年青女子,身穿军装,足着草鞋,在晨光熹微的沙场上,拿一根自来水笔靠着膝上振笔直书,不暇改窜,戎马倥偬,束装待发的情景。或是听见在洞庭湖上,笑声与河流相和应,在远地军歌及近旁鼾睡的声中,一位蓬头垢面的女子军,手不停笔,锋发韵流的写叙她的感触。①

中国女军人的形象让读者耳目一新,彻底改变了读者心目中中国女性的形象,不仅中国读者喜欢,西方读者也喜欢。美国某报主笔读了林语堂的英译文后,来信要求"多登这种文字"②。1930 年 2 月 27 日,林语堂在《中国评论周报》上发文"Miss Hsieh Ping-ying: A Study on Contemporary Idealism",向英文读者介绍当代的理想主义者谢冰莹的近况。1940 年,林语堂帮助谢冰莹在美国出版《女兵自传》,女儿林如斯和林太乙将它译成英文,林语堂亲自校正并作序,在美国的庄台公司出版,译名为 *Girl Rebel*,再次让英语读者了解新时期中国的新女性形象。中国妇女不再是没有文化、裹着小脚、拖儿带女的形象,中国新一代女性有理想、有追求,她们不畏艰难困苦,勇敢地争自由,要平等,向往幸福的生活。

除了女兵谢冰莹,林语堂在《生活的艺术》中特意向西方读者介绍了两位中国女子——一位是《秋灯琐忆》作者蒋坦的夫人秋芙,另一位是《浮生六记》作者沈复的夫人陈芸,并大篇幅引用这两册书中对夫妇闺房乐趣

---

① 林语堂. 林语堂名著全集(第 14 卷):翦拂集  大荒集. 长春:东北师范大学出版社,1994:243.

② 林语堂. 林语堂名著全集(第 14 卷):翦拂集  大荒集. 长春:东北师范大学出版社,1994:244.

的回忆①。这两位女子都不是大学问家或诗人,但是,在她们丈夫的笔下,她们无疑是世界上最理想的、最有品位和情趣的老婆。尤其是陈芸,林语堂觉得她"是中国文学中所记的女子中最为可爱的一个"②。无论是在中国还是在国外,用中文还是用英文,林语堂在不同作品、不同场合中均表露出对芸的欣赏。1933年,在上海复旦大学和大夏大学的两次演讲中,林语堂均提到,"《浮生六记》中的芸,虽非西施面目,并且前齿微露,我却觉得是中国第一美人"③。无论是在《浮生六记》汉英对照本(1939)中,还是在《中国与印度之智慧》(1942)英文本中,林语堂都认为,"她是中国文学及中国历史(因为确有其人)一个最可爱的女人"④。林太乙在《林语堂传》中也对此表示认可,她写道:

> 父亲的理想女人是《浮生六记》的芸娘。他爱她能与沈复促膝畅谈书画,爱她的憨性,爱她的爱美。芸娘见一位美丽的歌妓,简直发痴,暗中替她丈夫撮合娶为偏室,后来为强者所夺,因而生起大病。《京华烟云》中的姚木兰,在许多方面很像芸娘。⑤

由此可见,不仅《浮生六记》的英译本在中国(大陆、台湾)及美国多次出版,作品的内容和人物芸娘也在许多作品中被反复引用并仿作。

**第三,在中英文报纸杂志上探讨中西方女性。**除了翻译,林语堂还在文章中专门探讨女性。下面列举的是林语堂用中英文双语写作的女性题材小品文。

---

① 林语堂. 林语堂名著全集(第21卷):生活的艺术. 越裔,译. 长春:东北师范大学出版社,1994:277-283.
② 林语堂. 林语堂名著全集(第21卷):生活的艺术. 越裔,译. 长春:东北师范大学出版社,1994:281.
③ 林语堂. 林语堂名著全集(第14卷):翦拂集 大荒集. 长春:东北师范大学出版社,1994:170.
④ 沈复. 浮生六记(汉英对照). 林语堂,译. 上海:西风社,1939:vii;Shen, F. Six chapters of a floating life. Lin, Y. T. (trans.). In Lin, Y. T. (ed.). *The Wisdom of China and India*. New York:Random House,1942:964.
⑤ 林太乙. 林语堂传. 台北:联经出版事业公司,1989:218.

[1] 新时代女性,《语丝》第 4 卷第 15 期,1928 年 4 月 9 日。

"A Pageant of Costumes," *The China Critic*，IV，March 5，1931.

[2] 女论语,《论语》第 21 期,1933 年 7 月 16 日。

"I Like to Talk with Women," *The China Critic*，V，December 1，1932.

[3] 让娘儿们干一下吧!《申报》自由谈,1933 年 8 月 28 日。

"Should Women Rule the World?" *The China Critic*，VI，August 17，1933.

[4] 婚嫁与女子职业,《论语》第 24 期,1933 年 9 月 1 日。

"Marriage and Careers for Women," *The China Critic*，III，June 19，1930.

[5] 与德哥派拉书——东方美人辩,《论语》第 32 期,1934 年 1 月 1 日。

"An Open Letter to M. Dekobra," *The China Critic*，VI，December 21，1933.

[6] 罗素离婚,《人间世》第 11 期,1934 年 9 月 5 日。

"On Bertrand Rusell's Divorce," *The China Critic*，VII，September 6，1934.

[7] 一篇没有听众的演讲——婚礼致词,《论语》第 53 期,1934 年 11 月 16 日。

"A Lecture without an Audience—A Wedding Speech," *The China Critic*，VII，October 11，1934.

[8] 为摩登女子辩,《论语》第 67 期,1935 年 6 月 16 日。

"In Defense of Gold-Diggers," *The China Critic*，VIX，June 6，1935.

谈论的话题从反封建反迫害开始,希望《新时代女性》"捣毁一切压迫女性的偶像",不做"性奴隶",不做"生育寄生虫",争取男女平等自由①。
《女论语》幽默地描写女人与男人不同的人生理论和谈话艺术。在《让娘
儿们干一下吧!》一文中,林语堂开门见山说:"上星期见《大陆报》登有一
条新闻。有美国某夫人,是什么女权大同盟的主席,名字似是 Mrs. Inez
Hayne,已记不清了。她得着神感似的说:男子统治的世界,已弄成一团糟
了。以后应让女子来试一试统治世界,才有办法。"②林语堂通过女权主义
者的意见来表达对当时国际政局的不满。《与德哥派拉书——东方美人
辩》一文则批评中国女子缺乏自信。林语堂曾经翻译过罗素第二位夫人
Dora Russell 的《女子与知识》一书,因此很熟识他们夫妇对婚姻的理想及
态度。在《罗素离婚》一文中,林语堂对当年主张结婚生育的她竟然离婚,
感到很诧异,于是感慨婚姻问题是社会上最复杂的问题,"古往今来圣人
都不能免"。中国的孔子、孟子都与妻子离异,西方的耶稣则终身不娶,释
迦出了家,穆罕默德娶了姨太太,只有苏格拉底对妻子逆来顺受。林语堂
认为,"婚姻是女人最大最稳的保障",无论娶妾还是离婚,对女人都是不
公平的③。所以,林语堂最终觉得,女性除了做妻子、生儿育女,还应该自
立自强,不要成为家庭的奴隶、性的工具、生育的工具。因此,林语堂不仅
提倡夫妻生育,还提倡夫妻节育。罗素夫人曾在《女子与知识》中提出:
"做母亲的人有权利可以要求在前后生产之间应有两年的休息,而且有决
定儿女数量的权力。"④林语堂对此表示赞同。在《婚嫁与女子职业》一文
中,他再次表示赞同罗素夫人的观点:"女子应廿五左右出嫁,隔三四年生
一小孩,这样生了三个小孩,到了三十五岁,又来加入社会工作。有了适

①　钱锁桥. 小评论:林语堂双语文集(英汉对照). 北京:九州出版社,2012:105.
②　林语堂. 林语堂名著全集(第 14 卷):行素集　披荆集. 长春:东北师范大学出版
社,1994:139.
③　钱锁桥. 小评论:林语堂双语文集(英汉对照). 北京:九州出版社,2012:307.
④　林语堂. 林语堂名著全集(第 27 卷):女子与知识　易卜生评传　卖花女　新的
文评. 长春:东北师范大学出版社,1994:41.

宜的节育方法及相当的设备,有的女人在生产期间仍可服务社会。"①从这句话可以看出,女子只要采取了"适宜的节育方法",对什么时候生小孩,生几个小孩,都是可以控制的。但是,林语堂当时没有就这个话题深入展开。后来(1936 年 3 月 16 日),在《节育问题常识》(《宇宙风》第 13 期)一文中,林语堂再次提出:"节育问题,根本不是生育多生育少的问题,乃是我们愿意做生育主人或生育奴隶的问题。"②林语堂指出,夫妻应该做生育的主人,不应该听天由命,把妇女变成生育的机器、生育的奴隶。"节制生育的意义,是节制使多寡得中,迟早适宜。"③也就是说,夫妻根据家庭情况,自己决定早生还是晚生,多生还是少生。而且,这是确实可行的:"节育于西方是事实;非理想。五十年前西方五男八女之大家庭今日已不见,可以证明节育已成普通的事实。"④然而,中国历来有"多子多福"的传统,节育的观点在当时无疑是非常前卫的。近一个世纪后,我们回头看节育问题,不禁为林语堂的远见卓识鼓掌,更为他的前卫行动鼓掌:他们夫妇生育三个女孩后,便不再生育。与同时代文人的大家庭相比,林语堂夫妇堪称时代的先驱。他更有远见地指出:"社会主义也好,非社会主义也好,对生育问题,总不应以其神秘托之于天了之。"⑤20 世纪 70 年代,中国开始有计划地控制生育,似乎与对林语堂的预言有某种暗合。

林语堂除了关心家庭妇女,关心幸福家庭,也关心社会上那些不幸的女性弱势群体。例如,林语堂在《为摩登女子辩》一文中,为社会上靠姿色

---

① 林语堂. 林语堂名著全集(第 14 卷):行素集　披荆集. 长春:东北师范大学出版社,1994:110.

② 林语堂. 林语堂名著全集(第 18 卷):拾遗集(下). 长春:东北师范大学出版社,1994:246.

③ 林语堂. 林语堂名著全集(第 18 卷):拾遗集(下). 长春:东北师范大学出版社,1994:246.

④ 林语堂. 林语堂名著全集(第 18 卷):拾遗集(下). 长春:东北师范大学出版社,1994:247.

⑤ 林语堂. 林语堂名著全集(第 18 卷):拾遗集(下). 长春:东北师范大学出版社,1994:248.

赚钱的女子辩解,认为她们与商人无异,都是为了谋生,只是手段不同。在他看来,中国历史上把亡国之罪嫁祸到女人身上,如西施亡吴、妲己亡商、褒姒亡周、陈圆圆亡明,实属荒唐。林语堂批评传统社会对女子所持的否定态度,鼓励女子追求个人自由和幸福。

尼姑可能是这些女性弱势群体中最特殊的一类。林语堂出身于基督教家庭,却偏偏对这类佛门人士的自由幸福特别关心,这也因此成为别人后来攻击他的把柄。《尼姑思凡》的译本曾在中国(大陆、台湾)及美国分别发表过,读者反响不一。《尼姑思凡》选自中国著名剧本《缀白裘》①,林语堂认为"其文辞堪当中国第一流作品"②,其内容充满人生味道,"代表越出经典主义以外的中国文学"③,因此他有意将其翻译成英文,把中国传统文化中的优秀戏曲介绍给西方读者。林语堂于 1930 年在美国大学俱乐部年度宴会上首次宣读其译文,后来以"Earthly Desires of a Nun"为名发表在《中国评论周报》(1931 年 4 月 9 日)。1935 年,林语堂又在《吾国与吾民》中引用这篇译文,题目为"A Young Nun's Worldly Desires"。1942年,林语堂在《中国与印度之智慧》一书中再次引用了该译文,题为"The Mortal Thoughts of a Nun"。后来林语堂又将其编入《古文小品英译》(*The Importance of Understanding*,1960),题目不变。最后,林语堂在台湾"《中央日报》"(1968 年 7 月 1 日)刊登了《尼姑思凡英译》(汉英双语版)(后收入《无所不谈》,1974)。需要说明的是,前几次刊登的都是英译文,面对的是英文读者,让读者看到一个孤独的少女,真情流露,勇于反抗宗教枷锁,最终获得了自由。这种题材在西方非常受欢迎,所以林语堂多次转载。然而,林语堂最后一次在台湾用汉英对照版发表后,却引起了轩然

① 清代刊印的戏曲剧本选集《缀白裘》全书 12 集 48 卷,由钱德苍根据玩花主人的旧编本增补重编,苏州宝仁堂刊行。《思凡》,即《尼姑思凡》,是其中一折。
② 林语堂. 林语堂名著全集(第 20 卷):吾国与吾民. 黄嘉德,译. 长春:东北师范大学出版社,1994:122.
③ 林语堂. 林语堂名著全集(第 16 卷):无所不谈合集. 长春:东北师范大学出版社,1994:335.

大波。和尚对此表示抗议,认为林语堂把"俚俗之曲,送到英美去发表尚可,实在没有附上中文而在国内发表的必要"①;"凡是看了《尼姑思凡》的人们,见到我们的女尼时,就很容易产生侮辱性的联想,认为所有的尼姑都是存有'思凡'之心的"②。《尼姑思凡》这曲戏早已存在,在民间很受欢迎,并不是林语堂发表文章才出现的。和尚、尼姑过去不曾抗议过,现在为何抗议?这一定程度上与时代有关。过去佛门人士潜心修炼,超尘脱俗,不问世事;如今佛门人士逐渐走入社会,难免受尘世俗事所累。另外,基于林语堂的基督徒身份,该作品难免被人怀疑是别有用心,"林语堂信仰基督教,所以他的用心何在,已不言可知"③。对此,林语堂只能苦笑。后来他在《来台后二十四快事》中特意提到此事:"无意中伤及思凡的尼姑,看见一群和尚起来替尼姑打抱不平,声泪俱下。不亦快哉!"④

其实,天下尼姑那么多,有几个思凡也不奇怪,大家熟悉的例子有《红楼梦》中的妙玉和《老残游记》二集中的逸云。1936年,林语堂特意翻译《老残游记》二集,并在国内外多次出版⑤,其实就是欣赏女主人公逸云。这是一个具有鲜明的时代个性、敢于主宰爱情命运的尼姑。她不隐藏自己的情感,大胆表露自己的爱,却最终幡然醒悟,主动放弃爱情。她的出世入世思想与《红楼梦》中的妙玉有着天壤之别。同样带发修行的妙玉,却成为林语堂最讨厌的女性。在《平心论高鹗》中,他对妙玉的结局幸灾

---

① 林语堂. 林语堂名著全集(第16卷):无所不谈合集. 长春:东北师范大学出版社,1994:345.
② 林语堂. 林语堂名著全集(第16卷):无所不谈合集. 长春:东北师范大学出版社,1994:344.
③ 林语堂. 林语堂名著全集(第16卷):无所不谈合集. 长春:东北师范大学出版社,1994:345.
④ 林语堂. 林语堂名著全集(第16卷):无所不谈合集. 长春:东北师范大学出版社,1994:461.
⑤ 《英译老残游记第二集及其他选译》(*A Nun of Taishan and Other Translations*)1936年在上海商务印书馆出版,而《寡妇、尼姑与歌妓》(*Widow, Nun and Courtesan*)1951年在美国庄台公司出版。

乐祸地说:"妙玉那个好洁神经变态的色情狂家伙,到底落了粗汉之手。"①妙玉爱上不该爱的人,打坐时胡思乱想,听了两猫叫春而心慌意乱导致走火入魔,真是自作自受。

上文探讨的几乎所有内容,在《吾国与吾民》第五章"妇女生活"中均有所谈及。也就是说,"妇女生活"这一章是对其早期女性探讨的系统概括,也是对后期女性探讨的指导性纲领,它们之间都存在不同程度的互文关系。正如库切所言,"所有的创作都是自传"②。林语堂笔下的女性人物,如《子见南子》中的南子、《老残游记》二集中的逸云、《尼姑思凡》中的女尼、杜十娘、女兵谢冰莹等,以及林语堂文学创作的人物,如《朱门》中的杜柔安、《风声鹤唳》中的丹妮、《红牡丹》中的寡妇红牡丹等,都是敢爱敢恨的,敢于追求爱情,希望能主宰自己命运的革命女性形象。这与林语堂自己的爱情故事有一定的互文关联。林语堂在大学期间与陈锦端两情相悦、情投意合,但是由于陈锦端的软弱,她屈服于富商父亲的压力而失去爱情,而林语堂最终与敢于追求爱情、认为贫穷没有关系的银行家的女儿廖翠凤③结了婚,并厮守终生。因此,林语堂对那些敢爱敢恨、敢于主宰自己命运的女性格外欣赏,愿意多费笔墨也在情理之中。

## 第三节　中外历史人物在林语堂著译中的互文印证

萨莫瓦约在《互文性研究》一书中说:"互文手法告诉我们一个时代、

① 林语堂.林语堂名著全集(第26卷):平心论高鹗.长春:东北师范大学出版社,1994:4.
② 傅小平.库切:所有的自传都在讲故事,所有的创作都是自传.文学报,2017-11-17.转引自中国社会科学网[2019-09-18]:http://ex.cssn.cn/wx/wx_whsd/201711/t20171117_3746565.shtml.
③ 廖翠凤在未订婚之前就暗恋林语堂,因此与林语堂订婚、结婚是其一生最得意的一件事。参见:林语堂.林语堂名著全集(第10卷):林语堂自传　从异教徒到基督徒　八十自叙.长春:东北师范大学出版社,1994:275-276.

一群人、一个作者如何记取在他们之前产生或与他们同时存在的作品。"① 随便翻开林语堂的著作,就可看到文中提及的中外历史人物。林语堂学贯中西,在写作过程中对中西方的典籍和人物信手拈来,帮助读者从已知推向未知,扩大读者的知识面和视野。林语堂笔下的西方人物有许多,比如海涅、尼采、萧伯纳、罗素、弗洛伊德、劳伦斯、耶稣、苏格拉底、毛姆、莫泊桑、赛珍珠,而中国人物更多。中国古代人物有孔子、孟子、老子等诸子百家,还有李白、杜甫、白居易、苏东坡、李清照等;近代人物有袁枚、沈复、曾国藩、郑板桥、辜鸿铭、林纾等;现代人物有孙中山、蔡元培、胡适、鲁迅、周作人、郁达夫、老舍、郭沫若、徐志摩、钱穆、徐訏等。以《毛姆与莫泊桑》②一文为例,林语堂从奚孟农(Simenon)谈到孔子的《论语》,再谈到《红楼梦》,最后谈到苏东坡。然后又从奚孟农谈到莫泊桑,从莫泊桑谈到毛姆,从《羊脂球》(林语堂译为《一团油》)谈到毛姆的作品,最后谈到自己的作品《逃向自由城》。短短一篇文章,如果读者读书不多,尤其是对中外文学知之甚少,又不愿虚心求学,则读起来味同嚼蜡。如果读者对这些人物和作品很熟悉,读起来自然津津有味,联想翩翩。一篇文章告诉我们某个时代的一群人在谈论一个共同的话题,以及之前之后与该话题有关的作品,这就是互文性之用。互文性如网络一般,贯通古今中外。

林语堂与中外人物的关系研究,国内以王兆胜最为精通,他不是国内最早研究林语堂的专家,却是最系统、最持久的一个,尽管 2010 年后他转向其他研究,但其之前发表的论文数量至今无人能超越。笔者通过检索中国知网(2019 年 9 月 12 日检索),发现其在 1995—2009 年发表的 54 篇以林语堂为关键词的文章中,近一半是探讨林语堂与中外名人的关系,绝大部分发表于 2003—2004 年间(图 2-1)。

不过,鉴于其中国文学的学术背景,他主要探讨林语堂与中国名人的

---

① 萨莫瓦约. 互文性研究. 邵炜,译. 天津:天津人民出版社,2002:58.
② 林语堂. 林语堂名著全集(第 16 卷):无所不谈合集. 长春:东北师范大学出版社,1994:420-423.

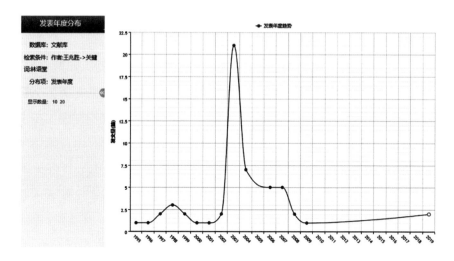

图 2-1　王兆胜以"林语堂"为关键词的论文发表情况

关系,如孔子、孟子、袁枚、梁启超、蔡元培、鲁迅、周作人、徐志摩、钱穆、徐訏、邵洵美、章克标,而对外国名人的探讨不多,仅限于劳伦斯、罗素、弗洛伊德,至于对林语堂影响更大的海涅、尼采、萧伯纳,却没有专题讨论。为了弥补这个缺陷,本节主要探讨林语堂作品与海涅、萧伯纳的关系,林语堂与尼采的关系将在下一章讨论。

## 一、林语堂与海涅

林语堂在《八十自叙》第一章就提出:"一向不读康德哲学,他说实在无法忍受;憎恶经济学;但是喜爱海涅,司泰芬·李卡克(Stephen Leacock)和黑乌德·布润恩(Heywood Broun)。"①这简单一句话,却隐含了大量互文信息,需要读者的心灵感应。句中提到了康德、海涅、司泰芬·李卡克、黑乌德·布润恩这群人,每一个人物都需要仔细研究,林语堂最初是如何认识他们的,读到了他们的哪些书籍,后来是如何发展认识的,在其工作、生活中是如何应用的,在其作品中是如何引用的,等等。这

---

① 林语堂. 林语堂名著全集(第 10 卷):林语堂自传　从异教徒到基督徒　八十自叙. 长春:东北师范大学出版社,1994:246.

里首先以海涅为例,梳理林语堂与海涅的渊源。在一定程度上,林语堂的文学创作之路,是从翻译海涅的作品开始的。

海涅(Von Heinrich Heine,1797—1856)是德国著名诗人和散文家,以抒情诗闻名于世,其政治哲学思想常常具有预言家的先见之明。李智勇最早探讨海涅作品在中国的译介及影响①,卫茂平和张炜均对海涅在中国的译介与研究做了较详细的梳理②。从这些文献中我们得知,辜鸿铭早在 1901 年就在其英文著作《尊王篇》中援引了海涅的《德国,一个冬天的童话》中的两段诗,这是“中国人较早引用并介绍海涅的一个实例”③。20 世纪 20 年代,海涅诗歌的翻译逐渐成为潮流,胡适、鲁迅、林语堂、郭沫若、成仿吾、冯至等都选译过他的诗作,其中以林语堂的译作最多。然而,无论是李智勇还是卫茂平,都没有提到林语堂。到目前为止,仅有一篇文章提到林语堂译介海涅的贡献④。该文指出,姚芮玲、王烨对林语堂的译诗做了较为详细的探讨⑤。

林语堂在德国留学期间,就对海涅产生了浓厚的兴趣,阅读了大量作品,并翻译了其中一部分,深受其影响。在《八十自叙》中,林语堂坦承他在德国留学期间对海涅作品的喜爱:“……我很受他(笔者注:歌德)所著《少年维特的烦恼》的感动,也深爱他的《诗与真理》。但是我读之入迷的是海涅的作品,诗歌之外,应以他的政论文字为最可喜。”⑥据笔者调查,林

---

① 李智勇. 海涅作品在中国的传播和影响. 湘潭大学学报,1990(3):111-113.

② 卫茂平. 德语文学汉译史考辨:晚清和民国时期. 上海:上海外语教育出版社,2004;张炜. 浅谈海涅在中国的译介与研究. 科教导刊(中旬刊),2013(12):161-162.

③ 卫茂平. 德语文学汉译史考辨:晚清和民国时期. 上海:上海外语教育出版社,2004:118.

④ 笔者曾在博士论文“A Critical Study of Lin Yutang as a Translation Theorist, Translation Critic and Translator”(Li, P. City U HK, 2012)中提到林语堂对海涅作品的翻译,因用英文在香港发表,内地读者不易读到。

⑤ 姚芮玲,王烨. 上海《民国日报·杭育》副刊与“海涅情诗选译”研究. 湘潭大学学报,2015(6):121-125.

⑥ Lin, Y. T. *Memoirs of an Octogenarian*(《八十自叙》). 台北:美亚出版公司,1975:51.

语堂首次提到海涅,是于 1921 年 4 月 13 日致北京大学陶孟和的信中。当时他在德国耶拿大学(University of Jena)补修在哈佛大学所缺的学分。信中说:

> ……海呐(即,海涅)这种诗家别国文学中很不容易找见。看他的□差不多无篇不**有新奇意味**。所以我拿定主意把他译成中文。……(《世界丛书》)这是现由你总揽,所以我先把译成的稿的一部分寄上给你裁夺,或者可合于《世界丛书》的宗旨。或者就这几篇先登新青年□□□□□海呐的先声也无不可。……**大概有译成二百篇**,就够了。……译成必做一篇长长的序,论□国语做诗,题材音韵一切问题。……①(黑体为笔者所加)

林语堂当时出国留学,就是为了改良中国语言文学,希望引进西方语言文学,拓宽国人视野,丰富理论。他首先注意到的是海涅的诗歌,希望把海涅诗文中的“新奇意味”介绍到中国来,从而对中国的白话文学创作有所启发。他将海涅的诗翻译成中文,打算先将一部分刊登在《新青年》杂志上,作为先声,译文达到一定数量后再结集出版。

林语堂从德国回来后,立即采取行动。1923 年 11 月 3 日开始,林语堂开始在北京《晨报副刊》发表译作,到 12 月 31 日,以中德对照的形式连载了 10 篇《海呐(涅)选译》;1924 年 2 月至 6 月间,又陆续刊载了海涅的一些诗歌,包括《给 CS 的十四行诗第七》《哀歌叙言》《游鼠歌》《客夫拉城进香》《罗来仙姑》《〈西拉飞恩〉第十四》《窗前故事》《戏论柏拉多式的恋爱》,以及《归家集》《春醒集》的部分诗作。最后一篇译稿《海呐(涅)除夕歌》发表在《语丝》第 1 卷第 11 期上。这段时间里,林语堂主要从事语言学研究及德译汉的工作,但是这些译作后来几乎未受到研究者的关注,林语堂自己也没有将其收录到作品集中——他可能觉得,自己早年的作品都是试笔,不成熟。事实上并非如此。姚芮玲、王烨研究发现,“林语堂特

---

① 耿云志. 胡适遗稿及秘藏书信(第 29 册). 合肥:黄山书社,1994:374-375.

有的翻译风格在这 20 篇海涅译诗中已初步显现",其中《春醒集》的大部分译作保留了海涅诗歌的风貌,而《哀歌叙言》《游鼠歌》《客夫拉城进香》等则译得很通俗化①。客观地说,诗歌是最难翻译的,而林语堂的英文水平尽管很高,但是他当时的中文水平实在有限,译起来估计很吃力。"译成两百篇"的计划最终夭折也就可想而知。

但是,林语堂为引进新思想、新文体而付出的努力不应被忘却。他为此还模仿海涅的风格,试着写了一首中文诗《一个驴夫的故事》,刊载在1924 年 9 月 24 日的《晨报副刊》上。有学者认为该诗是"林语堂对民间文学的摹仿之作,即以民歌体的形式,通俗、浅近、幽默的口吻写就的作品"②。其实,早在 1924 年 4 月 9 日,林语堂就在北京《晨报副刊》上刊登了《译德文"古诗无名氏"一首》(德汉对照版),在诗的结尾,特意说明这是一首古德文民歌。这种民歌体诗在中国古代就有,如《楚辞》。林语堂的中文诗《一个驴夫的故事》,不过是在翻译古德文民歌过程中,模仿该诗的表达形式,把民间文学、自由诗结合起来,率先在诗歌形式上的尝试,构成一种新的文学样式——民歌体叙事诗。这种对民歌体诗的仿作在《有驴无人骑》《关于"强奸〈论语〉"复支先生书》等文中同样存在。类似的诗句在林语堂晚年的著作中也可找到,如《杂谈奥国》一文中有一首咏抽象派女人肖像的打油诗:"远看似香肠,近看蛋花汤。原来是太太,哎呀我的娘!"③又如《无题有感》一文中有咏叹李香君的诗句:"香君一个娘子,血染桃花扇子。气义照耀千古,羞杀须眉男子……"④

需要指出的是,海涅是林语堂的终生灵魂伴侣之一。在其著译中,我们可以发现林语堂不仅翻译了他的作品,还大量引用。其中,对海涅作品的翻译和引用,篇幅最大、引用最多的是在《啼笑皆非》(*Between Tears*

---

① 姚芮玲,王烨. 上海《民国日报·杭育》副刊与"海涅情诗选译"研究. 湘潭大学学报,2015(6):121-125.

② 赵怀俊. 林语堂与民间文学的关联. 山西师大学报(社会科学版),2012(4):85.

③ 林语堂. 无所不谈. 台北:开明书店,1974:654.

④ 林语堂. 无所不谈. 台北:开明书店,1974:695.

*and Laughter* )一书中。鉴于《啼笑皆非》中文版的前部分(第 1—11 章)来自林语堂的自译,那么英文原著中的引用,在中文译本则是翻译,反之亦然。

在《啼笑皆非》第一章,林语堂谈到世界是个大舞台,各种角色粉墨登场,丑态百出,提到海涅在《旅中画景》( *Reisebilder* )书中的一段话①。林语堂引用此段文字显然是为了说明当时国际政局之乱象,各国政治人物都在那里演戏,令人哭笑不得。在第六章,林语堂更是大篇幅引用了海涅的作品,因为海涅是一位伟大的诗人,更是具有先知先觉能力的天才,不仅准确地预言了"所谓'德国革命'及今日纳粹精神之品质",还预言了"欧洲思想萌芽发育之势力"和"欧洲或世界革命"②。这里引用其中一段,与读者分享。

> **共产主义就是这可怕的战士之隐名,他将建立无产阶级的政府,引起轩然大波,来反抗现在中产阶级的辖统。**这两方决斗凶狠可怕。怎样收场呢? 除了神仙以外,没人晓得? 所可确知者,共产主义,**此时虽然卧在亭子间的破草褥上,无人顾问,将来会成为一位异出的英雄**,在这现代的悲剧之短快一幕,扮演伟大的角色。……③

---

① 参见:林语堂名著全集(第 23 卷):林语堂. 啼笑皆非. 林语堂,徐诚斌,译. 长春:东北师范大学出版社,1994:6-7.

② 参见:林语堂名著全集(第 23 卷):林语堂. 啼笑皆非. 林语堂,徐诚斌,译. 长春:东北师范大学出版社,1994:51-54.

③ 这段话在林语堂 1945 年出版的《啼笑皆非》中完整翻译出来了,但是国内后来出版的各个版本均删节了。笔者认为这种删节完全没有必要,因为这是引用海涅的话,而且这段话早已为世人所知:

 Communism is the secret name of the dread antagonist setting proletarian rule with all its consequences against the present bourgeois regime. It will be a frightful duel. How will it end? No one knows but gods and goddesses acquainted with the future. We only know this much: Communism, though little discussed now and loitering in hidden garrets on miserable straw pallets, is the dark hero destined for a great, if temporary, role in the modern tragedy. ...(Lin, Y. T. *Between Tears and Laughter* . New York: John Day, 1943: 56.)

这一来的战争,将成最残酷为祸最烈的战争,不幸将牵入(欧洲)最文明的两国,德国与法国,而使结果两败俱伤。英国是一条大海蛇精,潜时可以潜躲海里深处,而俄国也可以退伏于其茂柏深林寥原寒野上——这两国在平常的政治战争,不管如何打败仗,永远歼灭不了。但在这样的战争,德国处势之危远过他国,法国尤可于最可怜的状态中亡国。

这还不过是那场大剧的第一幕,就像开幕的道白而已。第二幕便是世界革命,这是有钱的贵族阶级和穷民的大决斗。**在这决斗中,也不分宗教国族,只有一个祖国——就是地球——而只有一种主义——就是人类的幸福。**世界各国的传统宗教会不会穷极而思出抵抗——而这会不会成为第三幕?旧有的专制传统会不会改装换调重复登场?这出戏如何下场呢?[①]（黑体为笔者所加）

1842 年,也就是在马克思与恩格斯发表《共产党宣言》的 6 年前,马克思的朋友海涅就预言了共产主义的降临,并表示尽管当时无人问津,未来将扮演伟大的角色。他首先预言了第二次世界大战,预言了英国、法国、德国、俄罗斯在这场战争中的命运——英国、俄罗斯永远不灭,法国灭亡,德国战败后一分为二——预言了苏联在战争中扮演的伟大英雄角色,预言了战争之后的第二幕"世界革命",即无产阶级与资产阶级的斗争,最终导致一系列不分宗教信仰不分国籍的共产主义国家的诞生。唯一遗憾的是,海涅不敢预卜最终的结果,因为他虽然预言共产主义未来会取得胜利,但是对共产主义的破坏力感到恐惧。林语堂非常佩服海涅的预知能力,这在一定程度上影响了林语堂对共产主义的态度,因此,林语堂的反共是有渊源的。今天的读者有机会看到海涅的预言是如何一一兑现的,就不能不佩服其先知先觉的能力。海涅自己也禁不住提醒人们:"当心啊,我是好意,所以尽情吐露这孽煞天机。"[②]他泄露天机,就是希望引起人

① 林语堂. 啼笑皆非. 重庆:商务印书馆,1945:58-59.
② 转引自:林语堂. 啼笑皆非. 重庆:商务印书馆,1945:57.

们重视,避免灾祸。

尽管林语堂引用的这段预言文字如此经典,但是,对于林语堂笔下的海涅,中国读者印象最深的地方,可能是林语堂在《悼鲁迅》一文中的引用:

> 鲁迅与其称为文人,不如号为战士。战士者何？顶盔披甲,持矛把盾交锋以为乐。不交锋则不乐,不披甲则不乐,即使无锋可交,无矛可持,拾一石子投狗,偶中,亦快然于胸中,此鲁迅之一副活形也。**德国诗人海涅语人曰,我死时,棺中放一剑,勿放笔。**是足以语鲁迅。① （黑体为笔者所加）

鲁迅与海涅当然有共同点,尤其是就革命性而言,这方面已经有定论,张玉书在《鲁迅与海涅》②一文已有阐述。周作人在《鲁迅的青年时代》里提到,鲁迅在日本求学期间,学的外语是德文,但是对德国文学不感兴趣,"所有的只是海涅的一部小集子,原因是海涅要争自由,对于权威表示反抗"③。而且鲁迅一直关注海涅,去世前三个月,他还想重读海涅的作品④。所以,林语堂用海涅来类比鲁迅,第一是两者的相似性——战士,第二是对两者极大的尊重。

在《生活的艺术》中,林语堂曾幽默地编造一些公式,称之为"准科学",来分析各国的民族性。

> 现在以"现"字代表"现实感"（或现实主义）,"梦"字代表"梦想"（或理想主义）,"幽"字代表"幽默感",——再加上一个重要的成分——"敏"字代表"敏感性"（Sensibility）,再以"四"代表"最高","三"代表"高","二"代表"中","一"代表"低",这样我们就可以用准

① 林语堂. 悼鲁迅. 宇宙风,1937-01-01(32):395.
② 张玉书. 鲁迅与海涅. 北京大学学报,1988(4):1-8.
③ 转引自:吴晓樵. 鲁迅与海涅译诗及其他. 鲁迅研究月刊,2000(9):81.
④ 吴晓樵. 鲁迅与海涅译诗及其他. 鲁迅研究月刊,2000(9):82.

化学公式代表下列的民族性。①

然后再将这些公式应用到一些著名的作家和诗人身上。例如:

　　莎士比亚——现四　梦四　幽三　敏四

　　德国诗人海涅——现三　梦三　幽四　敏三

　　英国诗人雪莱——现一　梦四　幽一　敏四

　　美国诗人爱伦坡——现三　梦四　幽一　敏四

　　李白——现一　梦三　幽二　敏四

　　杜甫——现三　梦三　幽二　敏四

　　苏东坡——现三　梦二　幽四　敏三②

在林语堂看来,海涅的现实感、梦想、敏感性都很高,而幽默感最高,能与其相提并论的大概只有苏东坡了,因此海涅和苏东坡都成为幽默大师林语堂的偶像,也就不言而喻了。林语堂晚年在《无所不谈》合集的《论东西思想法之不同》一文中探讨辩论对于哲学之重要性时,依旧称赞海涅的幽默:"海涅是个通人,又是幽默大家,写来真有趣。"③

林语堂这位幽默大师,与海涅这位"幽默大家"惺惺相惜,这里我们不得不提到另一位著名的幽默大师萧伯纳。如果说林语堂从海涅那里学习如何作诗,学习其政治哲学思想,那么他从萧伯纳(1856—1950)那里则是学习了如何写戏剧、如何幽默。

## 二、林语堂与萧伯纳

翻译萧伯纳的 *Pygmalion*(《卖花女》)是林语堂早期的主要幽默翻译实践,其最重要的翻译论述《论翻译》也主要是基于该实践的经验总结。

---

① 林语堂. 林语堂名著全集(第23卷):生活的艺术. 越裔,译. 长春:东北师范大学出版社,1994:6-7.

② 林语堂. 林语堂名著全集(第23卷):生活的艺术. 越裔,译. 长春:东北师范大学出版社,1994:10.

③ 林语堂. 无所不谈. 台北:开明书店,1974:95.

在其早年的英译汉翻译活动中,《卖花女》是唯一的畅销译著。《卖花女》1929 年由上海开明书店出版,1931 年修正初版(英汉对照版),1936 年修正后再版,1947 年再度重排出版。但是自 1949 年以后,林语堂的作品在大陆消失了①,《卖花女》也不例外,取而代之的是杨宪益的译本。杨宪益的译本与林语堂的译本相比,孰好孰坏不好评论,只能说各有千秋。但是,杨宪益作为后译者,参考了林语堂的译本,却是不争的事实。1956 年,为纪念萧伯纳 100 周年诞辰,杨宪益受人民文学出版社委托,根据萧伯纳 1912 年的 *Pygmalion* 版本,以《匹克梅梁》为名出版。为何不直接用林语堂的译本而是请人重译? 为何用音译名《匹克梅梁》而不用现成的译名《卖花女》? 对于这些问题,读者如果略知当时的政治环境就不言自明。1949 年以后的 30 年,林语堂及其作品在大陆完全消失,只有在作为反面教材时才会出现。到了 1982 年,中国对外翻译出版公司重印杨宪益的译本,不仅改名为《卖花女》,而且采用的是英汉对照版。无论是译成《匹克梅梁》还是《卖花女》,林语堂的译本都如影随形。任何重译,后译者总是无法摆脱前译者的影响,何况是林语堂的译本。有趣的是,著名翻译家思果在评论杨宪益的译本时称赞说,书名 *Pygmalion* “译为《卖花女》很好”②。不知道杨宪益译本与林语堂译本有互文联系的读者,可能以为思果在赞扬杨宪益,殊不知这是在赞扬林语堂。

　　如前文所言,林语堂翻译萧伯纳的《卖花女》,目的之一是为了学习如何写戏剧,另一目的是为了向中国读者介绍萧伯纳的幽默。萧伯纳首先是著名的戏剧家,然后才是幽默大师。他一生创作了 60 多部戏剧,著名作品有《华伦夫人的职业》《圣女贞德》《卖花女》等,1925 年获得诺贝尔文

---

① 1949 年以后,林语堂遭到“冷藏”,读者只能从鲁迅的作品中看到林语堂的名字。1981 年版《鲁迅全集》注解中的话,基本代表了 1949 年以后中国官方对林语堂的评价:“林语堂……以自由主义者的姿态为国民党反动统治粉饰太平。一九三六年居留美国,一九六六年定居台湾,长期从事反动文化活动。”(鲁迅. 鲁迅全集(第 4 卷). 北京:人民文学出版社,1981:571.)

② 萧伯纳. 卖花女:选评. 杨宪益,译. 思果,评. 北京:中国对外翻译出版公司,2004:iv.

学奖。早在 1924 年,也就是萧伯纳获诺贝尔文学界奖前一年,另一位诺贝尔文学奖得主泰戈尔访华。年轻气盛的林语堂发表《问竺震旦将何以答萧伯纳?》①,对泰戈尔身为亡国奴却在中国大谈精神救国表示不满,同时表达了对萧伯纳抗争精神的崇拜。1928 年,林语堂在翻译《卖花女》期间,根据《论语》和《史记》中有关孔子见卫灵公夫人南子的历史记载,模仿《卖花女》的创作手法,编写了独幕悲喜剧《子见南子》,最初发表于 1928 年 11 月《奔流》月刊第 1 卷第 6 号上。《子见南子》与曹禺的《雷雨》、田汉的《湖上的悲剧》一起被誉为"二十年来新文学运动中最成功的作品","曾震动全国文坛,拥有数百万观众及读者"②。1929 年,山东省立第二师范学校排演此剧,引发了一场轰动全国的《子见南子》风波。这是林语堂一生第一部戏剧作品,也是最后一部。之前以杂文见长的林语堂,在戏剧创作上可谓"不鸣则已,一鸣惊人",可惜昙花一现,成为绝唱。

林语堂从萧伯纳众多的幽默戏剧作品中选择翻译《卖花女》,显然不是偶然的。林语堂作为一名语言学教授,翻译的是一个语言学教授如何把一个卖花女改造成淑女的故事,这不仅与其接受的语言专业训练有关,还与其长期关心的妇女解放运动有关。他编写戏剧《子见南子》,是根据《论语·雍也》中的一则短小故事(只有 23 字):子见南子,子路不悦。夫子矢之曰:"予所否则,天厌之! 天厌之!"戏剧笔法、结构、对白均模仿了《卖花女》。笔者在《翻译与仿作:从〈卖花女〉到〈子见南子〉》③一文中曾有详细的实证研究,这里不再重复。

戏剧创作只是翻译的副产品,幽默才是林语堂重点关注的对象。林语堂在《卖花女》的前言中说:"萧氏的幽默——其实一切的幽默都是如

---

① 泰戈尔访华期间,恰逢其 64 岁生日。在祝寿会上,梁启超赠送给他一个中国名"竺震旦",将"天竺"(中国对古印度的称呼)和"震旦"(古印度对中国的称呼)合二为一,体现中印友谊。

② 伯文. 英译中国三大名剧. 上海:中英出版社,1941:i.

③ 参见:Li, P. & Sin, K. K. Translation and Imitation:From *Pygmalion* to *Confucius Saw Nancy*. *Fudan Journal of the Humanities and Social Sciences*,2013(2):110-127.

此——是专在写实,专在拆穿人生社会,教育,政治,婚姻,医学,宗教……的西洋镜;这是萧氏艺术之宝诀,幽默之真诠。"①林语堂对萧伯纳的幽默一直非常欣赏。尽管 1928 年林语堂翻译《卖花女》之时及之前,幽默还只是林语堂个人关注的重点,没有如 1933 年那样成为社会热点,但是林语堂显然做了充足准备,只是等待时机成熟。

除了翻译萧伯纳的作品,林语堂还写了一系列文章向中国读者介绍萧伯纳:

[1] 问竺震旦将何以答萧伯纳?《晨报副刊》,1924 年 7 月 15 日。

[2] 读《萧伯纳传》偶识,《论语》,第 1 期,1932 年 9 月 16 日。

[3] 谈萧伯纳,申报《自由谈》,1933 年 2 月 17 日。

[4] 谈萧伯纳(续),申报《自由谈》,1933 年 2 月 18 日。

[5] 谈萧伯纳(续),申报《自由谈》,1933 年 2 月 19 日。

[6] 萧伯纳与上海扶轮会,《论语》,第 12 期,1933 年 3 月 1 日。

[7] 萧伯纳与美国,《论语》,第 12 期,1933 年 3 月 1 日。

[8] 水乎水乎洋洋盈耳,《论语》,第 12 期,1933 年 3 月 1 日。

[9] 欢迎萧伯纳文考证,《论语》,第 12 期,1933 年 3 月 1 日。

[10] 有不为斋随笔——再谈萧伯纳,《论语》,第 12 期,1933 年 3 月 1 日。

[11] 萧伯纳论读物,申报《自由谈》,1933 年 5 月 28 日。

[12] A Talk with Bernard Shaw, *The China Critic*, February 23, 1933.

从发表时间可以看出,这些作品绝大部分都是在萧伯纳访华期间完成的。1933 年 2 月 17 日,萧伯纳访问上海,成为当时文坛的一件大事。1924 年泰戈尔访华时,林语堂是无名小卒;这次萧伯纳访华,他无疑是主

---

① 萧伯纳. 卖花女(英汉对照版). 林语堂,译注. 上海:开明书店,1936:i.

要人物之一。他当年写《问竺震旦将何以答萧伯纳?》一文,是否预言了这
一天的到来? 在参与接待的人物当中,林语堂的英文最佳,他利用这个特
长,记录了当时的会谈情况,并与萧伯纳进行了交谈、合影。鲁迅日记简
要记载了当天的情况:

> 午后汽车赍蔡(元培)先生信来,即乘车赴宋庆龄夫人宅午餐,同
> 席为萧伯纳、伊(罗生)、斯沫特列(莱)女士、杨杏佛、林语堂、蔡先生、
> 孙夫人,共八人。饭毕照相二枚。同萧、蔡、林、杨往笔社(笔会),约
> 二十分后复回孙宅。绍介木村毅君于萧。傍晚归。[①]

鲁迅到来之前,萧伯纳在宋庆龄和杨杏佛的陪同下,到中研院与蔡元
培会晤,然后一同到宋庆龄寓所。午饭后拍照,照片两张:一张为"七人合
影照"(图 2-2、图 2-3),另一张为"三人合影照"(鲁迅、萧伯纳与蔡元培)。
下午两点,蔡元培、杨杏佛、林语堂、鲁迅陪同萧伯纳去科学社,会见社会
各界名流。

图 2-2 七人合影照,左起史沫特莱、萧伯纳、宋庆龄、蔡元培、伊罗生、林语堂、鲁迅

---

① 鲁迅. 鲁迅全集(第 16 卷). 北京:人民文学出版社,2005:361.

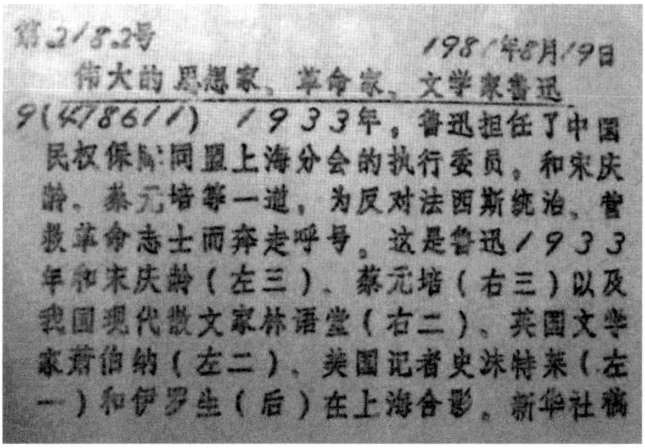
第2/8.2号　1981年8月19日

伟大的思想家、革命家、文学家鲁迅

9(478611) 1933年，鲁迅担任了中国民权保障同盟上海分会的执行委员，和宋庆龄、蔡元培等一道，为反对法西斯统治、营救革命志士而奔走呼号。这是鲁迅1933年和宋庆龄（左三）、蔡元培（右三）以及我国现代散文家林语堂（右二）、英国文学家萧伯纳（左二）、美国记者史沫特莱（左一）和伊罗生（后）在上海合影。新华社稿

图 2-3　1981 年 8 月 19 日 新华社“七人合影照”背面说明

《论语》1933 年第 12 期成为“萧伯纳游华专号”，刊发了“萧伯纳敬告中国人民”的话。萧伯纳指出，中国在危机存亡之秋，应该自救：“中国人民而能一心一德，敢问世界孰能与之抗衡乎？”(With China's people united who could resist her?)①该期用几乎整期的篇幅刊登了蔡元培、鲁迅、林语堂、邵洵美、全增嘏、洪深、宋春舫等对萧伯纳访沪的各种感想。与此同时出版的还有萧伯纳的剧本《安娜珍丝加》(熊式一译，刊《现代》第 2 卷第 5 期)、赵家璧写的《萧伯纳》。尤其是乐雯(瞿秋白)剪贴、翻译并编校，鲁迅作序的《萧伯纳在上海》(上海野草书屋，1933)，为萧伯纳到上海一游留下了较为完整的文字记录，收录了当时著名作家的精辟评论，其中林语堂留下的笔墨最多。感兴趣的读者如果把林语堂 1932 年发表于《论语》第 1 期的《读〈萧伯纳传〉偶识》(见萧伯纳之前)与其 1933 年(见萧伯纳之后)的文章对照着读，一定能发现许多互文联系。例如，《读〈萧伯纳传〉偶识》中的《萧伯纳传》是萧伯纳的朋友赫理斯(Frank Harris)所撰写，未完成而身先死，遗嘱萧伯纳整理付印，“内多嘲萧氏语”②。在《水乎水乎

① 萧伯纳. 萧伯纳敬告中国人民. 论语，1933-03-01(12)：406.

② 林语堂. 林语堂名著全集(第 13 卷)：翦拂集　大荒集. 长春：东北师范大学出版社，1994：330.

洋洋盈耳》①一文中,萧伯纳亲自确认此事,并坦率地说明了内幕:赫理斯太穷了,只好作传卖钱,死后未给妻子留下钱物,希望《萧伯纳传》的出版能帮助她。更有意思的是,他透露说,传记中那些嘲讽萧伯纳的话是他自己加进去的,令人大跌眼镜。

萧伯纳到上海访问一事,林语堂一生津津乐道,晚年在《八十自叙》中再度提起:

> 萧伯纳——民国二十年一个晴朗的冬天,英国大名鼎鼎的作家萧伯纳到了上海。他十分健康,精神奕奕,身后映衬着碧蓝的天空,他显得高硕而英挺。有人表示欢迎之意说:"大驾光临上海,太阳都出来欢迎您,萧先生果然有福气。"萧伯纳顺口答道:"不是我有福气在上海见到太阳,是太阳有福气在上海看见我萧伯纳。"②

这段话同样与《水乎水乎洋洋盈耳》一文中的最后几句话大意相同,只是删除了原文最后对穆罕默德名言的引用:"穆罕默德不去就山,让山来就穆罕默德。"③

遗憾的是,1951年9月,上海《文艺新地》为纪念鲁迅七十周年诞辰,在其第1卷第8期上刊出了这张珍贵的"七人合影照"(图2-2),更准确地说,是"五人合影照",因为林语堂、伊罗生被涂去了。从此以后,全国的报纸杂志就常常刊出"五人合影照",博物馆的展出和收藏,包括北京鲁迅博物馆、上海和绍兴两个鲁迅纪念馆,也同样如此,林语堂、伊罗生就这样消

---

① 林语堂. 水乎水乎洋洋盈耳. 论语,1933-03-01(12):404-405. 这篇文章后来收入《行素集》《我的话》上册),但是该篇在《林语堂名著全集(第14卷):行素集　披荆集》中缺失,想重读此篇的读者恐怕只好去查阅《论语》第12期了。

② 林语堂. 林语堂名著全集(第10卷):林语堂自传　从异教徒到基督徒　八十自叙. 长春:东北师范大学出版社,1994:301.

③ 林语堂. 水乎水乎洋洋盈耳. 论语,1933-03-01(12):405.

失了①。需要特别指出的是，1980 年 10 月，当事人之一伊罗生（Harold S. Isaacs，1910—1986）应中国作家协会和宋庆龄之邀到中国访问，恰好在不同场合看到了这两张不同的照片——唐弢赠送的作品中是"七人合影照"，而公开展览的是"五人合影照"，为此感慨万千②。直到 1981 年 5 月 29 日宋庆龄逝世，这张"七人合影照"才再次公布于世。照片的说明全文是："一九三三年二月十七日，宋庆龄在家里宴请英国文豪萧伯纳等，并合影留念。前排左起：美国记者史沫特莱、中国现代著名教育家蔡元培、中国现代伟大的文学家鲁迅；后排左起：萧伯纳、宋庆龄、美国记者伊罗生、中国现代散文家林语堂。"③从此，这张"七人合影照"完整地与世人见面，而且也为林语堂、伊罗生正了名④。例如，1981 年 8 月 19 日，新华社刊"七人合影照"，背面特意说明（图 2-3）。

除了专文介绍萧伯纳，林语堂在其他文章中也多次引用萧伯纳的话。例如，在《论读书》一文中，林语堂提出每人都有不同的口味，不同年龄有不同的口味，不可强人读书，不然不但无益，反而有害，并引用萧伯纳的话来例证："萧伯纳说许多英国人终身不看莎士比亚，就是因为幼年塾师强

① 据倪墨炎（鲁迅照片出版的曲折历程．档案春秋，2008(6)：6-7)，鲁迅照片中被剪去或涂掉合影者的情况还有不少，比如 1927 年 1 月 2 日，鲁迅、林语堂与泱泱社成员在厦门南普陀合影，林语堂被涂去；1927 年 10 月 4 日，林语堂与鲁迅、许广平、周建人、孙伏园、孙福熙一起合影留念，林语堂、孙福熙被涂去。这些涂掉的照片至今仍然被不明情况的读者误用。
② Isaacs，H. R. *Re-Encounter in China*. Hong Kong：Joint Publishing Co.，1985：125-141.
③ 据宋庆龄在《追忆鲁迅先生》中说："英国文豪萧伯纳，有一次来我家午餐时，同盟的几位会员都在座。"（萧红，俞芳，等．我记忆中的鲁迅先生：女性笔下的鲁迅．石家庄：河北教育出版社，2000：111．）由此可见，受邀参与接待的都是中国民权保障同盟的核心成员（宋庆龄是主席，蔡元培是副主席，杨杏佛是总干事，林语堂是执委会宣传主任，鲁迅和伊罗生是上海分会执委，史沫特莱是宋庆龄的英文秘书），照片中并没有就此说明。
④ 倪墨炎．鲁迅照片出版的曲折历程．档案春秋，2008(6)：6-7.

迫背诵种下的果。"①林语堂强调,读者需要找一位"同调的先贤"或趣味相投的作家作为老师。找到一位思想相近、灵魂发生碰撞的作家,如同找到一位文学上的情人,心甘情愿陪伴一生。他举例说:"尼采师叔本华,萧伯纳师易卜生,虽皆非及门弟子,而思想相承,影响极大。当二子读叔本华、易卜生时,思想上起了大影响,是其思想萌芽学问生根之始。"②碰到喜爱的作家,读书也就流连忘返,乐此不疲。又如,林语堂在《作文六诀》中批评某些作者看不起读者,不知道敬重读者,并引用萧伯纳的作品来例证:"萧伯纳说过'平常妇人和贵妇之别,不在于她的行为风度,是在于你如何待她'(似是《卖花女》语)③。凡读者都要人家当他很有学问,犹如凡妇人都要人当她贵妇。"④《论幽默》⑤和《论言论自由》⑥都有这样的引用,这里就不再一一列举了。

---

① 林语堂. 林语堂名著全集(第13卷):翦拂集　大荒集. 长春:东北师范大学出版社,1994:171.
② 林语堂. 林语堂名著全集(第13卷):翦拂集　大荒集. 长春:东北师范大学出版社,1994:173.
③ 《卖花女》中的原文是:"一位闺淑与一位卖花女的区别不在于她举动如何,而在于人家如何待她。"(萧伯纳. 卖花女//林语堂. 林语堂名著全集(第27卷):女子与知识　易卜生评传　卖花女　新的文评. 长春:东北师范大学出版社,1994:174.)林语堂这里引用的大意如此。
④ 林语堂. 林语堂名著全集(第14卷):行素集　披荆集. 长春:东北师范大学出版社,1994:68.
⑤ 林语堂. 林语堂名著全集(第14卷):行素集　披荆集. 长春:东北师范大学出版社,1994:16.
⑥ 林语堂. 林语堂名著全集(第14卷):行素集　披荆集. 长春:东北师范大学出版社,1994:124.

# 第三章　中英文小品文互文关系研究

在 1934 年《〈人间世〉发刊词》中，林语堂写道："十四年来中国现代文学唯一之成功，小品文之成功也，创作小说，即有佳作，亦由小品散文训练而来。"①这虽然是《人间世》的发刊词，却同时发表在《论语》第 38 期（1934年 4 月 1 日）。一稿两投，在林语堂的写作生涯中不是第一次出现，而是常态。前文谈林语堂在上海的著译时，提到从《语丝》到《中国评论周报》《论语》《人间世》《宇宙风》《天下月刊》等刊物的发展历程，本章重点探讨在这些刊物发展过程中，林语堂的中英文小品文之诞生与发展过程及其相互联系。

## 第一节　林语堂的小品文和 Essay

关于林语堂与小品文的关系，周质平曾做过详细探讨②。关于林语堂与明清小品的关系，王兆胜曾做过详细探讨③。前者主要探讨林语堂在20 世纪 30 年代提倡小品文的背景和动机以及林语堂小品文的风格，而后者主要探讨林语堂对明清小品酷爱和痴情的原因。两人都是林语堂研究专家，对林语堂有独特的见解。笔者无意重复他们的研究，只想从互文性

---

① 　林语堂. 林语堂名著全集（第 17 卷）：拾遗集（上）. 长春：东北师范大学出版社，
　　1994：180.
② 　周质平. 林语堂与小品文. 中国现代文学研究丛刊. 1996（1）：160-171.
③ 　王兆胜. 林语堂与明清小品. 河北学刊，2006（1）：126-136.

视角,对林语堂笔下小品文的来龙去脉进行梳理,探讨他们未及之处。

众所周知,关于英国 essay 和中国散文的关系,最早是周作人在《美文》中提出的,刊于 1921 年 6 月 8 日的《晨报副刊》,当时林语堂尚在国外苦读。不过,读者不知道的是,林语堂早在 1918 年就注意到了英国的essay。他在《新青年》第 4 卷第 4 号发表的《论汉字索引制及西洋文学》文章中认为,白话文除了口语化沟通、普及教育,还应该有各种文体。"……西人亦分 familiar style, conversational style, style of scientific reports, oratorical style, etc.。这都是要做的;但是这讲学说理的一种,(essay style)应该格外注意。"①周作人或许因这篇文章而受到启发。

周作人笔下的美文,既可叙事,又可抒情,很多是两者兼而有之。"这种美文似乎在英语国民里最为发达,如中国所熟知的爱迭生,阑姆,欧文,霍桑诸人都做有很好的美文,近时高尔斯威西,吉欣,契斯透顿也是美文的好手。""但在现代的国语文学里,还不曾见有这类文章,治新文学的人为什么不去试试呢?""我们可以看了外国的模范做去,但是须用自己的文句与思想,不可去模仿他们。"②周作人的美文,很显然就是西方的 essay。他建议新文学的爱好者模仿优秀美文的形式,用自己的语言和思想去写,"给新文学开辟出一块新的土地来"。这种观点在当时无疑是极新的。不过,这种美文可能不易模仿,周作人随后几年努力从中国传统文学中寻找渊源,最终停留在明代公安派。

如果说周作人对美文的注意,可能是受了林语堂的启发,那么林语堂对小品文的注意,则是受了周作人的影响。林语堂早年跟随胡适提倡白话文,认为白话文不仅要大众化,还要有艺术性和文学性。他试图从西方文学里找到办法,最先关注的就是 essay,并尝试模仿写作,但是,他苦于中文古文功底不够,无法在中国传统文学中找到相似文献,只好尝试用英文写,而周作人《中国新文学的源流》的出版无疑为其指明了方向。1932

---

① 林玉堂. 论汉字索引制及西洋文学. 新青年,1918(4):368.
② 周作人. 谈虎集. 石家庄:河北教育出版社,2001:29-30.

年 12 月 16 日,林语堂在《新旧文学》一文中表示说:"近读岂明先生《近代文学之源流》(北平人文书店出版),把现代散文溯源于明末之公安竟陵派(同书店有沈启无编的《近代散文抄》,专选此派文字,可供参考),而将郑板桥,李笠翁,金圣叹,金农,袁枚诸人归入一派系,认为现代散文之祖宗,不觉大喜。"①林语堂终于找到了知音,其中公安派以袁宏道声誉最高。他在《四十自叙诗》中感慨道:"近来识得袁宏道,喜从中来乱狂呼,宛似山中遇高士,把其袂兮携其裾。又似吉茨读荷马,五老蜂上见鄱湖,从此境界又一新,行文把笔更自如。"②从此,林语堂在其主编的刊物上发表了一系列文章,多次谈到"公安三袁",尤其是袁中郎。王兆胜在《林语堂与公安三袁》一文中有详述③。据王兆胜统计,林语堂的文章中对公安三袁的随意点评或大段引用多达 50 次。而且,在林语堂的倡议下,时代图书公司1934 年出版了"有不为斋丛书",这些重刊的书籍都是明清小品文,包括他最喜爱的《袁中郎全集》。即使在晚年,林语堂仍念念不忘这位神交已久的朋友,在《无所不谈》的《四十自叙诗序》中再次提到:"……乐于提倡袁中郎,论语半月刊所作文章,提倡袁中郎的很多。'会心的微笑'亦语出袁中郎。"④

在《袁中郎全集》重刊之前,林语堂通过阅读《近代散文抄》而了解明清小品。在《论语》第 15 期(1933 年 4 月 16 日)刊登的《论文》(上)开篇说道:"近日买到沈启无编《近代散文抄》下卷(北平人文书店出版),连同数月前购得的上卷,一气读完,对于公安竟陵派的文章稍微知其涯略了。此派文人的作品,虽然几乎篇篇读得,甚近西文之 Familiar essay (小品文)……"⑤这样,林语堂 1918 年在《新青年》上发文希望大家"格外注意"

---

① 林语堂. 林语堂名著全集(第 14 卷):行素集　披荆集. 长春:东北师范大学出版社,1994:180-181.
② 林语堂. 无所不谈. 台北:开明书店,1974:711.
③ 王兆胜. 林语堂与公安三袁. 江苏社会科学,2003(6):158-164.
④ 林语堂. 无所不谈. 台北:开明书店,1974:709.
⑤ 林语堂. 林语堂名著全集(第 14 卷):行素集　披荆集. 长春:东北师范大学出版社,1994:145.

的 essay 终于有了注脚。半年后,林语堂在《论语》第 28 期(1933 年 11 月 1 日)刊登了《论文》(下)。林语堂的《论文》上下两篇,就是模仿了《近代散文抄》中袁宗道的《论文》上下两篇。林语堂觉得《近代散文抄》中的文学理论,"又证之以西方表现派文评,真如异曲同工"①。从此,林语堂在其作品中大量引用《近代散文抄》中的材料,参照西方表现派观点,来论述自己的观点。对于《袁中郎全集》,林语堂说,这是他最爱读的书籍之一:"向来我读书少有如此咀嚼法。"②

除了袁中郎,林语堂对李渔、袁枚、沈复也情有独钟。李渔的《闲情偶寄》和袁枚的《小仓山房尺牍》、沈复的《浮生六记》在林语堂的英文著作中被多次征引或翻译。陈继儒、屠隆、张潮等都是林语堂作品中反复出现的人物。在《生活的艺术》自序中,林语堂提到了白居易、苏东坡、屠赤水(即屠隆)、袁中郎、李卓吾、张潮、李笠翁、袁子才、金圣叹等。他认为这些灵魂是与他同在的,他们之间在精神上是相通的——他与这些不同时代的人有着同样的思想,有着同样的感觉,彼此之间完全了解。张潮的《幽梦影》是一部文艺格言随感小品集,也是一部人生格言集,全集由《幽梦影》《幽梦续影》《围炉夜话》三书组成。《幽梦影》收录作者格言、箴言、哲言、韵语、警句等 219 则。林语堂非常欣赏这种小品文,因此在《生活的艺术》里花了不少篇幅提及,取名《张潮的警句》。1960 年,他编辑的《古文小品译英》在美国出版时,曾重译此书。后来,台北正中书局在 1988 年出版了这个英译本,大陆则在 2002 年由百花文艺出版社出版了这个译本③。

林语堂在《人间世》及其他刊物发表了一系列探讨小品文文体的文章,比如《说小品文半月刊》《论小品文笔调》《大学与小品文笔调》《小品文之遗绪》《还是讲小品文之遗绪》等。这些文章都存在互文联系,促进了小

---

① 林语堂. 林语堂名著全集(第 14 卷):行素集 披荆集. 长春:东北师范大学出版社,1994:146.

② 林语堂. 一九三四年我所爱读的书籍. 人间世,1935-01-05(19):66.

③ 参见:李平,冼景炬. 翻译中的回译——评《中国与印度之智慧》的中译. 译林,2009(4):215-217.

品文的生存与发展。1933 年 10 月,鲁迅在《小品文的危机》一文中,也承认五四运动以后,"散文小品的成功,几乎在小说戏曲和诗歌之上。这之中,自然含着挣扎和战斗,但因为常常取法于英国的随笔(Essay),所以也带一点幽默和雍容"①。因此,鲁迅、林语堂、周作人等都欣赏 essay,并希望可以借鉴这种形式。而且,在林语堂的推动下,小品文的刊物销量特别好,新刊物不断涌现,1934 年成为"小品文年"。有一篇名为《小品文万岁!》的文章这样说:

> 一九三四的文坛是"杂志年",是"小品文年"……大部分刊物的内容都是非常充实的,至关于文学上的写作,则小品文确为唯一的收获,我们发现了这种"奇兵"式的"小摆式",竟有极大的力量存在……作家们应该以一九三四年的小品文为楷模,而更加努力起来! 让我们来喊一声"小品文万岁!"②

小品文如此之受社会大众欢迎,这恐怕是一向批评小品文的鲁迅——他认为,小品文已经成为"小摆设","走到了危机"③——所想不到的。在晚年,林语堂再次谈及小品文。他说,"在中文所谓小品文,在英文似乎就是 familiar essay,其义指熟友闲谈"④。林语堂提出小品文应有四字:清、真、闲、实,据此,他认为周作人的散文是正宗的白话文⑤。他在《无所不谈》中特意提到姚颖及其小品文:《姚颖女士谈大暑养生》和《再谈姚颖与小品文》,并在《八十自叙》引用了小品文《言志篇》和《有不为斋解》。

在结束本节之前,笔者想要特别说明一下,林语堂在大量写中文小品

---

① 鲁迅. 鲁迅全集(第 4 卷). 北京:人民文学出版社,2005:592.

② 原载《出版消息》第 42 期,1934 年 12 月 20 日,转引自:满建,杨剑龙. 论都市文化语境与"小品文年"的生成. 都市文化研究,2014(1):30.

③ 鲁迅. 鲁迅全集(第 4 卷). 北京:人民文学出版社,2005:592.

④ 林语堂. 林语堂名著全集(第 16 卷):无所不谈合集. 长春:东北师范大学出版社,1994:289.

⑤ 林语堂. 林语堂名著全集(第 16 卷):无所不谈合集. 长春:东北师范大学出版社,1994:290.

文之前,已经用英文写了许多 essay,发表在《中国评论周报》上,而这些 essay 后来大部分都被林语堂用中文翻译或重写,再次发表在《论语》《人间世》《宇宙风》等刊物上,后来几乎全部收录到《小评论:林语堂双语文集》中。无论是中文小品文还是英文小品文,都很受普通读者喜欢。但是,林语堂抱怨说:

> 明明同一篇文章,用英文写就畅快,可以发挥淋漓,用中文写就拘束,战战兢兢。写了之后,英文读者都觉得入情入理,尚无大过;而在中国自以为并非"小市民",但也不见得是真"普罗"的批评家,便觉得消闲落伍,风月无边,虽然老老实实,我一则不曾谈风月,二则不曾谈女臀。事实上义务检查员既多,我被发觉的毛病自也不少,个人笔调也错,小品文也错,幽默也错,谈古书也错,甚至谈人生也错,虽然个人笔调,小品文,幽默,古书,大家都在跟我错里错。《论语》讽刺社会之黑暗,则曰,将军阀罪恶化为一笑了之;不讽刺,则又是消闲之幽默。并非不是小市民之假普罗说,你不应喜袁中郎。上海滩浪新文人说,你不应写小品文。我除了战战兢兢拜受明教以外,惟有点首称善。然而写中西文之不同是无可讳言的事实了。我文既无两样,影响确又不同,是诚咄咄怪事。①

读了这段文字,读者可以想象林语堂当时因为写作而面临的种种压力。自由著译,说来容易,做起来很难,尤其在当时的中国。因此,林语堂如何戴着脚镣跳舞,如何在夹缝中求生存,如何巧妙利用两种语言的审查制度和读者反应,来充分表达个人观点,这些都值得探讨。

## 第二节　一个文本,两种表述:林语堂的双语小品文

林语堂是著名的双语作家。20 世纪 30 年代,林语堂在上海主编《论

---

① 林语堂. 林语堂名著全集(第 18 卷):拾遗集(下). 长春:东北师范大学出版社,1994:200-201.

语》《人间世》《宇宙风》等刊物,组织国内几乎所有知名作家,发表了大量作品,与此同时,他还在《中国评论周报》《天下月刊》等英文刊物上发表了大量作品,后来又以《吾国与吾民》《生活的艺术》《京华烟云》《孔子的智慧》《中国与印度之智慧》等 30 部英文作品扬名世界。林语堂毕生从事双语写作,穿梭于中西文化之间,却很少有人将他的双语作品对照来看,其双语作品一直没有全集,也没有系统研究。钱锁桥编的《小评论:林语堂双语文集》是第一本真正的双语文集①,收录了 50 组林语堂于 1930—1936 年间完成的双语小品文。这些作品并非单纯的一字一句的翻译,林语堂同时集作者和译者身份于一体,针对不同读者和语境对原文进行了不同程度的**重写**,两者的互文关系值得研究。对照来看,林语堂在作品中坚持一贯的幽默、生动、智慧、洞察力,自成景观。

## 一、《小评论:林语堂双语文集》②

首先需要说明一下,钱锁桥编的《小评论:林语堂双语文集》(本节后简称《文集》)不是林语堂的第一本中英双语对照版作品。林语堂"常以出版中英对照文集协助青年自修英文为念"③,早在 1929 年就出版过英汉对照版《卖花女》(萧伯纳著),1939 年又出版了汉英对照版《浮生六记》(北京外语教学与研究出版社于 1999 年重版)。后来他的女婿黎明继承其遗志,把林语堂英文作品中的翻译部分和(中译英)译著编成中英对照版,先

---

① 2001 年,中共中央党校出版社出版了两册《林语堂评说中国文化(1930—1932)》和《林语堂评说中国文化(1933—1935)》,它们是林语堂 1935 年在上海商务印书馆出版的 *The Little Critic:Essays,Satires and Sketches on China*(*First Series*:1930—1932)和 *The Little Critic:Essays,Satires and Sketches on China*(*Second Series*:1933—1935)的中文本,但不是双语版。

② 本节部分内容笔者发表过(参见:李平.一个文本,两种表述:《林语堂双语文选》简评.外语研究,2012(1):107-109.),这里有大量改动。钱锁桥最初编选的是《林语堂双语文选》(香港中文大学出版社,2010),后来又编了《小评论:林语堂双语文集》(北京:九州出版社,2012)。《文选》仅选取 25 篇双语文本,而《文集》是 50 篇。也就是说,《文选》是《文集》的一部分。

③ 林语堂.不亦快哉.台北:正中书局,1991:2.

由台北正中书局出版,后来由天津百花文艺出版社 2002 年再版。这一系列中英对照文集包括《板桥家书》《东坡诗文选》《西湖七月半》《扬州瘦马》《冥寥子游》《记旧历除夕》《不亦快哉》《幽梦影》。国内出版的中英文双语文选不少,但是中英文皆出自一人之手的却很少,而《文集》里的文章都出自林语堂之手。不过,这些文章并非第一次出现。早在 2001 年,中共中央党校出版社就对照着林语堂在 1935 年出版的英文作品 *The Little Critic* 上下册,出版了中文版《林语堂评说中国文化》上下册,作为其英文作品的姊妹篇。编者在前言中提及:"20 世纪 30 年代,中国著名作家林语堂曾自己选编英文小品集两卷刊行,其中大部分又由他本人译出发表在当时的一些期刊上,或收录于他的《翦拂集》《大荒集》《行素集》《披荆集》《讽颂集》等散文集中。"①这种说法大致是正确的,但也有不当之处:《翦拂集》是 1928 年 12 月上海北新书局出版的,主要收集林语堂来上海之前在《语丝》上发表的作品,与英文小品文没有任何关系②;而《讽颂集》是他人根据林语堂的英文小品集 *With Love and Irony*(1940)翻译的,不是林语堂的原文。这些错误导致《林语堂评说中国文化》中他人的译文与林语堂的自译混成一团,误导了读者,降低了作品的学术价值和文学价值。很显然,钱锁桥意识到这个问题,并试图纠正这些错误,希望为读者提供一个准确无误的、有学术和文学价值的中英双语文集。

钱锁桥编的《文集》几乎实现了目标。这本文集对林语堂研究、跨文化研究和翻译研究都提供了很好的一手材料。林语堂虽然没有编过自己的双语作品集,但是,其双语作品的双语特性及其互文关系却是公开的"秘密"③。就翻译领域而言,高健和王正仁等早在 1994 年就注意到林语

---

① 林语堂. 林语堂评说中国文化(1930—1932). 北京:中共中央党校出版社,2001:ii.

② 《中国评论周报》创刊于 1928 年 5 月 31 日,而 1928 年林语堂仅在该刊发表了两篇文章,第一篇文章"Some Results of Chinese Monosyllabism"刊于 1928 年 11 月 15 日,第二篇"Lusin"刊于 1928 年 12 月 6 日。

③ 钱锁桥. 小评论:林语堂双语文集(英汉对照). 北京:九州出版社,2012:34.

堂的双语自译现象,并进行了初步研究①。姜秋霞等进一步研究了林语堂中英文小品文的互文关系②。近几年,笔者发表了多篇关于林语堂自译的研究成果③。但是,这些研究基本上都是基于个案研究,林语堂的作品中到底多大比例是翻译,多大比例是重写、改写或者创作,至今无人做全面的研究,也无法给出具体的数字。但是,《文集》至少给读者和研究者提供了一个清楚的答案:至少有 50 组这样的姊妹篇。这些姊妹篇可以让读者看到:有些中文几乎是英文的全译——中英文 90% 以上对应,如《为洋泾浜英语辩》《广田示儿记》;有些几乎是重写——主要意思大致相同,但是对应文本(以句为单位)低于 50%,如《上海之歌》《中国文化之精神》;而绝大部分姊妹篇是介于两者之间。这与笔者所做的研究结果基本一致④。

该《文集》虽难称为完美,仅收录了 1930—1936 年间的双语小品文,但依旧是迄今最好的。林语堂的小品文创作,从 20 世纪 20 年代开始,到 70 年代结束,有几百篇之多。无论是林语堂本人还是其家属,似乎都无意出版《林语堂全集》,因此,他们当时没有刻意保留或者搜集林语堂的全部作品。如今时代久远,很多资料更是难以寻觅。笔者多年来苦心搜集⑤,至今仍有不少林语堂作品仅知其名,不见其文。由于版权问题,

---

① 高健. 近年来林语堂作品重刊本中的编选、文本及其它问题. 山西大学学报,1994(4):42-50;王正仁,高健. 林语堂前期中文作品与其英文原本的关系. 外国语,1995(5):49-54.

② 姜秋霞,金萍,周静. 文学创作与文学翻译的互文关系研究——基于林语堂作品的描述性分析. 外国文学研究,2009(2):89-98.

③ Li, P. Self-translation as Rewriting:A Study of Lin Yutang's Bilingual Works. Paper presented at The FIT Fifth Asian Translators Forum, hosted by Association of Indonesian Translators, Bogor, Indonesia, 2007-04-12;李平,程乐. 从自译视角看忠实的幅度:以林语堂为例. 浙江工商大学学报,2012(5):86-90;李平,杨林聪. 林语堂自译《啼笑皆非》的"有声思维". 中南大学学报,2014(1):267-272.

④ 李平,程乐. 从自译视角看忠实的幅度:以林语堂为例. 浙江工商大学学报,2012(5):86-90.

⑤ 笔者在专著《译路同行——林语堂的翻译遗产》(2014)附录中所列的文献,基本上都是笔者当时所掌握的。近几年笔者又搜集了不少,将陆续补充。

《林语堂全集》①的出版,恐怕要等到林语堂作品的版权保护期结束才有望看到。

正如《林语堂评说中国文化》的编者所言:"凡作家某一时著文,必与当时社会环境、个人生活状况休戚相关。写何样文章、以怎样风格选编文集,无不反映作家内心的感悟。后人读其文,其形式与历史原状愈接近,体会作家当时心境愈接近,而与大师思维的贴近,或能提高我们自己的素养。"②每篇文章的写作语境——社会环境、个人处境等——都不尽相同,林语堂当然也是这样的。钱锁桥也意识到语境的重要性:"林语堂在创作这些双语作品时,总是以不同语种的读者为首要考量。两个文本间在文章结构及内容上都有不同程度的调整挪用,有时加一点,有时减一点。大部分双语散文本来不是同时发表的,重写的语境当然也会有所不同。"③他在《文集》最后一部分为读者提供了相关的语境,即"文章来源",列出了这50篇中英对应小品文发表的具体时间。这无疑有助于读者(尤其是研究者)了解这些小品文的创作语境。例如,姜秋霞等犯过此类错误,把《纪春园琐事》误以为是"汉语前文本"(创作的文本),而把"Spring in My Garden"误以为是"英语超文本"(重写的文本)④。事实上,英文稿 1934年 5 月 10 日刊于 *The China Critic*,而中文稿 1934 年 6 月 5 日刊于《人间世》第 5 期。

《文集》把两个文本按照英文中文的先后顺序排列,读者根本无法判断哪个先写(原文?)哪个后写(译文?),或者想当然地认为林语堂先写英文后写中文。这是不是暗示读者:英语稿先写,而中文稿后写或者翻译?事实上,这种判断大多数情况下是正确的,但凡是均有例外。以《论言论

---

① 梅中泉主编的《林语堂名著全集》(东北师范大学出版社,1994)算是目前最全的林语堂著作,但仍不尽如人意,收录过程中作品有遗漏和删节,还有大量公开发表的作品未收录,私人信函和日记就更不用谈了。

② 林语堂. 林语堂评说中国文化(1930—1932). 北京:中共中央党校出版社,2001:ii.

③ 钱锁桥. 小评论:林语堂双语文集(英汉对照). 北京:九州出版社,2012:33.

④ 姜秋霞,金萍,周静. 文学创作与文学翻译的互文关系研究——基于林语堂作品的描述性分析. 外国文学研究,2009(2):93.

自由》为例,其英文稿发表于 1933 年 3 月 9 日,而中文稿发表于 1933 年 3 月 16 日。然而,林语堂在英文稿和中文稿中的副文本中都做了说明,中文注明是"三月四日在上海青年会关于民权保障同盟之演讲稿",英文注明是"Notes from a Chinese lecture on the China League for Civil Rights, delivered at the Chinese Y. M. C. A. March 4, 1933"。这样,我们就可以得出结论:虽然英文稿发表在前,但是原始文稿其实是中文。由此判断,钱锁桥在"引言"中两次提到的"这些双语作品中都是英文在先"①、"这些中文小品写于英文之后"②都是不正确的。如果既没有出版日期,也没有提供副文本(注释),读者就很可能信以为真了。黎昌抱在其国家社科项目成果《基于平行语料库的文学自译现象研究》(2017)中就轻信了他的话,结果语料库中的语料出差错。他在注释中特别说明:

> 本语料库中林语堂的双语语料除 *Between Tears and Laughter* (《啼笑皆非》)③外均选自钱锁桥编的《小评论:林语堂双语文集》(九州出版社,2012 年)。笔者根据作者林语堂的英语和汉语文本发表时间先后判定其为英译汉文本或者汉译英文本,下同。此篇《萨天师语录(三)》发表于 1928 年 4 月的《语丝》第四期,其英文 A Pageant of Costumes 发表于 1931 年 3 月的 *The China Critic* (IV)。④

笔者研究发现,在《文集》中,至少有四篇文章是先有中文文本(前文本)后有英文文本(后文本),而不是一篇。除了《萨天师语录(三)》,还有《论现代批评的职务》《假定我是土匪》《谈言论自由》。林语堂或编辑一般

---

① 钱锁桥. 小评论:林语堂双语文集(英汉对照). 北京:九州出版社,2012:25.

② 钱锁桥. 小评论:林语堂双语文集(英汉对照). 北京:九州出版社,2012:31.

③ 黎昌抱在《基于平行语料库的文学自译现象研究》(高等教育出版社,2017:66)的英汉自译语料中选取林语堂《啼笑皆非》的前 13 章是错误的。林语堂在中文译本序言中说得很明白:"本书第一至第十一篇,由著者自译,十二篇以下,由徐诚斌先生译出。"(林语堂. 林语堂名著全集(第 13 卷):啼笑皆非. 林语堂,徐诚斌,译. 长春:东北师范大学出版社,1994:中文译本序言 5.)

④ 黎昌抱. 基于平行语料库的文学自译现象研究. 北京:高等教育出版社,2017:67.

在后本文(或译本)的卷首语、前言、后记中予以说明,只要找到后文本,仔细阅读,就可发现。不过,由于编者的粗心或者编辑的有意无意操作,《文集》中的文本与原文本还是略有出入。这一点在后面"副文本之卷首语"中有详谈。

比较还发现,林语堂这些姊妹篇的时间跨度长短不一。从发表时间来看,有的间隔长达三四年,比如英文"A Hymn to Shanghai"1930 年 8 月 14 日刊于 *The China Critic*,而中文《上海之歌》1933 年 6 月 16 日刊于《论语》第 19 期;有的相隔不到几天,比如英文"The Beggars of London"1934 年 3 月 29 日刊于 *The China Critic*,而中文《伦敦的乞丐》1934 年 4 月 1 日刊于《文学》月刊第 2 期。从发表时间的先后来判断,我们猜测是先有英文稿,后有中文稿;但是考虑到文章发表的档期问题,我们也可以猜测,有些姊妹篇可能是同时写的。无论时间长短,中英文稿的内容大致相同,甚至完全一样,两者的互文关系显而易见。

钱锁桥曾经在 2006 年台北"林语堂国际研讨会"上宣读过《文集》前言的部分内容,并提供了双语版样文《上海之歌》。马悦然(Göran Malmqvist)和顾彬(Wolfgang Kubin)当场提出质疑。他们认为,中文版与英文版是完全不同的作品。马悦然认为:"身为一个翻译家,他有一个双方面的责任,既要对得起原文的作者,同时也要对得起他的读者,他什么都不能加上,也什么都不能删掉。"①他还认为,所有已经发表的作品都属于读者,作者自己"没有权力,或不应有权力以后来改变他已经发表的作品"②。因此,在他们看来,林语堂的这些作品不是翻译,而是创作,为不同读者而进行的创作。由于中文和英文是作为独立文本先后分开发表的,而不是双语对照版,因此当时的读者只能或只需读其中一个文本即可。《文集》把两个文本并列——先英文稿,后中文稿,编者的良苦用心也

---

① 林语堂故居. 跨越与前进:从林语堂研究看文化的相融/相涵国际学术研讨会论文集. 台北:秀威资讯科技股份有限公司,2007:245.
② 林语堂故居. 跨越与前进:从林语堂研究看文化的相融/相涵国际学术研讨会论文集. 台北:秀威资讯科技股份有限公司,2007:245.

许是出于研究需要,但这恐怕与林语堂当初的写作目的相违背。这种情况在当时那个时代也许没有必要,但对于今天的读者而言,这种工作无疑十分有意义,因为这些原始文本,无论是英文稿还是中文稿,对于一般读者和研究者而言,都不容易得到。而且,无论是比较文学界还是翻译界,对自译现象或者"一个文本,两种表述"这种现象都比较关注。我们无须如巴斯内特(Bassnett)①那样去深究这种现象算不算翻译,而应该尽可能去描述和研究它。林语堂是少数几个可以用中英文同时创作的作家,也是为数不多汉译英、英译汉都有名译的翻译家。同时,林语堂也可能是自译最多的中国作家/翻译家——假如我们把这种作品看作自译的话。萧乾、白先勇、张爱玲等人的自译虽然不多,但已经引起不少研究者②的注意。桑仲刚在其对中外自译研究的综述中提到了这些研究,但却没有提到林语堂③。相信这本《文集》有助于自译研究和林语堂翻译研究的继续进行。同时,该《文集》对中国文学研究也提出了挑战:中国作家在中国用英语写作,这些英文作品是否与其中文作品一样属于中国文学研究范畴?

## 二、副文本之卷首语

副文本,顾名思义,指正文以外的内容。卷首语、夹注、脚注、尾注、前言、后记等都属于副文本。"无论是何种情况,卷首语都是一种既基本又典型的互文性手法。"④卷首语的形式多样,可能是引用别人的一句话,几句话,甚至一个小故事,并提供作者及出处。这种句子放在文本开始处,

---

① Bassnett,S. When is a translation not a translation? In Bassnett,S. & Lefevere,A.（eds.）. *Constructing Cultures：Essays on Literary Translation*. Shanghai：Shanghai Foreign Language Education Press,2001：30.

② 例如:吴波. 从自译看译者的任务——以《台北人》的翻译为个案. 山东外语教学,2004(6):65-68;林克难. 增亦翻译,减亦翻译——萧乾自译文学作品启示录. 中国翻译,2005(3):44-47;陈吉荣. 基于自译语料的翻译理论研究:以张爱玲自译为个案. 北京:中国社会科学出版社,2009.

③ 桑仲刚. 探析自译——问题与方法. 外语研究,2010(5):78-83.

④ 萨莫瓦约. 互文性研究. 邵炜,译. 天津:天津人民出版社,2002:55.

"和主体文本相分离,凌驾于主体文本,或是从某种意义上引出主体文本"①。下文有意对林语堂作品中副文本的互文现象做一些探讨。

林语堂的英文作品常常出现卷首语。大家最熟悉的可能是《京华烟云》中的三段卷首语:

**上卷"道家女儿"卷首语**:大道,在太极之上而不为高,在六极之下而不为深,先天地而不为久,长于上古而不为老。——庄子《大宗师》

**中卷"庭院悲剧"卷首语**:梦饮酒者,旦而哭泣;梦哭泣者,旦而田猎。……是其言也,其名为吊诡;万世之后,而一遇大圣知其解者,是旦暮遇之也。——庄子《齐物论》

**下卷"秋之歌"卷首语**:故万物一也,是其所美者为神奇,其所恶者为臭腐,臭腐化为神奇,神奇复化为臭腐。——庄子《知北游》

大家都知道,林语堂的《京华烟云》是用英文写的,也就是说,林语堂把上面三段卷首语翻译成英文,后来的译者再回译成中文。从这些卷首语,基本可以看出林语堂的人生哲学——浮生若梦,这也是这本书的主旨。林语堂的大女儿林如斯如是说:"全书受庄子的影响;或可说庄子犹如上帝,出三个题目教林语堂去做。"②卷首语对全文的统领作用可见一斑。又如,《吾国与吾民》第 3 页(扉页之后的一页)上的一段话"Truth does not apart from human nature. If what is regarded as truth departs from human nature, it may not be regarded as truth. —Confucius"③出自《中庸》第十三章:"子曰:道不远人,人之为道而远人,不可以为道。"林语堂通过这段卷首语,引出全文主题。truth 很显然是全书的核心词汇,前后出现高达 35 次。林语堂的目的,就是要告诉世人一个真实的中国。在一定程度上,《吾国与吾民》是对美国明恩溥的《中国人的特征》和辜鸿

---

① 萨莫瓦约. 互文性研究. 邵炜,译. 天津:天津人民出版社,2002:53.

② 林如斯. 关于《瞬息京华》//林语堂. 瞬息京华. 郁飞,译. 长沙:湖南文艺出版社,1991:797.

③ Lin, Y. T. *My Country and My People*. New York:John Day, 1935:v.

铭的《春秋大义》的续写。明恩溥在《中国人的特征》一书中，根据自己对中国底层百姓的观察，基于自己的西方传教士身份，以西方的思想文化作为标准，对中国人的性格做了总结。因此，他笔下的中国人大多是负面形象，比如中国人麻木不仁、缺乏同情、相互猜疑、言而无信等。辜鸿铭对这些信息很不满，认为明恩溥对中国文化有偏见，于是努力用自己的笔改变部分西方人对中国的偏见，试图维护中国文化的尊严。这两本书在西方都有一定影响力，甚至影响了中国现代知识分子，如胡适、鲁迅[①]、林语堂等。在《吾国与吾民》出版前，林语堂曾多次探讨中国国民性问题，都是基于明恩溥和辜鸿铭的著作提出的不同意见。正如赛珍珠在序言中所言，中国当时有一个重要运动，那就是中国年轻知识分子重新认识自己的祖国[②]。问题是，中国如此之大，人数如此之多，各地语言文化风俗均有差别，要想完整认识中国，谈何容易！林语堂对此心知肚明，因此他在前言中就开门见山地指出，这本书只是他个人的见解，无意与他人辩论，尽管会冒犯许多阐述中国的作家，但他愿意接受一切批评[③]。而林语堂的这本书，在赛珍珠看来，是"历来有关中国的著作中最真实、最深刻、最完备、最重要的"（the truest, the most profound, the most complete, the most important book yet written about China）[④]。

又如，《啼笑皆非》的英文版（1943）和中文版（1945）第 3 页同样引用了一些中外名人的话，引导读者去思考。

> "The Sage is one who has first discovered what is common in our hearts." —MENCIUS

① 鲁迅先生在临终前十四天发表的《"立此存照"（三）》中说道："我至今还在希望有人翻出斯密斯的《支那人气质》（即明恩溥的 *The Chinese Characteristics*，笔者注）来。看了这些，而自省，分析，明白那几点说的对，变革，挣扎，自做工夫，却不求别人的原谅和称赞，来证明究竟怎样的是中国人。"（鲁迅. 鲁迅全集（第 6 卷）. 北京：人民文学出版社，2005：649.）

② Lin, Y. T. *My Country and My People*. New York：John Day, 1935：vii.

③ Lin, Y. T. *My Country and My People*. New York：John Day, 1935：xiii.

④ Lin, Y. T. *My Country and My People*. New York：John Day, 1935：xii.

圣人先得我心之所同然者也。——孟子

"O my friend, why do you, who are a citizen of the great and mighty and wise city of Athens, care so much about the laying up of the greatest amount of money and honor and reputation, and so little about Wisdom and truth?" —SOCRATES on trial

我的朋友，你是这伟大贤达雅典强邦的市民，何以汲汲名利权势，而忽略道义与真理？——苏格拉底供辩

"The building of a peaceful world is not something to be accomplished by the writing of a treaty. It takes time to work out the relationships of men and women, but if we hope for peace, it must be done." —ELEANOR ROOSEVELT

建设和平世界，不是签订条约所能达到的。匡正伦常，非一朝一夕所能办到，但欲求和平，非先正人伦不可。——罗斯福夫人①

这些话看似与《啼笑皆非》中探讨的第二次世界大战期间的国际政治无关，其实林语堂是借孟子来为自己撑腰，借苏格拉底来批评西方强国自私自利、不顾道义与真理、欺辱中国和印度，借罗斯福夫人的话来说明同盟国之间的伦理道德比与德日签订条约更有用。上文三段话，林语堂先把孟子的话翻译成英文，引用了苏格拉底和罗斯福夫人的话，然后又把后者翻译成中文。可惜后来的编辑意识不到卷首语的重要性，在再版中予以删除，现在图书市场上见到的中文版《啼笑皆非》都删除了这三段卷首语，切断了其与正文的互文联系。国内出版的《吾国与吾民》的卷首语同样难逃此厄运。

林语堂的著作尚且如此，小品文就更不用说了。林语堂习惯于在小品文正文前写卷首语、小序、小引或加副标题，一般用来说明写作原因、写作背景，然后引入正文。例如，《广田示儿记》中文版有一段卷首语，向读

---

① 林语堂. 啼笑皆非. 重庆：商务印书馆，1945：3.

者解释其所写文章的缘由及背景。

> 牛津大学 Beverley Nichols 著有 *For Adults Only* 一书，全书为母女或母子之问答。儿子大约八九岁，有孔子"每事问"之恶习，凡事寻根究底，弄得其母常常进退维谷，十分难堪。但其母亲亦非全无办法，每逢问得无话可答之时，即用教训方法，骂他手脏，或未刷牙，或扯坏衣服，以为搪塞。前为《文饭小品》译氏所作《慈善启蒙》，乘兴效法作一《广田示儿记》，登英文《中国评论周报》，兹特译成中文。①

这段文字为我们提供了不少互文信息。第一是牛津大学著名辩论家尼哥罗斯(Beverley Nichols，1898—1983)著有《只给成年人看》或《禁止儿童阅览》(*For Adults Only*，1932)一书，并简要介绍了该作品的内容。第二是林语堂翻译了尼哥罗斯的《慈善启蒙》一文，刊登在《文饭小品》上。第三是林语堂仿作了英文版《广田示儿记》，刊登在《中国评论周报》，现在读的是中文译本(刊《论语》第 65 期，1935 年 5 月 16 日)。感兴趣的读者从这些信息下手，可以首先去查阅尼哥罗斯的书。如果找不到或者不懂英文，可以找《文饭小品》第 3 期(1935 年 4 月 5 日)的《慈善启蒙》，在译文前，林语堂大段介绍了作者尼哥罗斯及其"启蒙"文章的问答体裁。如果找不到《慈善启蒙》，也找不到登在《中国评论周报》(1935 年 3 月 14 日)的英本版《广田示儿记》，那么大家就一起欣赏该文的英汉对照版吧(黑体为笔者所加)。

| Hirota and the Child: A Child's Guide to Sino-Japanese Politics (With Apologies to Beverley Nichols) | 广田示儿记 |
| --- | --- |
| The Child: Daddy, who's coming to tea this afternoon. | 小孩：爸，今天下午请谁来喝茶？ |
| Hirata: Wang Chunghui. | 广田：王宠惠。 |

---

① 钱锁桥. 小评论：林语堂双语文集(英汉对照). 北京：九州出版社，2012：338.

| The Child：Who is Wang Chunghui? | 小孩：王宠惠是谁？ |
|---|---|
| Hirata：He is a Chinese. | 广田：他是支那人。 |
| The Child：Do you make friends with the Chinese，daddy? You told me the Chinese are not half as good as the Japanese. My teacher told me all sorts of nasty things about the Chinese everyday. | 小孩：爸，你也和支那人做朋友吗？你不是说支那人很不及我们日本人吗？学堂里先生天天对我们讲，支那人如何坏，如何不上进。 |
| Hirota：Will you shut up? | 广田：小孩有耳无嘴。少说话！ |
| The Child：May I come，too? I want to see this Wang Chunghui. | 小孩：爸，我可以不可以也来一同喝茶？我很想见王宠惠。 |
| Hirota：Dearie，I would let you，if you didn't have that awful habit of asking questions. But today，we are going to talk about Sino-Japanese relations. You won't understand. | 广田：(哄着他)乖乖的，怎么不肯，不过你那只嘴舌太油滑了，常要问东问西，寻根究底，不知礼法。尤其是今天，我们要讲中日的邦交。你不会懂的。 |
| The Child：Are Sino-Japanese relations very difficult to understand? | 小孩：中日邦交很难懂吗？ |
| Hirota：Very. | 广田：很难懂。 |
| The Child：Why is it very difficult to understand? | 小孩：为什么很难懂？ |
| Hirota：We want to make friends with the Chinese，but they don't want to make friends with us. | 广田：你又来了。<br>小孩：爸，我真想懂一点邦交，你告诉我吧？为什么很难懂？<br>广田：因为我们要和支那人要好，而支那人不肯和我们要好。 |
| The Child：Why? Do they hate us? | 小孩：为什么呢？ 他们恨我们吗？ |
| Hirota：They do. They hate us more than they hate the Europeans. | 广田：是的，比恨欧人还厉害。 |
| The Child：Why is that? Have we been worse to them than the Europeans? | 小孩：为什么特别恨我们呢？ 是不是我们待他们比欧人还要凶？ |
| Hirota：Now，will you stop twisting that string around your fingers! | 广田：为什么！ 为什么！ 你老是弄那条绳子，手一刻也不停。 |

| The Child: But why do they hate us if we have been good friends with them? | 小孩:但是我们既然对支那人很好,他们为什么恨我们呢? |
|---|---|
| Hirota: The "Manchukuo." | 广田:"满洲国。" |
| The Child: Is "Manchukuo" their country or our country? | 小孩:"满洲国"的土地到底是他们的还是我们的? |
| Hirota: Now, you are monkeying with that string again. You are dropping fibres on the carpet. | 广田:你瞧! 老是弄那条绳子,满地毡都是纸屑了! |
| The Child: How are you going to be friends with the Chinese? | 小孩:爸,你要怎样和他们做朋友呢? |
| Hirota: We will lend them money and we will give them advisers. | 广田:我们要借他们钱,送他们顾问。 |
| The Child: Don't they have European advisers already? Do the Europeans want to make friends with the Chinese, too? Will they lend China money? | 小孩:欧人不是也要借他们钱,送他们顾问吗? 他们不是已经有人帮忙吗? |
| Hirota: They will, but we must not let them. Sonny, you must understand: When they lend money to China, they will dominate China. | 广田:欧人是要帮他们忙的,不过还不行。我的儿,你要知道,欧人借给他们钱,就统治支那了。 |
| The Child: And when we lend them money? | 小孩:而我们借给他们钱呢? |
| Hirota: When we lend them money, it is to make friends with them and help them. | 广田:而我们借给他们钱时,是和他们亲善。 |
| The Child: Then the Chinese will take money from us rather than from the Europeans. | 小孩:这样讲,支那人一定要跟我们而不跟欧人借钱了。 |
| Hirota: No, they won't, unless we force them to take our help. | 广田:那倒不然,除非我们强迫他们让我们帮忙。 |
| The Child: That is very funny. Why do you force them to take our help, if they don't want it? | 小孩:支那人真岂有此理! 但我们何必强迫他们让我们帮忙呢? |
| Hirota: Don't stick you linger in the mouth. And you haven't seen the dentist yet! | 广田:手不要放在嘴里,不然你会发盲肠炎! 大前天我就叫你去瞧牙医,到现在你还没去! |

| | |
|---|---|
| The Child：Very well，but daddy，do you think，if you were a Chinese，you would trust the Japanese? | 小孩：好，我明天就去，但是，爸，比方说，你是支那人，你想会爱日本人吗？ |
| Hirota：You see，dearie，we haven't been exactly friends with them. But now，we will make friends with them，we will lend them money and we will give them advisers and we will police their country and put the country in order for them. We want to make them see the real intentions of our country. | 广田：我的儿，你听我说。老实说，向来我们有点欺负他们。不过现在，我们要和他们亲善了。我们要借给他们钱，送他们顾问，训练他们的巡警，替他们治安。我们要叫他们觉悟我们真实的诚意。 |
| The Child：What are the real intentions of our country? | 小孩：什么叫做我们真实的诚意？ |
| Hirota：You idiot! I told you already. I want to make Wang Chunghui see that we really want to help them this afternoon. | 广田：你傻极了。到现在还不明白！我今天……一定……要叫……王宠惠……相信……我们的诚意。 |
| The Child：Is Wang Chunghui an idiot? | 小孩：王宠惠是傻瓜么？ |
| Hirota：How dare you! He is a very great jurist and a very learned man. | 广田：胡闹！王宠惠是一位学通中外的法律名家。 |
| The Child：Shall I grow up to be a Wang Chunghui? | 小孩：爸，我长大也会像王宠惠一样有学问么？ |
| Hirota：You may try，if you work hard at your lessons. | 广田：只要你在学堂肯勤苦用功。 |
| The Child：Suppose I am Wang Chunghui，how are you going to tell me the real intentions of our country? | 小孩：爸，比方我此刻是王宠惠，你要怎样对我讲日本真实的诚意？ |
| Hirota：Why，sonny. I would tell you how we are going to lead you money and give you military advisers and police your country and put your country in order. | 广田：儿啊，我要对你讲，我们要怎样借给你们钱，送给你们军事顾问，训练你们的巡警，剿你们的土匪，保你们的国防，替你们治安。 |
| The Child：Tell me，daddy，why do you really want to do all this? Can't you let China alone? | 小孩：爸，你告诉我，到底我们何必这样多事呢？ |

| | |
|---|---|
| Hirota：You see，we want to capture the entire Chinese trade and drive out all the Europeans from China. We can sell a lot to them and they can buy a lot from us. This is good，for this Pan-Asiaticism is very good. And we must get China to fight on our side against the Russians. We haven't got iron，we haven't got cotton，we haven't got rubber，and we haven't got enough food supply in case of war to last more than twelve months if we don't get China on our side. We must fight Russia in China. | 广田：我告诉你，我们要垄断支那的贸易，把一切欧人赶出支那。我们可以卖他们许多许多东西，他们可以买我们许多许多出品。你说这大亚细亚主义不是很好吗？而且我们要跟苏俄打仗，非拉支那援助不可。我们没有铁，没有棉，没有橡皮，一旦战争波爆发，粮食还不足一年，所以非把支那入股不可。 |
| The Child：You won't tell Wang Chunghui all this，will you? | 小孩：你不要对王宠惠说这些话吧？ |
| Hirota：As a diplomat's son，I think it is time that you learned this. We diplomats never say what we mean，but all of us have learned to read each other's lies very accurately. Wang Chunghui hasn't got to be told. | 广田：啊，你生为一外交家的儿子，也得明白这一点道理。我们为国家办外交的人，口里总不说一句实话。**西人有句名言叫做："外交家者，奉命替本国撒谎之老实人也。"但是这谎虽撒而实不撒，因为凡是外交老手都是聪明人。你也明白我的谎话，我也明白你的谎话，言外之意大家心领默悟就是了。**王宠惠还要等我说穿吗？ |
| The Child：How clever! But how are you going to call it? | 小孩：(赞叹的)这样本事！但是比方今天你要怎样说法？ |
| Hirota：We are going to call it the ushering in of a new era of Sino-Japanese cooperation on the basis of "common existence and common prosperity" in the interests of the maintenance of peace in Asia and the world. | 广田：那有什么难！我说，我们为维持东亚及世界之和平起见，要使支那日本在共存共荣之原则上，确定彼此携手之方针，以开中日亲善之新纪元，而纳世界于大同之新领域。 |

| The Child：Oh，I'm all excited! How wonderful it all sounds! Where did you learn all this? Do they teach us at school to say awful things as beautifully as that? | 小孩：(呷一大口涎)好啊！爸，这真好听啊，怪顺口的。爸，你那儿学来这一副本领？我们学堂里也教人这样粉饰文章吗？ |
|---|---|
| Hirota：That is what the school is teaching you everyday in your composition class. But a diplomat is born，not taught. | 广田：你真傻，学校作文就是教这一套，好话说得好听，坏话说得更加好听。不过外交手段，生而知之也，非学而知之也！ |
| The Child：Oh，how wonderful you are，daddy！But suppose Wang Chunghui sees all that you really mean，and all his countrymen，too，and refuse to be helped by us，how are you going to capture the Chinese trade？What are you going to do about it? | 小孩：爸，我真佩服你！但是如果王宠惠是外交老手，了悟你的真意，如果支那人也都了悟你的真意，而一定不让我们帮他们的忙，那你要怎么办呢？ |
| Hirota：The Imperial Army will see to that. | 广田：有大日本天皇海陆空军在！ |
| The Child：But this is not really being friendly with China，is it？They will hate us all the more. Do you like the Imperial Army methods? | 小孩：但是，爸，这不是真和他们亲善了。爸，你赞成陆军的方法吗？ |
| Hirola（quickly）：Hush！Hush！Don't let anybody hear you. I think you'd better trot along and see the dentist. … And don't throw your pencil-ends and strings about the floor! | 广田：(发急了)快别开口！墙有耳呢！你这话给别人听见还了得。(威严的)我想你也该走出去散步散步了，顺便去找牙医，看看你的牙齿……地板上的铅笔头及纸屑先捡起来！ |
| (*The Child picks up his string and pencil-end from the floor，sticks them in his pocket and leaves the room. Hirota heaves a sign of relief.*) | (小孩依命和顺的俯身捡起铅笔头及几条纸屑，放在口袋里，低着头走出去。广田喘了一大口气。) |

这篇文章采取的是问答式对话，有趣的是，每次问答都以大人狼狈地转移话题呵斥小孩而结束。正如林语堂所言："世上如许欺诈、虚伪、陋

俗、顽固之事,那堪一聪明孩子本着天真纯朴的眼光去追究?"①通过小孩子天真的提问,将日本对中国假亲善、真侵略的本性暴露无遗。林语堂通过这种仿作的幽默方式,揭露了日本的虚伪和野心。林语堂在卷首语说得很明白,原文是英文。对比中英文,可以发现这两个文本基本上是对应的,中文版虽然不能与英文版句句对应,略有增减,但最大部分是增加了两句话(见中文黑体部分),删除了原文(英文版)的致谢语:With Apologies to Beverley Nichols(向尼哥罗斯致歉),暗示对尼哥罗斯的模仿。也就是说,中文版的卷首语是林语堂后来补充的,暗示该中文版与其他文本的互文关系。

忽略副文本,可能会导致误读。前文提到,国内有关编辑和出版社常常忽略林语堂作品中的副文本信息,导致读者读不到完整的作品,影响了对作品的理解和赏析。在钱锁桥的《文集》中,《假定我是土匪》的中文版1934年7月1日刊于《论语》第44期,英文版1930年8月21日刊于《中国评论周报》,按照发表时间的先后,应该是先有英文版,后有中文版,中文版是译文版或改写本。事实上也是如此,林语堂似乎更愿意用英文写作——其求学生涯发表的都是英文作品,他的小说作品也都是英文的。赵毅衡之所以说林语堂这位"双语作家写不了双语作品",就是基于林语堂没有中文版小说:"我认为,林语堂'只有'用英文写小说的能力。"②——因而,在中文小品文盛行之前,他已经用英文写了不少 essay。也就是说,林语堂绝大多数双语作品都是先有英文版,后有中文版。但是,查看《论语》第44期,发现《假定我是土匪》标题下方有一副文本:"(民国十五年旧稿)"③。因此,中文稿是1926年在北京时期完成的,当时没有发表而已。查看林语堂资料,发现其于1926年1月10日发表了《祝土匪》(刊《莽原》

① 林语堂. 林语堂名著全集(第18卷):拾遗集(下). 长春:东北师范大学出版社,1994:379-380.
② 赵毅衡. 林语堂:双语作家写不了双语作品//赵毅衡. 对岸的诱惑:中西文化交流人物. 北京:知识出版社,2003:93.
③ 林语堂. 假定我是土匪. 论语,1934-07-01(44):924.

半月刊1卷1期,后收入《翦拂集》)。笔者推测,林语堂当时写完这篇《祝土匪》之后,觉得意犹未尽,又写了《假定我是土匪》一文。遗憾的是,该副文本没有出现在《文集》中,读者不但无法得知其中文版才是原版,英文版是译文版或改写本,更不可能发现其与《祝土匪》之间的互文联系。由此可见,副文本虽然为"副",却依旧是正文本不可或缺的一部分。在互文性研究中,副文本的重要性尤其不可忽视。

## 第三节 仿作:林语堂的创作源泉

孔子在《论语》中说,"不学诗,无以言",就是把《诗经》作为说话和文学创作的源泉。人们常说,"熟读唐诗三百首,不会作诗也会吟",就是说,熟能生巧,诗读多了,就会模仿、引用、暗示、引申等。萨莫瓦约在《互文性研究》中说,"对书籍的记忆、有意识地重复和套用他人的范例,这些仍然是很多文学技法的根本"[①]。仿作—借用—创新(ABC,即 Adapt—Borrow—Create)是中外文学家的必然之路,但是这条路并不是每个人都走得通的。"他首先必须有自知之明,掂量自己究竟有多少分量,试试自己的肩膀上能担多大的分量;他必须时时注意自己的天分,设法模仿他觉得与自己最为相近的作者。"[②]林语堂对此深有同感,在一次《论读书》(1934)的演讲中他说过类似的话:

> 凡人读书必找一位同调的先贤,一位气质与你相近的作家,作为老师,这是所谓读书必须得力一家。……George Eliot 自叙读《卢骚自传》,如触电一般。尼采师叔本华,萧伯纳师易卜生,虽皆非及门弟子,而思想相承,影响极大。当二子读叔本华、易卜生时,思想上起了

---

① 转引自:萨莫瓦约. 互文性研究. 邵炜,译. 天津:天津人民出版社,2002:69-70.
② 转引自:萨莫瓦约. 互文性研究. 邵炜,译. 天津:天津人民出版社,2002:122.

大影响，是其思想萌芽学问生根之始。①

这显然是林语堂自己的读书心得，因为笔者在前文说过，林语堂也受到海涅、萧伯纳、尼采的影响，并模仿了他们的作品。下文详述尼采对林语堂的影响及其在林语堂作品中的互文关系。

## 一、林语堂与尼采②

对我国现代文学界影响巨大的西方哲人之中，尼采是其中之一。很多文化名家，如鲁迅、郭沫若、林语堂，都深受其影响，鲁迅更是以尼采的门徒而著称，而林语堂则受到尼采和鲁迅的双重影响。他曾特意翻译了尼采的《走过去》，为鲁迅离开厦门大学悲愤地送行。如果说鲁迅的"骂人"一半是先天遗传③，一半是后天学习尼采的，那么林语堂"骂人"就纯粹是后天的。林语堂的父亲是传教士，教育孩子始终面带微笑。林语堂是在北京与鲁迅来往后，开始"骂人"的。林语堂在《插论〈语丝〉的文体——稳健、骂人及费厄泼赖》(1925)一文里，为"骂人"大唱颂歌："自有史以来，有重要影响于思想界的人都有骂人的本能及感觉其神圣。……所以尼采不得不骂德人，萧伯纳不得不骂英人，鲁迅不得不骂东方文明，吴稚晖不得不骂野蛮文学……"④他认为，就功能而言，"有艺术的骂比无生气的批

① 林语堂. 林语堂名著全集(第13卷)：翦拂集　大荒集. 长春：东北师范大学出版社，1994：172-173.
② 本节主要内容曾在"纪念林语堂先生诞辰120周年国际学术研讨会"上宣读过，后以《林语堂创作与翻译的互文关系初探——以尼采为例》为题刊登在《语堂文化》(文学季刊)，并收入会议论文集《语堂智慧　智慧语堂》(陈煜斓主编，福建教育出版社，2016)。
③ 曹聚仁在《鲁迅评传》中认为，鲁迅这种性格与其家庭环境有着紧密的联系："鲁迅的骂人，有着他们祖父风格，也可说是有着绍兴师爷的学风。"(上海：复旦大学出版社，2006：12-13)
④ 林语堂. 林语堂名著全集(第17卷)：拾遗集(上). 长春：东北师范大学出版社，1994：13.

评效力大得多"①。因此,林语堂大力推崇这种"骂人"精神,赵怀俊认为,"实际上,这'骂人'蕴涵着对事物的质疑、反思、批判,是尼采'重估一切'精神的通俗表述"②。也就是说,林语堂的文化反思与尼采"重估一切"的思想有很大关联,"骂人"只是表象,真实目的是反思、批判封建思想。赵怀俊还认为,"尼采的'重估一切'是林语堂文化反思中至为重要的一环"③。林语堂不仅自己出面骂,还借萨天师的嘴来骂。林语堂很显然受到了尼采多方面的影响,因而不仅模仿了尼采,还在作品中多次提到他——属于互文性中的暗示——并引用其作品,这种暗示和引用都是互文性方法。郁达夫评价林语堂时也以尼采来类比:"他的文章,虽说是模仿语录的体裁,但奔放处,也赶得上那位疯狂致死的超人尼采。"④

众所周知,林语堂曾模仿尼采的《查拉图斯特拉如是说》(*Thus Spake Zarathustra*)作了《萨天师语录》系列。冯铁(Raoul David Findeisen)早在1993年就提出,林语堂的《萨天师语录》是对《萨拉图斯脱拉如是说》的"借用"或"戏仿",并提醒说:"互文的方法可能会非常有用。"⑤事实上,两者之间确实存在紧密的互文关系。1925年11月30日,林语堂发表散文《Zarathustra语录》,载《语丝》周刊第55期,这是林语堂《萨天师语录》系列的第一篇,至1935年1月止,近十年前后共14篇,其中,中文创作9篇,英文3篇,翻译2篇,现整理如下(按时间先后顺序排列):

[1]Zarathustra语录,《语丝》周刊第55期,1925年11月30日(后加副题《东亚病夫》)。

[2]译尼采《走过去》(On Passing-by)(译文,1927年1月1日),

① 林语堂. 林语堂名著全集(第17卷):拾遗集(上). 长春:东北师范大学出版社,1994:13.
② 赵怀俊. 林语堂文化反思:扬弃尼采的"重估一切". 中国社会科学报,2011-05-03(08).
③ 赵怀俊. 林语堂文化反思:扬弃尼采的"重估一切". 中国社会科学报,2011-05-03(08).
④ 郁达夫. 导言//赵家璧. 中国新文学大系:散文二集. 上海:上海良友图书印刷公司,1935:17.
⑤ 冯铁. "向尼采致歉"——林语堂对《萨拉图斯脱拉如是说》的借用. 王宇根,译. 中国现代文学研究丛刊,1994(3):125.

《翦拂集》,上海北新书局,1928。

[3]萨天师语录(二),《语丝》周刊第 4 卷第 12 期,1928 年 3 月 19 日(后加副题《东方文明》)。

[4]萨天师语录(三),《语丝》周刊第 4 卷第 15 期,1928 年 4 月 9 日(后加副题《新时代女性》)。

[5]萨天师语录(四),《语丝》周刊第 4 卷第 24 期,1928 年 6 月 11 日。

[6]萨天师语录(五),《语丝》周刊第 4 卷第 33 期,1928 年 8 月 8 日(后加副题《正名的思想律》)。

[7]萨天师语录(六),《春潮》第 1 卷第 4 期,1929 年 3 月 15 日(后加副题《丘八》)。

[8]"A Hymn to Shanghai",*The China Critic*,Vol. III,August 14,1930.

[9]"Zarathustra and the Jester",*The China Critic*,Vol. IV,January 1,1931.

[10]"A Pageant of Costumes",*The China Critic*,IV,March 5,1931.

[11]萨天师语录:萨天师与东方朔,《论语》第 15 期,1933 年 4 月 16 日。

[12]上海之歌,《论语》,第 19 期,1933 年 6 月 16 日。

[13]文字国,《论语》,第 31 期,1933 年 12 月 16 日。

[14]市场的苍蝇("The Flies in the Market-Place",译文),《论语》第 56 期,1935 年 1 月 1 日。

有趣的是,由于跨度时间太长,林语堂并不清楚自己究竟写了多少篇,比如 1927 年 6 月 13 日《中央副刊》80 号刊登了《萨天师语录(一)》,实际与 1928 年 3 月 19 日《语丝》周刊第 4 卷第 12 期的《萨天师语录(二)》为同一篇文章。所以,林语堂累次收集,如《我的话》《语堂文集》,都不完全。而且,至今国内外所有的林语堂选集、全集都没有收录完全,有些编辑和读者根本搞不清楚哪些是林语堂对尼采的翻译,哪些是他的仿作。冯铁的《"向尼采致歉"——林语堂对〈萨拉图斯脱拉如是说〉的借用》(1994)和黄怀军的《〈萨天师语录〉对〈查拉图斯特拉如是说〉的接受与疏离》(2007)均对林语堂作品与尼采作品之间的互文关系做了初步研究。但是,两者所掌握的林语堂资料都不完全,研究内容仅限于中文作品《萨天师语录》8篇,对英文及翻译均未提及。

以上 14 篇中,有三组文章存在明显的互文关系:

[1]"A Hymn to Shanghai", *The China Critic*, August 14, 1930.

上海之歌,《论语》第 19 期,1933 年 6 月 16 日。

[2]"Zarathustra and the Jester", *The China Critic*, January 1, 1931.

萨天师语录:萨天师与东方朔,《论语》第 15 期,1933 年 4 月 16 日。

[3]"A Pageant of Costumes", *The China Critic*, March 5, 1931.

萨天师语录(三)(新时代女性),《语丝》周刊第 4 卷第 15 期, 1928 年 4 月 9 日。

以上中英文姊妹篇的任何一篇,读者都似曾相识。《上海之歌》的中英文互有增减,句与句之间的对应率不到 30%,因此,我们无法认定其为翻译,只能作为二度创作或者改写;《新时代女性》的中英文对应率在 50%左右;而《萨天师与东方朔》的中英文则几乎句句对应。很显然,对于原作的内容,由于读者的不同和世事的变化,林语堂能译则译,不能译则改写或重写。

[1]"On Passing-by": O Zarathustra, here is the great city:

here hast thou nothing to seek and everything to lose. ①

《走过去》：萨拉土斯脱拉，这边就是大城；这边于你是无益而有损的。（林语堂译）

[2]"A Hymn to Shanghai"：O Great and Inscrutable City. Thrice praise to thy greatness and to thy inscrutability!

《上海之歌》：伟大神秘的大城！我歌颂你的伟大与你的神秘！

[3]"Zarathustra and the Jester"：O Zarathustra! Here is the city where wisdom decays and is stewed and pounded into a pitch in a swill-pot；where wisdom itself is beaten up into a pulp and made into newspaper.

《萨天师与东方朔》：萨天师，慈悲长者！在这城中情感已经枯黄；思想也捣陈烂浆，上卷筒机，制成日报。

[4]"A Pageant of Costumes"：O Zarathustra! I know that thou hast returned to the city from thy hermitage，thou destroyer of all idols.

《萨天师语录（三）》：萨拉土斯脱拉！我知道你是返俗的高僧，是捣毁偶像的道人。

比较以上文章，读者很难发现林语堂的翻译与创作之间的差别，几乎以假乱真。林语堂从《查拉图斯脱拉如是说》中借用了许多叙事技巧，比如，在每一篇文章的结尾，林语堂都使用了"萨拉土斯脱拉如是说"（Thus Spake Zarathustra）这个套语。林语堂也采纳了尼采的写作艺术。在第一篇《Zarathustra 语录》里，林语堂以"有一天 Zarathustra 来到中国"开头，以"Zarathustra 如是说"结尾，最后特别用英文申明一下："With apology to Nietzsche"（向尼采致歉）。为何"向尼采致歉"？也许是表示对尼采的尊重，也许是在预告《萨天师语录》系列对《查拉图斯特拉如是

① Nietzsche，F. *Thus Spake Zarathustra*. Common，T.（trans.）. New York：The Modern Library，1917：195.

说》从标题、人物形象到结构、文体、语言风格等全方位的"借用"①,全篇文章都用英文 Zarathustra,而不是翻译成中文。在翻译《查拉图斯特拉如是说》的《走过去》中,林语堂才正式用"萨拉土斯脱拉"代替 Zarathustra。在《萨天师语录(二)》及以后,林语堂不再用英文 Zarathustra,而是开始用"萨天师"这个名称,但更多用"萨拉土斯脱拉",并且以"萨拉土斯脱拉如是说。"结束全文。② 然而,为了区别翻译与创作,林语堂特意给两篇译文加了副标题:《译尼采〈走过去〉——送鲁迅先生离厦门大学》、《市场的苍蝇——译自萨天师语录,卷一,章十二》。这些副标题都很好地证明了原文与译文的互文关系。

在林语堂看来,尼采的《查拉图斯特拉如是说》就是《萨天师语录》,而他所做的《萨天师语录》是对尼采作品的续写。所以,在这个系列的 14 篇文章里,林语堂采取了拼贴、模仿、重写、戏拟、改编、化用等一系列互文写作手法,彼此之间都有不同程度的互文关系。

林语堂 1921—1923 年在德国耶拿大学(Jena University)和莱比锡大学(Leipzig University)求学,正值尼采哲学在德国盛行之时,如冯至在《谈读尼采(一封信)》(1939)所言:"近几十年来,在德国被人引用最多而最滥的,莫过于尼采了。"③受其影响,林语堂的著述中直接和间接引用尼采之处非常之多。黄怀军在《林语堂与尼采》(2012)一文中对林语堂作品中涉及尼采之处做了不完全分析。这里略举一些例子。在《读邓肯自传》一文中,林语堂指出尼采是美国著名舞蹈家邓肯的"跳舞的教师"之一,并特别引述《邓肯自传》中论音乐与恋爱的两段文字,感叹它们"具有尼采的风味","简直是尼采的笔调"④。《吾国与吾民》中多次提到尼采。例如,在探讨人生的意义时,林语堂认为:"有些人像尼采那样,深信人类生命之进

---

① 黄怀军. 林语堂与尼采. 中国文学研究,2012(3):114.
② 需要说明的是,"萨拉土斯脱拉"是对 Zarathustra 的音译,而"萨天师"则是本地化的翻译,更容易为中国读者所接受。
③ 郜元宝. 尼采在中国. 上海:上海三联书店,2001:290.
④ 林语堂. 有不为斋随笔——读邓肯自传. 论语,1932-10-16(3):101.

程是一个循环,坚决拒绝人生应该有意义这样的假定。"①探讨老庄的思想时,林语堂说:"正如尼采把苏格拉底看做欧洲最大的坏蛋,老子把人类文明看做退化的起源,把孔子式的圣贤视为人民中的最腐败分子。"②林语堂甚至把庄子看作是"中国的尼采"③。

在《生活的艺术》中,林语堂提到了尼采的"快乐哲学",并且认为只有快乐哲学才是深奥的哲学。④ 他还提到,许多学者生活于不同的时代里,相距多年,然而他们的思想方法和情感却那么相似相通。艾略特(George Eliot)说她第一次读到卢骚(卢梭)的作品时,好像受了电击一样。尼采对于叔本华(Schopenhauer)也有同样的感觉,可是叔本华是一个乖张易怒的老师,而尼采是一个脾气暴躁的弟子,所以这个弟子后来反叛老师,是很自然的事情。⑤ 这些话林语堂早在 1934 年《论读书》⑥一文中就提到过。

在《中国评论周报》的《小评论》专栏中,林语堂也多次提到尼采。例如,在《我如何受人尊敬》("How I Became Respectable")一文中提到:尼采认为"午睡危险",而我却与世界相安无事(Now in "the afternoon of lie," which Nietzsche calls "dangerous," I am safely at peace with all the world.)⑦。在《警告妇女》("Warnings to Women")一文中提到:一些伟人无疑都是单身汉,如圣保罗、尼采、叔本华、塞缪尔·巴特勒等(No doubt, certain great spirits have remained bachelors, St. Paul,

---

① Lin,Y. T. *My Country and My People*. New York:John Day,1935:100.
② Lin,Y. T. *My Country and My People*. New York:John Day,1935:117-118.
③ Lin,Y. T. *My Country and My People*. New York:John Day,1935:118.
④ Lin,Y. T. *The Importance of Living*. New York:John Day,1938:15.
⑤ Lin,Y. T. *The Importance of Living*. New York:John Day,1938:391.
⑥ 林语堂. 林语堂名著全集(第 13 卷):翦拂集 大荒集. 长春:东北师范大学出版社,1994:173.
⑦ Lin,Y. T. *The Little Critic:Essays,Satires and Sketches on China*(*First Series*:1930—1932). Shanghai:The Commercial Press,1935:298.

Nietzsche, Schopenhauer, Samuel Butler. )①。在姊妹小品文《女论语》和"I Like to Talk with Women"中提到:"请不要误会我是女性憎恶者,如尼采与叔本华。"(Now it must not be inferred that I am a misogynist, like Nietzsche and Schopenhauer. )②大量证据证明,林语堂对尼采其人其作都非常熟悉。在写作过程中,林语堂通过对尼采思想、性格及其作品的明引、暗引、戏拟、化用等一系列互文写作手法来建立互文关系。

林语堂在《〈四十自叙诗〉序》中承认尼采对他的影响,"尼采,我少时好"。但是他绝不盲从,而是批判地接受尼采的哲学,采用中庸之道,中西合璧,古今结合,因此"尼溪尚难樊笼我"③——"尼溪"即尼采。尼采是其笔下类比的对象,林语堂常引用尼采的观点来证明自己的观点。他的《萨天师语录》系列,不过是借萨天师之口,用尼采的语言和风格,来批判中国当时的封建文化和社会,痛"骂"中国国民的劣根性。但是,林语堂的骂人,用他自己的话说,是"绝无私人意气存焉"。

林语堂在中英文作品中引用尼采,中西方读者都很欢迎;林语堂模仿尼采的写作方式完成《萨天师语录》系列,中国读者也没有意见。但是,当林语堂意图模仿尼采的写作方式,写一本《查拉图斯特拉如是说》式的英文作品在美国出版时,却遭受了打击。

林语堂1936年赴美从事写作后,对国内所写的这些中英文《萨天师语录》系列念念不忘,而且意犹未尽,打算写一本书。1942年,林语堂写出一本无韵诗书稿,书名为 A Man Thinking,与《萨天师语录》文体类似。他自认为这是他所写的"最有深度的"(the deepest)、"最发人深省的"(the most inspired)一部作品④,但美国出版商华尔希不以为然。华尔希认为,

① Lin, Y. T. *The Little Critic*: *Essays*, *Satires and Sketches on China* (*First Series*: 1930—1932). Shanghai: The Commercial Press, 1935: 49.
② Lin, Y. T. *The Little Critic*: *Essays*, *Satires and Sketches on China* (*First Series*: 1930—1932). Shanghai: The Commercial Press, 1935: 175.
③ 林语堂. 无所不谈. 台北:开明书店,1974:709.
④ Qian, S. Q. *Liberal Cosmopolitan*: *Lin Yutang and Middling Chinese Modernity*. Leiden and Boston: Brill Academic Publishing, 2011: 183.

林语堂的作品明显受到尼采和惠特曼（Whitman）的影响。华尔希提醒林语堂，作为一个中国人，无论是语言、风格，还是题材，都应该保持中国特色，如果写一本受西方影响的书，他就与其他华裔作家没有区别，与美国本土作家抢读者、抢题材，这种做法会把自己逼入绝境；而且，美国读者根本不买诗歌韵文类的书。更糟糕的是，这种书会破坏林语堂在美国读者心目中的东方哲人形象。赛珍珠的评论更是苛刻，她说林语堂的这本新作根本没有任何新意，因为他们西方人很容易看出该作品哪些地方受到爱伦·坡（Poe）的影响、哪些地方受到朗费罗（Longfellow）的影响、哪些地方受到乔伊斯（James Joyce）的影响等等①。这些评论对林语堂的打击很大，从此他再也没有写过此类作品。而且，他一生只写过一本与中国无关的书，那就是《美国的智慧》（*On the Wisdom of America*）——这是出版商的命题作文，不是林语堂自己的想法。

## 二、模仿与创新

互文性不是简单的引用、重复，而是对前人作品的接受、吸收，最后转化成自己的成果。作者立足于已有的基础，不断创造出新的作品。这种文本间的转换从时空上看，可以分为历时和共时两个方面。所谓历时的，就是作者对前人文本的转换。我们引用诸子百家的话，引用唐诗宋词，引用《圣经》、莎士比亚、海涅等，都是历时互文。在中国文学史上，唐代文学在不同时期都成为模仿的对象，宋人模仿唐人，明清又模仿唐宋，等等。"五四"以后的小品文，其实是模仿了明清。林语堂引用孔子、老子、李清照、陶渊明、袁宏道等，都属于历时互文。所谓共时的，就是作者对同时代作者文本的引用、发展、批评等。林语堂引用鲁迅、周作人等同时代作家的作品，就是共时互文。大家非常熟悉的李白（701—762）的《登金陵凤凰台》与同时代诗人崔颢（704—754）的《黄鹤楼》之间就有互文关系。

---

① Qian，S.Q. *Liberal Cosmopolitan*：*Lin Yutang and Middling Chinese Modernity*. Leiden and Boston：Brill Academic Publishing，2011：184.

## 黄鹤楼
### 崔　颢

昔人已乘黄鹤去，此地空余黄鹤楼。
黄鹤一去不复返，白云千载空悠悠。
晴川历历汉阳树，芳草萋萋鹦鹉洲。
日暮乡关何处是？烟波江上使人愁。

## 登金陵凤凰台
### 李　白

凤凰台上凤凰游，凤去台空江自流。
吴宫花草埋幽径，晋代衣冠成古丘。
三山半落青天外，二水中分白鹭洲。
总为浮云能蔽日，长安不见使人愁。

　　《黄鹤楼》是崔颢在游历黄鹤楼时所写，被赞誉为黄鹤楼的绝唱。相传李白登上黄鹤楼，读完崔颢的诗后，默立良久，方叹道："眼前有景道不得，崔颢题诗在上头。"这句话就产生了互文性，由李白的话可以联系到崔颢的诗。因崔颢的《黄鹤楼》，李白后来创作了《登金陵凤凰台》，作为读者的我们可以更深切地感受到这两个文本之间的互文性。崔诗三句出现三个"黄鹤"（昔人已乘黄鹤去，此地空余黄鹤楼。黄鹤一去不复返……），李诗两句就有三个"凤"（凤凰台上凤凰游，凤去台空江自流）字。另外，崔颢的"鹦鹉洲"和李白的"白鹭洲"，以及最后的结尾均为"使人愁"都暗示着两者之间的互文关系。虽然崔颢的诗在前，李白的诗在后，但是李白的诗显然在怀古感世上更胜一筹。

　　同样，在读到李白《把酒问月》中的最后一句"唯愿当歌对酒时，月光长照金樽里"时，读者很容易联想到曹操《短歌行》中的第一句话："对酒当歌，人生几何！"尽管各自背景不同，但无一不抒发了人生苦短的情感。而李白《把酒问月》中的倒数二三句"今人不见古时月，今月曾经照古人。古人今人若流水,共看明月皆如此",可能让读者想到唐朝张若虚(约647—约730)《春江花月夜》中的诗句:"江畔何人初见月? 江月何年初照人?"而这首诗的后两句"人生代代无穷已,江月年年只相似。"又让人想起唐朝刘希夷(约651—约680)《代悲白头翁》中的诗句:"年年岁岁花相似,岁岁年年人不同。"而《春江花月夜》中的另一句诗句"白云一片去悠悠,青枫浦上不胜愁",又让我们回到了李白的《登金陵凤凰台》和崔颢的《黄鹤楼》,尤其是后者的最后一句。三首诗,用李清照的话说,"怎一个愁字了得!"对中国诗词熟悉的读者还可以说出更多的互文诗句。

这些历时、共时的互文,是中华民族的一种文化传承。同代人之间互相引用或仿作诗句,后代人引用或仿作前辈的作品,都是很自然的现象。仿作最盛行的时期当属魏晋时期,例如,张衡模仿班固的《两都赋》,作了《二京赋》;左思模仿张衡的《二京赋》,作了《三都赋》①。

同样,林语堂一生写下了三十多本著作和近千篇文章,所有作品都与别人的作品和自己的作品有着千丝万缕的互文关系。如萨莫瓦约在《互文性研究》引言中所言:

> 文学大家族如同这样一棵枝繁叶茂的树,它的根茎并不单一,而是旁枝错节,纵横蔓延。因此无法画出清晰体现诸文本之间相互关系的分析图:文本的性质大同小异,它们在原则上有意识地互相孕育,互相滋养,互相影响;同时又从来不是单纯而又简单的相互复制或全盘接受。借鉴已有的文本可能是偶然或默许的,是来自一段模糊的记忆,是表达一种敬意,或是屈从一种模式,推翻一个经典或心甘情愿地受其启发。②

尽管笔者研究林语堂及其作品多年,但是仍无法画出一个清晰的路线图来表现其文本之间的相互关系。笔者只能尽力给读者一些线索,希望读者能顺着这些线索找下去,或者补充其他线索,不断完善。比如,林

---

① 赵渭绒. 西方互文性理论对中国的影响. 成都:巴蜀书社,2012:227.
② 萨莫瓦约. 互文性研究. 邵炜,译. 天津:天津人民出版社,2002:i.

语堂创作的《京华烟云》,则是心甘情愿地受《红楼梦》的启发,为英文读者提供一个更容易接受的文本。林语堂在《Zarathustra 语录》结尾特别加上一句"With apology to Nietzsche"(向尼采致歉),就是为了表达对尼采的敬意。在林语堂的小品文中,他常常在正文前开诚布公地告诉读者,他这篇文章受到哪篇文章的启发,或者这篇文章模仿了谁的文章。例如前文提到的,林语堂模仿尼哥罗斯的《慈善启蒙》一文而创作了《广田示儿记》。又如林语堂在《一篇没有听众的演讲》(1934)的序言中说:

> 以前在哪儿说过,假如有人仿安徒生作"无色之画",做几篇无听众的演讲,可以做得十分出色。这种演讲的好处,在于因无听众,可以少忌讳,畅所欲言,似颇合"旁若无人"之义。以前我曾在中西女塾劝女子出嫁,当时凭一股傻气说话,过后思之,却有点不寒而栗……婚姻的致词向来也是许多客套,没人肯对新郎新娘说些结婚常识而不免有点不吉利的话。此婚礼致词之所以作也。是为序。①

英文版"A Lecture Without An Audience:A Wedding Speech"(1934)的序言与中文版略有不同,但是同样指出了模仿的对象,即门德尔松(Mendelssohn)的《无词歌》("Songs without Words")和安徒生(Hans Christian Anderson)的《无色之画》("Paintings without Palette")。做《一篇没有听众的演讲》,目的是不说客套话,而说说"常人所不肯谈的关于结婚生活的一点常识"②。

除了创作,在翻译实践中,林语堂也一试身手。比如,他在《今译〈美国独立宣言〉》的"小引"中说:

> 美国现代大批评家孟肯(H. L. Mencken),曾以十余年之力研究美国语,着重其与英国语在文法上、辞汇上、应用上之种种不同,著成几十万言专书,号称杰作(*The American Language*,Knopf,New

---

① 钱锁桥. 小评论:林语堂双语文集(英汉对照). 北京:九州出版社,2012:316.
② 钱锁桥. 小评论:林语堂双语文集(英汉对照). 北京:九州出版社,2012:316.

York,1923)。书后有以美国现行普通俗语译的《美国独立宣言》,读来真堪喷饭。……我因动其兴来,想以中国俚语译出,不知结果如何。……①

孟肯用美国俗语翻译《美国独立宣言》,林语堂模仿其方式,用中国俚语来翻译,这种尝试比较少见。不过,林语堂是醉翁之意不在酒,翻译《美国独立宣言》是表象,其真实目的是借此嘲讽中国社会中的各种丑陋现象。

林语堂有意识地受他人影响,模仿他们,却又不是简单地重复,而是在写作过程中发挥主观能动性,在古今中外的文本之间随意采摘,既丰富了文学的形式和内容,又拓宽了读者的视野。而且,林语堂自己对模仿完全持开放态度。每次模仿了别人的作品都坦诚相告,并致谢。他曾探出毛姆(Somers Maughm)与莫泊桑(Guy de Maupassant)的互文关系,发现"有两篇故事,毛姆与莫泊桑雷同,是由莫泊桑故事脱胎而来的"②。两个故事都是妓女最后成为故事的英雄。莫泊桑的《羊脂球》(*Boule de Suif*)讲述的是普法战争期间发生的故事,而毛姆讲述的是二战期间妓女与纳粹军官的故事。从比较文学的视角而言,是毛姆受到了莫泊桑的影响。从互文性视角,是毛姆模仿了莫泊桑。林语堂认为:"大凡文人受前人影响是难免的。只要毛姆写来,自有他的完满的任务及情节。短篇小说,常是由一个问题,一个奇局,发挥出来的。"③林语堂自己承认:"《逃向自由城》的梨花,也曾走向同样的境遇。"④梨花献身给贪财好色的边境巡逻队长,使伊素得以保持清白,并协助一行人顺利过关,成为故事中的英雄。

中国现代文学家普遍受到西方文学的影响。众所周知,鲁迅的《狂人日记》脱胎于俄国作家果戈理(N. Gogol)的同名小说。果戈理的《狂人日

---

① 钱锁桥. 小评论:林语堂双语文集(英汉对照). 北京:九州出版社,2012:164-165.
② 林语堂. 无所不谈. 台北:开明书店,1974:616.
③ 林语堂. 无所不谈. 台北:开明书店,1974:618.
④ 林语堂. 无所不谈. 台北:开明书店,1974:618.

记》于 1834 年出版,而鲁迅的《狂人日记》于 1918 年出版。在《且介亭杂文二集·〈中国新文学大系〉小说二集序》中,鲁迅坦然承认其创作受到果戈理作品的影响,但是,也指出自己作品的创新点:"意在暴露家族制度和礼教的弊害,却比果戈理的忧愤深广。"①曹禺的剧本与尤金·奥尼尔(Eugene O'Neill)的作品有异曲同工之妙;郁达夫的《沉沦》是模仿了日本的"私小说";而茅盾的小说则师承厄普顿·辛克莱(Upton Sinclair)的写法。

模仿的最终目的还是为了创新,就像钱锺书在《写在人生边上》所说的:"调情可成恋爱,模仿引进创造,附庸风雅会养成内行的鉴赏,世界上不少真货色都是从冒牌起的。"②在白话文运动时期,模仿是必要的,因为它提供了新的文学体裁、创作手法和语言风格。钱理群等在《中国现代文学三十年》中对此予以确认:"新文学初期的所有作家,几乎都直接、间接受到过西方文艺思潮和文学手法的影响。"③模仿的过程其实是作家当学徒的过程,优秀作家最终会成为师傅,融入自己的思想、内容和风格,从而自成一派。林语堂曾说,即使用同一题材、相同语句,只要"有了性灵,写出的文章就会具有独特的风格,说出的话,也可自成一家之言"④。林语堂模仿过外国作家海涅、萧伯纳、尼采、莫泊桑、赛珍珠等,也模仿过中国作家曹雪芹、公安派三袁、周作人、鲁迅等,他取各家之长,形成自己的风格,成就伟大事业,在世界文学史取得一席之地。引用、模仿别人文字的人,也会被他人引用、模仿。文学就是这样循环反复,在传承的基础上推陈出新。互文手法使文学成了"一种延续的和集体的记忆"⑤。

① 鲁迅. 鲁迅全集(第 5 卷). 北京:人民文学出版社,2005:247.
② 钱锺书. 写在人生边上  人生边上的边上  石语. 北京:生活·读书·新知三联书店,2002:40.
③ 钱理群,温儒敏,吴福辉. 中国现代文学三十年(修订本). 北京:北京大学出版社,1998:15.
④ 林语堂. 林语堂名著全集(第 16 卷):无所不谈合集. 长春:东北师范大学出版社,1994:286.
⑤ 萨莫瓦约. 互文性研究. 邵炜,译. 天津:天津人民出版社,2002:81.

除了模仿,续作也是林语堂的一大特点,除了前文提到的萨天师系列,还有烟屑系列和螺丝钉系列。

[1] 烟屑系列:

烟屑(一),《宇宙风》第 1 期,1935 年 9 月 16 日。

烟屑(二),《宇宙风》第 2 期,1935 年 10 月 1 日。

烟屑(三),《宇宙风》第 3 期,1935 年 10 月 16 日。

烟屑(四),《宇宙风》第 6 期,1935 年 12 月 1 日。

烟屑(五),《宇宙风》第 7 期,1935 年 12 月 16 日。

[2] 螺丝钉系列:

谈螺丝钉,《宇宙风》第 3 期,1935 年 10 月 16 日。

再谈螺丝钉,《宇宙风》第 4 期,1935 年 11 月 1 日。

三谈螺丝钉,《宇宙风》第 5 期,1935 年 11 月 16 日。

四谈螺丝钉,《宇宙风》第 6 期,1935 年 12 月 1 日。

另外,林语堂的小说三部曲《京华烟云》《风声鹤唳》《朱门》也是续写。赵渭绒说:"中国古代的拟作、类书、变文、续作、重写、诗词唱和等等在某种程度上就是一种互文性,只是它在中国的呈现方式不同而已。"[1]因此,林语堂的这些作品都存在互文性。

---

① 赵渭绒. 西方互文性理论对中国的影响. 成都:巴蜀书社,2012:326.

# 第四章　中国著译与美国 著译互文关系研究

　　林语堂在写作时既对中国现实和传统经常持批判的态度,大力介绍西方的思想和文化,又强调中国传统文化里有许多先进的东西,如中国的礼仪和孔孟之道,以及中国人如何享受生活。这种写作方法在中国时如此,到了美国后依旧如此。有些学者认为,林语堂在《吾国与吾民》《生活的艺术》中所描绘的中国反映了 20 世纪 30 年代一部分中国知识界人士的文化取向,而不能完全看作他一个人的独特见解。更重要的是,这两本书是其 30 年代创办的《论语》《人间世》《宇宙风》等刊物的风格的延续,不过更为深细化、系统化罢了。《吾国与吾民》是对中国文化包罗万象的介绍,而《生活的艺术》则是专门探讨中国人生活中的闲情逸致。后者是前者的延续,是对其中一个章节的更深细化、系统化的探讨。乔志高也认为,林语堂在美国出版的第二本书《生活的艺术》是最能糅合创意与诠释的一部著作,"从某种观点来看,《生活的艺术》也可算为一种译文的'选集'(anthology),不过著者在每一段引文的前后加上更多篇幅的诠释,古今中外,东南西北,融会贯通,替读者作心理上的准备,参加自己的意见,一气呵成"①。《生活的艺术》一书也因此成为林语堂最成功的一部作品。林语堂晚年在《无所不谈》中,有一篇《论刺足之美》,特意提到中国人缺乏

---

① 乔志高. 一言难尽:我的双语生涯. 台北:联合文学出版社,2000:68.

自信："东方人每有自卑感,样样要学西人,稍为不同,就认为惭愧。"①他认为:"中国自有顶天立地的文化在,不必样样效颦西洋,汲汲仿效西洋。"②说到此,他点出,这就是他当年《吾国与吾民》的写法及立场。由此说明,林语堂晚期文章与早期著作有互文关系。

林语堂早年在中国所写所译的材料,到美国之后有不少被重新编辑出版——如《浮生六记》英译本和《老残游记二集》英译本——或在作品中引用。例如,林语堂在《宇宙风》第 14 期《吃草与吃肉》(1936 年 4 月 1 日)一文中写道:"世上只有两种动物,一为吃草动物,包括牛羊及思想家;一为吃肉动物,包括虎狼及事业家。吃草动物只管自己的事,故心气温和良善如牛羊;吃肉动物专管人家的事,故多奸险狡黠,长于应付、笼络、算计、挟持、指挥……"③这段话的大意在美国 1936 年出版的《林语堂自传》中得以重写:

> 世界上只有两种动物,一是管自己的事的,一是管人家的事的。前者属于吃植物的,如牛羊及思想的人是;后者属于肉食者,如鹰虎及行动的人是。其一是处置观念的;其他是处置别人的。我常常钦羡我的同事们有行政和执行的奇才,他们会管别人的事而以管别人的事为自己一生的大志。我总不感到那有什么趣。④

很显然,林语堂认为自己是素食者,只管自己的事。他对此津津乐道,后来在《京华烟云》(1939)中又把这段话用到了孔立夫身上:

> 因为语言学和经典有密切的关系,所以很为人所尊重,立夫的名字渐渐为国学教授所知。有一段时期,他受聘到离家不远的一个学

---

① 林语堂. 无所不谈. 台北:开明书店,1974:15.
② 林语堂. 无所不谈. 台北:开明书店,1974:16.
③ 林语堂. 林语堂名著全集(第 18 卷):拾遗集(下). 长春:东北师范大学出版社,1994:249.
④ 林语堂. 林语堂名著全集(第 10 卷):林语堂自传 从异教徒到基督徒 八十自叙. 长春:东北师范大学出版社,1994:34.

院去教书,对学校的改革甚为热心。但是不久,他发现自己可以说根本是个草食动物,只喜欢自己在草原上吃草,甚至在教育圈儿内有不少同事,可以说是肉食动物,专喜欢伤害别的动物,不许人家在草原上舒舒服服吃草。他发现学院越小,政客越多,里面的政争越复杂。那些人的卑鄙龌龊胸襟狭小,很使他受刺激。①

对林语堂自传很熟悉的读者很快就发现,这段话看似写孔立夫,其实真实人物是林语堂自己,是林语堂对其早年厦门大学工作经历的艺术化再现。同一材料在中国和美国作品中反复出现,可见这些作品之间的互文联系。

## 第一节　书写差异:林语堂在中美的著译策略②

无论是在中国还是在全世界,无论是过去还是现在,林语堂都是少数几个用中文和英文双语写作并双双博得大名的人③,尽管林语堂声称自己为盛名所累,根本不想成为"著名的作者",甚至"怒恨成名,如果这名誉足以搅乱我现在生命之程序"④。对于林语堂的中英文创作,评价不一,毁誉参半。其中,国内以鲁迅为代表,一直影响至今;至于国外,姑且以尹晓煌为代表。他在《美国华裔文学史》(*Chinese American Literature since the 1850s*)中说:

林语堂在其英文创作中似乎"被洗了脑",一味迎合而非挑战西

① 林语堂. 林语堂名著全集(第2卷):京华烟云(下). 张振玉,译. 长春:东北师范大学出版社,1994:379.
② 本节部分内容笔者曾在期刊上发表过,这里有大量改动。
③ 中国文学家可以双语写作的人很多,但是母语和外语创作都得到读者青睐的却很少。例如,张爱玲的中文作品虽然很畅销,英文作品却一直不为西方读者接受。熊式一的英文创作虽然很畅销,但是中文作品却反响一般。
④ 林语堂. 林语堂名著全集(第10卷):林语堂自传　从异教徒到基督徒　八十自叙. 长春:东北师范大学出版社,1994:35.

方读者对华人的偏见。但令人惊讶的是,他的中文创作却与此截然相反。细阅林语堂的英语作品,读者不难发现其语气谦和,笔调轻松诙谐,不乏自嘲口吻,鲜有政治色彩。与此相反,他的中文作品却往往政治色彩极强,常常慷慨陈辞、义愤填膺,有时甚至十分激进。①

自林语堂 1932 年主办《论语》,提倡幽默,鲁迅就不断批评林语堂的中文作品。结果,林语堂给予后世读者的印象,大抵是"性灵""闲适""幽默"之类,至少,这是国内出版界有意无意给现代读者造成的印象。而尹晓煌偏说林语堂的中文作品"往往政治色彩极强,常常慷慨陈辞"等等。前后两者似乎很矛盾。事实上,林语堂确实具有两面性:既著文提倡"性灵""闲适""幽默",又写了许多评论时事、批评政府的文章。尹晓煌和鲁迅都只看到——或者有意无意地突出——林语堂的一面,而没有看到——或者故意忽略——林语堂的另一面。林语堂是一个矛盾很多的作家。他对自己是了解的,例如,他在 1934 年的《四十自叙诗》中首次提到"一生矛盾说不尽,心灵解剖亦胡涂"②。在《八十自叙》中再次提到自己是"一捆矛盾,并以此为乐"。他的朋友徐訏和黄肇珩都行文证实了这一点③。其实,早在 1935 年 4 月,郁达夫在《中国新文学大系:散文二集》的"导言"中,就已经指出了林语堂的两面性。他写道:

> 林语堂生性憨直,浑朴天真,假令生在美国,不但在文学上可以成功,就是从事事业,也可以睥睨一世,气吞小罗斯福之流。《翦拂集》时代的真诚勇猛,的确是书生本色,至于近代的耽溺风雅,提倡性灵,亦是时势使然,或可视为消极的反抗,有意的孤行。周作人常喜引外国人所说的隐士和叛逆者混处在一道的话,来作解嘲;这话在周

① 尹晓煌. 美国华裔文学史. 徐颖果,译. 天津:南开大学出版社,2006:194.
② 林语堂. 无所不谈. 台北:开明书店,1974:710.
③ 徐訏. 追思林语堂先生//子通. 林语堂评说七十年. 北京:中国华侨出版社,2002:135-156;黄肇珩. 林语堂和他的一捆矛盾//回顾林语堂:林语堂先生百年纪念文集. 台北:正中书局,1994:74-89.

作人身上原用得着,在林语堂身上,尤其是用得着。①

事实证明了郁达夫的洞察力和远见:林语堂不仅有两面性,而且在美国取得了成功。林语堂不仅在中文作品上表现出两面性,在英文作品上也一样呈现出两面性。据钱锁桥的研究,在美国期间,林语堂的文学与文化活动主要包括三个方面:一、一本接一本撰写畅销书;二、在各大报纸杂志,特别是《纽约时报》,发表文章;三、出席各种场合并发表演讲。研究者往往只关注第一项活动,而忽视后两者。其实,后两者很重要,甚至比第一项活动更重要。在畅销书中,林语堂主要讲的是"文化",而在报刊文章和演讲中,林语堂主要讲的是"政治"②。尤其是在抗日战争期间,为了更好地争取美国人对中国的支持,他多次写文章批评美国所谓的"国际友谊"和"中立"态度,刊在《纽约时报》、《新共和周刊》(*The New Republic*)等发行量大的媒介上,并出版书籍,批评美国的对华政策,如《啼笑皆非》(1943)和《枕戈待旦》(1944)。其他与政治有关的题材还有《匿名》(1958)和《逃向自由城》(1964)等。因此,林语堂中英文作品有不少共同点。

同时,他的中英文作品之间的不同点也是不言而喻的。语言不同,文化不同,语境不同,读者不同,作品自然不同。但是,林语堂中英文作品的不同,是否如尹晓煌所说的,是为了迎合西方读者? 笔者认为这是值得商榷的。

先看看林语堂的英文作品。林语堂在圣约翰大学时期就开始用英文发表习作,后来断断续续发表了一些不成熟的文章。他正式地、系统性地用英语发表文章,应该是 1927 年为武汉革命政府服务期间。当时他不仅担任外交部英文秘书,还主编英文报刊《民众论坛报》(*The People's Tribune*)。这期间发表的文章后来收录在 1930 出版的第一本英文论文集《林语堂时事述译汇刊》(*Letters of a Chinese Amazon and War-Time*

---

① 郁达夫. 导言//赵家璧. 中国新文学大系:散文二集. 上海:上海良友图书印刷公司,1935:16.

② 钱锁桥. 林语堂眼中的蒋介石和宋美龄. 书城,2008(2):43.

*Essays* )中。1928 年起,他开始在《中国评论周报》上发表专栏文章,后来陆续发展到其他英文杂志,如《亚细亚》《天下月刊》。1936 年赴美后,主要在美国杂志和报刊上(如 *The New York Times* )发表文章。至于在美国出版的第一本书《吾国与吾民》,林语堂从 1933 年冬着手写作,至 1934 年 7—8 月在庐山避暑时全部完成,历时约 10 个月。林语堂虽然于 1918—1919 年在美国哈佛大学留学过,但前后不到一年时间,后来一直没有去过美国,也没有到美国发展的打算。因此,他对美国读者的直接了解是非常有限的,更多是通过阅读英文报纸杂志来间接了解,迁就美国读者的说法其实根本就靠不住。而且,林语堂在美国发表(由上海别发洋行和美国芝加哥大学出版社两地出版)的第二本书《中国新闻舆论史》( *A History of the Press and Public Opinion in China* ,1936)是一部相对严肃的学术作品,与幽默、闲适、性灵均毫无关系。这本书出版后很长一段时间都是美国大学中关于中国近代史的指定参考书之一,而且至今没有一部英文的报业史通论能取而代之。区别于美国华裔作家,林语堂在中国的时候,就已经凭《吾国与吾民》在美国奠定了名声,拥有了他的英语读者群。林语堂来美国是他有了文名之后,加上赛珍珠的大力提携,另外出色的出版商庄台公司老板华尔希帮助打理图书市场,因此,他一到美国就活跃在作家圈子里,以英文写作为生,连续出了几本畅销书,如《生活的艺术》(1937)、《孔子的智慧》(1938)、《瞬息京华》(1939)等。

在上海期间(1928—1936),林语堂发表了大量英文作品,不少作品是一稿两投:大多先用英文发表,然后用中文发表;少数先用中文发表,然后用英文发表。据钱锁桥统计,在 1930—1936 年间,即林语堂赴美之前,发表了多达 50 组双语作品①。林语堂曾经抱怨中文和英文的书写差异:"明明同一篇文章,用英文写就畅快,可以发挥淋漓,用中文写就拘束,战战兢

---

① 钱锁桥. 小评论:林语堂双语文集(英汉对照). 北京:九州出版社,2012.

兢。"①在英文里可以无所不谈,在中文里却这个不能写那个不能写。可是他到了美国以后,可以畅所欲言了,但是却又如丁林所说的,"得到了天空"的同时,"失去了大地"②。在国内的时候不能写的,不能诉说的,现在都可以放开了,写个痛快,那就是"得到了天空"的好处。可是写给谁呢?他只能写给中国读者,可是由于时间和空间的距离,他无法接触到中国的现实社会和政治,难免产生隔膜。因此他只能多写英文作品,很少写中文作品了。这也促使他二战期间两次回国,既为爱国热情,也为了解中国抗战情形,为写作找材料,而写出来的英文作品,如《啼笑皆非》(1943)和《枕戈待旦》(1944),非但没有"迎合"美国读者,反而"政治色彩极强,常常慷慨陈辞、义愤填膺",批评美国和英国对华的错误态度,强烈表达了其对西方强权政治的讽刺和批判。正如1943年8月1日《纽约时报书评》中的一篇题为《一位中国哲人对西方世界的指责》("A Chinese Philosopher Upbraids the Western World")的书评写道:"从《啼笑皆非》中,我们看到的林语堂不再是温文尔雅,也不再是公正公平的林语堂。……中国通过自己这位最能言善辩的使者之口,向西方世界宣告其幽默感已消失殆尽。"③

尹晓煌对林语堂的研究结论是:"如果说林语堂的中、英文作品之间的差异证明了华人作家在用不同的语言创作时处理题材有异,那么中国现代经典长篇小说《骆驼祥子》在美国被译为英文出版时所作的改动则表明,为了迎合美国读者的情感需要,中文作品有时甚至会变得面目全非。"④笔者认为,书评就是评书,不是评人。像尹晓煌那样从林语堂的一两部作品就来评论林语堂,并以此推及其他华人作家,是没有说服力的。林语堂的中英作品肯定有差异,但是这种差异是程度上的,而非类别上的

① 林语堂. 林语堂名著全集(第18卷):拾遗集(下). 长春:东北师范大学出版社,1994:200.
② 丁林. 碰巧读到林语堂. 万象,2005(3):52.
③ 转引自:陈欣欣. 林语堂:孤行的反抗者. 北京:清华大学出版社,2015:157.
④ 尹晓煌. 美国华裔文学史. 徐颖果,译. 天津:南开大学出版社,2006:196-197.

(difference in degree, not in kind)。林语堂在美国的英文著作与他在中国的中英文小品文是有着密切关系的。在一定程度上,他的英文著作可以看作是其中国题材的延续,所表现的关于中国文化的观点代表了当时中国知识界的一种流行倾向。

误解往往是双方的。美国读者因对林语堂中国著译情况不熟悉而导致误读,也会出现中国读者因对林语堂在美国著译情况不熟悉而导致误读的情况。这里以《浮生六记》的英译为例,探讨中国读者对林语堂在美国著译情况不熟悉而导致误读的情况。之所以选择这本书,是因为林语堂虽然出版了大量中英文著作,但大多数已经与当代读者关系不大,只有《浮生六记》的英译经久不衰,成为英语爱好者、翻译研究者反复研读的书目。《浮生六记》曾多次翻译出版——据笔者所知,仅仅林语堂的译文至少有四种版本——各版本之间存在互文关系。

林语堂在 1935 年先译完了这本书,在《天下月刊》连载;《天下月刊》发刊前,林语堂"前后易稿不下十次","《天下》发刊后,又经校改"[①],于 1936 年在《西风》上以英汉对照形式连载,1939 年由上海西风社出版汉英对照单行本。1942 年,林语堂把英译文删节后,收录在《中国与印度之智慧》里。总之,1935 年至 1942 年间,林语堂多次修改译文,其中改动最大的为 1939 年版本和 1942 年版本。1936 年汉英对照版在 1935 年译本的基础上,林语堂做了少量修改。故在 1936 年《西风》第 1 期第 74 页,林语堂特别提醒读者:"《浮生六记》译文虽非苟且之作,但原非供汉英对照之用,未免有未能字句栉比之处,阅者谅之。"然而,国内研究者均以外语教学与研究出版社 1999 年版(即 1939 年译本)为研究对象,或研究该译本本身,或与其他译者的译本比较,分别进行总括性述评、译者研究、翻译策略研究、译本对比研究、文化视角的研究、文学视角的研究、语言学视角的研究[②]。但是,这些研究忽略了该文本的读者对象,更忽略了林语堂本人

---

① 沈复. 浮生六记(汉英对照). 林语堂,译. 上海:西风社,1939:326.
② 文军,邓春. 国内《浮生六记》英译研究:评述与建议. 当代外语研究,2012(10):57.

曾针对不同读者而产生的多个译本。这些疏忽误导了他们的研究结果，也误导了后来的研究者和读者。下文以林语堂所译《浮生六记》的两个不同版本（1939，1942）为例，通过实证研究，指出两译本的差异，进而凸显当前《浮生六记》研究中存在的问题及各译本之间存在的互文关系。

就翻译方法而言，因人而异、因地制宜可以产生不同译本。"因人而异"，意为因读者不同而采取不同的翻译办法；"因地制宜"，意为根据不同地区的具体情况酌定适宜的翻译办法。无论是依据中国人常谈的"因人而异，因地制宜"原则，还是依据翻译家严复提出的"物竞天择，适者生存"法则，或者依据胡庚申以达尔文"适应/选择"说为理论支撑而演变出的"翻译适应选择论"，或者依据图里（Toury）的翻译系统准则或者弗米尔（Vermeer）的翻译目的论，好的译者一般都会根据不同的读者、不同的语境、不同的翻译目的而产生不同的译本。反之，不同译本会吸引不一样的读者。一般说来，汉译英的读者应该是不懂中文的英语读者。然而，一本中英对照的书可供三类不同的读者阅读：一类是只懂中文的；另一类是只懂英文的；第三类就是中英文都通的读者。第三类人还可再分为两种：语言学习者，他们通过中英对照学习语言；语言研究者，他们研究两种文字转移过程中的得与失。尽管翻译目的都是为了"使世人略知中国一对夫妇之恬淡可爱生活"①，但是林语堂根据目标读者的不同，因人而异、因地制宜地采取了不同的翻译策略。

以日期翻译为例，我们可以窥见林语堂是如何因人而异、因地制宜产生不同的翻译的。阴历在中国有悠久历史，直到 1912 年，孙中山在南京就任中华民国临时大总统时，才宣布中国改用世界通用公历，也叫阳历、新历。从此，阳历、阴历在中国并用。如何翻译古典文学中的日期，是照旧译成阴历还是转换成阳历？《浮生六记》原文有 89 处用到"月"字，其中 34 处与日期有关，都是农历或阴历。1939 年译本有 76 个"moon"，其中 43 个前面有序数词，与日期有关；而 1942 年译本只有 53 个"moon"，其中

---

① 沈复. 浮生六记（汉英对照）. 林语堂，译. 上海：西风社，1939：326.

20 个前面有序数词,与日期有关。1939 年译本中阴历日期比中文原文多,是因为原文中有些日期不用"月"字来表示,如"中秋日""七夕""重阳日""重九日"等(见表 4-1)。

表 4-1　林语堂的两个《浮生六记》译本中的日期翻译比较

| 原文 | 译文 1(1939 年译本) | 译文 2(1942 年译本) |
|---|---|---|
| 是年七夕 | on the seventh night of the seventh moon of that year (1939:27) | on the seventh night of the seventh moon of that year [1780](1942:975) |
| 中秋日 | on the fifteenth of the eighth moon, or the Mid-Autumn Festival (1939:33) | on the fifteenth of the eighth moon, or the Mid-Autumn Festival (1942:977) |
| 重阳日 | on the Double Ninth Festival Day (1939:179) | on the festival of the ninth day of the ninth moon (1942:1019) |
| 重九日 | on the Double Ninth Festival Day (1939:191) | on the ninth day of the ninth moon (1942:1022) |

1942 年译本中,林语堂似乎有意识地用阳历月份取代阴历月份,例如:"此乾隆乙未七月十六日也。"1939 年译为:"This was on the sixteenth of the seventh moon in the year 1775."(p. 5) 而 1942 年译为:"This was on July 16 in the year 1775."(p. 969) 把这两个译本做全部比较,笔者发现:1939 年译本林语堂使用的是阴历,与原文是一致的;1942 年译本林语堂有意识地改动了一些,把绝大部分月份都改成阳历,但是仍保留了中国传统节日的阴历和具体日子(某月某日)的阴历。如"是年七夕"全部译为"on the seventh night of the seventh moon of that year"。

许多研究者都把 1939 年译本作为中译外和跨文化翻译的研究对象。其实,1939 年版本与其说是为外国人所译,不如说是为中文语境里的读者而译。如林语堂所言:"凡英汉对译,我很欢迎,因为便于青年自修之用。

我向来读书主自修,反对替先生念书。成绩好的都是靠自修。"①林语堂的英汉对照书(《浮生六记》只是其中一本)的首要目的是为帮助中国读者学习英语。他认为这种书"实在是有益青年的书"②。在中国语境里,林语堂作为一个中英文双语专家,他有权决定译什么,怎么译,并根据翻译目的和读者对象决定翻译策略。他当然要考虑出版社的要求和图书的销量,但是他更注重自己作为译者的责任和该译本可能对自己声誉带来的影响。因此,他更多地受到中文(原文)翻译准则的约束(subjection to source culture norms),即忠实于原文。考虑到读者能够看懂原文,译者的首要选择是译文的准确性(adequate translation)。

1942年译本为绝大部分研究者所忽略,因为它不是单行本,而是收录在《中国与印度之智慧》里,该书是为英文语境里的读者而编,在美国出版。在西方语境里,林语堂不但要考虑出版社的要求和图书的销量,而且受译入语规范的约束(subjection to target culture norms)。鉴于读者不懂原文或者读不到原文,他更多考虑英语普通读者的接受能力和译文的可读性(acceptable translation)。该译本前三章已经达到其翻译目的,即"使世人略知中国一对夫妇之恬淡可爱生活"③,而第四章("浪游记快",The joys of travel)记述作者个人一生的游历,与夫妻生活(其翻译目的)关系不大,而且有大量中国人名、地名,西方读者对此难以理解。因此,第四章有大量删节。笔者研究发现,1939年译本有45408字,而1942年译本只有39140字,也就是说,林语堂的1942年译本对某些内容进行了删节(6000多字),主要是在第四章部分。

尽管如此,笔者认为,后译优于前译。子曰:"吾十有五而志于学,三十而立,四十而不惑,五十而知天命,六十而耳顺,七十而从心所欲,不逾矩。"(《论语・为政》)一般情况下,随着年龄的增长,一个人的知识水平和

① 林语堂. 无所不谈. 台北:开明书店,1974:751.
② 林语堂. 无所不谈. 台北:开明书店,1974:752.
③ 沈复. 浮生六记(汉英对照). 林语堂,译. 上海:西风社,1939:326.

思想境界是不断提高的。就翻译而言,译者的翻译能力和生活阅历也会随着年龄增长而增长,其对原文的理解能力和对译文的表达能力都有提高。尽管林语堂"前后易稿不下十次",1939 年译本还是有一些错误没有纠正过来。一般说来,后译本总是在前译本的基础上有所突破。因此,林语堂的 1942 年译本应该比 1939 年译本更准确。例如:"有**西人**赁屋于余画铺之左,放利债为业。"①周劭在《荔溪寻梦》②中提到,这个"西人",林语堂"在《天下月刊》发表时译为 Western(洋人)",他不知在嘉庆、道光之前,"西人"指三晋人士(山西人),而非洋人。周劭曾向林语堂指出了这个错误。该译文如下:

> 1939 **年译文**:There was **a European** who had rented a house on the left of my art shop, and used to lend money at high interest for his living.③
>
> 1942 **年译文**:There was **a Shansi man** who had rented a house on the left of my art shop, and used to lend money at high interest for his living.④

(黑体为笔者所加,下同)

林语堂的 1939 年译本错误依旧,译为"a European",但是 1942 年译本改正过来了,译为"a Shansi man"。遗憾的是,后来的译者都没有注意到这个问题,继续错下去。例如,2006 年译林版不仅"今译"错了,"英译"也错了。"今译"错译为"有一个**西域人**在画铺左边租赁了房子,以放高利贷为业",英译错译为:"There was **a Westerner** who had rented the house to the left of my painting shop. He made his living by lending out

---

① 沈复. 浮生六记(汉英对照). 林语堂,译. 北京:外语教学与研究出版社,1999:138.
② 周劭. 荔溪寻梦. 苏州:古吴轩出版社,1999:10.
③ 沈复. 浮生六记(汉英对照). 林语堂,译. 上海:西风社,1939:137.
④ Shen, F. Six chapters of a floating life. Lin, Y. T. (trans.). In Lin, Y. T. (ed.). *The Wisdom of China and India*. New York:Random House,1942: 1006-1007.

money at interest."①译林版译者显然意识到这个说法有问题,在注释中特意提出译者的困惑:这个"西人"是正常情况下是西方人,不是中国人,但是1800年苏州不可能有西方人放高利贷,因此猜测是西藏人、蒙古人或者中国西部的人。由于他没有读到——可能根本不知道——林语堂的1942年译本,一直找不到合适的处理办法,只好将就着译成含糊的"a Westerner"。

　　**译林版注释**:The 'Westerner' is one of the greater puzzles Shen Fu gives us. The characters he uses are those normally used to describe a European, a non-Chinese person; but a European money-lender is Soochow in 1800 stretches all probability. We can only guess, but perhaps the author was referring to a Tibetan, a Mongol, or a person of another of the West China minority races. ②

　　因此,有些读者指出林语堂的1939年译本存在这样或那样的问题,其实,林语堂可能早已意识到这些问题,并在1942年译本中纠正过来了。

　　很多研究者(如刘嫦③、孙会军④、黎土旺⑤,恕不一一列举)仅仅研究了林语堂《浮生六记》的一个译本(即1999年外研社译本,同1939年译本),就得出林语堂倾向于归化或者异化、准确性或者可读性的翻译方法,说服力恐怕是不够的,甚至可能是错误的。只有通过比较同一译者对同一作品的不同翻译,尤其是针对不同读者进行的翻译,发现各译本之间的互文关系,并找出具体的实例,如上文提到的日期的译法,我们才能说,这个译者1939年的译本倾向于准确性——我们不能因为几处错译,如上文

---

① 沈复. 浮生六记(汉英对照). 白伦,江素惠,译. 南京:译林出版社,2006:112-113.
② 沈复. 浮生六记(汉英对照). 白伦,江素惠,译. 南京:译林出版社,2006:273.
③ 刘嫦. 也谈归化和异化. 外语学刊,2004(2):98-103.
④ 孙会军. 从《浮生六记》等作品的英译看翻译规范的运作方式. 解放军外国语学院学报,2004(3):67-71.
⑤ 黎土旺. 文化取向与翻译策略——《浮生六记》两个英译本之比较. 外语与外语教学,2007(7):53-55.

"西人"的翻译,就否认译者对准确性的追求;而 1942 年的译本倾向于可读性。林语堂译《浮生六记》时针对中国或美国读者的不同选择,为我们提供了具体的实例,说明了一篇译文的异化与归化、准确性与可读性,是个相对概念,没有绝对的归化与异化、准确性与可读性。译本与译本之间的异化与归化、准确性与可读性,只有程度之别,而非种类异同。绝对的归化或者异化、准确性或者可读性都算不上好的、真正的翻译。译者翻译过程中应该因人而异、因地制宜地选择翻译方法,而不是死守一种。希望本书能引起国内学者的关注,促进林语堂翻译研究的进一步发展。

法国著名符号学家朱莉娅·克里斯蒂娃在 20 世纪 60 年代提出的"互文性"写作概念,与中国古典文学中用典、拟作、效体和改写、集句等创作手法很相似①。"互文性"理论的"引用"(用典)、"仿作"(拟作)等手法不仅应用于文学创作,还应用于文学翻译,尤其是一作多译。鲁迅特别强调"重译"或"复译"的重要性,因为这不仅可以击退乱译本,还可以"取旧译的长处,再加上自己的新心得",百尺竿头,再进一步。他还说:"因语言跟着时代的变化,将来还可以有新的复译本的,七八次何足为奇。"②鲁迅不仅指明了译者重译的目的,更暗示了同一作品不同译本之间的三种互文关系。

一个作品的多个译本,可以出自一人之手,也可以出自不同译者之手。尽管《浮生六记》以林语堂的译本最为著名,但是,这并不是说其他译者就不能问津。其他版本还有牛津大学出版社的 1960 年版本、企鹅出版社的 1983 年版本和译林出版社的 2006 年双语版,这些译本都与林语堂的译本有互文关系。

林语堂作为一位著名双语作家,也是《浮生六记》翻译的首倡者,其译作在中国和海外均有销售,对其他译者的影响是毋庸讳言的,后来的译者会有意无意地参照其译本,比较各译本就可发现一些眉目。以"是年冬,

---

① 杨景龙. 用典、拟作与互文性. 文学评论,2011(2):178.
② 鲁迅. 非有复译不可//罗新璋. 翻译论集. 北京:商务印书馆,1984:298.

值其堂姊出阁,余又随母往。"为例,林语堂 1939 年的译文是:"In the winter of that year, one of my girl cousins,(the daughter of another maternal uncle of mine,)was going to get married and I again accompanied my mother to her maiden home."①而林语堂 1942 年的译文则删除了括号里的注释②。在中国,亲戚关系非常明确,堂姐、堂妹、表姐、表妹是有区别的。原文中的"堂姊"指的是他妻子的堂姐,由于他妻子是他舅舅的女儿,也是他的表姐。因此,林语堂的 1939 年的译文 one of my girl cousins,(the daughter of another maternal uncle of mine)是非常忠实于原文的。但是,正如傅雷在《贝姨》的序言中所指出的,欧洲人的 cousin,可以包括"堂兄弟姐妹,及其子女;姑表、姨表、舅表的兄弟姐妹,及其子女;妻党的堂(表)兄弟姐妹,及其子女;夫党的堂(表)兄妹姐妹,及其子女。总之,凡事与自己的父母同辈而非亲兄弟姐妹的亲属,一律称为 cousin,其最广泛的范围,包括我国所谓的'一表三千里'的远亲"③。这么一看,林语堂 1939 年的翻译似乎画蛇添足,而 1942 年的译文更符合英美的表达习惯。其他的几个译本,如牛津版④、企鹅版⑤、译林版⑥,都简单地译为 cousin,也证实了这一点。

　　一般说来,好的译者会因人而异、因地制宜产生不同译本,而且,后来的译本总是在前译本的基础上有所突破。因此,理论上,林语堂的 1942 年译本应该比 1939 年译本好;白伦的 2006 年译林版应该比 1983 年企鹅版好。不过,至于 2006 年译林版是否比林语堂的 1942 年译本好,则很难

①　沈复. 浮生六记(汉英对照). 林语堂,译. 上海:西风社,1939:5-7.

②　Shen,F. Six chapters of a floating life. Lin,Y. T.(trans.). In Lin,Y. T.(ed.). *The Wisdom of China and India*. New York:Random House,1942:969.

③　傅敏. 傅雷谈翻译. 北京:当代世界出版社,2005:5.

④　Shen,F. *Chapters from a Floating Life*. Black,S. M.(trans.). London:Oxford University Press,1960:5.

⑤　Shen,F. *Six Records of a Floating Life*. Pratt,L. & Chiang,S. H.(trans.). London:Penguin Books,1983:26.

⑥　沈复. 浮生六记(汉英对照). 白伦,江素惠,译. 南京:译林出版社,2006:5.

下结论。目标读者不同,也会产生不同的译本。反之,不同译本会产生不一样的读者。译林版如林语堂的 1939 年译本一样,很显然是针对双语学习者,即学英文的中国读者或者学中文的英语读者;而企鹅版如林语堂的 1942 年译本一样,是针对不懂中文的英语读者。目标读者不一样,翻译策略就不一样。但是,后译者之所以产生重译的念头,与前译者的译作肯定是相关的,也就是说各译本之间存在互文性。

谈到自己翻译《浮生六记》的缘起,译林版译者之一白伦说,自己当初阅读台湾版双语本(林语堂译,1964 年开明书店汉英对照本,台一版)时,发现了以下几个问题:一是有些地方翻译不够准确;二是许多地方需要加注解,让译文读者了解中国的历史和文学背景;三是有几处原文,由于种种原因而被删除;四是译文的语言风格前后不一致——有些部分像莎士比亚时代的英语,有些像 19 世纪美国小说,有些是 20 世纪 20 年代的俚语①。也就是说,译林版的译者参考了林语堂的译本。如译林版前言所言:"先行者应该得到我们无比的敬意,但是我们还是觉得,将《浮生六记》完整地译成现代英语还是有可能的。通过大量(我们希望不要过量)的注解和地图,这个译本会将沈复的描述更加完整地展现在现代英语读者面前。"②由此可见,后译本总是希望在前译本的基础上有所改进,因而与前译本有着千丝万缕的互文关系。

译林版译者针对林语堂 1939 年译本存在的一些问题做了修正。笔者认为,译林版的成功之一在于那些附录和注释。《浮生六记》并不是按照时间先后顺序而写的,为了帮助英语读者理解,1960 年牛津版按照事件发生的先后顺序对原作进行了编译,而译林版在尊重原作的基础上,增加了附录——沈复的"生平年表",这无疑有助于读者对原作的理解。译林版还提供了多达 221 条注释,这无疑是对林译本的有力补充,因为林语堂

---

① 许冬平.《浮生六记》的英译和白话文翻译. 文景,2006(11). (2007-08-29)[2019-12-30]. http://blog.sina.com.cn/s/blog_4d7cb0a8010009jb.html.

② 沈复. 浮生六记(汉英对照). 白伦,江素惠,译. 南京:译林出版社,2006:22.

1939 年译本仅提供了 24 条注释。如果缺少必要的注解,有些句子,鉴于中西方文化差异,可能令西方读者一头雾水。另外,有些注释过于简洁,也会让西方读者莫名其妙。例如:"半年一觉扬帮梦,赢得花船薄幸名。"

林译:Awaking from a half year's Yang-group dream, I acquired a fickle name among the girls.

脚注:This is an adaptation from two famous lines by Tu Mu.[①]

译林版:Waking from a half-year's Yang-boat dream, I had a bad name aboard the craft![②]

尾注:Shen Fu has here adapted two lines from the poem 'Banishing Care' by the Tang poet Tu Mu (803—853). The original poem reads:

Wandering the country with my wine,

I found the girls here so very fine.

Ten years since I woke from Yangchou dreams

With a bad name in pleasure houses. [③]

针对这句仿拟——"仿拟是基于原文基础的二次写作,其内在特质仍然是互文性"[④],林语堂虽然提供了注释,但预设英语读者知道 Tu Mu(杜牧)是谁,并熟悉这两句名诗:"十年一觉扬州梦,赢得青楼薄幸名。"这无疑是很荒唐的。译林版的注释则比较详细,可惜英语译文并没有显示出原作者改写的痕迹。如果注释的最后两句改为:"Waking from a ten-year's Yangchou dream, I had a bad name in pleasure houses."读者也许可以更容易看出两者之间的关系。

但是,过多的注释有时会增加读者的阅读负担,弄巧成拙。例如:"不

① 沈复. 浮生六记(汉英对照). 林语堂,译. 上海:西风社,1939:273.
② 沈复. 浮生六记(汉英对照). 白伦,江素惠,译. 南京:译林出版社,2006:219.
③ 沈复. 浮生六记(汉英对照). 白伦,江素惠,译. 南京:译林出版社,2006:280.
④ 赵渭绒. 西方互文性理论对中国的影响. 成都:巴蜀书社,2012:222.

得已,仍为冯妇。"

林译:I was then compelled to return to my profession as a salaried man.①

企鹅版:I was obliged to return to official work.②

译林版:I was obliged to be Feng Fu*, and return to official work.③

译林版尾注:Feng Fu was an apparently formidable man of the Jin Dynasty whom Mencius says was well known for protecting local villagers from tigers. He became much respected by the local gentry when he gave up this low-class occupation in search of a more refined life, but was later scorned by them when he went back to killing tigers at the villagers' request.④

"再为冯妇"或"仍为冯妇"出自《孟子·尽心下》:"晋人有冯妇者,善搏虎,卒为善士。则之野,有众逐虎,虎负嵎,莫之敢撄。望见冯妇,趋而迎之。冯妇攘臂下车,众皆悦之,其为士者笑之。"在原文中"仍为冯妇"是用典,只有语用意义,表示重操旧业。因此,林语堂的各译本和企鹅版译本都采取意译,避免提到"冯妇",以免产生不必要的额外信息,影响英语读者的理解。而译林版因为读者对象的改变,采取直译加注释的办法,让读者了解"冯妇"这一典故。这种想法固然不错,可惜与"今译"不一致:"不得已,仍然重操旧业,去做幕友。"⑤中国当代读者恐怕也需要知道了解"冯妇"这个典故。

---

① 沈复. 浮生六记(汉英对照). 林语堂,译. 上海:西风社,1939:241.
② Shen, F. *Six Records of a Floating Life*. Pratt, L. & Chiang, S. H. (trans.). London: Penguin Books, 1983: 116.
③ 沈复. 浮生六记(汉英对照). 白伦,江素惠,译. 南京:译林出版社,2006:195.
④ 沈复. 浮生六记(汉英对照). 白伦,江素惠,译. 南京:译林出版社,2006:278.
⑤ 沈复. 浮生六记(汉英对照). 白伦,江素惠,译. 南京:译林出版社,2006:194.

翻译对于译者的双语能力要求很高。林语堂作为双语作家、翻译家，其译作当然是精品。而后来的译者在旧译的基础上进一步完善，并与时俱进，也值得读者学习研究。了解各译本之间的互文关系，取长补短，读者可以各取所需，获得更大的帮助。对于缺少古汉语基础的中国读者和想学汉语的外国读者，译林版的《浮生六记》也许更适合。因此，一作多译，对于读者实在是一件幸事。

德国语言学家弗里德里希·施莱尔马赫(Friedrich Schleiermacher)指出，翻译一般有两种途径：一是尽可能地不扰乱原作者的安宁，让读者去接近作者；另一种是尽可能地不扰乱读者的安宁，让作者去接近读者①。其实作者对读者一般也有两种态度：一种是顺其自然，任凭读者选择；另一种是主动接近读者。需要指出的是，接近读者，为读者着想，与迎合读者是有区别的。前者主要体现在写作技巧或叙事技巧上，让读者读懂；而后者主要体现在写作内容上，投其所好。

作为一个自由作家、翻译家，他的著译必须获得市场的认可，而市场的选择就是读者的选择。因此，无论是写作还是翻译，林语堂始终把普通读者放在首位。他在《作文六诀》(《论语》第 37 期，1934 年 3 月 16 日)中提到的第二、三诀都与读者有关：

> (二)感动读者——读者是喜欢受感动的。要感动他，自然先要取得他对你的信仰。对他讲他所不懂的话，他便信仰你而为你所感动了。……最要是，你得看向谁说话。……

> (三)敬重读者——文字有作者与读者双方关系，读者固然要敬重作者，作者亦应当敬重读者，谁也不可看不起谁，不然使双方感觉无聊，读者掩卷而去了。②

---

① 转引自：Lefevere, A. (ed.). *Translation*, *History*, *Culture*：*A Source Book*. London：Routledge，1992：149.
② 林语堂. 林语堂名著全集(第 14 卷)：行素集　披荆集. 长春：东北师范大学出版社，1994：66-67.

林语堂在《如何用英语作文》("How to Write English")①和《写作的原则》("The Principles of Writing")②中重复谈论了这个话题。按照接受美学理论,林语堂在写作和翻译过程中头脑里始终有一个"隐在的读者"(implied reader):"写作过程便是向这个隐在的读者叙述故事并与其对话的过程。因此读者的作用已经蕴含在文本的结构之中。"③例如,在《中国与印度之智慧》(1942)产生过程中,无论是作为编者还是译者,林语堂都关注读者的需要。笔者曾做过简单统计,发现该书序言中竟出现 52个 reader(s)。其实,林语堂的作品一直得到读者欢迎,其中一个因素就是因为作者心里有读者。在上海发表的英文作品,后来经作者不同程度的修改后,在美国再次出版。通过比较这些不同版本,我们可以看出,林语堂在不同文化语境里针对不同读者做出了相应的调整。

这一类作品主要有两个方面。第一是翻译。《子见南子》最初发表于1928 年 11 月《奔流》月刊第 1 卷第 6 号上,后来林应邀将其译成英文,于1931 年 12 月在哥伦比亚大学国际中心上演,1936 年以《子见南子及英文小品文集》(*Confucius Saw Nancy and Essays about Nothing*)为名在商务印书馆出版。此外,译作《浮生六记》《老残游记二集》《尼姑思凡》等,也是先在上海出版,后来在美国编入其他作品中再版。第二是写作。林语堂有不少小品文走过了中英文之间、中国和美国之间的反复旅行:首先在英文杂志《中国评论周报》(1930—1936)上发表,然后用中文在《论语》《人间世》或《宇宙风》等刊物上发表,后来把英文部分编成两卷 *The Little Critic*(1935)由上海商务印书馆出版。1940 年他又选取其中一部分,编入 *With Love and Irony*(1940)在美国出版,结果又被他人翻译成中文(有多个译

---

① Lin,Y. T. *The Little Critic*:*Essays*,*Satires and Sketches on China*(*First Series*:*1930—1932*). Shanghai:The Commercial Press,1935:161-165.

② Lin,Y. T. *The Pleasures of a Nonconformist*. Cleveland and New York:The World Publishing Company,1962:115-122.

③ Iser,W. *The Act of Reading*:*A Theory of Aesthetic Response*. London:Routledge & Kegan Paul,1978:35.

本,其中今文编译社的《爱与刺》最著名,目前大陆流行的基本上是该译本),1997 年又被重新翻译,以《林语堂散文精品》(1997)为名出版。现选其中一篇"The Monks of Hangchow"(《春日游杭记》)为例:

[1]"The Monks of Hangchow," *The China Critic*, VI, May 4, 1933:453-454.

[2]春日游杭记,《论语》第 17 期,1933-05-16:615-618.

[3]"The Monks of Hangchow," *With Love and Irony*, 1940:232-236.

[4]杭州的寺僧,《爱与刺》,今文编译社,1941;《讽颂集》,今文译,1994:155-158.

[5]杭州和尚,《讽颂集》,蒋旗译,1941:182.

[6]杭州的和尚,《林语堂散文精品》,徐惠风译,1997:186-190.

[7]"The Monks of Hangzhou," translated by Nancy E. Chapman and King-fai Tam, in Joseph S. M. Lau and Howard Goldblatt(eds.). *The Columbia Anthology of Modern Chinese Literature*. New York: Columbia University Press, 1995: 621-624.

从篇名的翻译就可看出,所有的译本都是依据 1941 年版的"The Monks of Hangchow",该篇被翻译成中文后,又被回译成英文。这一来一回,与原文的本意只会越来越远。这种现象值得研究。褚东伟曾对这种现象做过探讨,虽然研究的是《我的戒烟》的两个英译本——一个是林语堂的英语原本"My Last Rebellion against Lady Nicotine",一个是别人根据林语堂中文本《我的戒烟》翻译为"My Turn at Quitting Smoking",但转译情况远不如这篇"The Monks of Hangchow"复杂①。

无论是写作还是翻译,林语堂非常注意针对中外读者的不同进行调整。我们首先看看翻译中文化因素的不同处理。以《老残游记二集》

---

① Chu, D. W. The Perils of Translating Lin Yutang: Two Versions of "Wo De Jie Yan" in English. *Translation Review*, 2014(1): 49-58.

为例:

> 原文:(第一段)话说老残在齐河县店中,遇着德慧生携眷回扬州去,他便雇了长车,结伴一同起身。[……]因德慧生的夫人要上泰山烧香,说明停车一日,故晚间各事自觉格外消停了。[……]

> (第七段)次日黎明,女眷先起,梳头洗脸。①

(上文下划线、下文斜体均为笔者所加)

译文 1:It is said:

*Laots'an（name of a tramp village doctor, meaning "Old Relic"）was staying at an inn in Ch'ihohsien when he met Teh Hueisheng who was returning to his home at Yangchow with his family, and so they hired a mule cart for the long journey, and started off together.* [...] As Mrs. Teh wanted to go up the Taishan to "*burn incense*," they told the driver that they would stop over there the following day, and since that was the case, they could take their time to arrange things more leisurely that night. ...

Early at dawn the next morning, the womenfolk got up and attended to their toilet. ②

译文 2:IT is said:

*Laots'an was staying at an inn in Ch'ihohsien when he met his old friend, Teh Hueisheng. As the latter was returning south to his home at Yangchow with his family, they hired a mule cart for the long journey and started off together.* [...] As Mrs. Teh wanted to go up the Taishan to *pray at the temple*, they told the driver that

---

① 刘鹗. 老残游记. 北京:人民文学出版社,2000/2001:211-214.
② Lin, Y. T. *A Nun of Taishan and Other Translations*. Shanghai: The Commercial Press, 1936:1.

they would stop over for the following day, and consequently his
time would be his own.

Early at dawn the next morning, the womenfolk got up and
attended to their toilet. ①

首先谈删节问题。在译文中,林语堂删节了五段,即自第二段起老残
与德慧生之间的谈话,近 2000 字。不过在译文 1 里,林语堂特意用省略
号暗示,而译文 2 则没有。尽管有省略,但是上下文连贯没有问题。其次
看第一句话的翻译。原文很长,译文 1 也是很长的一句话,而译文 2 则变
成了两句话,读起来更清顺、流畅。最后看文化词的处理。在译文 1 中,
"老残"被介绍了一番:name of a tramp village doctor, meaning "Old
Relic"(一位走方郎中的名字);而译文 2 则没有。"烧香"在译文 1 中直译
为"burn incense",而在译文 2 中则意译为"pray at the temple"。这些改
动首先与译文的读者有关。译文 1 的读者主要在中国,这些读者可能看
过原文或者有能力比较原文,会指出翻译中不忠实之处。其次与语境有
关。读者和译者都在中国,无意识中会受到中国语境的制约,很关注翻译
的忠实性,因此译者受原文的约束较大。而译文 2 的读者主要在美国,而
且是美国的普通读者,他们可能更关注文章的可读性和趣味性。因此译
者尽可能减少文化障碍。至于是否忠实,读者未必很在乎。

诸如此类的改动在林语堂的作品中很常见。翻译别人的作品尚且如
此,翻译自己的作品改动就更频繁。在《子见南子》的翻译中,林语堂甚至把
《诗经·国风·鄘风·桑中》换成《诗经·国风·郑风·将仲子》的翻译。

原文:

南子(唱):爰采唐矣,沬之乡矣;

歌女(和):云谁之思? 美孟姜矣!

(合唱)期我乎桑中,要我乎上宫,送我乎淇之上矣!

---

① Lin, Y. T. *Widow*, *Nun and Courtesan*, *Three Novelettes from the Chinese
Translated and Adapted by Lin Yutang*. New York: John Day, 1951: 115-116.

（歌女舞。南子掷琴给雍渠，解衣起舞。）

南子（唱）：爰采麦矣，沫之北矣；

歌女（和）：云谁之思？美孟弋矣！

（合唱）期我乎桑中，要我乎上宫，送我乎淇之上矣！

（南子与歌女合舞，雍渠弹琴。）

南子（唱）：爰采葑矣，沫之东矣；

歌女（和）：云谁之思？美孟庸矣！

（合唱）期我乎桑中，要我乎上宫，送我乎淇之上矣！①

译文：

Don't come in, Sir, please! /Don't break my willow-trees! /Not that that would very much grieve me; /But alack-a-day! what would my parents say? /And love you as I may, /I cannot bear to think what that would be.

Don't cross my wall, Sir, please! /Don't spoil my mulberry-trees! /Not that that would very much grieve me; /But alack-a-day! what would my brothers say? /And love you as I may, /I cannot bear to think what that would be.

Keep outside, Sir, please! /Don't spoil my sandal-trees! /Not that that would very much grieve me; /But alack-a-day, what the world would say! /And love you as I may, /I cannot bear to think what that would be.②

（将仲子兮，无逾我里，无折我树杞。岂敢爱之？畏我父母。仲可怀也，父母之言亦可畏也。

将仲子兮，无逾我墙，无折我树桑。岂敢爱之？畏我诸兄。仲可

---

① 林语堂. 大荒集. 上海：生活书店，1934：37.

② Lin, Y. T. *Confucius Saw Nancy and Essays about Nothing*. Shanghai：The Commercial Press, 1936：41-42.

怀也,诸兄之言亦可畏也。

　　将仲子兮,无逾我园,无折我树檀。岂敢爱之? 畏人之多言。仲
可怀也,人之多言亦可畏也。)

　　林语堂这么做主要是考虑读者或者观众的接受能力。翻译《子见南
子》的首要目的是舞台演出的需要,因此美国观众能否接受和理解是至关
重要的。《桑中》这首诗中文读起来朗朗上口,可是中国文化气息太浓,人
名地名很多,一旦翻译成英文,外国读者恐怕很难理解。而《将仲子》这首
诗中文读起来不如《桑中》上口,但是中国人名地名很少,翻译后外国读者
容易理解。其实这两首诗都是关于男女私情的,从语用学角度而言,这种
替换是可以接受的。

　　赵毅衡曾经指出,在双语创作过程中,重要的是意图中的读者对象是
谁:是中文读者,还是英语读者①。他认为,"林语堂完全明白应当如何对
付西方读者"。他以一个简单的例子来说明:1936 年西安事变后,林语堂
在美国哥伦比亚大学公开演讲中的发言最简单,即大讲"Chang 是张,
Chiang 是蒋,并非一家子:抓人是的 Chang,被抓的是 Chiang"②。对于
中国人而言,林语堂的发言就是废话,但是美国听众对林语堂的反应十分
热烈。孙子兵法有一句名言:"知彼知己,百战不殆。"不论是为中国人写
作还是为西方人写作,作者首先必须弄清心目中读者的底细。林语堂在
中国和美国都能成功,绝对不是偶然的。

　　其实,不仅仅是林语堂知道针对不同读者要使用不同的说法,大多数
成功双语作家、翻译家都知道。林太乙在《金盘街》中青版序中也谈到这
一点:

　　《金盘街》是先用英文写的,1964 年在美国出版,后来又在英国出

① 赵毅衡. 林语堂:双语作家写不了双语作品//赵毅衡. 对岸的诱惑:中西文化交流
人物. 北京:知识出版社,2003:91-97.
② 赵毅衡. 林语堂:双语作家写不了双语作品//赵毅衡. 对岸的诱惑:中西文化交流
人物. 北京:知识出版社,2003:96.

版,并有六种文字译本,颇得好评。后来我终于将《金盘街》用中文重写一遍,那不是翻译,而是重写,因为既然读者是中国人,有许多外国人不能领略的细节都可以放进去,举个小例子,小说中一个人物在做一道韭菜炒豆腐,外国人不知道那是什么东西,我在英文小说里就不提了。①

余光中在自译自己的作品时,也同样采取这个方法:

> 就算自己译自己,最了解,没误解,但选择时就不同了。因为会选用典比较不浓厚的内容,典故太多,很不方便,遇到这种情况需要加注。至于比较能跟外国人分享的,我就会选用;纠缠多的,我多避免。因此,我自己语言的 range 反而看不出来。我刻意去避免有文化隔阂的东西。②

总之,我认为林语堂的成功主要得益于作者的才华(两脚踏东西文化)、对读者的了解和对写作技巧的选择。林语堂在英文著作中所讲的正是他一贯相信的东西。他的态度是认真的、很恳切的,语言是幽默的。林语堂写作时对中外典故常常是信手拈来,不费吹灰之力。无论是介绍中国的一个人物还是介绍其观念,他都往往能左右取譬,使西方读者就其所已知而推至其所不知。因此,我们可以认为,懂得西方但又不随西方的调子起舞,是林语堂在西方传播中国文化获得成功的一个最重要的条件。林语堂的成功事例对于英文创作与翻译以及跨文化传播无疑是有借鉴意义的。

## 第二节　文章报国:林语堂的爱国情怀

作为跨文化双语作家、文化使者,林语堂一直为世人所熟知,而他及

---

① 林太乙. 金盘街. 北京:中国青年出版社,2002:i.
② 转引自:金圣华. 余光中的"别业":翻译——余光中教授访谈录//金圣华. 认识翻译真面目. 香港:天地图书有限公司,2002:123.

其家人的爱国行为,尤其是在抗战期间的行为,人们却一直知之不详。本节①通过大量一手史料,从四个方面探讨林语堂的爱国行为:(1)用文学笔法描写抗日故事;(2)客观报道并分析抗战情况;(3)坚持一个中国立场,反对分裂;(4)积极支持家人的爱国行为。笔者想说的是,林语堂无论身在何方,始终心系祖国。因此,无论历史如何评论林语堂,就凭他这些始终如一的爱国行为,他将永远为历史所铭记。

关于林语堂的爱国思想,20 世纪 90 年代就有研究。王才忠简要论述了林语堂旅居海外 30 年的爱国思想②,阎开振主要探讨了林语堂小说创作的人道精神与爱国情感③,左全安则对林语堂一生的爱国思想做了初步的探索④。这些研究由于起步较早,大多引用二手资料,尤其是引用林语堂女儿林太乙于 1989 年出版的《林语堂传》。相比之下,陈煜斓对林语堂抗战期间的文化活动的研究要深入具体得多⑤。不过,笔者全面调查了林语堂及其家人的爱国行为,尤其是林语堂在美国发表的一些报道和往来书信之后,发现至今仍有许多资料不为人所知。

爱国的方式有很多种,每个人的爱国方式可能都不一样。我们有必要首先弄清楚林语堂的爱国观,因为这种观念对其爱国行为起着指导作用。1929 年 12 月 26 日,林语堂受邀到光华大学中国语文学会演讲,后来以《机器与精神》为题发表。在该文中,他开门见山地指出什么是爱国:

> 爱国本是好事。兄弟也是中国人,爱国之诚,料想也不在常在报
> 上发通电的要人之下。不过爱国各有其道,而最要一件就是要把头
> 脑弄清楚。若是爱国以情不以理,是非利害不明,对于自己与他人的

---

① 本节的部分内容曾在"纪念林语堂先生诞辰 120 周年国际学术研讨会"宣读过,后以《文章报国——林语堂的抗日爱国情怀》为题发表在《南京社会科学》(2015(s):153-158),并获得南京社科界第十届学术年会优秀论文成果三等奖。
② 王才忠. 林语堂爱国思想研究. 湖北大学学报,1991(3):118-120..
③ 阎开振. 论林语堂小说创作的人道精神与爱国情感. 齐鲁学刊,1994(4):23-27.
④ 左全安. 林语堂爱国思想初探. 贵阳师专学报,1996(1):10-15.
⑤ 陈煜斓. 民族意识与抗战文化——林语堂抗战期间文化活动的思想检讨. 山东师范大学学报,2008(4):76-80.

文明,没有彻底的认识,反以保守为爱国,改进为媚外,那就不是我国将来之幸了。①

林语堂在 1926 年遭了"三一八"惨案的打击以后,意识到空喊革命,多负牺牲,是无益的。但是他不忘初心,只要祖国需要,他依旧为国出力。1927 年林语堂义无反顾地加入武汉国民革命政府,本身就是受到了武汉国民政府外交部部长陈友仁爱国精神的感召。当时中国无条件收回汉口英租界,就是陈友仁外交战线的胜利。林语堂"对国民革命抱有热烈期望,以为中国的前途已现曙光"②。林语堂在《林语堂时事述译汇刊》(*Letters of a Chinese Amazon and War-Time Essays*)中,对以谢冰莹为代表的女兵的救国热情赞赏有加,而且自己作为外交部秘书,也代表中国政府维护了祖国利益和尊严。

林语堂长期坚持理性爱国,通过自己的方式,以实际行动表达对祖国的支持。尤其在抗战期间,林语堂及其家人十分关注祖国抗战情况的进展,时刻关注外国报刊上的信息,以便及时掌握抗战的最新情况。

## 一、用文学笔法描写抗日故事

"天下兴亡,匹夫有责",我国历代仁人志士总是以天下为己任。在 20 世纪 30 年代,当日本大肆入侵中国时,所有的仁人志士皆奋起反抗,保家卫国,有的用枪炮,有的用笔杆,人尽其才。林语堂作为一介文人,理所当然拿起手中的笔来报效祖国。

抗战期间,林语堂虽身在海外,却一直心系祖国,用手中的笔为中国的抗日战争争取西方世界的舆论支持,写下了不少文学作品,其中最著名的是抗战小说《京华烟云》。林语堂在扉页上开门见山地说:"谨以 1938 年 8 月至 1939 年 8 月期间写成的本书献给英勇的中国士兵,他们牺牲了

---

① 林语堂. 林语堂名著全集(第 13 卷):翦拂集  大荒集. 长春:东北师范大学出版社,1994:129.
② 林太乙. 林语堂传. 台北:联经出版事业公司,1989:71.

自己的生命,我们的子孙后代才能成为自由的男女。"① 在给郁达夫的信中,林语堂道出了创作《京华烟云》的动机,即"纪念全国在前线为国牺牲之勇男儿,非无所谓而作也"②。因此,这部小说的主线就是讴歌中国人民的抗日战争。在小说的尾声,林语堂用《还我河山之歌》来结束:

> We go into battle,
>
> To fight for home and country!
>
> Never to come back
>
> Until our hills and rivers are returned to us!③
>
> (我们上战场,为家为国去打仗! 山河不重光,誓不还家乡!④)

这首歌后面重复两次,这样的豪言壮语非常激励人心,真诚地坦露出一个爱国者的情怀。林语堂利用小说的故事情节,把日本侵华历史向全世界读者做了宣告,其中第三十九章提到"济南惨案":1928 年 5 月 3 日,侵华日军将外交官蔡公时挖眼、割鼻、割耳之后,把他和他办公处的同僚一齐杀害。第四十四章写到曼娘之死:这个守了一辈子的寡妇,为了保留自己的贞洁而上吊自杀,然而可恶的日本鬼子却连死人也不放过。任何读者对日本兵的残暴无耻行径都会感到悲愤。这样的照片在"侵华日军南京大屠杀遇难同胞纪念馆"里都可以看到,这样的情景后来在不少抗战影视中出现过。任何人读到这里,都会同情中国受难同胞,痛恨日本侵略者。

《风声鹤唳》是《京华烟云》的姊妹篇或者续集,也是通过小说形式记载中国抗战史,真实地展现了淞沪抗战、南京大屠杀和台儿庄战役时期中国的社会形态。尤其是对 1937 年发生的南京大屠杀,他虽在美国,但通过媒体也了解了事情的部分真相,并在著文中有明确的记述:

---

① 林语堂. 瞬息京华. 郁飞,译. 长沙:湖南文艺出版社,1991:i.
② 林语堂. 瞬息京华. 郁飞,译. 长沙:湖南文艺出版社,1991:783.
③ Lin, Y. T. *Moment in Peking*. New York:John Day, 1939:808.
④ 笔者译,参考了郁飞的译文。

南京在十二月十三日沦陷……数百万人由海岸涌到内地,抛弃家园和故乡,跋山涉水,都难以逃避在敌人侵略中遭受屠杀的命运。敌人的鞭笞太可怕了。中国战线在苏州崩溃,迅速瘫倒,过了三星期连首都也沦陷了。但是恐怖的不是战争、炮弹、坦克、枪支和手榴弹,甚至不是空中的炸弹,虽然榴散弹的冲击、爆炸和吼声相当吓人。不是死亡、肉搏,钢铁互击的恐惧。自有文明以来,人类就在战役中互相厮杀。闸北附近的村民在几个月的枪林弹雨中并没有抛弃家园。但是上帝造人以来,人也从来没见过狂笑的士兵把婴儿抛入空中,用刺刀接住,而当做一种运动。也没有遮住眼睛的囚犯站在壕沟边,被当做杀人教育中的刺刀练习的标靶。两个军人由苏州到南京一路追杀中国的溃兵,打赌谁先杀满一百人,同胞们一天天热心写下他们的记录。武士道的高贵,连中古欧洲的封建社会也做不出来;连非洲的蛮人也做不出来。人类还是大猩猩的亲戚,还在原始森林中荡来荡去的时候,就已经做不出这种事了。猩猩只为雌伴而打斗,就是在文明最原始的阶段,人类学中也找不到人类为娱乐而杀人的记录。

恐怖的是人,是一个民族对另一个民族所做的惨事。大猩猩不会聚拢猩猩,把它们放在草棚中,浇上汽油,看它着火而呵呵大笑;大猩猩白天公开性交,但是不会欣然观赏别的雄猩猩交合,等着轮到自己,事后也不会用刺刀戳进雌猩猩的性器官。它们强暴别人妻子的时候,也不会逼雌猩猩的伴侣站在旁边看。

这些事情并不是虚构的,因为有人也许会以为这是近乎发疯的作家最富想象力的杰作。不,这些都是中国抗战和日本皇军真真实实、有凭有据的历史。只有历史档案的国际委员会的正式报告才有人相信,在小说中大家反而不信了。①

日本侵略者进入中国后杀人、强奸、放火,无恶不作,禽兽不如,林语

① 林语堂. 林语堂名著全集(第3卷):风声鹤唳. 张振玉,译. 长春:东北师范大学出版社,1994:231-232.

堂通过手中的笔向全世界人民进行了控诉,他应该是世界文学界最早通过小说形式向英文读者揭露日本侵略者兽行的作家。

如陈煜斓所言,林语堂在抗击日本帝国主义的残暴罪行上,比当时很多文化名人都要早①。早在 1928 年 5 月 30 日,林语堂就在其参编的《中国评论周报》上刊登了"Tsinan Affair"一文,记录济南惨案目击者的证言,控诉日本侵略者的罪行。林语堂用英文和中文分别在《中国评论周报》和《论语》上发表文章,如"Hirota and the Child"(1935)和《广田示儿记》(1935),通过幽默手段,揭露日本打算吞并中国的企图。1935 年 2 月 19 日,外交官王宠惠按照蒋介石的安排来到日本,先后拜访了首相冈田启介、外相广田弘毅、陆相林铣十郎、海相大角岑生等政府要员及众议院议长和政友会、民政党领袖等人,就中日关系广泛地交换了意见。2 月 26 日,王宠惠向广田弘毅提出调整中日关系的三条基本原则,即:(1)中日两国应相互尊重对方在国际法上之完全独立;(2)两国要维持真正友谊;(3)今后在两国间发生之一切事件,应以和平外交手段解决之。② 林语堂利用这一政治背景,虚构了广田弘毅接见王宠惠之前,在家中与儿子的对话,借机表达了日本对中国假亲善,其实是想统治中国的野心。

1935 年底,林语堂在《论语》发表了《国事亟矣》一文,针对当时政府要求"不谈国事、不谈外交",针对"不安内无以攘外"的托词,他多次提出"须全国上下一心共赴国难,而后有济","今日国势危急,要在上下一心一德;以诚相见,能对外自然团结,不能对外,自然不能团结",要求国共两党合作,团结起来一致抗日③。1936 年 10 月,上海文艺界发出《文艺界同人为团结御侮与言论自由宣言》,主张"全国文学界同仁应不分新旧派别,为抗日救国而联合","不必强求抗日立场之划一,但主张抗

---

① 陈煜斓. 民族意识与抗战文化——林语堂抗战期间文化活动的思想检讨. 山东师范大学学报,2008(4):76-80.
② 参见百度百科[2020-01-20]:广田弘毅(http://baike. baidu. com/view/251555. htm)。
③ 林语堂. 国事亟矣. 论语,1935-12-16(78):256-257.

日的力量即刻统一起来"①。林语堂虽然此时身在美国,却依旧发文表示赞成。

1936 年,林语堂再次用中英文分别在《论语》和《中国评论周报》发表文章《冀园被偷记》(1936)、"Oh, Break Not My Willow-Trees!"(1936),通过引用《诗经》中的《将仲子》,用"无逾我里,无折我树杞","无逾我墙,无折我树桑","无逾我园,无折我树檀"的诗句,警示日本不要侵占中国领土。林语堂的《吾国与吾民》,本意是出于爱国目的,希望通过其著作,让外国人更好地理解中国。事实上,这个观点也得到了埃德加·斯诺(Edgar Snow)的赞同。埃德加·斯诺在其《活的中国》(Living China)的"编者序言"认为,在林语堂的《吾国的吾民》问世之前,西方作家对中国几乎一无所知,汉学家对变化中的中国抱残守缺,而"大部分中国作者则要末对现代中国加以贬低,要末用一些假象来投合外国读者之所好"②。斯诺对林语堂对中国问题和文化做客观阐释或批评表示赞赏。出国后,针对中国个别读者质疑其英文畅销书《吾国与吾民》是"卖国卖民,自己发财"(making a good fortune at the expense of my country and my people),林语堂不以为然。他认为,最重要的是要弄清"什么样的中国宣传才是真实和明智的"(What is true and wise propaganda for China)。他很自豪地说,他的书让很多外国人真正爱上并敬佩中国。③

事实也是如此,《吾国与吾民》和《生活的艺术》在美国出版以后,非常畅销,美国人对中国的兴趣大增,林语堂在美国几乎成了中国的民间代言人。林语堂虽然人在美国,但是仍然非常关心国内的情况。1937 年 2 月

---

① 查阅史料,至少两家刊物刊登了《文艺界同人为团结御侮与言论自由宣言》,1936 年 10 月 1 日《文学》第 7 卷第 4 号最先发表,1936 年 11 月《新认识》第 1 卷 2 期再次发表。签名者为巴金、王统照、包天笑、沈起予、林语堂、洪深、周瘦鹃、茅盾、陈望道、郭沫若、夏丏尊、张天翼、傅东华、叶绍钧、郑振铎、郑伯奇、赵家璧、黎烈文、鲁迅、谢冰心、丰子恺,共 21 人。

② 斯诺. 活的中国. 萧乾,译,长沙:湖南人民出版社,1982:ii.

③ 本节所引林语堂书信,如无特别注明,均来自《林语堂故居所藏书信复印稿》,编号 M27。感谢台北林语堂故居慷慨提供此未公开资料。

23日给国内友人的信中,林语堂提到:"任何一个中国人,看着1934—1935年日本侵华局势发展而不义愤填膺,他就不是一个真正的爱国者。"(Anybody who watched the trend of events in 1934—1935 and did not feel something very strongly cannot be a very sincere patriot. )

1936年"西安事变"前,日本入侵中国,政府步步退让,中国人民既愤怒又悲哀。在1935年出版的《吾国与吾民》的"结语"中,林语堂对中国当时的现状和前景都很悲观。1936年林语堂应赛珍珠之邀,举家赴美国时在旅途上写下《临别赠言》,表达对国家的关切之情:我不谈政治而终于谈政治之一句赠言。

> 在国家最危急之际,不许人讲政治,使人民与政府共同自由讨论国事,自然益增加吾心中之害怕,认为这是取亡之兆。因为一个国决不是政府所单独救得起来的。救国责任既应使政府与人民共负之,要人民共负救国之责,便须与人民共谋救亡之策。……事至今日,大家岂复有什么意见,谁能负起救亡大策,谁便是我们的领袖,谁不能负这责任而误国,谁便须滚蛋。此后今日之中国是存是亡之责,与其政府独负,不如与民共负,后来国家荣盛,才能与民同乐而不一人独乐。除去直接叛变政府推翻政府之论调外,言论应该开放些,自由些,民权应当尊重些。①

无论是当时中国的抗日救亡还是后来中国的繁荣昌盛,政府都不能脱离百姓,必须与人民同甘共苦。这些话,不仅对当时的国民政府有借鉴意义,至今读起来,依旧很有意义。1936年"西安事变"后,林语堂对国共即将合作抗日兴奋不已,深深感到救国有望。1939年再版的《吾国与吾

---

① 林语堂. 临别赠言. 宇宙风,1936-09-16(25):79.

民》删掉了 1935 年版的"结语",但增加了第 10 章①。在该章中,他从八个方面阐述了自己对中国未来的思考:(1)一个民族的诞生(The Birth of a Nation);(2)旧文化能拯救我们吗?（Will Our Old Culture Save Us?）(3)新民族主义（The New Nationalism）;(4)酝酿中的风暴（Between Storms）;（5）压力、反压力、爆发（Pressure, Counter-Pressure and Explosions）;(6)蒋介石其人其谋（The Man Chiang Kai-shek and His Strategy）;(7)为什么日本必败（Why Japan Must Fail）;(8)中国未来的道路（The Future Road for China）。根据这些小标题,读者可以猜出这最后一章的大致内容。其中第七个方面"为什么日本必败"与其之前在国内出版的《日本征服不了中国》(1937)、《日本必败论》(1938)有异曲同工之妙。他认为,"西安事变"后的国共合作是中国走向团结和复兴的起点;他预言中国必胜,中国最终会发展成为一个独立、进步、民主的国家②。

## 二、客观报道并分析抗战情况

林语堂不仅用文学作品表达抗日爱国热情,唤起英语读者对中国的同情和关注,还在美国各大报纸杂志发表了大量文章,并出席各种场合,发表演讲。后者长期被研究者忽略,对于抗战而言,其实很重要,甚至比前者(文学创作)更重要。正如周质平所言:"林语堂严肃客观报道性和分析性的抗战文字并不比他以感性的文学笔法所写的抗日文字少,但文学

---

① 目前大陆出版的《吾国与吾民》英语原本或者译本,均无第 10 章,只有学林出版社 1994 年出版的《中国人》是全译本。林语堂在这一章中有不少预言,大部分后来得以实现,尤其是这一句话:The Open Door policy will be maintained in China, but extra-territoriality and all claims to special status in China by any one nation or group of nations must be abolished. (译文:中国将坚持门户开放政策,取缔任何国家或国家集团在中国的治外法权和各种特权。)(Lin, Y. T. *My Country and My People*. Revised Version. New York: John Day, 1939: 388.) 读者不能不佩服林语堂的远见卓识。

② Lin, Y. T. *My Country and My People*. Revised Version. New York: John Day, 1939: xv.

性的作品往往流传更广、更久,加之以许多抗日文字都以英文在海外发表,国内知道的人就更少了。"①下面列举一些林语堂的或者与林语堂有关的代表性报道:

1936 年 12 月 20 日,《纽约时报》:中国正团结起来一致抗日:林语堂说蒋介石只要肯领导,国家就会听从他的指挥。(China Uniting Against Japan: Lin Yutang Says Nation Is Ready to Follow Chiang Kai-shek If He Will Take the Lead.)

1936 年 12 月 27 日,《纽约时报》:儒雅中国面临武士道日本(As "Philosophic China" Faces "Military Japan")

1937 年 4 月,《外交事务》(Foreign Affairs)杂志:中国准备抵抗(China Prepares to Resist)

1937 年 8 月 15 日,《纽约时报》:北平沦陷　中国灵魂不死(Captive Peiping Holds the Soul of Ageless China)

1937 年 8 月 29 日,《纽约时报》:中国能阻止日本侵略亚洲吗?(Can China Stop Japan in Her Asiatic March?)

1937 年 9 月 10 日,《纽约时报》:反驳外相广田先生:中国作家质疑日本外交部部长言论(Disputing Mr. Hirota: Chinese Author Questions Statements of Japan's Foreign Minister)

1937 年 9 月 23 日,《纽约时报》:我们的远东政策:中美友谊不应被破坏(Our Far Eastern Policy: Chinese Friendship for America. It Is Held, Need Not Be Destroyed)

仅列举一些,更多英文报道参见林语堂《八十自叙》(1975)②的英文附录和钱锁桥《林语堂传:中国文化重生之道》(2019)③的附录。

林语堂利用自己在国际上的知名度,在国际知名的报纸杂志上发表

---

① 周质平. 胡适与林语堂. 鲁迅研究月刊,2010(8):79.

② Lin, Y. T. *Memoirs of an Octogenarian*(《八十自叙》). 台北:美亚出版公司,1975.

③ 钱锁桥. 林语堂传:中国文化重生之道. 桂林:广西师范大学出版社,2019.

了大量支持中国抗日的文章,在西方民众中产生了积极影响。需要指出的是,林语堂不仅在美国用手写用口说,为中国抗战呐喊,还为了国家得到援助,自愿在经济上做出牺牲。根据保存在普林斯顿大学的"庄台公司公司档案"(John Day Archive),老板华尔希在书信中提到林语堂非常忙碌,日程安排很紧。其中一封信提到:

> ……他(笔者按:林语堂)现在只能接受两类演讲邀请。受邀一类是为爱国而做的演讲,譬如,他上周六在中国城以及下周在华盛顿的演讲,其目的为(中国)争取救援。这一类演讲是免费的。其他演讲则无法免费举办,毕竟他精力有限,且需要养家糊口,因此,这类演讲最低收费为 150 美元。……①

林语堂作为职业作家,靠写作养家糊口,即使演讲,也是收费的。但为了支持祖国抗日,他不惜占用写作时间,到处奔走演讲,而且免费,这种精神确实可嘉。可惜,在抗战时期及抗战胜利后相当长一段时期,国内读者对林语堂在海外的爱国活动知之甚少,误解了林语堂。

自 1840 年以来,中国不断遭到外敌入侵,在反侵略战争中屡战屡败,导致国人产生恐外的思想,民族自卑感持续生长。在抗战初期,中国军队同样屡战屡败,华北、华东、华中相继失陷,日本侵略者的气焰十分嚣张。一时间,国内人士忧心忡忡,甚至开始悲观,其他国家也开始怀疑,中国能否赢得这场大战? 中国的抗战前景如何? 毛泽东同志曾深刻剖析:"投降主义根源于民族失败主义,即民族悲观主义,这种悲观主义认为中国在打了败仗之后再也无力抗日。"②自"西安事变"以后,林语堂对中国抗战胜利充满信心。在"七七事变"爆发后不久,林语堂在《纽约时报》(1937 年 8 月29 日)刊登《中国能阻止日本侵略亚洲吗?》一文,后来又刊登在美国《中国读者周报》(*The China Weekly Reader*)(1937 年 10 月 30 日),并以中文《日本征服不了中国》刊登在《西风半月刊》(1937 年 11 月 1 日)。该文分

---

① 转引自:陈欣欣. 林语堂:孤行的反抗者. 北京:清华大学出版社,2015:133.

② 毛泽东. 毛泽东文集(第 2 卷). 北京:人民出版社,1993:382.

析了 1931 年以来日本逐步侵略中国的过程,并称士气高涨、团结一致的国家绝不会被外来势力所征服。他坚信:日本征服不了中国,最后的胜利一定是中国的![①] 1937 年 11 月,美国英文杂志《亚细亚》专门出版了"中国抗日战争专号"("The War in China"),刊登了林语堂的文章《生死攸关的世界大事》("World Issues at Stake")。他还曾接受美国《纽约时报》的专访,文章标题为《林语堂认为日本处于绝境》("Lin Yutang Deems Japan Desperate")(载 1941 年 6 月 8 日第 19 页)。林语堂的这些文章无疑是强心针,给中国人打气,增强中华民族自信心,同时也让西方国家对中国有信心,从而支持中国抗日。

中国在抗战全面爆发初期的失利让以汪精卫为代表的民族败类恐惧日本力量的强大,片面认识中日力量的差距,对中国力量感到悲观,无视中华民族的力量、人民的力量和正义的力量,最终叛国投敌。这时,毛泽东发表了《论持久战》,从军事视角让人们对抗战满怀信心;几乎与此同时,海外的林语堂发表了《日本必败论》,从中国文化、地理经济等视角,鼓励国人对抗战胜利有信心。

《论持久战》是毛泽东于 1938 年 5 月 26 日至 6 月 3 日在延安抗日战争研究会上的演讲稿,是关于中国抗日战争方针的军事政治著作。毛泽东在总结抗日战争初期经验的基础上,针对中国国民党内部分人的"亡国论"和"速胜论",以及中国共产党内部分人轻视游击战的倾向,系统地阐述了中国实行持久战以获得抗战胜利的战略。毛泽东的《论持久战》在升华持久战观点的同时,更深入地论述了抗日战争"为什么是持久战和为什么最后胜利是中国的",还探讨了"怎样进行持久战和怎样争取最后胜利"[②]。

1938 年 7 月 1 日,林语堂在巴黎写下了《日本必败论》,于 1938 年 8 月 16 日载《宇宙风》第 73 期,各地报纸竞相转载。他说,日本的军力不足

①　林语堂. 日本征服不了中国. 西风半月刊,1937-11-01(13):2-6.
②　毛泽东. 毛泽东文集(第 2 卷). 北京:人民出版社,1993.

以征服中国,日军深入长江以后,其防线达一万华里,处处为游击队袭击,必将反攻为守,军力财力消耗太大,势必无法与中国打持久战。在政治上,日军的野蛮残暴,将促使中国人民团结起来,一致抗日。经验丰富、组织有序的八路军和民众联合,将使日军无法与土豪劣绅相勾结,在中国广大的土地上无立足之地。在经济上,日本的物资依靠进口,经费不足,生产面临崩溃,无力支持战争。在外交上,日本愈来愈孤立,苏联和英美必将加入对日战争。所以,日本必败无疑!①

该文虽然对日本之败亡做了过分乐观的估计,但针对当时的悲观情况,对国人抗战而言无疑是强心针。1938 年 9 月 15 日,徐悲鸿在给林语堂的信中,特意提到《日本必败论》一文,高度评价其对国内读者的影响力:"上月得大文《日本必败论》(各地大报皆转载),其力量超越最精锐之机械化十师,前方士气为之震(振),后方信念用益坚。若弟之欢忭鼓舞者尽人而然。深庆先生对外能以大著多种昭示世界,既已不胫而走,危时又根据事实发为宏论以策励国人,宜其为人爱戴。"②1938 年 10 月 1 日,《宇宙风》第 76 期第 183 页上刊登了林语堂著《日本必败论》再版出书广告。该书(图 4-1)由广州宇宙风社以小册子形式出版,长 38 页。从宇宙风出版的小册子扉页上还能看出,当时印了 10000 份,每份售价国币 5 分,可见该文在当时流传之广,影响之大。

当然,两者有许多不同点,毛泽东的《论持久战》在战略高度、军事思想、战斗方法等方面都是林语堂的《日本必败论》所无法比拟的,但是,两者也有许多相同点。两者都提到中国得道多助,日本失道寡助;提到日本地小,"其人力、军力、财力、物力均感缺乏,经不起长期的战争",而中国是个大国,"地大、物博、人多、兵多,能够支持长期的战争"③。

林语堂在美国的长期宣传当然产生了效果。1939 年 1 月 10 日,林语

---

① 林语堂. 日本必败论. 宇宙风,1938-08-16(73):8-21.
② 转引自:周质平. 胡适与林语堂. 鲁迅研究月刊,2010(8):78.
③ 毛泽东. 毛泽东文集(第 2 卷). 北京:人民出版社,1993:477.

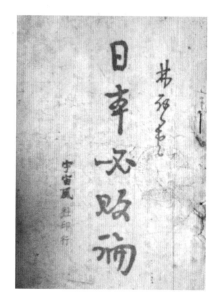 

图 4-1 《日本必败论》的封面及扉页

堂接受了哥伦比亚电台的采访。主持人说,美国大众开始越来越关心中国,想了解中国在抗日战争中的忍耐和团结情况。林语堂认为,日本只想占领中国的土地,并不想与中国打仗。一旦中国下定决心对抗日本,日本就必陷入困境。林语堂坚信中国必胜。

1940 年 5 月,林语堂带着全家,辗转回到重庆,与国人同患难。据林太乙的《林语堂传》记载,林语堂到重庆第二天便晋见蒋介石和夫人宋美龄①。从此以后,林语堂和宋美龄保持了长久的私人关系,经常通信(用英文)。由于当时重庆遭到日本狂轰滥炸,林语堂不久就意识到,与其在国内整天提心吊胆地躲空袭,一事无成,不如到美国去做事。"在国外为国家做宣传,要比在国内跑警报有贡献"②,文字宣传中国,不分地点,殊途同归,于是他决定再度赴美。离开重庆前,他把购买的住房赠给中华全国文艺界抗敌协会,并给中国作家留下一封充满爱国热情的信,说:"贵协会自

---

① 林太乙. 林语堂传. 台北:联经出版事业公司,1989:197.
② 林太乙. 林语堂传. 台北:联经出版事业公司,1989:197.

抗战以来,破除畛域,团结抗敌,尽我文艺界责任,至为钦佩。鄙人虽未得追随诸君之后,共纾国难,而文字宣传,不分中外,殊途而同归。……弟与诸君相见之日,即驱敌入海之时也。"①落款日期为 8 月 17 日,老舍在 9 月的协会委员会上公开宣读了林语堂的信。

林语堂非常看重在国外的宣传效果。1941 年 8 月 18 日,林语堂在信中对宋美龄说,为了中国的抗日宣传事业,他更愿意写文章,而不愿意演说,因为在《纽约时报》上发表一篇文章,几百万人可以读到,而演说至多只有两三千个听众(while an article in the *NY TIMES* reaches a million, a speech reached two or three thousand at the most),效果相差甚远。

作为一位生活在美国的畅销书作家,他本来可以通过继续传播中国文化而过着无忧无虑的日子,但是,作为中国人,作为爱国者,林语堂不能置之度外,而是写下了大量爱国文章,为祖国呐喊助威。林语堂出版的《啼笑皆非》,更是其爱国宣言,为了帮助中国和印度说话,不惜得罪美国和英国的读者。林语堂的爱国之心,由此可见一斑。史沫特莱曾把林语堂比作"狂热的爱国者"②。1943 年 9 月,林语堂再次回到祖国,或到抗战前线慰问,或到后方参观并演说。期间先后六次晋见蒋介石和宋美龄,对抗战外交提出自己的意见。1944 年 3 月,林语堂回到美国,写出战时游记《枕戈待旦》,全面描述他在中国六个月的所见所闻,剖析当下中国时局,让西方读者及时了解中国战况。

总之,抗战期间,林语堂在美国最关心的是如何用笔杆为中国抗战服务,第一是通过写抗战小说,引起美国读者对中国的关注;第二是在报纸杂志对时局发表评论。林语堂在与国内友人通信中说:我在美国通过写作和公开演说,为中国做了大量宣传,我这么做,不仅是因为我们

---

① 刘作忠. 捐房抗战——林语堂轶事. 党史纵横,1996(1):43.

② 转引自:陈欣欣. 林语堂:孤行的反抗者. 北京:清华大学出版社,2015:196.

政府终于抵抗日本了,还因为我是一个中国人。① 对比前文林语堂1929年在上海的演讲,我们可以发现,林语堂对祖国的热爱是一贯的,始终如一的。无论何时何地,林语堂始终有一颗爱国心,并以实际行动报效祖国。

林语堂对祖国有着强烈而深挚的爱。抗战时期,林语堂虽然远离祖国,但作为一介书生,他为祖国做了很多,而且不遗余力。他对政治和时局始终保持高度的关切并及时评论,不少美国人通过林语堂的口和笔了解到中国抗日战争的背景和前途。林语堂作为民间大使(胡适是官方大使),两次回国了解国内抗战情况,为国家宣传。在美国期间,林语堂还开展了大量的宣传游说工作,希望能够影响美国的对华政策,使其向有利于中国的方向发展。林语堂的老朋友徐訏说:"当时日本舆论界觉得他们没有一个林语堂这样的作家可以在世界上争取同情为憾事。"② 而最新发现的日本档案馆藏涉林语堂抗日活动档案进一步证实,由于他在美国长期宣传抗日,一直被日本政府视为"日本对美宣传的最大障碍",并被定位为"争取美国政府对华物质援助的是胡适,争取美国民众对华精神援助的是林语堂"③。这从侧面印证了林语堂的伟大贡献。

整个抗日战争期间,林语堂以其过人的精力、爱国的热忱,利用自己在国际上的知名度,在国际知名的报纸杂志上发表了大量支持中国抗日的文章,在西方民众中产生了积极影响,让世界同情中国,孤立日本,为中国战胜日本侵略者贡献了自己的力量。1945 年 11 月 26 日,林语堂给宋美龄写信,请蒋介石送给他"文章报国"四个字,作为对其战时工作的肯定

---

① 该信写于 1937 年 2 月 23 日,原文为:I have done more propaganda for China in my writings and public speeches in America than the patriots ever are willing to do or can do effectively. I am doing this, because of one simple fact, that our government is at last resisting Japan, and because I am—would you believe it?—just a Chinese.

② 徐訏. 追思林语堂先生//子通. 林语堂评说七十年. 北京:中国华侨出版社,2002:148.

③ 彭程,朱长波. 日本档案馆藏涉林语堂抗日活动档案一组. 新文学史料,2019(4):36.

(见图 4-2)。蒋介石是否真的应林语堂的请求写了"文章报国"的字幅，目前不得而知，至少在台北林语堂故居没有看到。不过，无论有没有这幅字，通过上述材料之间的互文关系可以看出，林语堂确实是以文章来报效祖国的。然而，对于林语堂的这种爱国行为，大陆知之甚少，再加上其长期的反共立场，因而产生了种种误解和诽谤。今天我们要实事求是地、一分为二地看待林语堂，有责任让世人了解这位用文章报国的爱国作家。我们要"以口为碑""以心为碑""以文为碑"来赞扬林语堂的爱国精神。

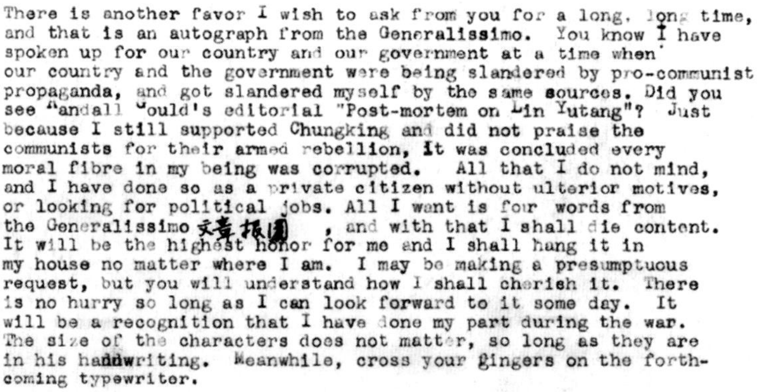

There is another favor I wish to ask from you for a long, long time, and that is an autograph from the Generalissimo. You know I have spoken up for our country and our government at a time when our country and the government were being slandered by pro-communist propaganda, and got slandered myself by the same sources. Did you see "Randall Gould's editorial "Post-mortem on Lin Yutang"? Just because I still supported Chungking and did not praise the communists for their armed rebellion, it was concluded every moral fibre in my being was corrupted. All that I do not mind, and I have done so as a private citizen without ulterior motives, or looking for political jobs. All I want is four words from the Generalissimo 文章报国, and with that I shall die content. It will be the highest honor for me and I shall hang it in my house no matter where I am. I may be making a presumptuous request, but you will understand how I shall cherish it. There is no hurry so long as I can look forward to it some day. It will be a recognition that I have done my part during the war. The size of the characters does not matter, so long as they are in his handwriting. Meanwhile, cross your gingers on the forthcoming typewriter.

图 4-2　1945 年 11 月 26 日，林语堂致宋美龄信（部分影印）

## 三、积极支持家人的爱国行为

以往学者在研究林语堂的爱国精神时，一般都只提林语堂。殊不知，林语堂不仅自己出面，而且全家上阵，人人出力，参与救国运动。

自 1919 年结婚后，终其一生，林语堂所做的一切都离不开夫人廖翠凤的支持和帮助，军功章有她的一半。她承担起所有的家务活，一丝不苟地打点他的衣食住行。林语堂走的每一步，都有廖翠凤的陪伴与支持。即使在美国期间，廖翠凤也走出家门，担任了纽约中国妇女战时救济会的会长，向纽约市民宣传抗日，开展募捐活动，"为国内难民孤儿募捐了不少钱"①。林语堂不仅帮其邀请著名作家参加该救济会组织的演讲会,还帮廖翠凤修改发言稿。孩子放学后也去帮忙做事。

林语堂及其家人即使身在国外,依旧十分关注祖国抗战情况的进展,时刻关注外国报刊上的信息,以便及时掌握抗战的最新情况。林语堂女儿林如斯、林太乙通过把国外关于日本的消息用中文报道给中国,为中国抗日通风报信,同时鼓励中国人积极抗战,例如林太乙翻译了《日本海军出发猎象》(载《宇宙风》第 72 期,1938 年 8 月 1 日),林如斯翻译了《陷入泥潭中之日本》(载《宇宙风》第 73 期,1938 年 8 月 16 日)。

1940 年短期回国后,林语堂及其家人通过文学形式,把国内的情况向世界报道。林语堂的三个女儿林如斯(ADET)、林太乙(ANOR)、林相如(MEIMEI)合作完成了一本书《重庆破晓》(*Dawn over Chungking*,1941)②。她们那时都是十几岁(分别为 17 岁、14 岁、10 岁)的孩子,在国外生活多年,在两年前出版的《吾家》(*Our Family*,1939)最后几页里提到她们对战争的感受,她们内心充满着爱国热情,渴望回到祖国,与人民共患难。《重庆破晓》"出版前言"中提到,这次在中国生活的三个月里,经历了 40 次日本飞机轰炸。书中尽可能详细地记述了他们在重庆经历的战时生活:日军飞机频繁轰炸重庆,当地百姓到处躲空袭、钻防空洞等,并表达了中国人抗战到底的决心。尤其在最后一章"理想必会实现"(This Dream Must Come True)中,林如斯写道:"当一个国家的人民被一个理想所鼓舞时,你能想见那是多么的难以抵抗了! ……这里老人、盲人、穿草鞋的士兵、天真的孩子,他们都在歌唱:'起来! 不愿做奴隶的人们! ……'这个国家正在为独立和自由的理想而奋斗着!"(...when a nation of people is caught by a dream, you can imagine how formidable it is! ... Here with our old and blind, with our straw-sandaled soldiers,

---

① 林太乙. 林语堂传. 台北:联经出版事业公司,1989:217.

② 全文可在线阅读[2020-01-20]:https://babel.hathitrust.org/cgi/pt? id = mdp.39015027993008;view = 1up;seq = 7.

with our innocent children singing, "Arise, ye who refuse to be bond slaves..." ...a nation was fighting for a dream of independence and freedom. )①她们那种对祖国的爱,对敌人的恨,流淌于笔端,感人至深。她们不得不离开祖国,因为她们的父亲需要回到美国,为中国代言,争取国际社会对中国抗战的支持和援助。身为美国医药援华会的执行委员会和董事会成员的林语堂,为支援中国抗日战争,带着小女儿林相如走上街头,为刚成立的全美援华联合总会募集资金(图4-3)。

图4-3　1941年,林语堂带着小女儿林相如在纽约街头为中国抗日募集资金②

　　1943年,二女儿林太乙又以中国人民抗日救国为题材,创作出版了第一部英文小说《战潮》(*War Tide*)(New York：John Day, 1943)。该书问世后颇得好评,高克毅在书评中称之为"小妞儿版的《战争与和平》"③。大

① Lin，Adet，Anor & Meimei. *Dawn over Chungking*. New York：John Day，1941：239-240.
② 图4-3、4-4、4-5均选自博客《图说历史,中国的第一座血库》[2020-01-20]：http://blog.sina.com.cn/s/blog_bd76c47a0102wzng.html.
③ 林太乙. 林家次女. 北京：西苑出版社,1997：188.

女儿林如斯则直接投身于中国战场。1943 年,20 岁的林如斯中学毕业后,立即回国参加抗战,在昆明加入战地救护队,任军医署署长林可胜医生(Robert K. S. Lim)的英文秘书。1943 年 12 月中旬,林如斯被指派参加中国第一座血库的创建工作,到美国医药援华会(American Bureau for Medical Aid to China)接受冻干血浆制备技术培训和血库设备的运输工作。血库工作人员离美前夕,全体人员被授予军衔,林如斯被授予中尉军衔(图 4-4)。林如斯在工作中勤奋努力,任劳任怨,受到长官和同事的赞誉(图 4-5);1945 年抗战胜利后才回到美国父母身边。

图 4-4　1943 年,在美国医药援华会办公室,血库工作人员(后排左起:樊庆笙、林如斯、刘覃志云、窦路德、陈秀英、伍葆春、易见龙)与美国医药援华会成员(Van Slyke,Scudder,Cote Xu,Melany)合影。许肇堆(Cote Xu,前排左 3)是美国医药援华会创建人

图 4-5　1944 年 7 月 12 日,昆明血库揭幕的当日,杜聿明将军来到
这里,血库工作人员林如斯为他做血细胞计数检查

## 四、坚持一个中国立场

毋庸讳言,在国外期间,尤其是抗日战争期间,林语堂的确为国民政府唱赞歌,因为国民政府是当时中国的唯一合法政府,在抗日正面战场抗击着日本侵略者。1959 年 9 月 1 日,应美国参议院外交委员会的要求,康隆协会发表了一份研究报告,即"康隆报告",赞成中华人民共和国加入联合国并为常任理事国,台湾则为"普通会员",成立"台湾共和国",台湾军队撤出金、马等。这是一份完整的"一中一台"方案。《纽约时报》等媒体均对此事作了详细的报道。林语堂虽然坚持反共立场,但是,出于爱国热情,他坚决反对美国政府制造"一中一台"的立场,坚决反对美国企图分裂中国的阴谋。后来他还修正核定了《康隆报告的分析:亚洲人所见的谬妄和矛盾》并领衔签名,公开表明他的爱国立场,时刻不忘自己是中国人①。林语堂早在 1936 年就说过:"自我反观,我相信我的头脑是西洋的产品,而我的心却是中国的。"②由于这颗中国心,所以他在国外 30 年,一直不加入外国籍,最后还是回到了祖国,在台湾和香港安度晚年。

① 转引自:刘炎生. 林语堂评传. 南昌:百花洲文艺出版社,1994:209.
② 林语堂. 林语堂名著全集(第 10 卷):林语堂自传　从异教徒到基督徒　八十自叙.
　长春:东北师范大学出版社,1994:21.

## 第三节　传记文学——为他人作传到为自己作传

　　胡适先生生前曾大力提倡传记文学。他在《四十自述》自序中开篇就说:"我在这十几年中,因为深深的感觉中国最缺乏传记的文学,所以到处劝我的老辈朋友写他们的自传。不幸得很,这班老辈朋友虽然都答应了,终不肯下笔。"①后来(1953年1月12日)在演讲中再次重申,"我在这二三十年来都在提倡传记文学"②,因为他"觉得二千五百年来,中国文学最缺乏最不发达的是传记文学"③,并再次提起劝朋友保留传记材料一事。他是否劝过林语堂,我们不得而知;但是,林语堂是深受胡适影响的几个朋友之一,这是不争的事实。其中的证据之一就是,1932年陈独秀在上海被捕,引起了社会各界的震动。宋庆龄、蔡元培、杨杏佛、林语堂等人联名致电国民党中央党部和国民政府,积极营救。林语堂在《论语》第5期上发表了一篇题为《陈,胡,钱,刘》的短文,建议:"现在陈先生已逮捕,杀他不忍,我们觉得,最好把他关在汤山,给与笔墨,限于一年内做成一本自传。"④林语堂还建议把陈独秀的《新青年》同事胡适之、钱玄同、刘半农一起关起来,这样,"一年之后,我们有陈独秀的《自传》,胡适之的《中国哲学史》第二卷,钱玄同的《中国音韵学讲义》,刘半农的《中国大辞典》第一卷四大名著出现,岂不是一桩快事?"⑤这些话的背后都有互文内容。首先,胡适先生曾劝过陈独秀写自传,陈独秀一直没有实现,所以林语堂才幽默地提及此事。其次,胡适的《中国哲学史大纲》于1919年由上海商务印书馆出版,但只完成上半卷,尽管胡适一再承诺要完成下半卷,但最终不了了之。再次,钱玄同长期从事音韵学研究,曾在音韵学上做出重要贡献,

---

① 胡适. 胡适文集(1). 北京:北京大学出版社,1998:27.
② 胡适. 胡适文集(12). 北京:北京大学出版社,1998:62.
③ 胡适. 胡适文集(12). 北京:北京大学出版社,1998:63.
④ 林语堂. 陈,胡,钱,刘. 论语,1932-11-16(5):147.
⑤ 林语堂. 陈,胡,钱,刘. 论语,1932-11-16(5):147.

但是他"述而少作""有表无说",《中国音韵学讲义》是语言学界对其的期望。最后,刘半农于 1925 年向北大研究所提出《编撰〈中国大字典〉计划概要》,由于经费不足,无法实现。1929 年 12 月,刘半农被任命为《中国大辞典》编纂处书报组俗曲股负责人,最终为《中国大辞典》撰写了三百多页的"一"字稿本。由此可知,林语堂对陈独秀、胡适之、钱玄同、刘半农的期待是有根有据的,然而这"四大名著"最终没有完成。不幸中之万幸的是,林语堂的幽默建议得到了部分实现:1937 年夏天,陈独秀在多位朋友的建议和催促之下,终于在南京狱中完成了《实庵自传》前两章的写作,初刊于林语堂主办的刊物《宇宙风》第 51 期、52 期、53 期。遗憾的是,1937 年 8 月 23 日,陈独秀因为提前获释出狱,自传一事就未能继续,变得遥遥无期,最终成为近现代史、近现代文学史的一大损失。

林语堂长期关注传记文学的创作,不仅在刊物上对古今中外的优秀传记作品大力推介,还创作了几部重要人物的传记,更是在不同时期都写有自传。可以说,林语堂的传记文学,是其在小品文、英文小说之外的另一大创作领域,也是其对中国现代文学的一大贡献。然而,如周质平所言:"在现代中国传记文学的研究上,林语堂往往是个被忽略的传记作者。"[①]这里从互文性视角,对林语堂在传记文学上的贡献做了梳理,填补了林语堂研究和文学史的一个空缺。

## 一、为他人作传

林语堂通过在其主编的刊物上大力提倡并刊载传记类文学作品,为 20 世纪 30 年代传记创作和翻译风潮的兴起起到了推动作用。他在《论语》第 3 期建议翻译《邓肯自传》,因为"女子自传最不容易"[②],于是,《论

① 周质平. 光焰不熄:胡适思想与现代中国. 北京:九州出版社,2012:234.
② 林语堂. 有不为斋随笔——读邓肯自传. 论语,1932-10-16(3):106.

语》第 18 期(1933 年 6 月 1 日)就发表了宋庆龄的《广州脱险记》①。如前言中记者所言,"此篇系革命史之最宝贵资料,亦系孙夫人将来自传中最动人之一章"②。这篇文章后来收录在 1938 年出版的《宋庆龄自传及其言论》,最后收录到《宋庆龄选集》中。后来林语堂又在《人间世》第 18 期(1935 年 2 月 5 日)上刊发了女作家谢冰莹的自传《被母亲关起来了》。除了女性自传,名家传记也是林语堂推介的重点。1934 年 4 月 5 日创刊的《人间世》设有《今人志》专栏,后来改为《人物》专栏,专门刊载当时文坛知名人物的传记,吴宓(第 2 期)、胡适(第 3 期)、周作人(第 13 期)等均被亲友记载,后来中国友谊出版公司出版的《林语堂主编〈人间世〉小品精华(名人卷·杂感卷)》(1993),收录的就是这些人物传记。而且,刘半农 1934 年 7 月 14 日病逝,《人间世》第 9 期和第 10 期几乎成了刘半农纪念专辑,为刘半农传记留下了大量文献。名人自传更受欢迎。蔡元培的自传《我所受教育的回忆》就刊载在第 1 期上。郁达夫的自传在《人间世》上从 1934 年第 16 期一直连载到 1935 年第 26 期。郭沫若的《海外十年》首先刊载在 1936 年 9 月 16 日出版的《宇宙风》创刊号上,并连载。他的《北伐途次》也是在《宇宙风》第 20 期(1936 年 7 月 1 日)开始连载,直至 1937 年 2 月刊载完毕。林语堂不仅以连载的方式大量刊载中国名人的自传,还大量刊载国外自传类的作品,例如林语堂在《宇宙风》第 1 期为黄嘉德翻译的《流浪者自传》作"引言",认为该书"属于本色美一派,与《浮生六记》同一流品也"③,第 2 期开始连载。林语堂作为刊物主编,刊载的这些文章都促进了中国传记文学的发展。

　　1936 年 3 月 5 日,林语堂在《逸经》创刊号上发表《与又文先生论逸经》,批评中国人做传记在写作技巧上太幼稚了:

---

① 本文是旧稿。原文为英文,最初译文载于 1922 年 6 月 28 日上海《国民日报》,在报刊发表时,曾用过《粤变纪实》《广州脱险》等题目。1923 年 8 月,宋庆龄亲笔题名为《广州蒙难记》。

② 宋庆龄. 广州脱险记. 论语,1933-06-01(18):631.

③ 林语堂. 流浪者自传(引言). 宇宙风,1935-09-16(1):14.

史论太道学,传记太枯燥,少能学太史公运用灵活之笔,百忙中带入轻笔,严重中出以空灵,所以中国传记技巧上极其幼稚。你想道学先生替人家做墓志铭,哪里懂得什么空灵细腻? 今日读不到一本好的袁子才传,金圣叹传,苏东坡传,曾国藩袁世凯传,——即使有也都是考证家戴玳瑁眼镜的玩意,那里会有一点文学意味?①

由此看出,林语堂特别强调,传记文学首先应是文学。他建议中国作者像英国著名传记作家斯脱奇(Lytton Strachey)那样,"以小品闲散笔调作传记,在传记学中别开生面,似小说,似史实,于叙事之中加以幻想,于议论之中杂以轶闻"②。由此看来,林语堂的传记作品受到西方传记文学的影响是无可非议的事实。但是,如果换一个角度来看,这些话恰好是林语堂在传记文学理论方面的贡献。在他看来,传记文学应该介于小说和史实之间,既不缺史料,又不乏趣味性和文学性,即文史兼容。另外,从互文性视角出发,袁子才(即袁枚)、金圣叹、苏东坡、曾国藩都是林语堂崇拜敬仰的人物,并在其作品,比如《吾国与吾民》中,多次提及。在该书中,林语堂为中国著名文人、政治家没有像样的传记而惋惜:"让一位中国领导人写一部托洛茨基自传那样的书完全是不可想象的。伟人孙中山先生逝世了将近10年,然而中国迄今还没有一部明显畅销的第一流的孙中山传,也没有像样点的曾国藩、李鸿章、袁世凯的传记。"(A work like Trotzky's autobiography by a Chinese leader is simply unimaginable, and even a manifestly lucrative first-class biography of Sun Yatsen has not yet been written by a Chinese, almost a decade after the great leader's death, nor are there adequate biographies of Tseng Kuofan or Li Hungchang or Yuan Shihkai.)③这为其后来编写《苏东坡传》《武则天传》等传记埋下了伏笔。

① 林语堂. 与又文先生论逸经. 逸经,1936-03-05(1):58-59.
② 林语堂. 与又文先生论逸经. 逸经,1936-03-05(1):58.
③ Lin, Y. T. *My Country and My People*. New York:John Day,1935:25.

林语堂编写《苏东坡传》和《武则天传》，不是一时灵感的爆发，而是经过长期酝酿、积极准备才完成的。林语堂在《苏东坡传》的序中，开门见山地说明其为苏东坡立传的原因："我写《苏东坡传》并没有什么别的理由，只是想写罢了。多年来我脑中一直存着为他作传的念头。"（There is really no reason for my writing the life of Su Tungpo except that I want to do it. For years the writing of his biography has been at the back of my mind.）①1936 年林语堂携全家赴美时，就精心挑选了有关苏东坡的参考书和苏东坡著的珍本古籍，计划写一本有关苏东坡的书，或翻译一些他的诗文。从酝酿到脱稿耗时长达十二年，可算是林语堂的呕心沥血之作。

为了帮助西方读者了解苏东坡的"独一无二"（There had to be one Su Tungpo, but there could not be two.）②，林语堂充分发挥其学贯中西的才能，采取了类比的手法，把苏东坡与中外知名诗人和作家进行了类比：

> 与西方相似之人比较，李白是文坛上的一颗流星，在刹那间壮观惊人的闪耀之后，自行燃烧毁灭，正与雪莱（Shelley）、拜伦（Byron）相近。杜甫则酷似弥尔顿（Milton），既是虔敬的哲人，又是仁厚的长者，学富而文工，以古朴之笔墨，写丰厚之情思。苏东坡则始终富有青春活力。以人物论，颇像英国的小说家萨克雷（Thackeray）；在政坛上的活动与诗名，则像法国的雨果（Victor Hugo）；他具有动人的特点，又仿佛英国的约翰生（Johnson）。不知为什么，我们对约翰生的中风，现在还觉得不安，而对弥尔顿的失明则不然。倘若弥尔顿既像英国画家庚斯博罗（Gainsborough），同时又像以诗歌批评英国时事的蒲柏（Pope），而且也像英国饱受折磨的讽刺文学家斯威夫特

---

① Lin，Y. T. *The Gay Genius：The Life and Times of Su Tungpo*. New York：John Day，1947：vii.
② Lin，Y. T. *The Gay Genius：The Life and Times of Su Tungpo*. New York：John Day，1947：vii.

（Swift），但没有他日渐增强的尖酸，那我们便找到一个像苏东坡的英国人了。①

在林语堂看来，

李白＝雪莱或拜伦

杜甫＝弥尔顿

苏轼＝约翰生＋庚斯博罗＋蒲柏＋斯威夫特

由此可以比衬出苏轼的才能和成就。这种东西方文化结合的写作方法，使西方读者可以从已知推向未知，从而更容易理解和欣赏苏东坡及中国文化。因此，该书得到了西方的认可，被认为是"一部最生动最有趣的传记"。正如周质平所言，林语堂"是中国人向英语世界介绍中国人物，最成功最有影响力的作家"②。

曾有学者认为，林语堂写《苏东坡传》多少带有一点自我认同的意味。苏东坡的"嬉笑怒骂皆成文章"和"一肚皮不合时宜"大概都是林语堂所认同、欣赏的旷达不羁、自然活泼和幽默的品质的具体表现。因此，在一定程度上，林语堂也是为自己作传。《苏东坡传》这本书虽然完成了，但是林语堂并没有停止对苏东坡的研究。1952年，林语堂先后在《天风》创刊号、

---

① 译文参考了张振玉翻译的《林语堂名著全集（第11卷）：苏东坡传》（长春：东北师范大学出版社，1994：5-6），笔者根据英文原文做了适当改动。原文如下：

For Western analogies, Li Po may be compared to Shelley or Byron, a literary meteor that burned itself out in a short spectacular display. Tu Fu was like Milton, a devout philosopher and a good old man, writing in a profusion of apt, learned, and archaic metaphors. Su Tungpo was forever young. He was as a character more like Thackeray, in his politics and poetic fame more like Victor Hugo, and he had something of the exciting quality of Dr. Johnson. Somehow Dr. Johnson's gout is exciting to us even today, while Milton's blindness is not. If Johnson were a Gainsborough at the same time, and also a Pope making criticism of current politics in verse, and if he had suffered like Swift, without the growing acidity of Swift, we would have an English parallel. (Lin, Y. T. *The Gay Genius: The Life and Times of Su Tungpo*. New York: John Day, 1947: 3.)

② 周质平. 光焰不熄：胡适思想与现代中国. 北京：九州出版社，2012b：255.

第2期发表了《苏小妹无其人考》和《苏东坡与其堂妹》。1965年,林语堂在台湾"《中央日报》"上又发表了一系列与苏东坡有关的文章,如《闲话说东坡》,最终都收录到《无所不谈》合集中,这些文章也是苏东坡传记的重要资料。

在《武则天传》的1957版序言中,林语堂曾说明写作原则。他说:

> 我不是把这本书当做小说写的,而完全是当做历史传记写的。因为若当做小说看,那些书中的事实便会认为不可置信。不可信的事永远是真的,而真的也往往不可信。书中的人物、事件、对白,没有一个不是根据唐史写的。不过,解释说明之处,则以传记最客观的暗示含蓄为方法。事实虽然是历史上的,而传记作者则必须在叙述上有所选择,有所强调,同时凭借头脑的想象力而重新创造重新说明那活生生的往事。①

这些基本原则对其他传记也颇适用,比如《苏东坡传》。由于他所完成的传记——《苏东坡传》和《武则天传》——主要是用英文发表的,面向英语读者,因而有更大的自由度,可以按照自己的想法书写或编译,不必考虑"正统"的观点,也不必因为"政治不正确"而受到批评。也正因为如此,这些作品在国内的影响远不如他的小品文和译文,比如,沈复的《浮生

---

① 林语堂. 林语堂名著全集(第12卷):武则天传. 张振玉,译. 长春:东北师范大学出版社,1994.《武则天传》(*Lady Wu*)第1版于1957年由英国出版商 William Heinemann 出版;8年后,即1965年,美国出版商 G. P. Putnam's Sons 出版了第2版,内容有改动,删除了1957年序言中的这段话:

I have written this story not as fiction, but as a strictly historical biography, because the facts would be incredible I told as fiction. The incredible is always true, and the true often incredible. I have not included one character or incident or dialogue which is not strictly based on Tang history. However, the element of interpretation is implicit in the most objective of biographies. While the facts are historical, a biographer necessarily selects and stresses the connections in any narration, while imagination's eye recreates and reinterprets the living past. (Lin, Y. T. *Lady Wu: A True Story*. London: William Heinemann, 1957: x.)

六记》。沈复的《浮生六记》本来只是一个普通文学爱好者的自传体散文，在民间流传。林语堂读后，对作者"知足常乐恬淡自适的天性"①赞赏有加，尤其推崇作品表达的"善处忧患的活泼快乐"②的人生哲学。林语堂在《浮生六记》的序言中指出："其体裁特别，以一自传的故事，兼谈生活艺术，闲情逸趣，山水景色，文评艺评等。"③这种自传文体独具一格，林语堂很是欣赏，因而大力推介。林语堂将其译成英文后，分别在《天下月刊》《西风》刊载，出版汉英对照单行本，后来又收录在《中国与印度之智慧》中。

林语堂编译的《孔子的智慧》，也可算是孔子的传记。林语堂采用编写传记的手法，从《论语》《大学》《中庸》《孟子》《礼记》《史记》等典籍中挑选与孔子有关的内容，将孔子的学说及其喜怒哀乐汇集成一书，系统介绍孔子的思想。第五章是孔子格言，约选译《论语》五分之一内容，按主题重组，分为 10 个小节，是该书最精彩的部分(the most witty chapter of the book)④。其中第四小节以"约翰生之风"(即 The Johnsonian Touch，张振玉译为"霸气")命名，实际上就是模仿了约翰生的传记风格，"显出一个活跃纸上的人来。弟将孔子喜怒悲笑等处汇集一节，而题曰 The Johnsonian Touch，盖谓孔子讨厌人时，亦会不留情面当面指斥如约翰生也"⑤。

现代传记文学的开创者鲍斯威尔(James Boswell)生前与英国作家约翰生关系密切，交往频繁，后来出版了以翔实可靠著称的《约翰生传》。林语堂喜欢阅读和引用这本书，并在一定程度上受到了该书的影响。翻译家张振玉在《苏东坡传》的译者序中提到，林语堂的英文传记创作，虽然一定程度上受到了中国传统传记、历史演义小说的影响，"但所受的直接影响，还是来自西方的传记文学，在英文著作中如 James Boswell 的 *Life of*

① 沈复. 浮生六记(汉英对照). 林语堂,译. 上海:西风社,1939:xi.
② 沈复. 浮生六记(汉英对照). 林语堂,译. 上海:西风社,1939:xiii.
③ 沈复. 浮生六记(汉英对照). 林语堂,译. 上海:西风社,1939:xiii.
④ Lin, Y. T. *The Wisdom of Confucius*. New York: Random House, 1938: 45-46.
⑤ Lin, Y. T. *The Wisdom of Confucius*. New York: Random House, 1938: 99.

*Samuel Johnson*(《约翰生传》,笔者注),Giles Lytton Strachey 的 *Queen Victoria*, *Life of Abraham Lincoln*, *The Life of Henry George* 等皆是"①。事实上,林语堂在其作品中也多次提到约翰生。比如,1935 年 9 月在上海泛太平洋会以《英国人与中国人》为题的演说中,林语堂提到:

> 中国最典型的思想家是孔子,英国最典型的思想家是约翰生博士,两人都是富于常识的哲学家。如果孔子和约翰生博士相遇,他们一定会同作会心的微笑。两人都不愿容忍愚蠢的举动。两人都不能忍耐无意识的事情。两人都表现彻底的智慧和坚定的判断力。两人都会实行实事求是的方法,两人都会在复杂的理想上下功夫。而且两人对于仅仅的不矛盾表示极度轻蔑。

> (The most typical of Chinese thinkers was Confucius, and the most typical of English thinkers was Dr. Johnson, both philosophers of common sense. If Confucius and Dr. Johnson had met, they would have smiled and understood ether other perfectly. Both could not suffer fools gladly and both would put up with no nonsense. Both showed penetrating wisdom and a firm judgement. Both used the same rule-of-thumb method and both worked on a patchwork of ideas. And both had utter contempt for mere consistency.)②

在林语堂看来,《论语》如《约翰生传》一样美妙动人,而与孔子一起的那批人物,如他的弟子和朋友,也正与约翰生周围的人物一样富有动人之美。(It is essentially like the charm of Boswell's *Johnson*, and of the

---

① 林语堂. 林语堂名著全集(第 11 卷):苏东坡传. 张振玉,译. 长春:东北师范大学出版社,1994:译者序 i.

② Lin, Y. T. *With Love and Irony*. New York: John Day, 1940: 13. 译文见:林语堂. 林语堂名著全集(第 15 卷):讽颂集. 今文,译. 长春:东北师范大学出版社,1994:10.

entire Johnsonian circle, here represented by the circle of Confucius' disciples and friends.）①林语堂甚至说："孔子就是他那个时代的约翰生博士，既受人敬且让人畏。"（Confucius was a Dr. Samuel Johnson of his days, and was as much feared as he was respected.）②为了便于理解孔子的弟子，林语堂把子思与孟子比作耶稣的门徒圣约翰（St. John），把荀子比作圣杰姆斯（St. James）③。这种类比方法，对于西方读者理解中国作品中的人物，无疑是非常有益的。因此，在林语堂的《孔子的智慧》一书中，讲的虽然是中国哲学家、教育家孔子的故事，却与西方典籍中的人物存在大量互文性，读者由此及彼，可以在两种文化中自由游弋。

除了上文提到的人物传记，日记、家书和游记是传记文学中真实性最高、最具有史料价值的。林语堂翻译了《板桥家书》和《浮生六记》。另外，林语堂对朋友的回忆、对其他传记或回忆的翻译，都成为人物传记的一部分。无论是早年在大陆还是晚年在台湾，林语堂对蔡元培、胡适、鲁迅、周作人等友人都留下了一些文字。这些文字之间存在着互文性。对照着看这些文字，我们可以看出他们之间关系的变与不变。由于蔡元培、胡适对林语堂均有知遇之恩，林语堂一生对他们都很敬重，所回忆的文字也都是他们生前交往的一些轶事，因此，早年与晚年文字变化不大。而周氏兄弟（鲁迅和周作人）则不然。下文以林语堂笔下的鲁迅为例，进行互文印证。

董大中曾在其著作《鲁迅与林语堂》序中说："把林语堂跟鲁迅放在一起，与其说互为参照，毋宁说把鲁迅当做标尺，丈量林语堂的高矮肥瘦，更妥当一些。"④在中国语境中，这种做法无可厚非；但是在世界语境中，这种做法恐怕不妥，毕竟，在国际文坛，林语堂比鲁迅要出名得多。从互文性

---

① Lin, Y. T. *The Wisdom of Confucius*. New York: Random House, 1938: 155.
② Lin, Y. T. *From Pagan to Christian*. Cleveland and New York: The World Publishing Company, 1959: 70.
③ Lin, Y. T. *The Wisdom of Confucius*. New York: Random House, 1938: 156.
④ 董大中. 鲁迅与林语堂. 石家庄: 河北人民出版社, 2003: i.

视角挖掘林语堂与鲁迅的关系,比较林语堂早年、中年、晚年对鲁迅的评价,对于读者认识林语堂与鲁迅无疑是有帮助的。

不计在著作中提到鲁迅,林语堂专门谈论鲁迅的文章有四篇,分别为1928 年的《鲁迅》、1936 年的《悼鲁迅》、1965 年的《记周氏兄弟》和 1967 年的《忆鲁迅》。

第一篇是 1928 年发表在《中国评论周报》的《鲁迅》("Lusin"),经光落翻译,发表在《北新》第 3 卷第 1 期(1929 年 1 月 1 日出版)。这是林语堂早年对鲁迅的评价,是林语堂第一次公开谈论鲁迅,也是鲁迅第一次被介绍给英文读者。由于其用英文发表,而译文版也不易得到,读者一般不易读到。在这篇文章中,林语堂将鲁迅称为"今日中国最深刻的批评家"(today China's profoundest critic)、"年轻中国最受欢迎的作家"(the most popular writer with Young China)、"叛逆的思想家"(the rebellious thinker)[1],赞扬其作品中有"闪烁的文笔,放浪的诙谐和极精明的辩证"(scientillatig style, roguish wit, and a dialectic of extreme subtlety)。该文为鲁迅在北京及厦门的生活及其经历提供了第一手资料,并最先指出鲁迅的两面性:

> 鲁迅固然还活着,但是你决不能预知什么时候他选择去死。他不会告诉你。更有甚者,如果他觉得不大容易过下去,如果他觉得不能不装死或经过一种蛰伏时期以安息他的心灵,他便这样做。他已经这样做了几回——据我所知有三回罢。[2]

因此,《孟子》的"穷则独善其身,达则兼济天下",在鲁迅身上也有体现。鲁迅的多次"装死"(pretend death,林语堂原话),是出于对家庭和/或社会的不满,找不到出路。这与后来(30 年代)林语堂因对社会不满而不问世事,谈幽默、闲适、性灵,是一脉相承的,只是手段不同而已。所以,当鲁迅为此公开批评林语堂时,林语堂予以有力的反驳。在《做人与做

---

① Lin, Y. T. Lusin. *The China Critic*, Vol. 1, No. 28, December 6, 1928:547.
② Lin, Y. T. Lusin. *The China Critic*, Vol. 1, No. 28, December 6, 1928:547.

文》(《论语》第57期,1935年1月16日)一文中,他说:"……你骂吴稚晖、蔡元培、胡适之老朽,你自己也得打算有吴稚晖、蔡元培、胡适之的地位,能不能有这样操持。你骂袁中郎消沉,你也得自己照照镜子,做个京官,能不能像袁中郎之廉洁自守,兴利除弊。"①该文虽然没有点鲁迅的名,但读者自己明白,林语堂在此揭出鲁迅在北京做官"装死"的旧事,对鲁迅进行嘲讽。

文章还将鲁迅比喻为当时厦门大学的"白象"(a white elephant),与其说是一种礼物,毋宁说是一种累物②。鲁迅先生显然读过这篇文章,并赞赏不已。许广平在《鲁迅先生与海婴》(1939)一文中说:"林语堂似乎有一篇文章写过鲁迅在中国的难能可贵,誉之为'白象'。因为象多是灰色,遇到一只白的,就为一些国家所宝贵珍视了。这个典故,我曾经偷用过,叫他是'小白象',在《两地书》中的替以外国字称呼的其中之一就是。这时他拿来赠送海婴,叫他'小红象'。"③可见鲁迅一家对这一比喻的喜爱。

第二篇文章《悼鲁迅》写于1936年11月22日,刊于《宇宙风》第32期,当时林语堂已经在美国了。尽管该文距今80多年了,但是因反复引用和出版,读者对此非常熟悉。谈到与鲁迅的关系,林语堂说:"鲁迅与我相得者二次,疏离者二次,其即其离,皆出自然,非吾与鲁迅有轻轩于其间也。吾始终敬鲁迅。鲁迅顾我,我喜其相知,鲁迅弃我,我亦无悔。大凡以所见相左相同,而为离合之迹,绝无私人意气存焉。"④这是林语堂在追悼鲁迅先生时,对两人关系的总结。研究者一般以此为线索,根据鲁迅日记中有案可查的与林语堂交往的记载,来解析两人相得与疏离的过程及

① 林语堂. 林语堂名著全集(第17卷):拾遗集(上). 长春:东北师范大学出版社,1994:258.

② 林语堂. 鲁迅. 光落,译. 北新,1929-01-01(1):88.

③ 许广平. 鲁迅先生与海婴//许广平. 欣慰的纪念. 北京:人民文学出版社,1981:137. 许广平在《鲁迅风》杂志第18期以"景宋"为名发表的《鲁迅先生与海婴》。《鲁迅风》为1939年创办于上海的杂文刊物,由金性尧、孙大珂等编撰,以刊载杂文为主,是孤岛时期的重要杂志,为激励爱国心、开展鲁迅研究做出过积极贡献。

④ 林语堂. 悼鲁迅. 宇宙风,1937-01-01(32):394.

原因。一般认为,1929 年 8 月 28 日的"南云楼晚宴风波"是导致两人第一次疏离的直接原因。这场风波之前,二人关系一直不错,用林语堂的话说,处于"相得"期。自两人在北京大学共事、相识,年龄相差 14 岁的鲁迅和林语堂一直保持着亦师亦友的关系。两人参加语丝社,反对北洋政府,因被通缉而逃离到厦门大学,半年后又先后离开,分别到广州和武汉,最后不约而同来到上海隐居。两人在生活上互相关心,文坛上发表文章相互呼应。林语堂写的第一个独幕剧《子见南子》,就发表在鲁迅和郁达夫主办的《奔流》第 1 卷第 6 期(1928 年 10 月 30 日)。1929 年 6 月 8 日,《子见南子》被山东省立第二师范学校搬上了舞台,触怒了 60 多户孔子族人。孔子族人共同署名,向教育部状告山东省立第二师范学校校长宋还吾。为了力挺林语堂、宋还吾等,鲁迅将这场风波的前后经过、文章和相关报道、通电、训令等 11 篇公私文字,编辑成《关于〈子见南子〉》一文,发表在《语丝》第 5 卷第 24 期上,这是"南云楼晚宴风波"前一个星期的事情。

"南云楼晚宴风波"当晚,鲁迅在日记中记载:"席将终,林语堂语含讥刺。直斥之,彼亦争持,鄙相悉现。"[①]如果仅凭这两句话,读者肯定认为林语堂是坏人,居然胆敢"讥刺"鲁迅先生。但是,查阅另一当事人林语堂和在场人士对此事的记载,通过互文性比对,就可以发现来龙去脉。据林语堂日记记载:"八月底与鲁迅对骂,颇有趣,此人已成神经病。"[②]在林语堂看来,鲁迅脑子出了问题。鉴于当事者不是一般人物,而且两人是多年的老友,在场的郁达夫、章廷谦等后来对此事都进行了回忆,他们的记录可能更接近事实。郁达夫后来在《回忆鲁迅》一文中表示,这是因误解而起的正面冲突[③]。章廷谦则更是立即(1929 年 9 月 4 日)致信周作人——鲁迅的弟弟、林语堂的朋友——详细通报了这一突发事件,"语堂和鲁迅闹

---

① 鲁迅. 鲁迅全集(第 16 卷). 北京:人民文学出版社,2005:149.

② 转引自:李平. 张友松与林语堂. 东方翻译,2010(5):54.

③ 郁达夫. 回忆鲁迅及其他. 上海:宇宙风社,1940:22-23.

翻了,几乎打起来,彼此以'畜生'骂"①。北新书局老板李小峰拖欠鲁迅的版税,而春潮书局的老板张友松帮鲁迅找律师同李小峰打官司。李小峰请客赔礼,席间提及张友松挑拨鲁迅与北新书局的关系,不明就里的林语堂对此表示赞同,于是,多疑的鲁迅认为林语堂讽刺他,而林语堂为此申辩,宴会不欢而散。多年的朋友自此不相往来,达三年之久。

近40年后,林语堂在《忆鲁迅》一文中,终于说明了真相:"有一回我几乎跟他闹翻了。事情是小之又小,是鲁迅神经过敏所致。那时有一位青年作家,名张友松。……他是大不满于北新书店的老板李小峰,说他对作者欠账不还等等,他自己要好好的做。我也说两句附和的话。不想鲁迅疑心我在说他。……他是多心,我是无猜,两人对视像一对雄鸡一样,对了足足一两分钟。幸亏郁达夫作和事佬,几位在座女人都觉得'无趣'。这样一场小风波,也就安然渡过了。"②由此互文印证了郁达夫的说法,这是因双方的误解而导致的冲突。两人也意识到这一点,后来因共同加入了宋庆龄和蔡元培领导的"中国民权保障同盟"③——林语堂是"同盟"的宣传主任,而鲁迅是委员——两人再次来往。无论是在萧伯纳访问上海过程中,还是应林语堂的邀请在其主办的《论语》《人间世》等刊物上发表文章,两人都有互动。不过,经历了第一次的冲突,两人的友谊留下了裂痕,双方都比较谨慎,尤其是林语堂,不可能再像过去那样无所不谈了。更重要的是,1933年以后的鲁迅已经不是1925—1929年的鲁迅,林语堂也不是过去的林语堂;鲁迅的思想逐渐"左倾",而林语堂却有意与政治保持距离,开始对幽默、闲适的"小品文"感兴趣。这也为后来的再次疏离埋下了伏笔。

鲁迅对林语堂办《论语》杂志很不以为然,认为"很无聊",于是写信劝

① 章廷谦. 1929年9月4日致周作人信//鲁迅研究资料(第12辑). 天津:天津人民出版社,1983:103.
② 林语堂. 无所不谈. 台北:开明书店,1974:576-577.
③ 中国民权保障同盟于1932年12月成立于上海,1933年6月18日同盟总干事杨杏佛被暗杀后,同盟被迫停止活动。

林语堂不要这么费力办杂志,建议其翻译一些英文典籍。而此时林语堂办期刊办得"滋滋有味"①,没有接受建议。鲁迅的真诚建议,林语堂却不接受,他对此耿耿于怀。一年后,鲁迅给曹聚仁写信(1934 年 8 月 13 日《致曹聚仁》信),再次提到了这件事,向其诉苦:

> 语堂是我的老朋友,我应以朋友待之,当《人间世》还未出世,《论语》已很无聊时,曾经竭了我的诚意,写一封信,劝他放弃这玩意儿,我并不主张他去革命,拼死,只劝他译些英国文学名作,以他的英文程度,不但译本于今有用,在将来恐怕也有用的。他回我的信是说,这些事等他老了再说。这时我才悟到我的意见,在语堂看来是**暮气**,但我至今还自信是**良言**,要他于中国有益,要他在中国存留,并非要他消灭。他能更急进,那当然很好,但我看是决不会的,我决不出难题给别人做。②

这本来是私人通信,经曹聚仁公开发表后为世人所知。但是,林语堂一直未予以公开回应。直到 1936 年林语堂赴美,鲁迅笔下的"林门的彦曾"③之一陶亢德才正式发表《林语堂与翻译》一文,算是林语堂对鲁迅那封信及曹聚仁文章的公开回应。从互文性视角对比着看这两篇文章,读者就可看出其中的端倪。林语堂的不回应,原来是觉得曹聚仁有"迹近挑拨"④的意图。陶亢德确认了鲁迅这封信的真实性,即鲁迅劝林语堂不要办杂志,应多从事外译中翻译。不过,林语堂的本意是:"我的翻译工作要在老年才做,因为中年的我另有把中文译成英文的工作。……现在我说四十翻中文五十译英文,这是我工作时期的安排,哪里有什么你老了只能翻译翻译的嘲笑意思呢!"⑤但是,这些话鲁迅当时没有听到——后来有没

---

① 鲁迅. 鲁迅全集(第 13 卷). 北京:人民文学出版社,2005:198.
② 鲁迅. 鲁迅全集(第 13 卷). 北京:人民文学出版社,2005:198.
③ 鲁迅. 鲁迅全集(第 13 卷). 北京:人民文学出版社,2005:198.
④ 陶亢德. 林语堂与翻译. 逸经,1936-08-05(11):24.
⑤ 陶亢德. 林语堂与翻译. 逸经,1936-08-05(11):24.

有看到也不得而知,因为鲁迅此时已经病入膏肓。于是,比林语堂大 14 岁的鲁迅又犯了"性喜多疑"①的毛病,误解了林语堂的意思,认为林语堂嘲笑他年纪老,有"暮气",只能做翻译,因而对林语堂产生了反感。

鲁迅的建议当然是"良言",但是林语堂有自己的选择。其实,无论是办杂志还是做翻译,都有益于中国社会;无论是外译中,还是中译外,都对读者有益,对中国有益,对世界有益。而且,由于外译中的能手很多,而中译外的能手很少,这样一来,中译外的工作反而更重要。而把中国的思想文化传播到国外,改变西方对中国的看法,无论是当时,还是现在,都是非常重要的。80 多年后的今天,我们回头看这个问题,一方面感受到鲁迅对朋友林语堂的真诚,另一方面又体会到鲁迅对林语堂施加的压力。林语堂希望"君子和而不同",从而与鲁迅友好相处,而鲁迅坚持"道不同不相为谋",不与林语堂交往。这就是后来林语堂所说的"大凡以所见相左相同,而为离合之迹"②。

第三篇、第四篇是收录在《无所不谈》中的《记周氏兄弟》(1965 年 3 月 26 日)和《忆鲁迅》(1966 年 7 月 18 日),这是其晚年对鲁迅的回忆。由于这两篇文章在台湾出版,而大陆当时正处于水深火热的政治漩涡之中,而且林语堂对鲁迅的评价不如大陆文学界的那么崇高,有违"政治的正确性",因此,大陆读者不易读到。这两篇文章,林语堂回忆了早年与鲁迅的交往,首先肯定鲁迅是个热心肠的人,然后认为他与鲁迅虽然意见不同,但是"始终没有跟他闹翻"③。陈子善认为,纪念鲁迅的文章中,写得最诚挚的是郁达夫,写得最亲切的是萧红,写得最直率的是林语堂④。林语堂直言不讳地说,鲁迅"太深世故了,所以为领袖欲所害",这主要指 1928—1936 年间,鲁迅先后加入"自由运动大同盟""左联"等革命组织,然后深陷

---

① 郁达夫. 导言//赵家璧. 中国新文学大系:散文二集. 上海:上海良友图书印刷公司,1935:15.
② 林语堂. 悼鲁迅. 宇宙风,1937-01-01(32):394.
③ 林语堂. 无所不谈. 台北:开明书店,1974:576.
④ 陈子善. 边缘识小. 上海:上海书店,2009:201.

其内部斗争之中。"我看到他受到周扬、徐懋庸等的围剿,就觉得可怜。偶像实在不好做的。"①"大体上,我认为他为要做偶像,平添了多少烦恼、刺激,也实在排脱不开。"②作为鲁迅的朋友,林语堂深表同情,却又无能为力。林语堂认为鲁迅有"领袖欲","要做偶像",而鲁迅却自以为是"梯子",即使被人利用,也心甘情愿。1930 年 3 月 27 日致卓廷谦的信中,鲁迅是这样表白的:

> 梯子之论,是极确的,对于此一节,我也曾熟虑,倘使后起诸公,真能由此爬得较高,则我之被踏,又何足惜。中国之可作梯子者,其实除我之外,也无几了。所以我十年以来,帮未名社,帮狂飙社,帮朝花社,而无不或失败,或受欺,但愿有英俊出于中国之心,终于未死,所以此次又应青年之请,除自由同盟外,又加入左翼作家联盟,于会场中,一览了荟萃于上海的革命作家,然而以我看来,皆茄花色,于是不佞势又不得不有作梯子之险,但还怕他们尚未必能爬梯子也。哀哉!③

鲁迅用"梯子论"来说明自己加入各种青年团体的动机,他相信他甘为人梯的行为对中国的未来是有益的,希望能培养新的作家,哪怕自己被人利用,也无所谓。正如郁达夫所言:"鲁迅的对于后进的提拔,可以说是无微不至。"④"因此而受痛苦之深刻,却外边很少有人知道。"⑤在此过程中,如其在信中所言"或失败,或受欺",经历了种种挫折。他因此对这些"革命作家"持一定的怀疑态度,而左联的自行解散,成为压垮鲁迅的最后一根稻草,他对此非常痛心和失望,最终导致了 1936 年"两个口号论争"中的决裂。鲁迅晚年对当初加入左联是极为后悔的,不仅自己不再加入

---

① 林语堂. 无所不谈. 台北:开明书店,1974:576.
② 林语堂. 无所不谈. 台北:开明书店,1974:577.
③ 鲁迅. 鲁迅全集(第 16 卷). 北京:人民文学出版社,2005:226-227.
④ 陈子善,王自立. 郁达夫忆鲁迅. 广州:花城出版社,1982:30.
⑤ 陈子善,王自立. 郁达夫忆鲁迅. 广州:花城出版社,1982:37.

任何组织,甚至劝阻其他青年人加入左联和中国文艺家协会。比如,在 1935 年 9 月 12 日致胡风信中,极力劝阻萧军加入左联,并以亲身经历来说明:

> 最初的事,说起来话长了,不论它;就是近几年,我觉得还是在外围的人们里,出几个新作家,有一些新鲜的成绩,一到里面去,即**酱在无聊的纠纷中**,无声无息。以我自己而论,总觉得缚了一条铁索,有一个工头在背后用鞭子打我。无论我怎样起劲的做,也是打,而我回头去问自己的错处时,他却拱手客气的说,我做得好极了,他和我感情好极了,今天天气哈哈哈……真常常令我手足无措,**我不敢对别人说关于我们的话,对于外国人,我避而不谈,不得已时,就撒谎。你看这是怎样的苦境?**①（黑体为笔者所加）

满腔热情地加入左联,却"酱在无聊的纠纷中",这恐怕是他最初没有料到的,所以劝萧军不要再加入。后来(1936 年 5 月 25 日)他又劝时玳先生不要加入中国文艺家协会:

> 加入以后,倒未必有什么大麻烦,无非帮帮所谓指导者**攻击某人,抬高某人,或者做点较费力的工作,以及听些谣言。**国防文学的作品是不会有的,只不过攻打何人何派反对国防文学,罪大恶极。这样纠缠下去,一直弄到自己无聊,读者无聊,于是在无声无臭中完结。假使中途来了压迫,那么,指导的英雄一定首先销声匿迹,或者声明脱离,和小会员更不相干了。②（黑体为笔者所加）

鲁迅加入左联以后遭受的种种遭遇,对左联许多做法的诸多不满,仅出现在私下书信的牢骚中,局外人一般不得而知。鲁迅的"攻击某人,抬高某人,或者做点较费力的工作,以及听些谣言",不一定都是他的本意,而是受人指导的。对照鲁迅的书信,我们再看看林语堂在《追悼胡适之先

---

① 鲁迅. 鲁迅全集(第 13 卷). 北京:人民文学出版社,2005:543.
② 鲁迅. 鲁迅全集(第 14 卷). 北京:人民文学出版社,2005:103-104.

生》(1962)一文中提及鲁迅的话:"鲁迅政治气味甚浓,脱不了领袖欲。……鲁迅却非做的给青年崇拜不可,故而跳墙(这是我目击的事),故而靠拢,故而上当,故而后悔无及。"①可见林语堂的立论不是无中生有,而是有一定依据的。周作人(1962 年 5 月 16 日)在《周作人与鲍耀明通信集》中对林语堂的话也表示赞同:"……说非给青年崇拜不可,虽似不敬却也是实在的。"②

总之,把林语堂早期、中期、晚期的文章相互对照着看,可以挖掘林语堂与鲁迅之间的互文关系。北京时期(1923—1926),他们是北京大学同事、《语丝》同仁,这是相识阶段。厦门时期(1926—1927),他们同病相怜,鲁迅得到林语堂及其兄弟照顾,这是第一次相得阶段。上海时期(1927—1936),鲁迅与林语堂及其他兄弟继续来往,这期间可以分为三个阶段:1927 年 10 月至 1929 年 8 月 28 日继续为第一次相得阶段;1929 年 8 月 29 日至 1932 年 12 月为第一次相失阶段;1933 初至 1934 年 8 月为第二次相得阶段;1934 年 8 月至 1936 年 8 月为第二次相失阶段。

林语堂与鲁迅,本来是惺惺相惜的朋友。晚年的鲁迅和林语堂彼此评价都很高。根据《埃德加·斯诺采访鲁迅的问题单》和《鲁迅同斯诺谈话整理稿》记载,1936 年 5 月,美国埃德加·斯诺夫妇曾经以书面形式向鲁迅提出了若干问题,鲁迅一一做了回答。在"最优秀的杂文(散文)作家"一问的回答中,鲁迅共列五名,分别是周作人、林语堂、周树人(鲁迅)、陈独秀和梁启超③。鲁迅将林语堂列在自己前面,可见其对林语堂的重视。另外,斯诺把林语堂放入"独立派"作家之列,鲁迅对此表示认可④。同样,林语堂 1961 年应邀在美国国会图书馆以"五四以来的中国文学"("Chinese Letters since the Literary Revolution",1917)为名的演讲中,

---

① 林语堂. 追悼胡适之先生. 海外论坛,1962-04-01(4):2.
② 鲍耀明. 周作人与鲍耀明通信集. 开封:河南大学出版社,2004:157.
③ 安危,译. 鲁迅同斯诺谈话整理稿. 新文学史料,1987(3):7.
④ 安危,译. 鲁迅同斯诺谈话整理稿. 新文学史料,1987(3):10.

认为鲁迅是中国最好的短篇小说家之一,排名第一。① 即使到了台湾,林语堂依旧对鲁迅的才能赞不绝口:"文章实在犀利,可谓尽怒骂讥弹之能事。"②因此,两人的矛盾,主要是基于"党见"的不同。林语堂《悼鲁迅》说:"鲁迅诚老而愈辣,而吾则向慕儒家之明性达理,鲁迅党见愈深,我愈不知党见为何物,宜其刺刺不相入也。然吾私心终以长辈事之,至于小人之捕风捉影挑拨离间,早已置之度外矣。"③通过以上回忆性文字、日记、书信的互文印证,我们可以看出,林语堂坚持君子和而不同的交友观,而鲁迅坚持志同道合的交友观"道不同,不相为谋",并坚持党同伐异的做法。因此,两人的离合,主要是其文学观和政治观的不同,而没有私人恩怨。有的读者以政治的正确性为标准,意图以二分法来分出谁对谁错,这与事实本身是相违背的。

## 二、为自己作传

为他人作传与为自己作传,在林语堂笔下,有着本质上的区别。胡适曾在《四十自述》中提到,专家文学是"给史家做材料,给文学开生路"④。也就是说,传记文学具有双重价值:一个是史学价值,另一个是文学价值。史学晓之以理,文学动之以情。虽然所有传记都是文史兼融,但是侧重点不一样。林语堂选定他人作为传记的对象,更多侧重于文学价值,娱己娱人。林语堂虽然欣赏苏东坡,敬仰苏东坡,但是考虑到文学趣味性,《苏东坡传》中诗文不能多引,更多使用传说故事。《武则天传》就是通过"我"(唐邠王)——武则天的皇孙——作为见证人来自述暴君武则天一生的故事。在《苏东坡传》和《武则天传》中,都有生动的对话,以及对环境和心情的描写。而为自己作传,恐怕更多的是前者——为了留下一笔史

---

① Lin, Y. T. *The Pleasures of a Nonconformist*. Cleveland and New York: The World Publishing Company, 1962: 313.

② 林语堂. 无所不谈. 台北:开明书店,1974:575.

③ 林语堂. 悼鲁迅. 宇宙风,1937-01-01(32):395.

④ 欧阳哲生. 胡适文集(1). 北京:北京大学出版社,1998:29.

料。林语堂的自传叙述性非常强,对话不多,甚至很少有环境和相貌的描写。

林语堂对于自传的观点和自传的意义,从《林语堂自传》的副文本"弁言"即可知悉:

> 我曾应美国一书局邀请写这篇个人传略,因为藉此可得有机会以分析我自己,所以我很喜欢的答应了。从一方面着想,这是为我的多过于为人的;**一个人要自知其思想和经验究竟是怎样的,最好不过是拿起纸笔一一写下来**。从另一方面着想,自传不过是一篇自己所写的扩大的碑铭而已。中国文人,自陶渊明之《五柳先生传》始,常好自写传略,藉以遣兴。如果这一路的文章涵**有乖巧的幽默**,和相当的**"自知之明"**,对于别人确是一种**可喜可乐的读品**。我以为这样说法,很足以解释现代西洋文坛自传之风气。作自传者不必一定是夜郎自大的自我主义者,也不一定是自尊过甚的。**写自传的意义只是作者为对于自己的诚实计而已**。如果他恪守这一原则,当能常令**他人觉得有趣**而不至感到作者的生命是比其同人较为重要的了。① (黑体为笔者所加)

所以,林语堂认为,做自传首先是"为己",即自我分析自己:"一个人要自知其思想和经验究竟是怎样的,最好不过是拿起纸笔一一写下来。"其次是"为人"。既然要发表,就要为别人提供"一种可喜可乐的读品",让读者觉得有趣。对自己有益,对他人有趣,这样的自传是做得的。当然,作为文学作品,它是有条件的,比如,文字幽默、语言诚实、不自吹自擂等。

林语堂并没有完整的自传,即使把《四十自叙诗》《林语堂自传》《从异教徒到基督徒》与《八十自叙》四者合集,也无法构成一部完整的"林语堂自传"。人到中年、踌躇满志的《四十自叙诗》和《林语堂自传》是他对赴美

---

① 林语堂. 无所不谈. 台北:开明书店,1974:715.

之前自己前半生的总结。饱经沧桑、功成名就的《八十自叙》大体上记录了其家庭、个人求学过程、从教经历及其写作生涯。至于《从异教徒到基督徒》(*From Pagan to Christian*，或《信仰之旅》，1959)和《赖柏英》(1963)，都不是真正意义上的自传，而是对人生某一阶段或者某一思想变化过程的回忆。尽管如此，这些著作之间都不是独立的，而是存在着千丝万缕的互文关系，有一定的互补性。林语堂在《从异教徒到基督徒》的序言中直言不讳地说，"虽然本书不是自传，但是有些地方必须提到个人的环境和背景，使故事的发展易于了解"[①]。而林语堂在《八十自叙》中清楚明白地说明："《赖柏英》是一本自传小说。"[②]因此，这两本书对于解读林语堂的成长过程和思想发展变化，都是必备的参考资料。

笔者认为，林语堂为自己作传，经历了至少三个阶段。1934 年的《四十自叙诗》是原始版，1936 年的《林语堂自传》是扩展版，而 1975 年的《八十自叙》是增强版。从内容上看，三者有大量的重复，或者说，林语堂在不断补充其自传的材料。《林语堂自传》的译者工爻曾在序言中说："无论是他的友人或敌人，读罢此文，对于林君之以往的经验，现在的思想、生活、和将来的志向——即是整个的，真正的林语堂——比前定然明白多一些。"[③]实际上，在《林语堂自传》中，林语堂对"以往的经验"谈论得较多，第一至七章都是谈过去，仅在第八章谈论"现在的思想、生活"，而第九章，也就是最后一章，谈论"将来的志向"。尽管各个章节内容较简略，但是与《四十自叙诗》相比，仍然要详细很多，至少提供了事情的来龙去脉或话语背后的含义。比如，在最后一章中特意提到了这首长约 400 字的自叙诗，并直接解释了"一点童心犹未灭，半丝白鬓尚且无"[④]，说明自

---

① 林语堂. 林语堂名著全集(第 10 卷)：林语堂自传　从异教徒到基督徒　八十自叙. 长春：东北师范大学出版社，1994：40.
② 林语堂. 林语堂名著全集(第 10 卷)：林语堂自传　从异教徒到基督徒　八十自叙. 长春：东北师范大学出版社，1994：254-255.
③ 林语堂. 林语堂自传. 工爻，译. 逸经，1936-11-05(17)：64.
④ 林语堂. 林语堂自传. 工爻，译. 逸经，1936-12-05(19)：25.

己仍像一个孩子,对这个奇妙的世界充满了好奇,并愿意为此而探险,苦心求学。

有意思的是,多年以后,回到台湾的林语堂再次刊登了《四十自叙诗》和《林语堂自传》。在《四十自叙诗》前加了"序",对诗中的部分内容进行了解读,同时,在《林语堂自传》后加了"附记":

> 这篇自传原是三十多年前应美国某书局之邀而用英文撰写的,我还不知道已经由工爻译出中文,登载在简又文先生所编的**《逸经》第十七、十八、十九期**。其中自不免有**许多简略不详之处**,将来有功夫再为**补叙**。但是可说句句是我心中的话,**求学做人**还是这些道理。文末所谓:"甚至不立志为著名的作者……如果这名誉足以搅乱我现在生命之程序",也是老老实实肺腑之言。就当他为一篇自述以见志之文读去,也无不可。① (黑体为笔者所加)

林语堂重读自己三十多年前写的自传,也意识到文中有"许多简略不详之处",希望"将来有功夫再为补叙"。果然,在他辞世的前一年,终于完成了愿望。《八十自叙》有十三章,是《林语堂自传》的三倍长,但译文仅约五万字,依旧不够长,不够详细,很多内容都一笔带过,给世人留下了许多秘密。从内容上看,《八十自叙》是对《四十自叙诗》和《林语堂自传》的补充说明,仅最后三章内容较新:论美国的人和事,论年老,最后清查自己一生的作品。很显然,林语堂预感生命即将终结,对自己的一生做了简要梳理。下文通过分解林语堂的《四十自叙诗》的部分内容,探讨三者之间的互文联系。

林语堂的《四十自叙诗》,是其前半生的总结,也为其后半生做了铺垫,其后半生基本上是在此基础上的发展。从《四十自叙诗》中,我们大可以发现林语堂著译中的互文关系(其手迹见图4-6)。因此,该诗为本书提供了大量线索,如一张网,把林语堂的一生都理清楚了。

---

① 林语堂. 无所不谈. 台北:开明书店,1974:745.

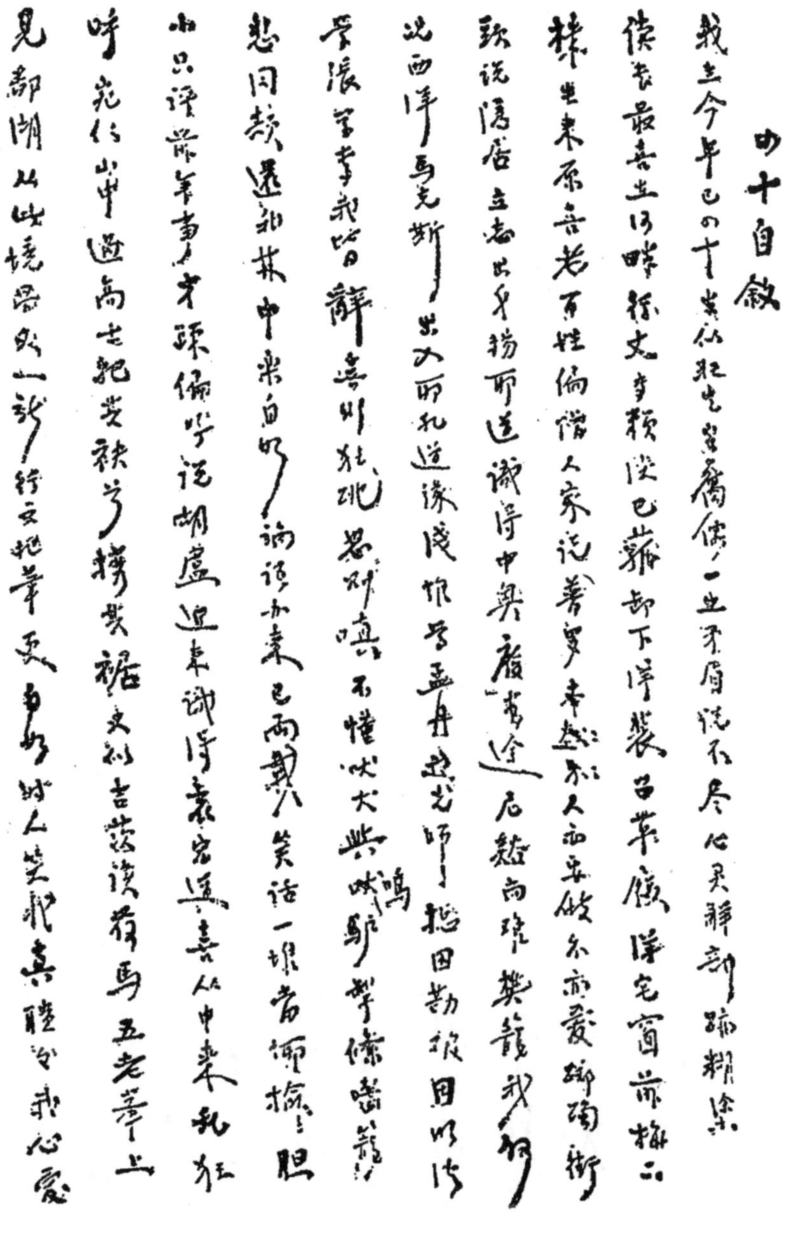

四十自叙

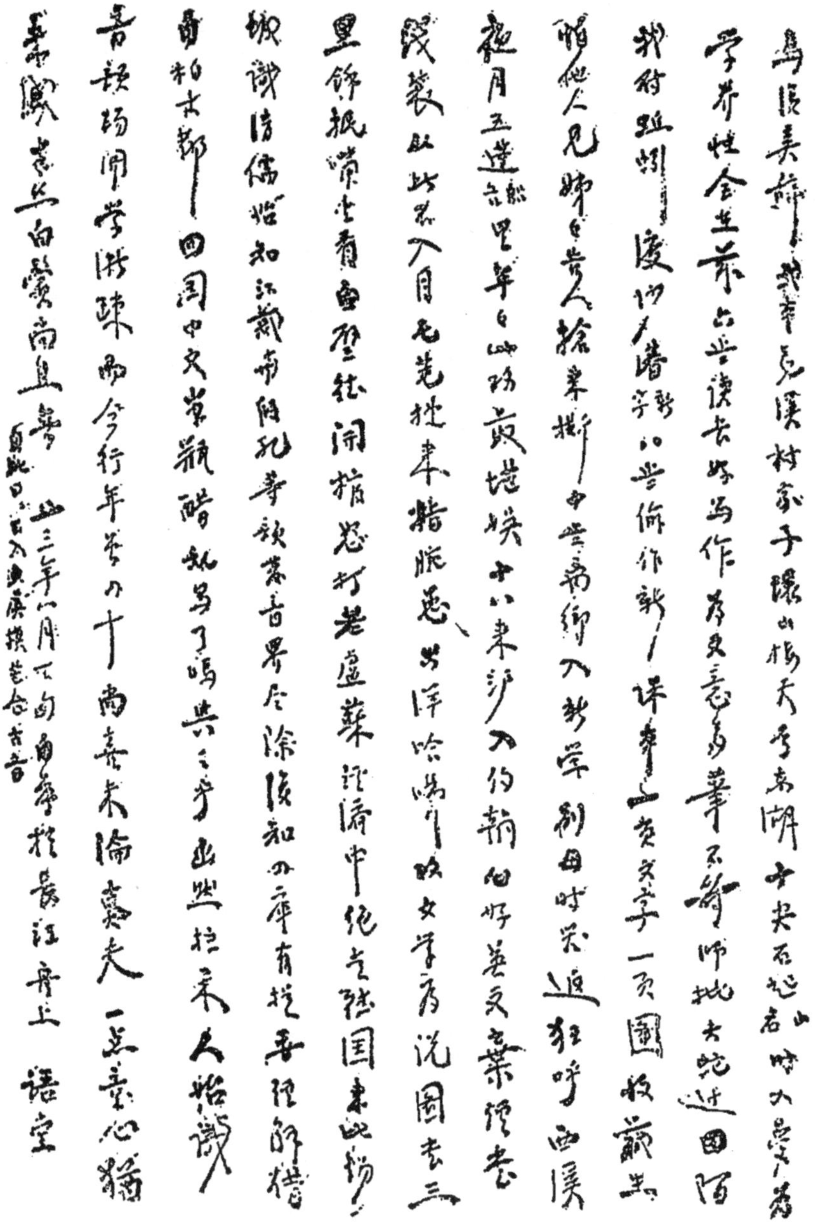

图 4-6　林语堂《四十自叙》诗手迹

全文记录如下：

## 四十自叙

我生今年已四十，半似狂生半腐儒，
一生矛盾说不尽，心灵解剖迹糊涂。
读书最喜在河畔，行文专赖淡巴菰，
卸下洋装留革履，洋宅窗前梅二株。
生来原喜老百姓，偏憎人家说普罗，
人亦要做钱亦爱，踯躅街头说隐居。
立志出身扬耶道，识得中奥废半途，
尼溪尚难樊笼我，何况西洋马克斯。
出入耶孔道缘浅，惟学孟丹我先师，
总因勘破因明法，学张学李我皆辞。
喜则狂跳怒则嗔，不懂吠犬与鸣驴，
掣条啮笼悲同类，还我林中乐自如。
论语办来已两载，笑话一堆当揶揄，
胆小只评前年事，才疏偏学说胡卢。
近来识得袁宏道，喜从中来乱狂呼，
宛似山中遇高士，把其袂兮携其裾。
又似吉茨读荷马，五老峰上见鄱湖，
从此境界又一新，行文把笔更自如。
时人笑我真赎赎，我心爱焉复奚辞，
我本龙溪村家子，环山接天号东湖。
十尖石起时入梦，为学养性全在兹，
六岁读书好写作，为文意多笔不符。
师批大蛇过田陌，我刈蚯蚓渡沙漠，
八岁偷作新课本，一页文字一页图。
收藏生怕他人见，姊姊告人抢来撕，
十岁离乡入新学，别母时哭返狂呼。

西溪夜月五蓬里,年年此路最堪娱,

十八来沪入约翰,心好英文弃经书。

线装从此不入目,毛笔提来指腕愚,

出洋哈佛攻文学,为说图书三里余。

抿嘴坐看白璧德,开棺怒打老卢苏,

经济中绝走德国,来比锡城识清儒。

始知江戴与段孔,等韵发音界尽除,

复知四库有提要,经解借自柏林都。

回国中文半瓶醋,乱写了吗与之乎,

幽默拉来人始识,音韵踢开学渐疏。

而今行年虽四十,尚喜未沦士大夫,

一点童心犹未灭,半丝白鬓尚且无。

语堂

二十三年八月下旬自序于长江舟上

《四十自叙诗》原发表于《论语》第 49 期第 6—7 页(1934 年 9 月 16 日出版)。第一次发表时,林语堂是用手写的形式(见图 4-6),当时的读者都不一定理解其中的含义,后来的读者因为时代久远恐怕更难理解了。30 年后,《无所不谈合集》重刊此诗时,作者特意加了一段序言①,对文中的一些人物和事件进行了部分解读,比如"**我生今年已四十**"。林语堂生于 1895 年 10 月 10 日,该诗 1934 年 8 月下旬自序于长江舟上,当时按照中国算法是 40 虚岁,实际 39 岁。由此解开了该诗与许多文本之间的互文关系。在林语堂没有解读之前,读者只能猜测。通过解读,读者有了更多了解。但是,还有不少内容没有解读,笔者认为有必要在此基础上进一步解读,尤其是结合 1936 年的《林语堂自传》、1975 年的《八十自叙》和林太乙的《林语堂传》,发掘该诗与林语堂一生著译的互文关系,以帮助当今读者简要了解林语堂的一生。

---

① 林语堂. 无所不谈. 台北:开明书店,1974:709-710.

"**半似狂生半腐儒**"这句话,笔者认为可以用周作人的两个鬼来解释。周作人说,在我们的心头,住着两个鬼,"其一是绅士鬼,其二是流氓鬼"。当"绅士鬼"占上风时,便显得合乎自然,多典雅之姿;"流氓鬼"统治一切的时候,又多激越慷慨之气①。两个鬼可以说是周作人自己的内心写照,其实也是林语堂的内心写照。郁达夫对此表示认可:"周作人常喜引外国人所说的隐士和叛逆者混处在一道的话,来作解嘲;这话在周作人身上原用得着,在林语堂身上,尤其是用得着。"②在实际生活里,这两个鬼的地位可能不是相等的,有一个占上风的机会总是多一些,绝对的中庸是没有的。孔子说过:"邦有道则仕,邦无道则隐。"孟子也说过:"穷则独善其身,达则兼济天下。"文人得意时仕,失意时隐,自古而然,所以来去出入,都有文章。因此,中国的文学艺术,归于儒,是"文以载道",致力于"教化";归于道,则是自我陶情冶性,追求审美,如山水田园艺术③。林语堂也认为:"在中国文学,名为儒家经世派的天下,却暗地里全受道家思想的支配……有时同在一人的生平,也有入世出世之两种矛盾观念角逐于胸中,远如诸葛亮、孔子、苏东坡、袁中郎,近如梁漱溟、鲁迅便是(鲁迅于文学革命之前是在槐树院里作一长期自杀者)。"④

"**一生矛盾说不尽,心灵解剖迹糊涂。**"林语堂在序言中解读说自己"亦耶亦孔,半东半西"⑤,从信仰和文化上解剖自己。但是,在《无所不谈》中收录了黄肇珩的《林语堂和他的一捆矛盾》,可见林语堂对这篇文章的认可。林语堂承认:"这七十四年,我是一捆矛盾,我喜欢矛盾。"⑥并列出

① 周作人. 两个鬼//刘应争. 知堂小品. 西安:陕西人民出版社,1991:153-154.
② 郁达夫. 导言//赵家璧. 中国新文学大系:散文二集. 上海:上海良友图书印刷公司,1935:16.
③ 李平. 和实生物,同则不继——鲁迅与周作人同题忆人散文比较. 江苏广播电视大学学报,2007(6):56.
④ 林语堂. 林语堂名著全集(第18卷):拾遗集(下). 长春:东北师范大学出版社,1994:375.
⑤ 林语堂. 无所不谈. 台北:开明书店,1974:709.
⑥ 林语堂. 无所不谈. 台北:开明书店,1974:761.

了自己的一系列矛盾。而在《八十自叙》中，林语堂再次重申自己是"一团矛盾"，但是他"以自我矛盾为乐"①。"一捆矛盾"是他对自己人生的注脚。

**"十八来沪入约翰，心好英文弃经书。线装从此不入目，毛笔提来指腕愚。"**林语堂对这句话的解读最长，占了序言的一半篇幅，可见是有感而发。全文如下：

> ……入上海圣约翰大学，放弃毛笔，以自来水笔代之，与英文结不解缘，心好之甚。此段恋爱，至今不懈。然因此旧学荒废，少时自看袁了凡《纲鉴易知录》，看到秦汉之交，一入约翰，截然中止。羞耻，羞耻！以后自己念中文，皆由耻字出发，即所谓知耻近乎勇。以一个教会学校出身之人，英文呱呱叫，一到北平，怎么会不自觉形秽？知耻了有什么办法？只好拼命看中文，看一本最好的白话文学《红楼梦》，又已做教师，不好意思到处问人，只在琉璃厂书肆中乱攒。什么书是名著，杜诗谁家注最好，常由旧书铺伙计口中听来。这是不是不愤不启，我不知道，但确含有愤意，愤我在教会学校给我那种不重中文的教育。耶教《圣经》中约书亚的喇叭吹倒耶利哥城墙我知道了，而孟姜女的泪哭倒长城我反不大清楚。怎么不羞？怎么不愤？所以这一气把中文赶上。②

在 1936 年的《林语堂自传》中，林语堂谈到在上海圣约翰大学的所得与所失时，简要地提到中文学习的缺失："我不能不说它把我对于汉文的兴味完全中止了，致令我忘了用中国毛笔。后来直到我毕业，浸淫于故都的旧学空气中，才重新执毛笔，写汉字，读中文。"③而且林语堂认为，与其

① 林语堂. 林语堂名著全集(第 10 卷)：林语堂自传　从异教徒到基督徒　八十自叙. 长春：东北师范大学出版社,1994:245.
② 林语堂. 无所不谈. 台北：开明书店,1974:709-710.
③ 林语堂. 林语堂名著全集(第 10 卷)：林语堂自传　从异教徒到基督徒　八十自叙. 长春：东北师范大学出版社,1994:21.

所得相比,这是值得的:"我在成年之时,完全中止读汉文也许有点利益。"①而在《八十自叙》中,林语堂则用更大篇幅进行了解读,不仅详谈了圣约翰大学的情况:"当时学习英文的热情,持久不衰,对英文之热衷,如鹅鸭之趋水,对中文之研读,竟全部停止,中国之毛笔亦竟弃而不用了,而代之以自来水笔。"②还介绍了他到清华大学工作时的窘态:看不懂中国戏,不知道孟姜女哭长城的故事。为泄耻,他读《红楼梦》、逛琉璃厂等等③,情节比《四十自叙诗》序要详细许多。通过互文比较,可以看出林语堂晚年对于中文重要性的认识与中年时有所不同。

更有意思的是,《四十自叙诗》中的这句话:"**师批大蛇过田陌,我对蚯蚓渡沙漠。**"在 1936 年和 1975 年的自传中都再次提到,并有不同的解读。《林语堂自传》解释为:"在八岁时,塾师尝批我的文章云,'大蛇过田陌'。他的意思以为我词不达意。而我即对云,'小蚓度沙漠'。我就是那小蚓,到现在我仍然蠕蠕然在沙漠上爬动不已,但已进步到现在的程度也不禁沾沾自喜了。"④《八十自叙》解释为:"我曾写过一副对子,讽刺老师给我作文的评语。老师给我的评语是'如巨蟒行小径',此所以言我行文之拙笨。我回敬的是'似小蚓过荒原'。现在我想到这副对联,还颇得意。"⑤至于两本自传中对联的不同,这完全是译者的不够审慎,因为两位译者是根据英文来翻译的,却没有去核对《四十自叙诗》中的原中文。这也从另一个方面说明了互文性研究对于文学研究和翻译研究的重要意义。

---

① 林语堂. 林语堂名著全集(第 10 卷):林语堂自传　从异教徒到基督徒　八十自叙. 长春:东北师范大学出版社,1994:21.
② 林语堂. 林语堂名著全集(第 10 卷):林语堂自传　从异教徒到基督徒　八十自叙. 长春:东北师范大学出版社,1994:268-269.
③ 林语堂. 林语堂名著全集(第 10 卷):林语堂自传　从异教徒到基督徒　八十自叙. 长春:东北师范大学出版社,1994:271-272.
④ 林语堂. 林语堂名著全集(第 10 卷):林语堂自传　从异教徒到基督徒　八十自叙. 长春:东北师范大学出版社,1994:34.
⑤ 林语堂. 林语堂名著全集(第 10 卷):林语堂自传　从异教徒到基督徒　八十自叙. 长春:东北师范大学出版社,1994:259.

从林语堂对这句话的不同解读,可以看出他心境的变化。1936 年的林语堂对于自己当时取得的成绩感到有点意外,故而"沾沾自喜",而且他仍如蚯蚓一般继续前行,对自己的未来充满了信心。1975 年的林语堂回顾往事,对自己一生取得的成绩很得意。需要说明的是,无论是《林语堂自传》还是《八十自叙》,原著都是英文,是为英文读者而写的。通过对比译文,我们既可以发现两者与《四十自叙诗》之间的互文照应关系,又可以发现译文中存在的缺陷,比如同一首诗的不同翻译。这些译文虽然有助于我们理解林语堂的思想,但又可能无法让读者看到真面目,从而误导读者。

对于"**八岁偷作新课本,一页文字一页图**"这句话,恐怕只有林语堂自己能解读背后的故事。幸运的是,在《八十自叙》中,林语堂说:

> 我最早就有想当作家的愿望,八岁时我写了一本教科书。一页是课文,接着一页是插图,是我秘密中作的,很细心不使别人看到。等大姐发现时,我好难为情,不久之后,所有兄弟姐妹都能背了。文句是:
>
> 人自高　终必败
>
> 持战甲　靠弓矢
>
> 而不知　他人强
>
> 他人力　千百倍
>
> 以所用的词汇论,写的算不坏。写这篇文字时,是与新教堂正在建筑中的那些日子的情形,联想在一起的。
>
> 另一页是写一个蜜蜂采蜜而招到焚身之祸。有一张画儿,上面画着一个可以携带的小泥火炉。课文今已忘记。也是同样道德教训的意味。①

感谢林语堂在英文中提供了中文原文②,不然译者苦恼,读者亦受罪。

---

① 林语堂. 林语堂名著全集(第 10 卷):林语堂自传　从异教徒到基督徒　八十自叙. 长春:东北师范大学出版社,1994:258-259.

② 参见:Lin,Y. T. *Memoirs of an Octogenarian*(《八十自叙》). 台北:美亚出版公司,1975:16.

林语堂八岁就有当作家的理想，八十岁的林语堂依旧对八岁时所作教科书的情景和诗句记忆犹新，真是了不起！有了这些互文解读，读者对林语堂就有了更深入的了解。

除了这些自传，林语堂的作品中也提供了许多与传记有关的信息，有心的读者自可发现。例如，在 1935 年的《吾国与吾民》的首页，对作者林语堂做了简单介绍，特意提到："出生在一个基督教家庭里，他现在说自己是异教徒。"（Reared a Christian, he now describe himself as a pagan.）①林语堂小时候是基督徒，在教会学校完成基础教育，在教堂举行婚礼，却宣布自己是异教徒。1937 年 2 月，林语堂在美国《论坛》（*The Forum*）上发文回答了"我为什么是异教徒"（"Why I Am a Pagan"）这个问题，并收录在《生活的艺术》中。他最终选择回归基督教，完成了著作《从异教徒到基督徒》（*From Pagan to Christian*, 1959），为自己的信仰画了一个圈。

最后，林语堂在《八十自叙》的结尾，引用了 1935 年《吾国与吾民》的"结语"部分"人生的归宿"（The End of Life），以辛弃疾的诗句结尾，暗示自己的人生归宿。

> 少年不识愁滋味，爱上层楼。爱上层楼，为赋新词强说愁。
> 而今识尽愁滋味，欲说还休。欲说还休，却道天凉好个秋。

In my young days,

I had tasted only gladness,

But loved to mount the top floor,

But loved to mount the top floor,

To write a song pretending sadness.

And now I've tasted

Sorrow's flavors, bitter and sour,

---

① Lin, Y. T. *My Country and My People*. New York: John Day, 1935: vi.

And can't find a word,

And can't find a word,

But merely say, "What a golden autumn hour!"[①]

---

① Lin, Y. T. *My Country and My People*. New York: John Day, 1935: 347-348;
Lin, Y. T. *Memoirs of an Octogenarian*(《八十自叙》). 台北:美亚出版公司,
1975:78-80.

# 第五章　晚年著译与早年著译互文关系研究

本章主要探讨林语堂晚年在台湾、香港的著译与其早年在大陆著译的互文关系，从而揭示其语言文化观的变化及其背后的社会因素。

1919 年 8 月 19 日，林语堂在去美国留学的途中给胡适写了一封信，谈到学成回国的一些计划："可以由我们改良天地宇宙，由人性以至于拼音字母。"①当时，林语堂仅仅是一个赴美留学的学生，而胡适是当时中国学界领袖，由此可见林语堂的抱负之大，信心之高。一百年后，我们回头看林语堂的计划实施情况，不能不佩服林语堂的气魄和抱负。

## 第一节　语言学——林语堂一生的学术追求

一提到林语堂，读者首先想到的是他的"文学家"和"幽默大师"身份，想到他的《论语》《人间世》《宇宙风》杂志，小说《京华烟云》等，其实，林语堂早期的专业是语言学，大学期间发表的最早两篇文章也是谈论语言的：《我们为何学习中文》(Why We Study Chinese, 1912)和《汉语拼音》(The Chinese Alphabet, 1913)。林语堂在《林语堂自传》中提到："我挑选语言学而非现代文学为我的专门科，因为语言学是一种科学，最需要科学的头

---

① 耿云志. 胡适遗稿及秘藏书信(第 29 册). 合肥：黄山书社，1994：294.

脑在文学的研究上去做分析工作。"①后来他在德国著名的莱比锡大学获得的是语言学博士学位②,其博士论文是《论古汉语之语音学》("A survey of the Phonetics of Ancient Chinese")。而且,他对中国语言学做出了相当的贡献。正如潘文国所言,林语堂是"一位几乎被遗忘了的语言学家,他在语言学上的成就差不多已被他在文学上的声名掩盖了"③。

林语堂选择语言学作为学术研究方向,与当时中国"以科学方法整理国故"的风气是有很大关系的。让汉字更便利地适用于现代中国,是林语堂一生的关怀。从 1917 年 3 月《创设汉字索引制议》的发表(《科学》杂志第 3 卷第 10 期),到 1947 年中文打字机的发明,再到 1972 年《当代汉英词典》的编撰出版,无一不证明了林语堂孜孜不倦的学术追求及其在语言文字上的贡献。然而,由于他在文学创作上的名声达到巅峰,这些贡献反而被人忽视了。他在 1933 年《提倡俗字》中提出的简体字方案,比起中国语言文字改革委员会在 1958 年提出来的方案,整整早了 25 年。

傅文奇对国内学者就 1994—2004 年有关林语堂研究的现状及未来趋势进行了分析总结。他认为,林语堂在语言学方面造诣深厚,然而,该领域研究的文章不多,尚未形成热点,应该引起学术界的重视。④ 遗憾的是,笔者在中国知网检索以"林语堂 + 语言学"为题的论文,仅找到 7 篇

---

① 林语堂. 林语堂名著全集(第 10 卷):林语堂自传 从异教徒到基督徒 八十自叙. 长春:东北师范大学出版社,1994:16.

② 据《新京报》(2019-05-06)[2019-09-30]:https://culture.ifeng.com/c/7mSccrz1x3a。北京外国语大学李雪涛对于林语堂是否获得博士学位表示质疑。他说,依照德国传统,要想获得博士学位,仅仅通过论文答辩是不够的。学生或者需要将博士论文发表,或者需将论文印制两百本,由考试委员会分发给所有德语地区的图书馆和大的研究机构。他认为,林语堂的博士论文既无出版,又在几所重要的德国大学图书馆查不到,那么他很可能没有获得博士学位。为回应质疑,台北林语堂故居于 2019 年在线公开了林语堂的博士论文,感兴趣者可以登录官网下载[2020-01-20]:https://www.linyutang.org.tw/big5/index.asp。

③ 潘文国. 汉英对比研究一百年. 世界汉语教学,2002(1):63.

④ 傅文奇. 近十年来林语堂研究的统计与分析. 福建论坛(人文社会科学版),2006(5):102-105.

(见图 5-1),其中两篇硕士论文均不是探讨林语堂的语言学,而是用语言学方法分别探讨林语堂英文作品的语言特点和译本的文化传递。再以"林语堂＋语言观"为题检索论文,仅找到 2 篇(见图 5-2)。

图 5-1　中国知网以"林语堂＋语言学"为题的论文检索(2019 年 9 月 19 日检索)

图 5-2　期刊网以"林语堂＋语言观"为题的论文检索(2019 年 9 月 19 日检索)

　　1967 年,林语堂重刊《语言学论丛》时,承认语言学是其"本行",后来"走入文学",与语言学渐离渐远:"《语言学论丛》是我三十年前的著作,一九三三年上海开明书店初版,现在已不易购得。后来我走入文学,专心著作,此调久已不弹,然而始终未能忘怀本行,凡国内关于语言学的专书,也时时注意。"①他首次对其早年的语言学研究进行了总结:一、古音的发现与整理;二、现代语言学建设问题;三、字书辞典的编撰②。对于林语堂在这三个领域的贡献,国内外的研究很不够。

　　时代久远,无论是当时的读者还是当今的读者,对于林语堂的了解,可能更多的是文学家和幽默大师,而不知语言学才是林语堂的本行。林语堂 1967 年《语言学论丛》的序言中有大量的背景知识,与 1922 年开始的语言学研究有深远的互文关系。研究林语堂的语言文学观,仅仅研究其 30 年代提出的一些观点是不够的,还必须对其早期语言文学思想进行梳理,同时对照其晚年的语言文学观,我们才能完整地了解林语堂,避免盲人摸象现象的发生。林语堂自己在晚年也意识到这一点,希望能够把其早年在大陆发表的文章与其晚年在台湾发表的文章合集出版,这样可以"互相印证,以见本人之一贯旨趣"③,而语言学研究就是其中之一。

## 一、林语堂与词典的不解之缘④

　　1916 年,林语堂以第二名的成绩从上海圣约翰大学文科毕业,受邀到清华大学任中等科英文教员。这三年中的中等科学生,后来与林语堂关系不错、时有往来的有 1922 级的潘光旦、陈石孚、陈钦仁、时昭瀛,1923 级的梁实秋、全增嘏,1925 级的潘光迥等。梁实秋在他的《清华八年》中回忆

---

① 林语堂. 林语堂名著全集(第 16 卷):无所不谈合集. 长春:东北师范大学出版社,1994:191.
② 林语堂. 林语堂名著全集(第 16 卷):无所不谈合集. 长春:东北师范大学出版社,1994:192.
③ 林语堂. 语堂文集. 台北:开明书店,1978:i.
④ 笔者曾以此为题发表了论文,这里有改动。

道:"前后八年教过我英文的老师有马国骥先生、林语堂先生、孟宪承先生、巢坤霖先生……马、林、孟三位先生都是当时比较年轻的教师,不但学问好,教法好,而且热心教学,是难得的好教师。"①林语堂在圣约翰大学时期以语言学为专业,到清华后就完成了第一篇语言学论文《创设汉字索引制议》(1917),发表在上海《科学》杂志第 3 卷第 10 期,这是"中国人写的第一篇有关索引的论文"②,"是近代中国以科学方法研究汉字检字法的第一篇文章"③。该文发表后不久,林语堂继续思考该论题,进一步阐发、补充和说明,又一篇论文《汉字索引制说明》发表在 1918 年 2 月 15 日《新青年》第 4 卷第 2 号。《创设汉字索引制议》只是林语堂的初步研究成果,《汉字索引制说明》则更成熟、更完善。因此,1933 年林语堂编辑《语言学论丛》时,仅收录了《汉字索引制说明》一文。蔡元培和钱玄同对其创造的检字法非常赞赏,分别为之作序。蔡元培说:"其明白简易,遂与西字之用字母相等,而检阅之速,亦与西文相等。苟以之应用于字典,辞书,及图书名姓之记录,其足以节省吾人检字之时间,而增诸求学与治事者,其功效何可量耶?"④晚年林语堂在《记蔡孑民先生》中回忆此事,相当得意,并为此自豪:"后来诸新索引法,皆不出此范围。"⑤事实上也是如此,林语堂的检字法广泛应用于汉语词典。

自 1917 年发表《创设汉字索引制议》,林语堂一直坚持对汉字检索法的探索,先后提出首笔、号码、末笔、韵母等一系列检字新法。这些探索引起了学术界的广泛关注,给同行提供了许多灵感。《四角号码检字法》的

---

① 转引自:秦贤次. 林语堂与北京清华学校(1916—1919). 华文文学评论,2016(4):136.

② 陈振文. 开风气之篇与被误引之作——林语堂检字法文献解读. 电子科技大学学报,2014(3):73.

③ 陈振文. 开风气之篇与被误引之作——林语堂检字法文献解读. 电子科技大学学报,2014(3):74.

④ 林语堂. 林语堂名著全集(第 19 卷):语言学论丛. 长春:东北师范大学出版社,1994:258.

⑤ 林语堂. 林语堂名著全集(第 16 卷):无所不谈合集. 长春:东北师范大学出版社,1994:377.

著者王云五就是其中之一。1925 年,王云五在《号码检字法》一文中写道:
"林玉堂氏研究部首不下十年,初时就首笔着手,将笔法分做五母笔及二
十八子笔……此法特殊处,在以察看首笔代计算笔划,检查上确较旧法便
捷。近年林君又将其多年研究的首笔抛弃,另行研究末笔,实际上进步不
少。"① 有意思的是,1933 年 4 月,林语堂将早期的语言学论文收录在《语
言学论丛》,打算从此告别语言学,专门从事文学创作。然而,尽管如此,
正如其 1967 年在《重刊〈语言学论丛〉序》中所言,"始终未能忘怀本行,凡
国内关于语言学的专书,也时时注意"②。林语堂移居台湾后,又重拾本
行,谈起了部首改良和上下形检字法。20 世纪六七十年代,林语堂仍然坚
持从汉字字形寻求解决办法,用"上下形检字法"编《当代汉英辞典》。

词典在林语堂的著译生涯中具有三大功用:(1)词典是语言学习者的
枕边书;(2)词典是译者之必备工具;(3)词典是跨文化传播的桥梁。本节
从林语堂看词典、林语堂用词典、林语堂编词典三个方面解读林语堂在词
典学思想上的互文关系。

提起林语堂,一般人都知道他是作家、翻译家、幽默大师等,而发明
家、词典编撰家的身份却很少被提及。林语堂认为,他编撰的汉英词典是
其一生中跨文化双语创作与翻译的巅峰之作③。但是,由于历史原因,林
语堂的词典在大陆很少能见到,仅为少数人知道。词典是林语堂的著译
生涯中非常重要的一个方面,但是研究者很少注意到这一点。林语堂不
仅编词典,而且对词典有相当深入的研究。在很大程度上,林语堂的著译
生涯从一本词典开始,以另一本词典结束。

一般人只有遇到不认识字或者词时才想起查词典,对于他们而言,词
典是工具,查词典是为了弄懂词的意义或者用法。但是,词典还有别的功

---

① 王云五. 号码检字法. 东方杂志,1925,22(12):85.
② 林语堂. 林语堂名著全集(第 16 卷):无所不谈合集. 长春:东北师范大学出版社,
1994:191.
③ Wallace, D. Lin Yutang: A Memorial (booklet). *Reader's Digest*, 1976(28): i.

用,可以"当做有趣的读物,或做消夏的读品"①。他对《简明牛津英文字典》(*Concise Oxford Dictionary*)和《袖珍牛津英文字典》(*Pocket Oxford Dictionary*)爱不释手,不管到哪儿都随身携带:"十年以来,无论家居、远游,确乎不曾一日无此书",称之为"枕中秘"②。1930 年,他写了《我所得益的一部英文字典》一文,向中国读者推荐该词典。在该文中,林语堂对字的含义进行了解读:"因为无论中文西文,每字有每字的个性,决非胪陈几个定义,分辨几个词类所能了事。语言文字之为物,本在日用应接之间,借作表示人类活动的情感意念的工具,字义之来,原本乎此,所以不但达意,且能传神,于逻辑意义之外,复有弦外之音。"③因此,无论中文字还是外文字,都具有共同的传神达意的特点。一个字的含义,不是死的,而是活的,会随着上下文或语境而千变万化的。简明及袖珍牛津字典与其他词典的不同之处就在于:"他看字义是活的,因时、因地、因语气、因语者、因所与语者,而随时变迁的。"④

林语堂在圣约翰大学时期,用一年半的时间就把英文学通了。在其晚年自传中,他讲述了其学好英文的秘诀:

> 我学英文的秘诀就在钻研一本《袖珍牛津英文字典》上。这本英文字典,并不是把一个英文字的定义一连串排列出来,而是把一个字在一个句子里的各种用法举出来,所以表示意思的并不是那定义,而是那片语,而且与此字的同义字比较起来,表现得生动而精确;不但此也,而且把一个字独特的味道和本质也显示无余了。一个英文字,或是一个英文片语的用法,我不弄清楚,决不放过去。这样,precarious 永远不会和 dangerous 相混乱。我对这个字心中就形成

---

① 林语堂. 我所得益的一部英文字典//林语堂. 大荒集. 上海:生活书店,1937:99.
② 林语堂. 我所得益的一部英文字典//林语堂. 大荒集. 上海:生活书店,1937:99.
③ 林语堂. 林语堂名著全集(第 13 卷):翦拂集 大荒集. 长春:东北师范大学出版社,1994:183.
④ 林语堂. 林语堂名著全集(第 13 卷):翦拂集 大荒集. 长春:东北师范大学出版社,1994:184.

一个把握不牢可能失手滑掉的感觉,而且永不易忘记。这本字典最大的好处,是里面含有英国语文的精髓。我就从这本字典里学到了英文中精妙的片语。而且这本字典也不过占两双袜子的地方,不论我到何处去旅行,都随身携带。①

字典成为其语言学习成功的秘诀。由此可见,在学英语时代,他就意识到一本好词典的重要性。他说,一本好词典应该像《袖珍牛津英文字典》那样,具有很强的可读性②。他认为:"只要养成爱读书的习惯,一部字典在手,凭自修,什么学问都能学到。"③他甚至劝说女儿林太乙中学毕业后不要上大学,通过自学成才,导致林太乙错过上大学的机会④,一生以此为憾。

林语堂的事例说明两个道理:第一,字典和词典里不应该只有"索然寡味"的字或词,还应该有可读性的句子或短语作为例句,以提供语境帮助读者理解;第二,词典可以成为有趣的休闲读物,甚至成为英语学习者的枕边书。

尝试过或者从事翻译的人都知道,翻译过程中总会遇到不熟悉的字、词或短语。这个时候,我们一般都求助于各类词典。但是,词典是一把双刃剑:用得好,它是我们的得力助手;用不好,它会误导我们——一个词在一定上下文的词义可能与词典提供的词义不一致;更糟糕的是,我们可能成为它的奴隶——离开词典就无法翻译。

---

① 林语堂. 林语堂名著全集(第10卷):林语堂自传　从异教徒到基督徒　八十自叙. 长春:东北师范大学出版社,1994:268.
② Lin, Y. T. *The Importance of Living*. New York: John Day, 1937:388.
③ 林太乙. 林家次女. 北京:西苑出版社,1997:1.
④ 林太乙(1926—2003)18岁以优异成绩从美国陶尔顿中学毕业,不久即获得耶鲁大学的中文教职。她是三姐妹中唯一继承林语堂衣钵的人,担任《读者文摘》中文版总编辑23年之久。林太乙中英文造诣俱深,著有《林语堂传》《林家次女》等传记,《战潮》(*War Tide*)、《金币》(*The Golden Coin*)、《窃听者》(*The Eavesdropper*)、《丁香遍野》(*The Lilacs Overgrow*)、《金盘街》(*Kampoon Street*)、《春雷春雨》《明月几时有》《好度有度》《萧邦,你好》等小说。

1925 年,胡适在《现代评论》第 21 期①指出王统照翻译的谬误,然后劝文豪买本好字典译书,"包管你可以少丢几次脸"②。对此,林语堂提出异议。他并不反对买本好词典,但是,他认为,"这样劝人买字典译书很容易变成劝人抱字典译书",这是绝对行不通的,因为"一个人英文的根底未深要靠字典译书是绝对不可干的勾当。今日译界成绩的坏未始非由学者抱字典译书的信心过重所致"。因此,他劝现在及未来的翻译者,如果原文未看懂,就只有两个选择,"一曰不翻,二曰不刊"③。针对当时许多译者不重视语言基本功的训练,而急功近利地翻译作品这种社会现象,林语堂在《论翻译》一文中再次强调了"字典辞书之不可靠",坚决反对"抱词典译书"的做法。他认为,一个人语言功底不够,完全依靠词典来翻译或理解内容,肯定行不通。一个有相当英文程度的人,对某个字或词意义不明,或者理解不够准确时,身边恰好有一个合适的词典,于是问题得以解决,词典起着良师益友的功用。在他看来,"最好的字典,且应以用法为主体,专以客观方法,做搜集各字用法实例的工夫,将一字所有的用法及其所组的成语集合列人该字之下,然后依其用法,分出其字义在使用上发生之变化,务使学者开卷,使得了然一字所有之用法,而非专做定义界说的工夫"④。他再次推荐了《牛津英文字典》,认为"此书为译者所必备"⑤。

译者都离不开词典,词典是译者的必备工具。但是,只有具备了相当的语言能力,译者才能驾驭词典,让它为其服务。译者如果不具备相应的语言能力,或根据词典提供的词义死译,或沦为词典的奴隶以字译字,那

---

① 该文举有一句:Thy cards forsooth can never lie. 其中 lie(说谎或卧眠)和 cards(纸牌或名片),字义都是双关。王统照把它译成一句不通的话:你的邀请单可证明永无止息时。

② 转引自:林语堂. 林语堂名著全集(第 17 卷):拾遗集(上). 长春:东北师范大学出版社,1994:3.

③ 林语堂. 林语堂名著全集(第 17 卷):拾遗集(上). 长春:东北师范大学出版社,1994:3-4.

④ 林语堂. 论翻译//林语堂. 语言学论丛. 上海:开明书店,1933:334.

⑤ 林语堂. 论翻译//林语堂. 语言学论丛. 上海:开明书店,1933:334.

么,再好的词典,也译不出像样的译文来。

林语堂对《牛津英文字典》如此喜爱,以至于想仿效该字典,编一部中文词典。早在 20 世纪 20 年代,林语堂就以现代语言学观点考察汉语现象。1932 年,林语堂开始着手编纂一本中文词典,参与者有其三哥憾卢和海戈(张资平)。1934 年成稿,共六十余册,未来得及付印,就毁于战火,仅剩下林语堂带到美国的十三册。

中文词典毁于战火,让林语堂耿耿于怀。30 年后(1966 年),林语堂终于有机会实现他终生的抱负。不过,这次不再是中文词典,因为中国此时已经有了多本详尽准确的中文词典,其中影响最大的一部是 1937 年开始出版、延续至 1945 年才陆续出齐的《国语词典》(四卷,汪怡主编)。林语堂想编一部适应现代需要的汉英词典。但是,如林语堂所言,如果没有汪怡的《国语词典》,他就不可能编《当代汉英词典》①。

1949 年前,中国已有多部汉英词典,其中至少有 14 部汉英辞典是中国人所编,但是在国际上流行通用的却是外国人编的汉英词典,即卫三畏(S. W. Williams,1812—1884)主编的《汉英韵府》(*A Syllabic Dictionary of the Chinese Language*,1874)、翟理斯(H. A. Giles,1845—1935)主编的《华英字典》(*A Chinese-English Dictionary*,1892)、马修士(R. H. Mathews,1841—1918)主编的《汉英字典》(*A Chinese-English Dictionary*,1931)②。林语堂的《当代汉英词典》改变了这种局面,被认为是"迄今为止最完善的汉英词典"③,是"世界最大的两个语言群体交流的基石"(a milestone in the communication between the world's two largest linguistic groups)④。

---

① Lin,Y. T. *Lin Yutang's Chinese-English Dictionary of Modern Usage*. Hong Kong:The Chinese University Press,1972:xix.
② 姚小平.《汉英词典》的过去、现在和未来. 中华读书报,2010-02-03(19).
③ Lin,Y. T. *Lin Yutang's Chinese-English Dictionary of Modern Usage*. Hong Kong:The Chinese University Press,1972:ix.
④ Lin,Y. T. Foreword. In Lin,Y. T. *The Importance of Living*. 北京:外语教学与研究出版社,1998:xi.

不过,严格地讲,林语堂的《当代汉英词典》是一个人的词典,有着明显的个人特色。由于林语堂词典在大陆不易得到,因此学术界对林语堂词典的研究是很有限的,只有舒启全①和丰逢奉②的文章解读较为详细。笔者有幸于 2006 年 10 月参加台北林语堂国际学术研讨会期间在旧书店淘到一本。下面分别从技术层面和语言层面来探讨。

首先是技术层面上,林语堂采用了多项个人研究成果。它所采用的检字法是根据他发明的"上下形检字法"修订的,所采用的拼音也是从他当年参与制定的罗马拼音法简化而成的,所采用的部首也是他首创的。这些创新成分从诞生的第一天起,就饱受争议,其中争议最大的恰恰是林语堂引以为豪的上下形检字法。在 2007 年 11 月漳州举办的第一届林语堂国际学术研讨会上,林语堂的外孙媳妇张陈守荆作为词典参与者,介绍了林语堂《当代汉英词典》的酝酿以及编撰过程,认为此词典与其早年的《汉字索引制说明》一文交相辉映。她说:"此一词典堪称语堂先生一生汉字索引改革的'科学',和他一生从事中英双语文学创作的'艺术'的升华。"③而此前在 2006 年 10 月台北举办的林语堂国际学术研讨会上,曾泰元在赞扬林语堂汉英词典的贡献后,坦诚地指出词典中存在着检索系统和英译的问题。正如曾泰元所指出的,林语堂"引以为豪的发明——上下形检字法——令人却步"④。林语堂很理想化地把自己的发明创造应用到词典中,殊不知,这些发明创造,没有国家机构和教育部门的推动,很难在社会上普及,因为人们积习难改。毕竟,国内的汉语拼音检字法历经了几十年才在全国普及。

但是,上下形检字法和部首检字法,这些在中国人看来很陌生的东

① 舒启全. 评林氏《当代汉英词典》. 外语与外语教学,1998(6):53-55.
② 丰逢奉. 林语堂的词典"应用"论. 辞书研究,1996(6):135-143.
③ 张陈守荆.《林语堂当代汉英词典》——半世纪的酝酿//陈煜斓. 走近幽默大师. 北京:中国社会科学出版社,2008:456.
④ 曾泰元. 中英文大师=词典编纂家?《林语堂当代汉英词典》问题初探//跨越与前进——从林语堂研究看文化的相融/相涵国际学术研讨会论文集. 台北:林语堂故居,2007:200.

西,对于不懂汉字的外国人而言,可能比汉语拼音检字法更实用。根据汉字的形状来查肯定比汉语拼音容易,因为后者事先假定了使用者知道如何读。事实证明,林语堂词典在国外比在国内畅销。其实,这些技术问题解决起来并不难。1978 年,香港中文大学出版社就增编了检字索引两种,一种为罗马拼音,一种为部首笔画顺序。2005 年又推出了该词典的网络版。香港中文大学出版社在推行网络版时,为适应新时代读者的需要,做了大量技术上的调整。

1. 原版采用的"上下形检字法"乃林语堂所创。这一种检字法自面世以来,一直未能普及。词典的网络版由于有了各种强大的电子检索及浏览功能的支持,"上下形检字法"作为"检字"方法而言,已无坚持的必要。

2. 除了"首字检索"和"全文检索"功能外,网络版亦提供了"汉字部首索引""汉语拼音检索"和"英语索引"等三种浏览词典的重要功能。

3. 原版采用"国语罗马字"为拼音准则,网络版则以计算机程序把词典全文中的"国语罗马字"改为今日通行的"汉语拼音"。①

1979 年起,联合国决定采用《汉语拼音方案》。1981 年 8 月,国际标准化组织通过决议,规定把《汉语拼音方案》作为文献工作中拼写有关中国的名称、词语的国际标准。如今,汉语拼音已经为世界上绝大多数国家所接受。采用汉语拼音无疑有助于林语堂汉英词典继续发挥功用。

其次是语言层面。林语堂词典应该是编译,即先编后译。它不是基于现有的汉英词典编出来的,也不是以《国语词典》为蓝本翻译过来的,而是编辑小组(五人)选择中文单字和词句,加以注释,写在单张的稿纸上面,并依国语注音符号的次序排列起来。这一切做好之后,把稿子交给林语堂,由他审定,再译成英文。林太乙回忆道:

---

① 林语堂《当代汉英词典》网络版(2012-07-05)[2019-09-18]:http://humanum. arts.cuhk.edu.hk/Lexis/Lindict/。

每天七八个,甚至十个、十二个小时,他都坐在书桌前,用手写出每个字和每个词句的英文意义。这种繁重的工作成年累月地进行。凡在草稿中有疑问,他必反复问明出处、用法。偶尔触发灵感,想到佳妙词语,他便拨电话问办公室的同仁,是否已采录。译到得心应手,他会将纸片交司机送到双城街,供大家共赏。所有原稿自始至终他都一一过目、修改,并且一校再校。①

1934 年,鲁迅曾劝林语堂多从事翻译,"不必为办杂志多费气力",而林语堂回复说"这翻译事业还要在老年再做"②。该词典不仅仅实现了自己多年的夙愿,也算是兑现了对鲁迅的承诺。

林语堂编译词典的思想,在其中文《当代汉英词典缘起》和英文"Introduction"中皆有表述。然而,大陆研究者仅仅关注其"缘起",没有读其"Introduction"。根据所署日期,英文篇作于 1971 年 1 月 3 日,而中文篇作于 1971 年 12 月 12 日。仔细阅读这两篇文章,就可发现内容很不一样,英文明显比中文详尽许多。这也符合林语堂一贯的写作风格:中文作品为中文读者服务,英文作品为英文读者服务。重要的是,英文篇提到词典的成书,包括赞助者、参与者和参考文献,尤其是最后一段,林语堂提到了翻译的艺术:

> Translation is an art. No pains have been spared to make the English rendering as close to the Chinese original as possible,especially with regard to its context and usage rather than its literal meaning. Where a literal meaning would help to make it clearer,it is supplied in addition to the rendering. ③

(笔者译:翻译是一种艺术。译者尽量使英文译文与中文原文保

---

① 林太乙. 女王与我. 武汉:湖北人民出版社,2006:169.
② 陶亢德. 林语堂与翻译. 逸经,1936-08-05(11):24.
③ Lin,Y. T. *Lin Yutang's Chinese-English Dictionary of Modern Usage*. Hong Kong:The Chinese University Press, 1972:xxv.

持一致,尤其是基于上下文和用法,而不是字面意义。不过,如果字面意义有助于译文的理解,它还是得以保留。)

该词典被认为是其著译生涯的巅峰之作,而这段话也可看作其翻译思想的精华。中国人强调大义微言,林语堂在"Introduction"最后补上这么一段,当然是有感而发。从翻译视角研究林语堂的学者却很少注意到词典在其翻译观和翻译实践层面的重要性。

不过,有别于当今的诸多汉英或者英汉词典,林语堂词典提供的中英文对应词实在有限,而更多的是阐释,对普通译者帮助不大。林语堂认为词义是活的,受语境或情境限制①。读者(译者)应该根据语境或情境来判断一个词语的意义。以"烧香"一词为例,词典译为"to burn incense; to pray",to burn incense 是字面意义,而 to pray 则是象征意义。翻译时一般不会两种意义同时用。俗语"平时不烧香,临时抱佛脚"则分别译为"neglect one's prayers in times of peace, then embrace the Buddha's feet in a crisis"和"to neglect saying prayers when there is no need and then hug the Buddha's feet during a crisis"②。并不是所有的宗教信仰都需要烧香(burn incense)这种仪式,因此 pray 才是一个普遍接受的词汇。

曾泰元曾抱怨说,"在《词典》的英译中,林语堂倾向于诉诸解释,完全不利于翻译"③。其实他忽略了林语堂编词典的目的,即仿效《牛津英文词典》。《牛津英文词典》曾是林语堂"有趣的读物"和英语学习的"枕中秘",那么林语堂期望其《汉英词典》也能给国外的中文学习者带来同样的效果。因此,其词典的读者对象首先是国外的中文学习者,其次才是国内的

---

① Lin, Y. T. *Lin Yutang's Chinese-English Dictionary of Modern Usage*. Hong Kong: The Chinese University Press, 1972: xii.

② 林语堂《当代汉英词典》网络版(2012-07-05)[2019-09-18]: http://humanum. arts.cuhk.edu.hk/Lexis/Lindict/.

③ 曾泰元. 中英文大师=词典编纂家?《林语堂当代汉英词典》问题初探//跨越与前进——从林语堂研究看文化的相融/相涵国际学术研讨会论文集. 台北:林语堂故居,2007:202.

英文学习者,最后可能是汉英翻译者。他对词的取舍和解读都是以读者的需要为依据的,同时,词典的内容必须具有可读性。其实,汉英词典的传统对象是学汉语的外国人,后来才发展为学英文的中国人和翻译者。而现在汉英词典目标读者对象的主次已经换了位,即首先是为我国的"翻译工作者、英语教师和学习英语的读者"服务,其次也希望"学习汉语的外国朋友"成为我们的用户①。

任何词典都是时代的产物,从其诞生的第一天起,就注定了将被新版词典所代替。即使林语堂这样的双语专家,想凭一己之力,外加几个助手,就编一本传世的双语词典,实在是太理想化了。当我们赞扬举国之力而编的《新华词典》《现代汉语词典》《汉英词典》时,我们不能不感慨在没有计算机语料库的时代,凭一人之力编一本双语词典之艰辛。古今中外,有几个著译者在晚年费尽心血编词典呢?有几个词典编纂者使用自己发明的索引和检字法?又有几人翻译全部词条?林语堂的词典深深地打上了其个人烙印,带着特点和偏见进入了词典编纂史的殿堂。当国内的汉英词典在国内盛行时,林语堂的词典,作为沟通中西文化的桥梁,依旧在国际上发挥着余热。

总之,词典在林语堂一生的不同阶段扮演着不同角色:英语学习者的武器,翻译工作者的工具,文化传播的桥梁。尽管《牛津字典》曾是他的"爱人","二十年来未尝须臾离也"②,林语堂《当代汉英词典》是其"著译生涯的皇冠"(the "crown" of his career)③,但是,无论是前者还是后者,都最终被后来的词典淘汰,"因为字典的编辑,至少可以参考已出的字典,择善而从,不善者改之。这样做法,自然可以愈做愈好,后出居上"④。不过,

① 姚小平.《汉英词典》的过去、现在和未来.中华读书报,2010-02-03(19).
② 林语堂.林语堂名著全集(第14卷):行素集 披荆集.长春:东北师范大学出版社,1994:114.
③ Wallace,D. Lin Yutang:A Memorial (booklet). *Reader's Digest*,1976(28):i.
④ 林语堂.林语堂名著全集(第14卷):行素集 披荆集.长春:东北师范大学出版社,1994:114.

林语堂在词典学上的开山工作,在词典学上的思想和遗产,及其在中国词典编纂史中的历史意义,后人永远记得:这位杰出的双语作家曾在此耕耘过,并为人类留下了一份宝贵的遗产。

## 二、林语堂与白话文运动

1923 年,胡适向当时的北京大学校长蔡元培推荐林语堂:"此人苦学,居然能将汉文弄的很通,他将来的贡献必可比得马眉叔。"[①]马眉叔即马建忠,是一位学贯中西的新式人才,著有中国现代语法的奠基之作《马氏文通》。胡适将林语堂与马建忠相比,可见其对林语堂期望之大。林语堂出身于基督教家庭,9 岁已经上台讲道,小学、中学、大学均在教会学校完成,这么一路读上来,几乎没有接受过正规的中文教育。虽然他出国留学时已经 24 岁,西方文化对他的影响远胜中国文化,他连一封完整的中文信都写不出来——林语堂早期与胡适的通信都是中英文夹杂的——却是白话文运动的一位坚定支持者,并终生致力于中国语言文字的改革以及语言文字在文学中的应用。陈欣欣认为,1919—1923 年林语堂在语言、文学方面主要持以下观点:"1. 建立雅健的白话文;2. 先建立白话的文体,再书写白话文学;3. 白话的丰富资源是俗语及文言;4. 编辑白话词汇工具书;5. 运用西方理论及方法讲授并研究中国文学史;6. 引入文学批评。"[②]如果我们从历史的高度,回头看林语堂在语言文学方面的成就,可以发现,林语堂在各方面均做出了努力,只是程度不同而已,有的是阶段性的,有的是其一生的追求。

林语堂晚年在《我最难忘的人物——胡适博士》和《八十自叙》中,都提到胡适,提到他倡导的白话文运动。查阅林语堂早年赴美留学期间与胡适的通信,我们可以发现,林语堂对于文学革命、对于白话文都有独到的认识,这些认识与其后来的语言文学观都有继承和发展的关系。正如

---

① 耿云志. 胡适遗稿及秘藏书信(第 20 册). 合肥:黄山书社,1994:224.
② 陈欣欣. 论林语堂的白话文语言观与文学观. 中国现代文学研究丛刊,2012(5):202.

彭春凌所言,林语堂"从在《新青年》上撰文《论汉字索引制及西洋文学》,留学期间与胡适通信,在《中国留美学生月报》(*The Chinese Students' Monthly*)刊载长篇英语论文,到回国后加入《语丝》文学团体,1930 年代于《论语》《人间世》上倡导'语录体',思路一以贯之"①。对于林语堂的研究,国内外学界大多把重心放在林语堂在《语丝》《论语》《人间世》《宇宙风》等刊物上发表的论文,或者林语堂早期在美国出版的一些著作上,而对于其早期的一些语言、文学观点,均认识不足。忽略对林语堂早期思想的梳理,就会造成断层,就无法发现林语堂思想观念形成的起因,造成林语堂思想面貌的不完整,尤其对其重要观念的形成与发展缺乏系统全面的了解。幸运的是,彭春凌和陈欣欣在此方面做出了很大的成绩②。

　　林语堂在清华大学教书期间对胡适白话文革命的支持,从林语堂早年发表的几篇文章可以看出。他在 1918 年的《新青年》第 4 卷第 4 号上发表了《论汉字索引制及西洋文学》一文,他认为:"我们文学革命的大宗旨实在还只是个形式的改革。(用白话代文言之谓也。)"③他还认为,西方书籍"大半都是论理精密,立断确当,有规模有段落的文字"④,提出白话文应效法西方作家"用字的适当,段落的妥密,逐层进论的有序,分辨意义的精细,正面反面的兼顾,引事证实的细慎",学习西文的"Lucidity(清顺)、Perspicuity(明了)、Cogency of thought(构思精密)、Truth and appropriateness of expression(用字精当措辞严谨)"等长处,"想我们文学革命必定须以这种文字作我们至高最后的目的。倘或我们国人看见这种文字的流行,那就是中国民智复生的日子"。他的目的是"要为白话文学设一个像西方论理细慎精深,长段推究,高格的标准。人家读过一次这种的文字,要叫他不要崇拜新文学也做不到了。这才是我们改革新国文的

---

①　彭春凌. 林语堂与现代中国的语文运动. 中山大学学报,2013(2):45.

②　彭春凌. 林语堂与现代中国的语文运动. 中山大学学报,2013(2):37-58;陈欣欣. 林语堂:孤行的反抗者. 北京:清华大学出版社,2015.

③　林玉堂. 论汉字索引制及西洋文学. 新青年,1918(4):366.

④　林玉堂. 论汉字索引制及西洋文学. 新青年,1918(4):367.

义务"①。但是,林语堂认为不一定都用一种文体。"凡文不必皆是义理讲得深奥,因其应用不同;写信有写信的体,谈论有谈论的体,讲学有讲学的体,科学专门有科学记事的体,西人亦分 familiar style, conversational style, style of scientific reports, oratorical style, etc.。这都是要做的;但是这讲学说理的一种,(essay style)应该格外注意。"②

白话文作为一种新生文学语言,具有旺盛的生命力,必须使其语言、文体得到充分发展。显然,他的理想就是参照英语等西方语言,来改造汉语,使汉语向西方语言靠拢。林语堂是最早明确提出用西方语言改造汉语的学者之一,他的这个主张与他长期就读并工作于教会学校的英语教育背景应当说有很大的关系。他在《新青年》上发表的支持白话文的文章,引起了胡适的注意,从此两人开始了一生的友谊。

在 20 世纪 20 年代留学美国期间,他也写过两篇有关白话文及白话文学的文章,均发表在美国留学生界甚有影响力的《中国留美学生月报》:"The Literary Revolution and What Is Literature"(《文学革命与何谓文学》)和"Literary Revolution, Patriotism, and the Democratic Bias"(《文学革命、爱国主义与民主偏见》)。这两篇文章不仅表明自己对胡适等人的支持,亦坚决地提出"降低文学标准,将语言变得容易学,容易写,这似乎成了白话文学的唯一诉求,因而掩盖了许多远较易学易写更重要,更有意义的议题"③。他认为,白话文学应该有最低标准和最高追求,除了通俗语言文学,还应有高雅语言文学。他觉得,白话文的形式,除了易学易写,还应"将最自然、最真诚及最强有力的反映我们思想及情感的白话引入文学作品"④。

---

① 林玉堂. 论汉字索引制及西洋文学. 新青年,1918(4):367.
② 林玉堂. 论汉字索引制及西洋文学. 新青年,1918(4):368.
③ Lin, Y. T. Literary Revolution, Patriotism, and the Democratic Bias. *Chinese Students' Monthly*, 1920-06: 25.
④ Lin, Y. T. Literary Revolution, Patriotism, and the Democratic Bias. *Chinese Students' Monthly*, 1920-06: 29.

留学期间与胡适的通信也表达了他对白话文的支持。林语堂从小学到大学,进的都是教会学校,接受的是西学教育,忽略了中文的教育,结果,连书信都写得不顺畅,常常需要借助英文来表达。但是,他对提高自己的中文水平有信心并期待有所作为。1919 年 8 月 19 日,林语堂就向胡适表达了用白话文写作的愿望:"我的意思,尽我的力量做白话文,在美国时候,既然读近代文学,必定时常有论一个一个文学家的论文 essays,我要试试用白话做,寄回来可以登印的登印,介绍近代文学于中国。未翻的书,未介绍的 authors 还多着呢。"①他要向中国读者多多译介西方近代文学,丰富白话文的风格,从而提高白话文的表现力。

到了 1920 年 2 月,林语堂已经在哈佛大学待了半年多,与梅光迪、吴宓、陈寅恪等同学多次交流后,意识到自己的中文功底与他们的差距,于是思想发生了很大的变化:"我自己白话很不自由,所以不敢想有所著论,也不愿有所著论。等我古文里再去散步散步一遭儿,再到北京,同北京丫头闲谈胡说,才有一个白话文体 style 出来的希望!"(1920 年 2 月 19 日致胡适信)②林语堂认识到,白话文要做好,不仅要接地气,向老百姓学习,还要向古人学习,从古文中吸收精华成分来丰富白话的内容。这与胡适在《文学改良刍议》中提出的"不摹仿古人""不用典""不讲对仗""不避俗语俗字"并不一致,尽管胡适当时是学界领袖,林语堂并不盲从。

在与胡适的通信中,林语堂提出了自己对白话文学的意见:"……白话文学,一个潮流不是简直到白话成立为通用而止。"(1919 年 2 月 19 日)"文学革命的鼓吹,决不能坚持一面的道理,必要兼容美术的,文化的要端在内。白话总不是裸体土白之白 only,还要人去开发讲明这革命的本意,给他们明白。"(1919 年 10 月 27 日)"我想白话文学运动惟一的正义只是白话能生出一等文学来。文学革命而不能生一等文学出来,那就白话不白话,革命不革命,都不相干。尔想对不对? 以普及教育为白话文学惟一

---

①　耿云志. 胡适遗稿及秘藏书信(第 29 册). 合肥:黄山书社,1994:294.
②　耿云志. 胡适遗稿及秘藏书信(第 29 册). 合肥:黄山书社,1994:308.

的目的,我想是一句亵渎白话文的话。"(1920 年 6 月 22 日)①

　　林语堂认为,白话文不能为说白话而说白话,太口语化,而必须兼顾艺术和文化,注意语言的优美和内容的丰富。白话文学到通用,从而普及教育,这不应是白话文学的唯一目的。白话文的最终是否成功,在于能否用白话写出一流的文学作品来。为了用白话写出一流的文学作品,林语堂做出了很大努力。他后来加入语丝文学团体,期间提倡散文和幽默,20世纪 30 年代在《论语》再次提出幽默文学,提倡语录体,提倡俗字,在《人间世》上提出小品文,在《宇宙风》上提出无所不谈,都是为了发展白话文学,出一流的作品。

　　除了发展白话文的文体和内容,林语堂还关注汉字改革。中国有文字以来,对汉字的整理就一直没有停止过。林语堂作为语言学家,也积极参与其中。他于 1933 年 11 月 16 日《论语》第 29 期上发表了《提倡俗字》一文,强调指出:"今日汉字打不倒,亦不必打倒,由是汉字之改革,乃成一切要问题。如何使笔墨减少,书写省便,乃一刻不容缓问题。"②他提议先拟一个方案,内列三百个俗字(其实就是简体字),由教育部发文,全国统一实行。林语堂说到做到,立即附上个人的简化意见,提供了一些样字,供读者参考,并建议读者参考刘半农、李家瑞编的《宋元以来俗字谱》等③。他利用《论语》半月刊这个平台,发起了一场汉字简化运动。为提倡俗字,林语堂继在《论语》第 31 期《群言堂》栏目刊登了读者关于"提倡俗字"的来信之后,在《论语》第 32 期设置《俗字讨论栏》,专门刊登读者的意见,林语堂亲自负责。读者高植拟了含三百多字的"俗体方案",并建议《论语》首先试用,"至少是在你文章中先用起来"④。林语堂当场表示赞同。在

---

① 耿云志.胡适遗稿及秘藏书信(第 29 册).合肥:黄山书社,1994:323-324.

② 林语堂.林语堂名著全集(第 17 卷):拾遗集(上).长春:东北师范大学出版社,1994:170.

③ 林语堂.林语堂名著全集(第 17 卷):拾遗集(上).长春:东北师范大学出版社,1994:172.

④ 高植.俗体方案.论语,1934-01-01(32):425.

《答高植书》一文中表示:"我提倡俗字,只好能知能行,与论语编辑部商量,实用起来,于最近期间促其实现。更须邀集同志,揭竿作乱,成则后辈小儿写秋千,败则让后辈小儿仍旧鞍鞯去写,诚如政客所云,成败在所不计矣。"①在林语堂的倡议下,《论语》杂志首先试用俗字,同时带动志同道合者,共同推广汉字简化运动。《论语》第 41 期《我的话》专栏发表了《俗字讨论撮要》②一文,对第 29 期提倡俗字后的情况进行了总结。大部分读者的意见以及俗字方案都在《俗字讨论栏》了,剩下的 20 多篇,因篇幅所限,不一一发表,林语堂选登了其中 15 位读者的部分来稿,算是对读者的一个交代。林语堂最后推荐了杜定友的《简字标准字表》作为参考的蓝本。林语堂的这些工作对于后来的简化汉字方案及其实施打下了群众基础。中国政府对简化汉字的努力也一直进行着。国民政府 1935 年第一次大规模推行简化汉字,中华人民共和国 1956 年在中国大陆地区推行简化字③,最终得到国际社会的认可,从 2008 年后,联合国所使用的中文一律用简体字。

1923 年,林语堂留学回国不久,就连续发表了两篇重要的、富有历史意义的文章:《国语罗马字拼音与科学方法》及《科学与经书》,提出用科学的方法来研究中国语言文字。20 世纪 30 年代林语堂提倡幽默,推崇小品文,探讨语录体,探讨俗字。晚年在台湾,林语堂再次提出整理汉字,先后发表了《整理汉字草案》《再论整理汉字的重要》《整理汉字的宗旨与范围》《汉字有整理统一及限制之必要》《国语的宝藏》《国语的将来》等文章。所有这些都是为了体现林语堂一贯的思想;无论在大陆还是台湾,整理汉字,为民造福,是其一生的追求。他在《联合报创用常用字的贡献》(1971)

---

① 林语堂. 答高植书. 论语,1933-01-01(32):426.
② 林语堂. 林语堂名著全集(第 17 卷):拾遗集(上). 长春:东北师范大学出版社,1994:190-197.
③ 林语堂对中国大陆的简化汉字运动非常赞成,并发表《整理汉字草案》一文,敦促海外华人效仿大陆。

中感慨道:"汉字的问题,我经过五十年的思考,并曾倾家荡产为之。"①其改造语言、为民造福的执着精神真是可歌可泣!

总之,作为两脚踏东西文化的文明人,林语堂对古今中外的语言持开放的心态,广纳百川。林语堂既不全盘否定中国传统文化,又不顽固地抱守残缺;既不全盘西化,又不故步自封。他一分为二地看待中西文明。一方面,保护中国传统文化中的精华,废弃糟粕;另一方面,又积极响应白话文运动,推进改革。林语堂提倡的语录体,既反对国粹派的复古,也反对激进派的欧化,融汇古今中外与雅俗而成。1936 年 3 月,他在《当代中国期刊文学》("Contemporary Chinese Periodical Literature")一文中很自豪地说:"我所提倡的语录体,其用词之精简与文句结构之简洁,可使许多现代白话作家为之汗颜。"②再回头看看 1920 年 2 月 19 日致胡适信:"……有一个白话文体 style 出来的希望!"③20 年不到,林语堂就实现了当年的诺言。但是,林语堂对于白话文的改革并不满意,认为由于左翼作家抵制性灵,影响了其进一步发展。1936 年,他在《临别赠言》中说:"提倡性灵,纯然是文学创作心理上及技巧上问题……我们今日白话已得文体之解放,却未挖到近代散文之泉源,所以看来虽是那末的新,想后仍是那末的旧。"④在林语堂看来,白话文与古文相比,应该算是很新的,但是与西方近代文学相比,却还是很落后的。"今日散文形体解放而精神拘束,名词改易而暗中仍在摹仿,去国外之精神自由尚远。……性灵也好,幽默也好,都是叫人在举笔行文之际较近情而已。两者在西洋文学,都是老生常谈,极寻常道理。今日提倡之难,三十年后人见之,当引为奇谈。"⑤林语堂在离国之际,对于在中国提倡小品文、性灵、幽默之难,非常失望;对于未

① 林语堂. 联合报创用常用字的贡献. 联合报,1971-09-16(15).
② 转引自:周质平. 光焰不熄:胡适思想与现代中国. 北京:九州出版社,2012:78.
③ 耿云志. 胡适遗稿及秘藏书信(第 29 册). 合肥:黄山书社,1994:308.
④ 林语堂. 林语堂名著全集(第 18 卷):拾遗集(下). 长春:东北师范大学出版社,1994:271.
⑤ 林语堂. 林语堂名著全集(第 18 卷):拾遗集(下). 长春:东北师范大学出版社,1994:272.

能自由表达,以达到预期效果,非常遗憾。只是林语堂没有料到的是,30年后,他只能在台湾再谈性灵、幽默,而大陆早已封杀他的一切作品和言论。林语堂晚年在《国语的将来》一文中再次提到语录体,并对文体进行了高度概括,"平淡不流于鄙俗,典雅不涉于古僻",要"清顺自然",不要"掉文舞墨"①,为白话文体做出最后的贡献。不管最终结果如何,林语堂尽力了。

## 第二节　幽默——林语堂的永恒话题

众所周知,林语堂是幽默大师。从 1924 年起,直至其辞世,幽默不仅是外界对他的认可,也是其人生的一部分。既然如此,幽默是任何林语堂研究者都不可回避的话题。拿出他早年在《晨报副刊》和《语丝》发表的文章,中年在《论语》《人间世》《宇宙风》《中国评论周报》等刊物上发表的文章,以及晚年在《无所不谈》中的文章,三者对照比较,可以发现三者的互文关系以及林语堂在文学道路上思想发展变化的足迹。本节通过探讨林语堂著译中谈论幽默的互文内容,发现其幽默观的形成、发展及成熟过程。

"幽默"这个词古已有之。西汉刘向的《楚辞·九章·怀沙》中有"眴兮杳杳,孔静幽默"之句,但这里的"幽默"是"寂静无声"的意思,与现代意义上的幽默毫不相关。现代意义上的幽默是林语堂首先提出来的。

早在 20 世纪 20 年代初,林语堂就提倡"幽默",可惜当时应者寥寥。1923 年 5 月 31 日,林语堂刚从德国留学回国,针对当时的白话文和白话文学,提出了自己的观点:"自从白话输入以来,我正渐渐儿看见'谐摹'(拟译 Humor)的著作了。上几期一篇在《努力》论坏诗,假诗……里头真

---

① 　林语堂. 林语堂名著全集(第 16 卷):无所不谈合集. 长春:东北师范大学出版社,1994:198.

有'谐謔'(或作'谈謔')……"①这可能是林语堂首次提到 humor 及其对应的中文"谐謔",林语堂希望在白话文学中找到具有西方 humor 的文学风格。这为后来提倡幽默打下了埋伏。1924 年 5 月 23 日,林语堂在北京《晨报副刊》发表了《征译散文并提倡"幽默"》一文,正式将英文 humour 译为"幽默"。文中提到:"我早就想做一篇论'幽默'(Humour)的文,讲中国文学史上及今日文学界的一个最大缺憾。"②由此可见,林语堂虽然处在一个政治混乱、学术纷争的时代,但是他早有提倡幽默之想法,只是一直没有机会实施。因此,他成为提倡幽默的第一人绝非偶然,而是长期深思熟虑的结果,而且,在其提倡幽默之初,并没有将幽默与政治、学术等牵扯到一起,而只是出于单纯的文学观,觉得中国文学界应该有幽默文学,中国文学史应该包含幽默文学史。近一个世纪后,我们今天谈论幽默,不能不佩服林语堂的远见卓识。

## 一、幽默在北京

林语堂的《征译散文并提倡"幽默"》一文发表后,至少有两个重要人物进行了回应。首先是周作人。几天后周作人就在《别号的用处》一文中说:"中国人虽然喜欢听说笑话,(当然是三河县老妈的笑话,)对于'幽默'或'爱伦尼'(Irony)却完全没有理解的能力。"③并以自己的《碰伤》一文为例,说明中国读者不懂幽默或讽刺。其次是鲁迅。林语堂在文中提到鲁迅:"若是以'鲁迅'来说些笑话,那是中国本有的惯例,若是以堂堂北大教授周先生来替社会开点雅致的玩笑,那才合于西洋'幽默'的身格。"④于是,1924 年 6 月 9 日《晨报副刊》刊登了《小杂谈三则》,提到鲁迅对幽默的意见。鲁迅认为,"幽默在日本译为有情滑稽,令人看后嫣然一笑便了",而他自己的作品很少有幽默的成分,"是要令人看后起不快之感,觉得非

---

① 转引自:陈欣欣. 林语堂:孤行的反抗者. 北京:清华大学出版社,2015:42.
② 林玉堂. 征译散文并提倡"幽默". 晨报副刊,1924-05-23(3).
③ 周作人. 谈虎集. 石家庄:河北教育出版社,2001:83.
④ 林玉堂. 征译散文并提倡"幽默". 晨报副刊,1924-05-23(3).

另找合适的生活不可,这是'撒替',不是'幽默'"①。英文 satire,即鲁迅所说的"撒替",现在一般译为"讽刺"。由此可见,鲁迅认为自己的作品属于讽刺文学,不是幽默文学。林语堂当时并没有对此做出回应,但是 10 年后,林语堂针对幽默与讽刺之区别,特意在《论幽默》一文中提及:"其实,幽默与讽刺极近,却不定以讽刺为目的。讽刺每趋于酸腐,去其酸辣,而达到冲淡心境,便成幽默。"②因此,前后文之间存在着互文关系,对照着看,才能明白林语堂的文中所指。

1924 年 6 月 9 日,林语堂在《晨报副刊》发表了《幽默杂话》,向读者解释什么是幽默,为何将 humour 翻译成"幽默"。humour 既不能译为"笑话",又不尽同"诙谐""滑稽";若必译其意,或可作"风趣""谐趣","诙谐风格"(humour)实多只是指一种作者或作品的风格③。有意思的是,11 年之后的 1935 年 10 月 1 日,在《论语》创刊三周年之际,林语堂再次刊登《最早提倡幽默的两篇文章》(第 73 期):《征译散文并提倡"幽默"》和《幽默杂话》。重温旧文,第一是为了回顾幽默在中国的历史,不忘初衷,继续提倡;第二是为了传承幽默观,把幽默作为一种文学体裁来传播。

1926 年 12 月 7 日,鲁迅在《〈说幽默〉译者附记》一文中说:

> 将 humour 这字,音译为"幽默",是语堂开首的。因为那两字似乎含有意义,容易被误解为"静默""幽静"等,所以我不大赞成,一向没有沿用。但想了几回,终于也想不出别的什么恰当的字来,便还是用现成的完事。一九二六,十二,七。译者识于厦门。④

这篇附记至少说明了两个问题:第一,林语堂当时提倡幽默是非常不容易的事情,连好友鲁迅都不赞成。第二,经过林语堂的提倡,幽默在一

① 鲁迅. 小杂谈三则. 晨报副刊,1924-06-09(3).
② 林语堂. 论幽默(上、中). 论语,1934-01-16(33):438.
③ 林玉堂. 最早提倡幽默的两篇文章. 论语,1935-10-01(73):4.
④ 该附记连同《说幽默》的译文,最初发表于 1927 年 1 月 10 日《莽原》半月刊第 2 卷第 1 期。见:鲁迅. 鲁迅全集(第 10 卷). 北京:人民文学出版社,2005:303.

定程度上引起了读者的注意,并得到了认可。不管鲁迅赞成不赞成林语堂对幽默的翻译,他亲自翻译了日本鹤见祐辅的《说幽默》①,并沿用了林语堂的译名。这些互文关系本身就说明,鲁迅对幽默是持欢迎态度的,并大力支持林语堂。由此可见,读者,包括鲁迅,最初并没有将幽默与政治、学术等牵扯到一起,而是就事论事。也就是说,幽默在北京时期是同仁参与的、基于文学与翻译的探讨,与政治无关。

## 二、幽默在上海

1932 年,提倡幽默、刊载幽默文学作品的刊物《论语》杂志的创办,圆了林语堂的一个梦,为林语堂提倡"幽默"提供了平台。多少年后,林语堂在《八十自叙》中,特意单辟"论幽默"一章,不无自豪地宣称:"我发明了'幽默'这个词儿,因此之故,别人都对我以'幽默大师'相称。"②

回想林语堂 20 年代在北京提倡幽默时,应者寥寥,而 30 年代在上海提倡幽默,应者云集,这与地域不同可能有一定关系,因为上海比北京更开放,更容易接受新事物,但更多与时机有关,如白居易提出的"文章合为时而著"。林语堂在《论语》第 1 期《群言堂》与李青崖进行《"幽默"与"语妙"之讨论》时,就旗帜鲜明地提出:"《论语》发刊以提倡幽默为目标。"③《论语》创刊号一纸风行,多次重印,以至 1933 年也被称为"幽默年"。如果后来的读者不了解幽默诞生的来龙去脉,只看到 1933 年幽默的盛行,就永远不知道林语堂为提倡幽默而付出的十年之功。

其实,幽默在中国早已存在,只是无人挖掘而已。林语堂提到:"中国文人之具有幽默者,如苏东坡,如袁子才,如郑板桥,如吴稚晖,有独特见解,既洞察人间宇宙人情学理,又能从容不迫出以诙谐,是虽无幽默之名,

---

① 该译著完成于鲁迅在厦门大学任教期间。鲁迅是受林语堂邀请到厦门大学任职的,期间得到了林语堂家族的照顾。

② 林语堂. 林语堂名著全集(第 10 卷):林语堂自传 从异教徒到基督徒 八十自叙. 长春:东北师范大学出版社,1994:295.

③ 李青崖,林语堂."幽默"与"语妙"之讨论. 论语,1932(1):45.

已有幽默之实。"①这些人名,本身就暗示着大量文本内容。林语堂非常欣赏苏东坡,故有《苏东坡传》一书。袁子才即袁枚,在林语堂的著译中反复出现。袁枚的《小仓山房尺牍》曾在林语堂的英文著作中被多次引用或翻译。可以这样认为,就追求自由独立精神而言,林语堂和袁枚是最为相似的。林语堂认为,板桥家书应该算是世界上最了不起的家书(letters that should be counted among the greatest in the world)②,在《吾国与吾民》和《中国与印度之智慧》中,林语堂都选译了板桥家书的一部分。林语堂认为中国的幽默源远流长,中国人有自己的幽默。他说:"幽默本是人生之一部分,所以一国的文化,到了相当程度,必有幽默的文学出现。"③林语堂有意促成幽默文学的早日出现。

1933 年,林语堂抓住幽默大师萧伯纳访问上海的机会,为其一直推行的"幽默"推波助澜。一时之间,幽默之风在文坛盛行。1933 年成为"幽默年"。1934 年 4 月 26 日,鲁迅在《小品文的生机》一文中说:

> 去年是"幽默"大走鸿运的时候,《论语》以外,也是开口幽默,闭口幽默,这人是幽默家,那人也是幽默家。不料今年就大塌其台,这不对,那又不对,一切罪恶,全归幽默,甚至于比之文场的丑脚。骂幽默竟好像是洗澡,只要来一下,自己就会干净似的了。④

鲁迅对这种跟风现象非常反感,觉得有必要打击一下。在鲁迅看来,幽默本身无过错,大肆宣扬或反对都是不正常的社会现象。鲁迅作为公共知识分子,有必要对社会的各种不良现象予以纠正。正如鲁迅在 1934 年 6 月 2 日给郑振铎的一封信里写道:"小品文本身本无功过,今之被人诟病,实因过事张扬,本不能诗者争做打油诗;凡袁宏道李日华文,则誉为

---

① 李青崖,林语堂. "幽默"与"语妙"之讨论. 论语,1932(1):44-45.

② Lin, Y. T. *My Country and My People*. New York: John Day, 1935: 34.

③ 林语堂. 论幽默(上、中). 论语,1934-01-16(33):434.

④ 鲁迅. 鲁迅全集(第5卷). 北京:人民文学出版社,2005:487.

字字佳妙,于是而反感随起。总之,装腔作势,是这回的大病根。"①鲁迅在这封信中主要解释了林语堂为何受到章克标的攻击,但是鲁迅这么说,其实也间接说明了当时小品文影响之大,鲁迅等对此心怀反感,有意打压对方。按照周作人的说法,鲁迅"好立异鸣高,故意的与别人拗一调"②;或者如陈平原所说的,鲁迅是"永远的反对派"③。这从另一方面说明了林语堂的能力之强,影响力之大。他主编《论语》提倡幽默,第二年(1933年)就成为幽默年;主编《人间世》,当年(1934年)就成为小品文年。他成为鲁迅批评的对象,从侧面说明了其文坛影响力。

鲁迅在《论语一年》中说:"我不爱'幽默'。"④又说:"'幽默'在中国是不会有的。"⑤其实,鲁迅在20年代也曾积极引进幽默,并翻译了日本鹤见祐辅的《说幽默》。只是20世纪20年代,中国社会对幽默知之甚少,而30年代天下无不幽默。鲁迅在分析1932年幽默流行的原因时提到,幽默的人民"但倘不死绝,肚子里总还有半口闷气,要借着笑的幌子,哈哈的吐他出来"⑥。这说明幽默具有社会性。林语堂提倡的幽默符合当时社会的需要。但是鲁迅不看好幽默,基于以下三个原因:第一幽默非国产,翻译过来的;第二,中国人不擅长幽默;第三,当时(1933年)的社会形势不是幽默的时候⑦。那么,何时为适合幽默的时代?这个问题恐怕连鲁迅自己都无法回答。笔者认为,只有幽默的人,没有幽默的时代。也就是说,幽默不幽默,取决于人,而不是时代。某个时代不准幽默或者突然产生大量幽默,那都是时势逼人。

鲁迅在《论语一年》中又说:"说是《论语》办到一年了,语堂先生命令

① 鲁迅. 鲁迅全集(第13卷). 北京:人民文学出版社,2005:134.
② 引自:鲍耀明. 周作人与鲍耀明通信集. 开封:河南大学出版社,2004:433.
③ 陈平原. "思乡的蛊惑"与"生活之艺术"——周氏兄弟与现代中国散文. 中国现代文学研究丛刊,2018(1):1-18.
④ 鲁迅. 鲁迅全集(第4卷). 北京:人民文学出版社,2005:582.
⑤ 鲁迅. 鲁迅全集(第4卷). 北京:人民文学出版社,2005:585.
⑥ 鲁迅. 鲁迅全集(第5卷). 北京:人民文学出版社,2005:47.
⑦ 鲁迅. 鲁迅全集(第5卷). 北京:人民文学出版社,2005:47.

我做文章。……没有办法，我只好做开去。"①这明明是朋友间调侃的语
气，并不是后来某些人所理解的那种敌意。事实是，鲁迅对好友林语堂主
办的《论语》这本刊物非常关切，如郁达夫《续编论语的话》中所言："当论
语出版不久的时候，鲁迅先生有一次曾和我谈及，说办定期刊物，最难以
为继的有两种，一种是诗刊，一种是像论语那么专门幽默的什志；因为诗
与幽默，都不是可以大量生产的货物。"②从一开始，鲁迅就不看好《论语》
半月刊，因为他认为中国没有幽默，但是每月要出两本幽默刊物，实在不
易，因而为林语堂担忧：虽然刊物撰稿人一栏列出不少人，但是真正动手
写文章的恐寥寥无几，这是中国常见的现象。所以，尽管鲁迅不喜欢幽
默，只要林语堂开口约稿，他还是不忍拒绝。有意者只要稍作统计，就可
以发现鲁迅在林语堂的刊物上发表了不少作品。

　　鲁迅批评林语堂的《论语》和幽默，可能是"小骂大帮忙"。毕竟，《论
语》并没有因为鲁迅的批评而倒闭——事实恰好相反，《论语》一直很畅
销——幽默也没有因为鲁迅的批评而禁言，乃至消失。因此，后人评论鲁
迅对林语堂的态度时，常常夸大了事实，或者进行政治化处理。国内不少
学者反复引用鲁迅反对幽默的说法，意在批评林语堂。殊不知，鲁迅的文
章也是很幽默的。郁达夫曾在《中国新文学大系：散文二集》的"导言"中
认为，鲁迅和周作人的散文都是很幽默的，只是味道不同："两人文章里的
幽默味，也各有不同的色彩；鲁迅的是辛辣干脆，全近讽刺，周作人的是湛
然和蔼，出诸反语。"③1937年10月19日，毛泽东在延安陕北公学纪念鲁
迅逝世周年大会上的讲话中，赞扬鲁迅有"一支又泼辣，又幽默，又有力
的笔"④。

　　民国时期，文人之间的"口水战"，原是司空见惯的事情，并没有我们

① 　鲁迅. 鲁迅全集(第4卷). 北京：人民文学出版社，2005：582.
② 　郁达夫. 续编论语的话. 论语，1936-03-01(83)：513.
③ 　郁达夫. 导言//赵家璧. 中国新文学大系：散文二集. 上海：上海良友图书印刷公
　　司，1935：14.
④ 　毛泽东. 毛泽东文集(第2卷). 北京：人民出版社，1993：42.

现在想象的那么严重,论战双方或者某一方也没有因此而遇到什么政治麻烦——如果有,那也是 1949 年以后的事情。如唐弢所言,那时的打笔仗,不是像我们想象的那样一本正经火气大,不过是一群文人你也讲讲,我也讲讲,夜里写了骂某人的文章,老先生隔天和那被骂的朋友酒席上互相说起,照样谈笑。比如,有一次(1934 年 1 月 6 日)《自由谈》的编辑黎烈文做东,送郁达夫和王映霞去杭州的"风雨茅庐"。席后,黎烈文说出了请客的真正目的,就是请诸位文坛健将来年多多为《自由谈》写稿。

> "你要是能登骂人的稿子,"鲁迅先生打趣说,"我可以天天写。"
>
> "骂谁呀?"
>
> "该骂的多着呢!"
>
> "怎么骂?"
>
> "骂法也多着。"
>
> "鲁迅骂的,终不坏。"①

对《论语》不满的人,林语堂也心中有数,不外乎两派:"一是赞成幽默而鄙夷《论语》","又一派是愤《论语》为亡国之音"②。无论是前者还是后者,林语堂都不以为意。前者是嫉妒《论语》的畅销,后者是为了罗列罪名,嫁祸于人,"对于亡国责任,向来武人推与文人,文人推与武人,谁都是爱国志士,不愿自己受过"③。林语堂对提倡幽默而受到左派攻击感到很郁闷,很不解,因为他只不过办了一幽默刊物而已。"在国外各种正经大刊物之内,仍容得下几种幽默刊物。但一到中国,便不然了。一家幽默,家家幽默,必须'风行一时',人人效響。由是誉幽默者以世道誉之,毁幽

---

① 唐弢. 回忆·书简·散记. 上海文艺出版社,1979:120-121.

② 林语堂. 林语堂名著全集(第 14 卷):行素集　披荆集. 长春:东北师范大学出版社,1994:175.

③ 林语堂. 林语堂名著全集(第 14 卷):行素集　披荆集. 长春:东北师范大学出版社,1994:175.

默者亦以世道毁之。"①他自己对中国的跟风现象非常反感。

反对幽默的人,却忘记了明显的三个事实:第一,《论语》以"幽默"为旗帜,聚集了民国时期众多有名望的知识分子。《论语》创刊之初,虽然"论语八仙"(林语堂、周作人、俞平伯、老舍、大华烈士、丰子恺、郁达夫、姚颖)是其主要撰稿人,宋庆龄、蔡元培、胡适、鲁迅、郭沫若、茅盾、周作人、吴宓、老舍、朱光潜等著名人士都为之撰稿,可说是中国文坛精英的大荟萃。第二,《论语》《人间世》《宇宙风》都是民国时期销量很大的刊物;林语堂在《二十二年之幽默》一文中提到读者对于《论语》刊物的态度:"听说《论语》销路很好,已达二万(不折不扣),而且二万本之《论语》,大约有六万读者。"②而《宇宙风》的销量同样可观,每月"四万五千份",在全国期刊排名第三③。第三是《论语》之生命力。《论语》自 1932 年 9 月 16 日出版第 1 期起,至 1937 年 8 月"八一三"事变之前被迫休刊,共出版 117 期。抗战胜利后的 1946 年 12 月 1 日,《论语》在上海复刊(第 118 期),至 1949 年 5 月 16 日停刊,前后存世 7 年半,总共出版 177 期,是 20 世纪上半叶上海出版期数最多的现代文学刊物。

《论语》提倡幽默,《人间世》提倡小品文,《宇宙风》则两者兼而有之。从 1932 年 9 月《论语》创刊,到 1936 年 8 月赴美,前后不过 4 年时间,林语堂却利用三个刊物,调动了当时几乎所有最重要的作家,发表了大量优秀作品,在中国现代文学史上留下了浓墨重彩的一笔,不能不令人赞叹。同时,他在这几年的文学活动,对于中国散文的文体变革、文学创作都有着重要的影响。

这里再次引用鲁迅 1934 年 8 月 13 日致曹聚仁的那封信:

> 语堂是我的老朋友,我应以朋友待之,当《人间世》还未出世,《论

---

① 林语堂. 林语堂名著全集(第 14 卷):行素集　披荆集. 长春:东北师范大学出版社,1994:169.

② 林语堂. 林语堂名著全集(第 14 卷):行素集　披荆集. 长春:东北师范大学出版社,1994:175.

③ 刘绪源. 从《人间世》到《宇宙风》. 上海文学,2009(3):111.

语》已**很无聊**时,曾经竭了我的诚意,写一封信,劝他放弃这**玩意儿**,我并不主张他去革命,拼死,只劝他译些英国文学名著,以他的英文程度,不但译本于今有用,在将来恐怕也有用的。他回我的信是说,这些事等他老了再说。这时我才悟到我的意见,在语堂看来是暮气,但我至今还自信是良言,要他**于中国有益**,要他**在中国存留**,并非要他消灭。他能更急进,那当然很好,但我看是决不会的,我决不出难题给别人做。不过另外也无话可说了。看近来的《论语》之类,语堂在牛角尖里,虽愤愤不平,却更钻得滋滋有味,以我的微力,是拉他不出来的。①(黑体为笔者所加)

这本来是朋友间的私人通信,却被曹聚仁有意公开,然后被读者放大。在过去的几十年间,读者对此点评颇多,无一不赞扬鲁迅对朋友的关切,批评林语堂的不领情。时至今日,许多历史真相被还原,大部分读者都会站在历史的高度,用平常心,从人性的视角,来重新看待林语堂与鲁迅的关系。林语堂有自己的思想,有自己的追求,不愿成为鲁迅的跟随者。林语堂在《悼鲁迅》一文中回忆说:"《人间世》出,左派不谅吾之文学见解,吾亦不肯牺牲吾之见解以阿附初闻鸦叫自为得道之左派,鲁迅不乐,我亦无可如何。"②事实证明,林语堂在其选择的道路上做出了杰出的贡献,其在国内的影响力也许不及鲁迅,但若论当时的国际影响力,则不亚于鲁迅,甚至在某些方面超过了鲁迅。

在鲁迅看来,林语堂提倡的幽默、小品都是"很无聊"的"玩意儿",不可能"于中国有益",也不可能"在中国存留"。但是,对中国是有益还是无益,到底是谁说了算?如何证实?何况,从长远来看,暂时看似无益的,对未来可能有益;暂时看似有益的,对未来可能无益,甚至有害。从当时刊物的发行情况来看,林语堂所办的刊物都很畅销。林语堂在 1936 年《临

---

① 鲁迅. 鲁迅全集(第 13 卷). 北京:人民文学出版社,2005:198.
② 林语堂. 悼鲁迅. 宇宙风,1937-01-01(32):395.

别赠言》中说,"中国幽默文学是否稍有可观,成败自不必以眼前论之"①,他对幽默充满信心,对未来充满期待。尽管 1949 年以后由于政治原因,林语堂的作品消失过几十年,但是,从 1981 年开始至今,林语堂的作品还在不断重印,却是无可否认的事实。幽默已经成为我们社会生活和文学创作中的一部分,这也是不争的事实。

### 三、幽默在国外

郁达夫曾在《中国新文学大系:散文二集》的"导言"中说:"林语堂生性憨直,浑朴天真,假令生在美国,不但在文学上可以成功,就是从事事业,也可以睥睨一世,气吞小罗斯福之流。"②郁达夫这么说当然不是恭维林语堂,而是依据他对林语堂的了解和对西方文学的了解。他说:

> 幽默似乎是根于天性的一种趣味,大英帝国的国民,在政治上商业上倒也并不幽默,而在文学上却个个作家,多少总含有些幽默的味儿;上自乔叟,莎士比亚起,下迄现代的 Robert Lynd,Bernard Shaw,以及 A. A. Milne,Aldons Huxley 等辈,不管是在严重的长篇大著之中,或轻松的另章断句之内,正到逸兴遄飞的时候,总板着面孔忽而来它一下幽默,会使论敌也可以倒在地下而破颜,愁人也得停着眼泪面发一笑⋯⋯③

在郁达夫看来,幽默是西方文学的一部分,林语堂若在西方写作,肯定能成功。1935 年,林语堂在《跋西洋幽默专号》中也说,"凡伟大文学未有不见幽默成分于其中者",并列举了一系列作家,如俄国的柴霍甫(契诃夫)、托尔斯泰,英国的莎士比亚、乔索(乔叟),法国的大仲马、巴尔萨(巴

---

① 林语堂. 林语堂名著全集(第 18 卷):拾遗集(下). 长春:东北师范大学出版社,1994:271.

② 郁达夫. 导言//赵家璧. 中国新文学大系:散文二集. 上海:上海良友图书印刷公司,1935:16.

③ 郁达夫. 导言//赵家璧. 中国新文学大系:散文二集. 上海:上海良友图书印刷公司,1935:10.

尔扎克),美国的马克·吐温、亨利(欧·亨利)①。林语堂当时虽然是知名杂文家、散文家或者翻译家,但没有发表过任何大部头作品——他在大陆出版的文学作品都是杂文集或者译文集,这些世界知名作家无疑都是其崇拜的对象。

而且,郁达夫知道林语堂具有双语写作的能力,英文甚至比中文更好。由于当时国民党当局对英文出版物的审核不像对中文出版物那么严格,林语堂在英文刊物《中国评论周报》《天下月刊》上发表的评论文章要比中文文章泼辣得多。他以幽默的笔调向西方人介绍中国文化、讽刺时政、揭露社会黑暗等,引起了当时在中国的外国人的注意,其中之一就是赛珍珠。赛珍珠对林语堂所写的小评论的评价是"幽默、智慧而不失真诚"(humorous, wise, and unaffected in his sincerity)②。她不仅收集这些文章,还选取其中几篇寄到美国刊物发表。林语堂后来在美国出版的《吾国与吾民》《生活的艺术》,其基本来源就是最初在中国英文报刊上发表的那些幽默文章。林语堂当时并没有去美国的打算,更不知道自己的作品会在美国畅销。但是,事实证明,林语堂的幽默文章虽然在中国毁誉参半,在国外却如鱼得水,深受欢迎。

他在《吾国与吾民》中的幽默风趣,给西方读者留下了深刻的印象。赛珍珠序言中写道,"一本阐述中国的著作……它必须是幽默的,因为幽默是中国人民天生的根性"③,而林语堂的《吾国与吾民》"满足了我们一切热望底要求……幽默而优美,严肃而愉悦"④。不仅仅是赛珍珠对林语堂的英文作品这么评价,美国其他读者也这么认为。林语堂后来因在《啼笑皆非》中批评英美的强权政治,引起部分美国读者的不满。他们在书评中

---

① 林语堂. 林语堂名著全集(第 17 卷):拾遗集(上). 长春:东北师范大学出版社,1994:249.

② Lin, Y. T. *With Love and Irony*. New York:John Day, 1940: xi.

③ 林语堂. 林语堂名著全集(第 20 卷):吾国与吾民. 黄嘉德,译. 长春:东北师范大学出版社,1994:v.

④ 林语堂. 林语堂名著全集(第 20 卷):吾国与吾民. 黄嘉德,译. 长春:东北师范大学出版社,1994:vi.

对林语堂幽默文风的改变表示失望："从《啼笑皆非》我们看到的林语堂不再是温文尔雅……中国通过自己这位最能言善辩的使者之口,向西方世界宣告其幽默感已消失殆尽。""他曾以其儒雅、宽容以及幽默的手法来书写他的国家和人民……但是,这样一位祥和的人儿最近却失了他的风度和价值观。"①由此可见,幽默是林语堂在美国成功的一个重要因素。

### 四、幽默在台湾

林语堂晚年回台湾定居,把幽默也带到了台湾。1966 年 7 月 7 日,台湾文艺界举办"幽默之夜"晚会来欢迎林语堂(图 5-3)。

图 5-3　林语堂在台湾"幽默之夜"晚会上讲话

林语堂在《无所不谈》中,收录了《论幽默》一文,在篇首有小引:"我编《论语》半月刊时,曾经发表一文,详论幽默引起'含蓄思想的笑'的奥义。近常有读者或记者询问'幽默'二字的解释。我想抄录此篇作为最详尽论幽默的答复。"②当今读者读罢这段文字,脑海里可能显现出《论语》中《论幽默》这篇文章。这篇文章分为上、中、下三部分,分别刊于《论语》第 33、35 期。笔者比较了大陆版与台湾版《论幽默》,发现两者有些细微区别。

---

① 转引自:陈欣欣. 林语堂:孤行的反抗者. 北京:清华大学出版社,2015:157-158.

② 林语堂. 无所不谈. 台北:开明书店,1974:289.

例如,在大陆版的卷首语,用的是英汉双语版:

> On excellent test of the civilization of a country I take to be the flourishing of the comic idea and comedy; and the test of true comedy is that it shall awaken thoughtful laughter.
>
> ——George Meredith: *Essay on Comedy*

我想一国文化的极好的衡量,是看他喜剧及俳调之发达,而真正的喜剧的标准,是看他能否引起含蓄思想的笑。

> ——麦烈蒂斯:《喜剧论》①

台湾版则仅有中文译文,而删除了英文原文②。不仅如此,台湾版还删除了原版的最后一句话:"《论语》若能叫武人政客少打欺伪的通电宣言,为功就不小了。"③很显然,这句话在台湾实在不合时宜,更何况《论语》杂志早已成为历史。林语堂在《八十自叙》中再次提到《论幽默》这篇文章:"在我创办的刊物上,我曾发表了对幽默的看法,题为《论幽默》。我自己觉得那是一篇满意的文章,是以乔治·麦瑞迪斯(George Meredith)的《论喜剧》为依据的。"④他为创办了"中国第一个提倡幽默的半月刊"《论语》而自豪,并谦虚地说自己不是一流的幽默家,"而是在我们这个假道学充斥而幽默则极为缺乏的国度里,我是第一个招呼大家注意幽默的重要的人罢了"⑤。林语堂还经常回顾20世纪30年代的幽默作家及其作品,尤其对"论语八仙"之一的姚颖赞不绝口,说"她是《论语》的一个重要台柱,与老舍、老向(王向辰)、何容诸老手差不多,而特别轻松自然。在我个

---

① 林语堂. 论幽默(上、中). 论语,1934-01-16(33):434.
② 林语堂. 无所不谈. 台北:开明书店,1974:289-302.
③ 林语堂. 论幽默(下). 论语,1934-02-16(35):525.
④ 林语堂. 林语堂名著全集(第10卷):林语堂自传 从异教徒到基督徒 八十自叙. 长春:东北师范大学出版社,1994:294.
⑤ 林语堂. 林语堂名著全集(第10卷):林语堂自传 从异教徒到基督徒 八十自叙. 长春:东北师范大学出版社,1994:295.

人看来,她是能写幽默文章谈言微中的一人"①,并再次发表《姚颖女士说大暑养生》《再谈姚颖与小品文》,引用姚颖当年发表的作品。林语堂提到的这些幽默大家,无论是在大陆还是在台湾,都已成为过往云烟,不知多少读者会感兴趣,但他依旧乐此不疲。

林语堂在 20 世纪 60 年代重谈 30 年代的幽默,多少有些不合时宜。林语堂同时代人也许喜欢听,但是年轻人可能会反感。不过,林语堂在台湾讲幽默,遇到反对声音的时候,不再像 30 年代那样大力反驳,而是很宽容地说:"词严义正假道学的气氛,一时改不过来,再三五十年可能不同,慢慢的来罢。"②余光中年轻时(1967 年)也曾对林语堂谈幽默表示很反感,甚至做诗《七十岁以后》来嘲讽林语堂生活在自己的世界里,"是一个与时代脱节的过气作家"③。然而,35 年后,步入老年的余光中在《前贤与旧友》中,对林语堂这位前贤有了更多的理解。

### 五、小结:幽默永存

从林语堂提倡幽默的第一天起,幽默就一直处于争议之中,赞成者有之,反对者有之。然后,无论如何反对,幽默至今仍在。1970 年,林语堂在韩国汉城举办的国际笔会上做了题为《东西方的幽默》("Humor in East and West")的发言。他认为,"幽默是人类心灵开放的花朵"(humor is a flowering of the human mind),"幽默是人类智慧的特殊礼物"(humor is a special gift of the human intellect)④。他从维多利亚女王的遗言、瘙痒的乐趣、朋友之间会心的微笑、佛祖与基督的爱与恕、苏格拉底与林肯如何幽默对付太太,讲到老子、庄子和孔子的幽默智慧,证明幽默是人类文

---

① 林语堂. 林语堂名著全集(第 16 卷):无所不谈合集. 长春:东北师范大学出版社,1994:292.

② 转引自:洪俊彦. 近乡情悦:幽默大师林语堂的台湾岁月. 台北:蔚蓝文化出版股份有限公司,2015:89.

③ 转引自:洪俊彦. 近乡情悦:幽默大师林语堂的台湾岁月. 台北:蔚蓝文化出版股份有限公司,2015:89.

④ Lin, Y. T. Humor in East and West. *Korea Journal*, 1970(8):12.

化的共同遗产。正如陈子善所言,"世间再无《论语》,惟幽默永存"①。世上没有长盛不衰的刊物,《论语》的灭亡也是情理之中的事,何况林语堂早就脱离了该刊物。林语堂的其他刊物也可能被人所遗忘,但是,幽默不会消失,因为它本身是有益而无害的,所以林语堂能够继续幽默,后世人也能继续欣赏他的幽默,同时读者自己也变得幽默起来。

总体而言,林语堂一生的文学趣味和境界是一脉相承的,早期在北京提出了许多前卫的观点,如散文、幽默,不太为人理解,应者寥寥,是早到的春天;中期逐步在其创办的刊物中实现了早年的想法,一呼百应,一时天下无不幽默;后期到台湾后继续谈论幽默,则似乎落后于时代。但是,如果我们从另一个角度来看这个问题,这也许恰恰是林语堂的伟大之处:他是一位成熟的文学家,绝不因时势而改变自己的文学主张。

人们常说,文如其人。这句话其实不一定对。有些人把写文章与做事分得很清楚。林语堂自己的话"文章可幽默,做事须认真"其实就是其写作与生活的矛盾写照。林语堂在绝大多数作品中表现出来的都是幽默的一面,给读者留下了深刻的印象,但是,在实际生活中,林语堂是一个很西化的人,做事很认真,待人接物很拘谨。徐訏在《追思林语堂先生》中说:"读语堂先生的文章,往往误会他是一个不拘形骸、潇洒放浪、随便自然、任性的人,其实他的生活是非常有规律、拘谨严肃、井井有条的。"②他列举了大量事例来论证。郁达夫在《回忆鲁迅》中也举例说明,林语堂"实在是一位天性纯厚的真正英美式的绅士……他的提倡幽默,挖苦绅士态度,我们都在说,这些都是从他的 Inferiority complex(不及错觉)心理出发的"③。以郁达夫、徐訏对林语堂的熟悉程度④,这些话绝对可信。

---

① 陈子善. 世间再无《论语》,唯幽默永存. 北京晨报,2015-03-29(A18).
② 徐訏. 追思林语堂先生//子通. 林语堂评说七十年. 北京:中国华侨出版社,2002:137.
③ 陈子善,王自立. 郁达夫忆鲁迅. 广州:花城出版社,1982:32.
④ 林语堂最欣赏郁达夫的文才和性格,曾重金委托他翻译《京华烟云》。徐訏,则是鲁迅笔下的"林门的彦曾"(鲁迅全集(第13卷). 北京:人民文学出版社,2005:198)之一(另一个是陶亢德)。

## 第三节　林语堂的《红楼梦》情结

王兆胜说:"对 20 世纪中国作家来说《红楼梦》是一个重大存在,这表现在几乎所有作家都读过或了解它;也表现在他们的创作或多或少都受了它的影响;还表现在有不少作家倾心和迷醉于它,并形成强烈的'《红楼梦》情结'。"①林语堂就是其中之一,他坦然承认,自己"读《红楼梦》,故后来写作受《红楼梦》无形之熏染,犹有痕迹可寻"②。不仅如此,王兆胜还指出,林语堂的"生活道路、文学创作、学术研究、文化理想、审美意趣,甚至包括生命意识,都深深地打上了《红楼梦》的印痕"③。对此的相关研究很多,本节就是从互文性视角出发,寻找林语堂受《红楼梦》影响的"痕迹"。这里先对林语堂与《红楼梦》的渊源做简单梳理,了解他们之间的互文关系,然后探讨林语堂对《红楼梦》的翻译④。

### 一、林语堂对《红楼梦》的研究

林语堂从接触《红楼梦》的第一天起,似乎就一直没有与其分开过,最后留下的遗稿几乎都是与《红楼梦》有关的内容。他反复阅读《红楼梦》,从中学习语言,寻找创作灵感和研究思路。第一,模仿其语言来学习白话文。林语堂在《八十自叙》中说:"我看《红楼梦》,藉此学北平话,因为《红楼梦》上的北平话是无可比拟的杰作。袭人和晴雯说的语言之美,使多少想写白话的中国人感到脸上无光。"⑤第二,模仿其写作技巧。众所周知,

---

① 王兆胜.《红楼梦》与 20 世纪中国文学. 中国社会科学,2002(3):149.

② 林语堂. 我怎样写《瞬息京华》//陈子善. 林语堂书话. 杭州:浙江人民出版社,1998:345.

③ 王兆胜. 林语堂与红楼梦. 河北学刊,2008(6):116.

④ 本节部分内容笔者曾在《红楼梦学刊》发表过。所有《红楼梦》引文均出自人民文学出版社 2003 年版。

⑤ 林语堂. 林语堂名著全集(第 10 卷):林语堂自传　从异教徒到基督徒　八十自叙. 长春:东北师范大学出版社,1994:271-272.

《京华烟云》(*Moment in Peking*,林语堂自译为《瞬息京华》)就是模仿《红楼梦》而写的。林语堂自己毫不避讳地说:"重要人物约八九十,丫头亦十来个。大约以红楼人物拟之,木兰似湘云(而加入陈芸之雅素),莫愁似宝钗,红玉似黛玉,桂妹似凤姐而无凤姐之贪辣,迪人似薛蟠,珊瑚似李纨,宝芬似宝琴,雪蕊似鸳鸯,紫薇似紫鹃,暗香似香菱,喜儿似傻大姐,李姨妈似赵姨娘,阿非则远胜宝玉。"①事实上,无论是该书的故事情节、主要人物,还是作品无形中透露出的作者的哲学观,以及作品中呈现出来的文化传统,我们都可以清晰地看到《红楼梦》的巨大艺术投影,这篇创作明显地受到《红楼梦》的影响,是对《红楼梦》的继承与发展。第三,研究《红楼梦》,对其进行论证——例如,在《无所不谈》中,有 12 篇文章谈论《红楼梦》——并最终编译了《红楼梦》(遗稿,未出版),编辑了《红楼梦人名索引》(遗稿,1976)。

《红楼梦》的作者是谁,一直是学界争论的焦点。胡适经过多年考证,于 1921 年在著名的《红楼梦考证》中,提出了"《红楼梦》前八十回的作者是曹雪芹,后四十回则是高鹗的续作"的观点②。对于前八十回的作者曹雪芹,大家都没有异议。但是《红楼梦》后四十回的作者或续作者是谁?是不是高鹗?一直是红学研究中最有争议的话题之一。红学界主要有三种观点:第一种观点认为,前八十回与后四十回都是曹雪芹所写;第二种观点认为,前八十回的作者是曹雪芹,后四十回由高鹗续作;第三种观点认为,前八十回是曹雪芹所写,后四十回是由他人续写,但不是高鹗,是谁则不能确定。

自胡适、俞平伯等人提出后四十回为高鹗续作,这种观点在学界几成定论。林语堂凭着一位作家的直觉,对这种观点提出质疑。他认为,"《红楼梦》之有今日的地位,普遍的魔力,主要是在后四十回,不在八十回"③。

---

① 林语堂. 瞬息京华. 郁飞,译. 长沙:湖南文艺出版社,1991:784.
② 转引自:张庆善.《红楼梦》后四十回作者是谁. 光明日报,2018-07-10(15).
③ 林语堂. 林语堂名著全集(第 26 卷):平心论高鹗. 长春:东北师范大学出版社,1994:98.

林语堂相信,整个一百二十回都是曹雪芹写的,后四十回是高鹗"据雪芹原作的遗稿而补订的,而非高鹗所能作"①。而且,不但高鹗续不来曹雪芹,反之亦然②。另外,从创作时间上看,曹雪芹完全有时间完成《红楼梦》。如果说"八九年中雪芹不能或者不曾续完四十回书"③,而高鹗却于一两年中续完,"将千头万绪的前部,撮合编纂,弥缝无迹,又能构成悲局,流雪芹未尽之泪,呕雪芹未呕之血,完成中国创造文学第一部奇书,实在是不近情理,几乎可说是绝不可能的事"④。林语堂的观点是对胡适《红楼梦》权威观点的挑战,因此而受到了种种质疑甚至攻击。

需要指出的是,林语堂将其在"中央社"特约专栏发表的 7 篇文章和 1957 年完成的《平心论高鹗》一文,另加 2 篇附录,即胡适的《〈红楼梦〉考证》和俞平伯的《〈红楼梦〉研究》,汇集在一起单独出版,书名为《平心论高鹗》。也就是说,《平心论高鹗》这本书收录的并不是林语堂的全部考证论文,而只是一部分。《平心论高鹗》一书出版在前,《无所不谈》出版在后,所以,后者收录的内容更全面。遗憾的是,东北师范大学出版社 1994 年出版的《无所不谈合集》却删除了原版中的 12 篇考证文字。分析其原因,可能是编者认为这些文字与《平心论高鹗》一书内容一样,为了节省成本,就不重复出版了。结果,大陆读者无法全面了解林语堂的红学思想。

林语堂在《平心论高鹗》"弁言"中提到的"最重要的新材料,也就是一九六三年上海影印的《乾隆抄本百廿回〈红楼梦〉稿》"⑤,在《平心论高鹗》

---

① 林语堂. 林语堂名著全集(第 26 卷):平心论高鹗. 长春:东北师范大学出版社,1994:122.

② 林语堂. 林语堂名著全集(第 26 卷):平心论高鹗. 长春:东北师范大学出版社,1994:99.

③ 林语堂. 林语堂名著全集(第 26 卷):平心论高鹗. 长春:东北师范大学出版社,1994:41.

④ 林语堂. 林语堂名著全集(第 26 卷):平心论高鹗. 长春:东北师范大学出版社,1994:40.

⑤ 林语堂. 无所不谈. 台北:开明书店,1974:487.

一书中并无任何著述,但是,在台湾版《无所不谈》中则有3篇文章对其进行了考证。这些文章,用林语堂的话说:"文虽陆续发表,文体上有互相印证之处。"①例如,在《新发现曹雪芹手订百二十回红楼梦本》一文中开门见山地提到:"去年我写《平心论高鹗》序文,就提出一个问题,问一九六三年上海商务书馆影印的一百廿回红楼梦稿,出于何人之手?"②在该文中,林语堂提出七点新证据,对后四十回的真伪进行了论证。后来再作《再论红楼百二十回本》③一文,从三个方面——题签问题、笔迹问题和改稿作者问题——来论证后红楼梦前八十回和后四十回均为曹雪芹所作。在最后一篇收笔之作《论"己乙"及"菫莲"笔势》中提到,"我于十年前作《平心论高鹗》,说高鹗不曾伪续红楼;十年来新的材料逐渐发现,果然高鹗续书之说,已为研究的人放弃"④。这算是为自己过去多年的研究做了总结,因此,"我要说的话都说了",从此他本人不再考证《红楼梦》的真伪问题。但是,林语堂认为,"红楼梦是天下人所公有",任何人任何时候都可以讨论,希望大家保持学术态度,继续研究⑤。事实证明,林语堂是正确的。"有权威档案表明,高鹗于1758年(乾隆二十三年)出生,而《红楼梦》甲戌本抄本是在1754年(乾隆十九年)出现,此时高鹗还没出生,其续书之说无法成立。"⑥高鹗作为续书者的身份不成立,但是作为整理者的身份已经确认。因此,2018年人民文学出版社推出的《红楼梦》(珍藏版)扉页上的作者署名不再是"曹雪芹　高鹗著",而是"(前八十回)曹雪芹著,(后四十回)无名氏续,程伟元、高鹗整理"。这与林语堂的观点基本吻合,可惜国内红学家对林语堂的红学研究缺乏重视。中国红楼梦学会会长张庆善在《〈红楼梦〉后四十回作者是谁》(2018)一文中不提林语堂的贡献,更佐证

---

① 林语堂. 无所不谈. 台北:开明书店,1974:487.
② 林语堂. 无所不谈. 台北:开明书店,1974:524.
③ 林语堂. 无所不谈. 台北:开明书店,1974:531-539.
④ 林语堂. 无所不谈. 台北:开明书店,1974:540.
⑤ 林语堂. 无所不谈. 台北:开明书店,1974:540.
⑥ 路艳霞.《红楼梦》署名不见"高鹗续"了. 北京日报,2018-02-28(11).

了这一状况。

笔者经过大量一手文献资料的积累,发现林语堂不仅在创作之中、闲暇之余研究《红楼梦》,还翻译了不少《红楼梦》的内容,甚至编译了一本《红楼梦》。

## 二、林语堂对《红楼梦》的翻译

### (一)翻译《红楼梦》缘起:20 世纪 30 年代末

林语堂是因 1935 年出版的《吾国与吾民》一书在美国畅销而受邀赴美的。该书中有十多处谈到《红楼梦》,而在"小说"一节中所论最多。在该书中,林语堂译介了《红楼梦》的部分内容。例如,第一回的"满纸荒唐言,一把辛酸泪。都云作者痴,谁解其中味":

> These pages tell of babbling nonsense,
>
> A string of sad tears they conceal.
>
> They all laugh at the author's folly;
>
> But who could know its magic appeal?[1]

和第一百二十回的结尾:

> 那空空道人听了,仰天大笑,掷下抄本,飘然而去,一面走着,口中说道:"果然是敷衍荒唐! 不但作者不知,抄者不知,并阅者也不知。不过游戏笔墨,陶情适性而已!"后人见了这本传奇,亦曾题过四句为作者缘起之言更转一竿。云:"说到辛酸处,荒唐愈可悲。由来同一梦,休笑世人痴。"

> Hearing what he said, the monk threw the manuscripts down on his table and went away laughing, tossing his head and mumbling as he went: "Really it contains only babbling nonsense. Both the author himself and the man who copies it, as well as its

---

① Lin, Y. T. *My Country and My People*. New York: John Day, 1935: 270.

readers, do not know what is behind it all. This is only a literary pastime, written for pleasure and self-satisfaction." And it is said that, later on, someone wrote the following verse on it:

When the story is sad and touching,

Then sadder is its tomfoolery.

But we are all in the same dream,

Do not sneer at its buffoonery. ①

《生活的艺术》则是《吾国与吾民》内容的延续,是林语堂旅美专事创作后的第一部书。在谈"中国人的家族理想"时,林语堂引用了《红楼梦》第二回借冷子兴之口、贾宝玉之言表达的一种看法:"女儿是水做的骨肉,男人是泥作的骨肉。"(Woman is made of water and man is made of clay.)②在谈到"性灵派"时,林语堂认为林黛玉也属于该派,因为她认为"若是果有了奇句,连平仄虚实不对都使得的"(《红楼梦》第四十八回)(When a poet has a good line, never mind whether the musical tones of words fall in with the established pattern or not.)③。《生活的艺术》于1937 年在美国出版,次年便居美国畅销书排行榜榜首达 52 周,且接连再版 40 余次,并被翻译成 10 余种文字。经济上的宽裕让林语堂有精力重新考虑出国前的翻译计划——"拟翻译五六本中国中篇名著"④。

于是,1937 年年底,林语堂应兰登书屋(Random House)之约,开始编译《孔子的智慧》(*The Wisdom of Confucius*,林语堂自译为《孔子哲言》)一书,1938 年"正月间拼命将书译完"⑤。该书出版后受到美国广大

---

① Lin, Y. T. *My Country and My People*. New York: John Day, 1935:270.

② Lin, Y. T. *The Importance of Living*. New York: John Day, 1937:182.

③ Lin, Y. T. *The Importance of Living*. New York: John Day, 1937:391.

④ 林语堂. 林语堂名著全集(第 18 卷):拾遗集(下). 长春:东北师范大学出版社,1994:299.

⑤ 林语堂. 林语堂名著全集(第 18 卷):拾遗集(下). 长春:东北师范大学出版社,1994:325.

读者欢迎,好评如潮。该书作为西方读者了解孔子及其学说的入门之作,为促进西方读者了解中国传统文化起到了重要作用。林语堂觉得意犹未尽,有意再译一本。这次,他选择了《红楼梦》,因为他认为"迄今为止的英译,乏善可陈"①。

据林如斯回忆:"一九三八年的春天,父亲突然想起翻译《红楼梦》,后来再三思虑而感此非其时也,且《红楼梦》与现代中国距离太远,所以决定写一部小说。"②需要注意的是,林语堂并非认为《红楼梦》不可译,而是认为《红楼梦》与现实社会有距离,英文读者可能不喜欢,译作不好卖。作为一个靠文字为生的独立作家和翻译家,他必须考虑图书市场的需求。据查,林语堂在日藏原稿译者前言的第四部分"翻译问题"(Problems of Translation) 中写道:"Over a dozen years ago, I made an analysis of the central story, and found it was quite possible to make such a version, without destroying the essential atmosphere or its grandiose effect."(十几年前,我对原著主要情节作了分析,发现在不破坏原著基本风格及其宏伟效果的情况下,产生一个编译本是完全可能的。)并在结尾处注了日期"February, 1954 New York"(1954 年 2 月于纽约)③。由此可见,林语堂从 1938 年春天就开始着手《红楼梦》的编译工作,十几年来断断续续,终于在 1954 年完成了初稿。但是,奇怪的是,林语堂一反常态,没有急于出版译稿,而是捂在手上,一改再改——据林语堂在《红楼梦》英文编译原稿序言中所言:"跟原作者增删五次一样,我对译稿至少做了五次修改。"——最终成为谜一样的遗物,等待后人来揭晓。

尽管最终面世的是一本仿《红楼梦》的《京华烟云》,但是,林语堂仍然通过引用方式翻译了《红楼梦》不少内容。林语堂曾说:"我不自译此书则

---

① 林语堂. 林语堂《红楼梦》英文编译原稿序言. 宋丹,译. 曹雪芹研究,2019(3):174.
② 林如斯. 关于《瞬息京华》//林语堂. 瞬息京华. 郁飞,译. 长沙:湖南文艺出版社,1991:798.
③ 宋丹. 日藏林语堂《红楼梦》英译原稿考论. 红楼梦学刊,2016(2):79-80.

已,自译此书,必先把《红楼梦》一书精读三遍,揣摩其白话文法,然后着手。"①为什么要精读《红楼梦》三遍才能翻译好《京华烟云》呢?因为林语堂在其小说中翻译了大量《红楼梦》的内容,若翻译《京华烟云》,必然涉及大量回译,而这些回译,其实体现了两者之间的互文关系。没有精读过《红楼梦》的读者,对于书中谈及《红楼梦》或者引用《红楼梦》的地方,恐怕难以发现或者欣赏。例如,《京华烟云》第十六回,木兰引用了《红楼梦》第三十八回中薛宝钗的咏螃蟹诗:"眼前道路无经纬,皮里春秋空黑黄。"(The roads and ways before its eyes are neither straight nor across;The spring and autumn in its shells are black and yellow in vain.)②

林语堂还两次(第十四回、第十九回)引用了《红楼梦》第五回宝玉在宁府上房看见的一副对联,此联是朱子理学的座右铭:"世事洞明皆学问,人情练达即文章。"

林语堂译文 1:

The affairs of the world,well understood,are all scholarship;Human relationships,maturely known,are already literature.③

林语堂译文 2:

The World's affairs,well understood,are all scholarship.

Human relationships,maturely experienced,are already literature.④

再看看其他几个《红楼梦》译者的译文:

王际真译文:

To know through and through the ways of the world is Real Knowledge;

① 林语堂. 谈郑译《瞬息京华》. 宇宙风,1942(113):115.
② Lin,Y. T. *Moment in Peking*. New York:John Day,1939:250.
③ Lin,Y. T. *Moment in Peking*. New York:John Day,1939:219.
④ Lin,Y. T. *Moment in Peking*. New York:John Day,1939:288.

To conform in every detail the customs of society is True Accomplishment. ①

杨宪益译文：

A grasp of mundane affairs is genuine knowledge；
Understanding of worldly wisdom is true learning. ②

霍克思译文：

True learning implies a clear insight into human activities.
Genuine culture involves the skillful manipulation of human relationships. ③

比较以上译文，可以发现几个译文的内容都比较忠实于原文，形式上也基本做到了上下句词性相同、句式相同。但是，林语堂的译文，不仅形式上与原文结构对等，而且用词简洁明快、有力量，很好地保持了原文的风格。

The world's affairs，well understood，are all scholarship；

世事　　　　洞明　　　皆　学问

Human relationships, maturely known/experienced, are already literature.

人情　　　　练达　　　即　　文章

这种表达方式与其文学观、翻译观有关。林语堂说："在我写作时，所有会话，是故意以中文想象出来，然后译英。如此始使西洋读者读时如阅中文译品，得中文意味耳。"④所以，尽管《京华烟云》是用英文写的，但是，林语堂

① Wang，C. C.（trans.）. *Dream of the Red Chamber*. New York：Anchor Books，1958：39.
② Yang，X. Y. & Yang，G.（trans.）. *A Dream of Red Mansions*. Beijing：Foreign Languages Press，1978/1994：87.
③ Hawkes，D.（trans.）. *The Story of the Stone*（*Vol*. *I*）. Harmondsworth：Penguin，1973：126.
④ 林语堂. 我怎样写《瞬息京华》//陈子善. 林语堂书话. 杭州：浙江人民出版社，1998：347.

希望作品能够保留中国的异域情调——不仅在内容上,而且在形式上。

（二）再续《红楼梦》翻译梦:20 世纪 50 年代初

《红楼梦》的重要译本,都产生于 20 世纪,先后出现三次翻译波。第一波出现在 20 年代,王良志译本于 1927 年在美国纽约出版,王际真译本于 1929 年在英美出版。第二波出现在 50 年代,麦克休译本于 1957 年在纽约出版,1958 年再版;同时,王际真的译本也刊出第二版①。第三波出现在 70 年代,产生了著名的霍译本（译者为 David Hawkes & John Minford）和杨译本（译者为杨宪益和戴乃迭）。林语堂无缘第一波,但是第二波和第三波本来都有机会赶上,可惜与之擦肩而过。

据林语堂二女儿林太乙的哥伦比亚大学同学、著名红学家唐德刚回忆:

> 五十年代之初,林语堂先生正在翻译《红楼梦》。我问林公,那第三十三回"不肖种种大受笞挞"中,宝玉向个老妈妈说:"老爷要打我了……要紧,要紧!"谁知这老妈妈是个聋子,她听成"跳井,跳井",因而宝玉未能找到救兵而被爸爸大大地揍了一阵。这故事如何翻译呢? 林先生说他是这样译的:宝玉对老妈妈说:"Very important! Very important!"老妈妈听成"Very innocent! Very innocent!"所以宝玉就被打得皮开肉绽,累得"老祖宗"也要回南京去了。②

原文是这样的:

> 正盼望时,只见一个老姆姆出来。宝玉如得了珍宝,便赶上来拉他,说道:"快进去告诉,老爷要打我呢。快去,快去。要紧,要紧。"宝玉一则急了,说话不明白;二则老婆子偏生又聋,竟不曾听见是什么话,**把"要紧"二字只听作"跳井"二字**,便笑道:"跳井让他跳去,二爷怕什么?"③

———————————

① 江帆. 他乡的石头记:《红楼梦》百年英译史研究. 上海:复旦大学博士学位论文,2007:73.
② 唐德刚,译. 胡适口述自传. 北京:华文出版社,1992:272.
③ 曹雪芹. 红楼梦. 北京:人民文学出版社,2003:350.

宝玉急着搬救兵——**要紧**,而老婆子认为他说的是金钏儿自杀——**跳井**。此处的关键是要翻译出"要紧"和"跳井"两个词语的谐音效果。唐德刚提起往事,当然是赞赏林语堂的翻译水平之高,而贬赛珍珠翻译《水浒传》之差。常言道:没有比较就没有鉴别。我们对比一下当前影响最大的霍译本和杨译本:

> 杨宪益译文:
>
> "Go in quick!" he cried. "Tell them the master's going to beat me. Do hurry! This is urgent! " He was too terrified to speak distinctly and the old woman, being hard of hearing, **mistook the word "urgent" for "drowning."** "She chose drowning herself," she told him soothingly. "What does it matter to you?"①

> 霍克思译文:
>
> 'Quickly!' he said. 'Go and tell them that Sir Zheng is going to beat me. Quickly! Quickly! Go and tell. GO AND TELL.' Partly because agitation had made him incoherent and partly because, as ill luck would have it, the old woman was deaf, almost everything he said had escaped her except for **the 'Go and tell'**, **which she misheard as 'in the well'**. She smiled at him reassuringly. 'Let her jump in the well then, young master. Don't you worry your pretty head about it!'②(黑体为笔者所加)

杨宪益采取直译的方法,按字面意思译作 mistook the word "urgent" for "drowning",貌似忠实,其实十分牵强附会,因为英语 urgent 和 drowning 之间完全没有原文"要紧"和"跳井"那样的谐音效果。老婆子虽

---

① Yang, X. Y. & Yang, G. (trans.) *A Dream of Red Mansions*. Beijing: Foreign Languages Press, 1978/1994: 657.

② Hawkes, D. (trans.). *The Story of the Stone*(Vol. I). Harmondsworth: Penguin, 1973: 147.

然有点聋,但是她不可能将两个不相关的词语混在一起。霍克斯为照顾后文("跳井")而改动前文("要紧"),避开"要紧"二字,改写为 go and tell(去告诉别人),因而与后面的"跳井"(in the well)二字形成了很好的谐音,但是这显然不忠于原文。林语堂的翻译最妙,important 和 innocent 很巧妙地把原文的谐音与意义结合起来,有效地传达出原文的韵味,不仅达意,而且传神,完全符合如其所说的"忠实于原文之字神句气与言外之意"①。不过,very 这个词感觉有点画蛇添足。林语堂后来对译稿进行了反复修改②,根据目前找到的林语堂手稿,最后的译文是:

> "Please go in at once to report. The master is going to whip me to death. Hurry! Hurry! Shoot inside!"
>
> "Suicide!" she laughed in reply. Poyu had stuttered in his excitement and the old woman was hard of hearing. "What of it? If she wanted to commit suicide, that was her business. What are you afraid of?"③

"Shoot inside"两词连读,的确会听成"Suicide",完全符合当时的语境:宝玉急了,说话不明白,而老婆子年老耳聋,容易听错。"跳井"的确是自杀行为,因此直接翻译成"自杀"(suicide)也无可厚非,但是"要紧"与"shoot inside"(冲进去)在意义上有一定的距离。为了达到原文的谐音艺术效果,林语堂只好妥协了。相对于之前的"Very important"和"Very innocent","Shoot inside"和"Suicide"更佳,既表达了谐音和意义效果,又符合当时的紧急情形——短词——和人物的身份:老婆子作为下人不可

---

① 林语堂. 论翻译//林语堂. 语言学论丛. 上海:开明书店,1933:335.

② 林语堂在译者前言第四部分里提到:"I have revised the manuscript at least five times, equal to the number done by the author."(跟原作者增删五次一样,我对译稿至少做了五次修改。)转引自:宋丹. 日藏林语堂《红楼梦》英译原稿考论. 红楼梦学刊,2016(2):80.

③ 参见日藏林语堂《红楼梦》英译原稿第 229 页。转引自:宋丹. 日藏林语堂《红楼梦》英译原稿考论. 红楼梦学刊,2016(2):100.

能使用复杂的词语。

如前所述,1954 年林语堂完成《红楼梦》的编译后,没有立即出版,而是选择继续修改、完善,这在林语堂后期的作品以及林太乙的《林语堂传》中得到了佐证。例如,1953 年 12 月 19 日,林语堂致信宋美龄,谈到自己"现在正忙着译《红楼梦》,几个月之后可以脱稿,也许明年秋天出版"①。然而,5 年后的 1958 年 10 月,林语堂第一次访台,受到蒋介石接见,两人"竟大谈起《红楼梦》之译述问题来"②。由此可见,《红楼梦》英译本一直在修改。值得注意的是,林太乙用"译述"二字,而不是"翻译",这是否暗示林语堂笔下的《红楼梦》与其笔下的《孔子的智慧》一样,是编译,而不是照原文翻译。新发现的林语堂英译《红楼梦》原稿证实,林语堂的确采取编译("Translated and Edited by Lin Yutang")的方式,把原著 120 回压缩成 66 章:作者自序至第 38 章对应原著前八十回,第 39 章至尾声对应原著后四十回③。林语堂在 1960 年出版的《古文小品译英》( *The Importance of Understanding* )收录了两篇选自《红楼梦》的译作:《黛玉葬花诗》("Taiyu Predicting Her Own Death")和《凤姐说茄子鲞》,也可能选自其译本。70 年代初,林语堂应《译丛》( *Renditions* )主编高克毅(又名:乔志高)之约,为刊物写了一篇《红楼梦赏析》("Lin Yutang's appreciation of *The Red Chamber Dream*"),并翻译了《红楼梦》第一回第一大段④。后来公开的手稿证明,这就是《红楼梦》译本第一章的内容。

(三)《红楼梦》翻译余绪

林语堂最终是否完成了《红楼梦》的翻译? 这曾经是个悬而未决的问

---

① 转引自:钱锁桥. 林语堂传:中国文化重生之道. 桂林:广西师范大学出版社,2019:387.

② 林太乙. 林语堂传. 台北:联经出版事业公司,1989:252.

③ 参见:宋丹. 日藏林语堂《红楼梦》英译原稿考论. 红楼梦学刊,2016(2):74.

④ 见:Lin, Y. T. Lin Yutang's appreciation of *The Red Chamber Dream*. *Renditions*,1974(2): 23-30.

题。不少学者①先后提出,林语堂翻译了《红楼梦》,但是始终不见真迹,直到 2015 年 7 月,南开大学博士宋丹宣布在日本发现了林语堂的翻译手稿,并在《日藏林语堂〈红楼梦〉英译原稿考论》(2016)一文中对原稿及其来龙去脉做了详细讲述,证实林语堂确实翻译了——准确地讲是编译——《红楼梦》。

台湾刘广定于 2006 年首先提出林语堂已经完成《红楼梦》的翻译:"实际上,林语堂在 1954 年 2 月在纽约已译成《红楼梦》的英文本,1973 年 11 月在香港定稿。"②证据是他发现了从林语堂译本转译的日文译本。后来,林语堂研究专家冯羽也提到,"佐藤亮一还译有一册林语堂的红学著作,名为《红楼梦》,其出版社和出版岁月不详"③。冯羽还指出,日本林语堂研究专家合山究把林语堂的创作分期时,指出林语堂晚年回到台湾和香港后,除散文和文学批评之外,还"用英文翻译了《红楼梦》"④。

林语堂自 30 年代末开始翻译《红楼梦》,晚年一直研究《红楼梦》,从他发表的作品(包括遗作)来看,他生前应该还在修改该译本,因为英译稿序言中有大量补充的文字谈到《红楼梦》的最新研究成果,而且《红楼梦人名索引》(1976)可能是其英译本的附录。如果林语堂能够多活几年,我们也许能够看到一个比较满意的译本问世。

林语堂对《红楼梦》进行了长期的研究,并对《红楼梦》进行了编译,这是毋庸置疑的。根据最新发现的原稿,"原稿含 Introduction(前言),

---

① 如:刘广定. 大师的零玉:陈寅恪胡适和林语堂的一些瑰宝遗珍. 台北:秀威信息科技股份有限公司,2006;冯羽. 日本"林学"的风景——简评日本学者合山究的林语堂论. 世界华文文学论坛,2009(1):41-44;李平. 林语堂与《红楼梦》的翻译. 红楼梦学刊,2014(4):289-301.

② 刘广定. 大师的零玉:陈寅恪胡适和林语堂的一些瑰宝遗珍. 台北:秀威信息科技股份有限公司,2006:168.

③ 冯羽. 日本"林学"的风景——简评日本学者合山究的林语堂论. 世界华文文学论坛,2009(1):42.

④ 冯羽. 日本"林学"的风景——简评日本学者合山究的林语堂论. 世界华文文学论坛,2009(1):44.

Author's Preface(作者自序),Prologue(序幕),1—64 章,Epilogue(尾声)五部分"①。林语堂对原著一百二十回进行了编译,其中作者自序至第 38 章对应原著前八十回,第 39 章至尾声对应原著后四十回。尽管发现者宋丹列出了一系列证据,但是鉴于所有的证据均来自日本翻译家佐藤亮一,笔者依旧有太多疑问。翻译《红楼梦》不是写一篇小品文,而是一个十分宏大的工程,没有一年半载——甚至几年,如霍克斯译本和杨译本——是无法完成的,林语堂和其家人应该都非常清楚并重视这件事,不可能毫无所知。然而,查阅林语堂及其家人的全部资料,以及资料之间的互文记载,均无此记录,难道是故意秘而不宣?笔者在台北林语堂故居提供的林语堂往来书信中找不到林语堂与佐藤亮一之间的书信。按照宋丹的说法:"佐藤亮一在稿件的扉页和第 29 章第 1 页,均用铅笔记录了《红楼梦》英译原稿寄达时间是 1973 年 11 月 23 日,其中提到委托他用两年左右的时间翻译为日语在日本出版。"②然而,佐藤亮一的日译本 1983 年才在日本出版,在其去世多年后(1999 年)才由其妻子寄还修订稿——依旧是孤证,无人能证实——而台北林语堂故居没有找到该修订稿。佐藤亮一家族为何长期秘而不宣?佐藤亮一夫人"曾叮嘱图书馆在其健康时,不要对外公开这批资料,图书馆进行了封存,至今未能公开"③。林语堂花费几十年时间和精力编译《红楼梦》,完毕后自己不出版,却把译稿寄给一个日本人,委托他翻译成日文在日本出版,这合乎常理吗?佐藤亮一为何不直接从中文本翻译《红楼梦》,却从林语堂的英译本转译?台北林语堂故居是否收到《红楼梦》译稿,为何找不到,而且长期无人知道?疑问重重,耐人寻味。

---

① 宋丹. 日藏林语堂《红楼梦》英译原稿考论. 红楼梦学刊,2016(2):74.

② 参见:侯丽. 林语堂《红楼梦》英译本现身日本,学界希望披露更多细节.(2015-07-31)[2020-01-20]. http://orig. cssn. cn/xspj/xspj_ycsf/201507/t20150731_2102729. shtml.

③ 参见:林语堂英译《红楼梦》原稿在日本被发现.(2015-07-24)[2020-01-20]. http://news. xinhuanet. com/world/2015/07/24/c_128055411. htm.

　　且不用说林语堂,无论是其红学论文中,还是其晚年的最后两本书《八十自叙》(1975)和《红楼梦人名索引》(1976)中,均没有谈及《红楼梦》的翻译。在香港工作、与林语堂夫妇来往密切的二女儿林太乙在其作品《林语堂传》《林家次女》《女王与我》中都没有提到林语堂翻译或修改《红楼梦》一事。《红楼梦》翻译研究专家刘士聪同样质疑这件事:"林语堂翻译了《红楼梦》这么大部头的著作,为什么他的家人却不知道? 按照林语堂和《红楼梦》的名气,当时应该有很多出版社争相出版这本书,为什么没有实现?"①所有证据表明,这是一个孤证,所有信息均来自日本翻译家佐藤亮一。但是,从目前公开的手稿材料——无论是笔迹还是翻译风格——来看,该译稿确实是林语堂的遗稿。那么,这么大的事,林语堂全家和佐藤亮一全家都守口如瓶,这背后隐藏了什么秘密?

　　唐弢曾贬低《京华烟云》的创作价值,说这一"小说几乎全部是《红楼梦》的模仿和套制……他学《红楼梦》,学得很认真,但这一学,却反而让《红楼梦》将他的作品比了下来"②。但是,翻译版的《红楼梦》恐怕永远达不到创作版的《京华烟云》在国外的受欢迎程度,前者产生的读者效应、中国文化宣传效应也无法与后者相比。对《红楼梦》译本在西方传播情况的调查发现,即使是得到中外研究者一致首肯的霍译本,虽然"以其可读性强的同时又是带有汉学家译介所特有的学术含量的全译本面貌,赢得了西方汉学同行的夸赞和西方普通知识分子与文学爱好者的青睐",但是,不可否认的是,"对于西方没有太多教育背景或成年后很少从事文化、教育事业的那一部分普通读者而言,霍克思的《石头记》显然过于繁复与冗长"③。也就是说,无论是霍译本还是杨译本,主要在国际汉学界和中国文学界流行,都无法从文学殿堂进入普通读者的卧室。以林语堂对《红楼

① 参见:南开博士发现林语堂英译《红楼梦》原稿. (2015-07-26)[2018-08-22]. http://news.nankai.edu.cn/nkyw/system/2015/07/26/000244218.shtml.
② 唐弢. 林语堂论//子通. 林语堂评说七十年. 北京:中国华侨出版社,2003:267.
③ 王丽耘. "石头"激起的涟漪究竟有多大? ——细论《红楼梦》霍译本的西方传播. 红楼梦学刊,2012(4):215.

梦》的研究、他的英文写作技巧及其在西方读者中的影响力,如果《红楼梦》有林译本,其在西方的影响力当不只如此。

## 第四节　自由著译——林语堂的坚守

作为公共知识分子,无论是在北京还是在上海,林语堂对自由、民主等政治议题都很关切,常常在文中发表对时政的看法,如《悼刘和珍杨德群女士》(《语丝》第 72 期)、《脸与法治》(《论语》第 7 期)、《又来宪法》(《论语》第 8 期)、《谈言论自由》(《论语》第 13 期)、《关于北平学生一二·九运动》(《宇宙风》第 8 期),这些文字对当时政府的腐败、残暴都有极严厉愤激的批评。1936 年由芝加哥大学出版社出版的《中国新闻舆论史》,是他对中国知识分子争取言论自由的历史研究。通过对历史的考察,林语堂意识到,"在独裁与民主的冲突中,宪法文件比不过独裁者的刺刀"(in the conflict between dictatorships and democracies, paper constitutions are no match against the dictators' bayonets)[1],在独裁国家或专制制度下,宪法不过是一纸空文。经历了北京"三一八"惨案的打击,再经历了国民革命的洗礼,林语堂明白:"头颅一人只有一个,犯上作乱心志薄弱目无法纪等等罪名虽然无大关系,死无葬身之地的祸是大可以不必招的。"[2]他意识到,必须学会保护自己,增强一点自卫的本领;即使死,也要死得其所,比如"为国牺牲"。因此,郁达夫在《中国新文学大系:散文二集》的"导言"中对林语堂的评论——"真诚勇猛是书生本色,至于近来的耽溺风雅、提倡性灵,亦是时势使然,或可视为消极的反抗,有意的孤行"[3]——是非常中肯的。林语堂在

---

① Lin, Y. T. *A History of the Press and Public Opinion in China*. Chicago：The University of Chicago Press, 1936：73.

② 林语堂. 林语堂名著全集(第 13 卷):蓟拂集　大荒集. 长春:东北师范大学出版社,1994:4.

③ 郁达夫. 导言//赵家璧. 中国新文学大系:散文二集. 上海:上海良友图书印刷公司,1935:16.

《谈言论自由》一文中也给出了答案:"中国青年谁没有一腔热血,注意政治时局。但是到了廿五,三十年纪,人人学乖了,就少发议论,少发感慨。四十者比三十者更乖。所以如此者,是从经验得来,并非其固有的本性。……读书人谈不得国事,只好走入乐天主义……"①这也是林语堂自己的切身体会。走入享乐主义是环境所迫,而非林语堂的本意。

笔者在前文提过,鲁迅曾劝林语堂多做翻译,不要办《论语》,不要写幽默之类的作品,却被林语堂婉言谢绝。鲁迅在致曹聚仁的信中说:"看近来的《论语》之类,语堂在**牛角尖**里,虽愤愤不平,却更钻得滋滋有味,以我的微力,是拉他不出来的。"②而林语堂在其《行素集》"序"(1934 年 6 月22 日)中说:

> 于是信手拈来,政治病亦谈,西装亦谈,再启亦谈,甚至牙刷亦谈,**颇有走入牛角尖之势**,真是微乎其微,去经世文章远矣。所自奇者,心头因此轻松许多,想至少这**牛角尖是我自己的世界**,未必有人要来统制,遂亦安之。孔子曰:汝安则为之。我既安矣,故**欲据牛角尖负隅以终身**。③ (黑体为笔者所加)

鲁迅的"牛角尖"显然有贬义之意,而林语堂对此毫不在乎,认为只要是"自己的世界",哪怕一辈子钻牛角尖都自得其乐。对于林语堂而言,自由比什么都重要。正如他在《林语堂自传》所说的:"我素来喜欢顺从自己的本能,所谓任意而行;尤喜欢自行决定什么是善,什么是美,什么不是。我喜欢自己所发现的好东西,而不愿意人家指出来的。"④即使是文坛大佬鲁迅指出的,林语堂也要三思而后行,不盲从。从他一生的作品来看,除

① 林语堂. 林语堂名著全集(第 13 卷):行素集　披荆集. 长春:东北师范大学出版社,1994:127.
② 鲁迅. 鲁迅全集(第 13 卷). 北京:人民文学出版社,2005:198.
③ 林语堂. 林语堂名著全集(第 14 卷):行素集　披荆集. 长春:东北师范大学出版社,1994:3.
④ 林语堂. 林语堂名著全集(第 10 卷):林语堂自传　从异教徒到基督徒　八十自叙. 长春:东北师范大学出版社,1994:33.

了谈幽默、性灵、闲适,谈小品文,谈过政治病(见《论语》第 27 期),谈过西装(见《论语》第 39 期),谈过再启(见《论语》第 34 期),谈过牙刷(见《论语》第 30 期),还谈过螺丝钉(见《宇宙风》第 3 至 6 期),谈过烟屑(见《宇宙风》第 2 至 7 期),谈过女人(见《论语》第 21 期),等等,正应了其晚年文集的书名:《无所不谈》。

林语堂在自传中说:"也许在本性上……我是个无政府主义者,或道家。"①林语堂奉行的思想就是道家的无为、不争。林语堂的书房名为"有不为斋"。在《有不为斋解》和"What I Have Not Done"②两文中,林语堂分别用中英文解读了自己"有不为斋"名称的用意,承认"有点道学气",总结了自己未曾做过的事,暗示、嘲讽社会中的各种丑陋现象。林语堂笔下的道家人物,有《京华烟云》中木兰的父亲姚老先生、《风声鹤唳》中的老彭、《红牡丹》中的梁翰林。林语堂所敬仰的人物是快乐天才苏东坡,不仅阅读其作品,还为其作传。他追求独立的思想和自由,拒绝依附任何政治派别。在《〈有不为斋丛书〉序》中,他直率地表达了自己的观点:"东家是个普罗,西家是个法西。洒家则看不上这些玩意儿,一定要说什么主义,咱只会说是想做人罢。"③林语堂坚持言论自由、创作自主、无所不谈。可是,在那个非东即西、非左即右的时代,走不东不西、不左不右中间路线的作家大多受到排挤或攻击,而林语堂作为几个主要刊物的主编,作为风头最盛的独立作家,受到的攻击最多,也算是"公平"的。

鲁迅认为:"生存的小品文,必须是匕首,是投枪,能和读者一同杀出一条生存的血路的东西。"④很多人为这句话喝彩,但是很少有人进一步追问:鲁迅有哪些"匕首""投枪"类的小品文? 这些"匕首""投枪"最终都投

---

① 林语堂. 林语堂名著全集(第 10 卷):林语堂自传 从异教徒到基督徒 八十自叙. 长春:东北师范大学出版社,1994:34.
② 钱锁桥. 小评论:林语堂双语文集(英汉对照). 北京:九州出版社,2012:255-261.
③ 林语堂. 林语堂名著全集(第 17 卷):拾遗集(上). 长春:东北师范大学出版社, 1994:216.
④ 鲁迅. 鲁迅全集(第 4 卷). 北京:人民文学出版社,2005:592-593.

给了谁？日本侵略者？国民党政府？还是跟他一样的作家？稍微有点历史知识的人都知道，无数的历史事实也证明，政府和党派绝不允许这类"匕首""投枪"的小品文生存①，而那种给人以"愉快和休息"的小品文，却是任何人、任何社会都需要的。毕竟，任何人都需要休息，社会需要和谐稳定，文学的主要功能之一就是能够给读者带来愉悦的感受。因此，林语堂提倡的小品文会永远生存下去。

1935 年 9 月 16 日，在《论语》创刊三周年的同一天，林语堂的新杂志《宇宙风》创刊，第一篇文章《孤崖一枝花》就向世人宣布："花树开花，乃花之性，率性之谓道，有人看见与否，皆与花无涉。……有话要说必说之，乃人之本性……"②林语堂坚定决心，无论左翼作家、右翼作家如何压制，他都坚持自己的观点。你可以不同意我的意见，但是我有说话的自由。

> 古人著书立说，皆率性之作。经济文章，无补于世，也会不甘寂寞，去著小说。虽然古时著成小说，一则无名，二则无利，甚至有杀身之祸可以临头，然自有不说不快之势。中国文学可传者类皆此种隐名小说作品，并非一篇千金的墓志铭。这也是属于孤崖一枝花之类。故说话为文美术图画及一切表现亦人之本性。③

宁鸣而死，不默而生。他表示要向古人学习，即使无名无利，哪怕有杀身之祸，也要一吐为快。而在第二篇文章《无花蔷薇》中，林语堂指出：

> 在一人作品，如鲁迅先生讽刺的好的文章，虽然"无花"也很好看。但办杂志不同。杂志，也可有花，也可有刺，但单叫人看刺是不行的。虽然肆口谩骂，也可助其一时销路，而且人类何以有此坏根

---

① 1957 年毛泽东主席对"要是今天鲁迅还活着，他可能会怎样？"的回答，言犹在耳。参见：陈平原."思乡的蛊惑"与"生活之艺术"——周氏兄弟与现代中国散文. 中国现代文学研究丛刊,2018(1):2.

② 林语堂. 林语堂名著全集(第 18 卷):拾遗集(下). 长春:东北师范大学出版社,1994:150.

③ 林语堂. 林语堂名著全集(第 18 卷):拾遗集(下). 长春:东北师范大学出版社,1994:150.

性,喜欢看旁人刺伤,使我不可解,但是普通人刺看完之后,也要看看所开之花怎样。到底世上看花人多,看刺人少,所以有刺无花之刊物终必灭亡。①

林语堂一方面肯定了鲁迅的讽刺文章"好",另一方面也指出鲁迅讽刺文章的缺陷——"肆口谩骂",让读者看到的尽是阴暗面。林语堂在此明确了《宇宙风》的特点:既要有花,也要有刺,嬉笑怒骂皆文章。而且,鉴于喜欢看花的人多,看刺的人少,所以,其刊物要满足读者的要求,注定花多刺少。另外,一个刊物花与刺的多少,都是相对其他刊物而言,没有一个绝对的标准。林语堂主办的三大刊物,相对当时的绝大部分刊物而言,应该说刺还是不少的。即使与林语堂有矛盾的曹聚仁也曾客观地评价说:"林语堂提倡幽默,《论语》中文字,还是讽刺性质为多。即林氏的半月《论语》,也是批评时事,词句非常尖刻,大不为官僚绅士所容,因此,各地禁止《论语》销售,也和禁售《语丝》相同。"②

如果《论语》《人间世》《宇宙风》这些期刊中全都或者大量充斥那种讽刺的文章,只有刺没有花,恐怕它们就像当时的很多激进刊物一样,早早夭折了。即使鲁迅自己办的刊物,也都是很短命的。为了在夹缝中生存,林语堂需要定期自我检查,不断调整文章的内容。比如,在《论语》第 6 期《编辑后记——论语的格调》中,林语堂检查了前五期的文章,结果是"似乎多讽刺,少幽默"③。于是他决定做出调整:第一,"应该减少讽刺文字,增加无所为的幽默小品文,如游记,人物素描之类"。其主要原因是"本刊之主旨是幽默,不是讽刺,至少也不要以讽刺为主"。第二,"对于思想文化的荒谬,我们是毫不宽待的;对于政治,我们可以少谈一点,因为我们不

① 林语堂. 林语堂名著全集(第 18 卷):拾遗集(下). 长春:东北师范大学出版社,1994:149.
② 曹聚仁.《人间世》与《太白》《芒种》//曹聚仁. 文坛五十年. 上海:东方出版中心,1997:271.
③ 林语堂. 编辑后记——论语的格调. 论语,1932-12-01(6):209.

想杀身以成仁;而对于个人,即绝对以论事不论人的原则为绳墨"①。林语堂小心谨慎,少谈政治,不与政府直接对抗,这种态度在当时是非常必要的,不仅为自己挣得了生存权和发展权,还"在言论禁忌的时代为知识分子提供了一份合法的批评空间"②。

　　林语堂对中国当时的文坛是非常不满的,不过碍于身份和政治环境,林语堂并不公开表态,但是该说的话还是要说的,只是要选择合适的时机。他在英文版《吾国与吾民》中就指出中国文学界存在的问题:"今日,文学受着政治阴影的笼罩,而作家分成两大营垒,一边捧出法西斯主义,另一边捧出共产主义,两边都想把自家的信仰当作医治一切社会病态的万灵药方,真正独立思考的能力或许并不比旧中国的时候强多少。"③林语堂对这种现象非常反感。他坚决地说,"把文学整个黜为政治之附庸,我是无条件反对的"④。这些话,无论是当时讲还是现在讲,都需要很大的勇气。看看历史,想想现在,任何读者都不能不佩服林语堂讲真话的勇气。林语堂在其《言志篇》一文中,宣布了自己的理想:"我要能做我自己的自由和敢做我自己的胆量。"⑤并在《八十自叙》中再次提到其早年发表的这篇文章,强调要自由流露感情,绝不做伪。

　　林语堂在海外期间靠写作为生,始终保持一个自由作家的身份,除短暂担任过新加坡南洋大学校长和联合国教科文组织官员外,与中美政府、高校等机构均保持适当距离。晚年回台湾后,他婉辞担任"考试院"副院

---

① 林语堂. 编辑后记——论语的格调. 论语,1932-12-01(6):210.
② 吕若涵. "论语派"论. 上海:上海三联书店,2002:224.
③ Lin, Y. T. *My Country and My People*. New York:John Day,1935:280. 这段话在北京外语教学与研究出版社的 1998 年版本中被删节,原文如下:Today literature is clouded by politics, and writers are divided into two camps, one offering Fascism and the other offering Communism as a panacea for all social ills, and there is probably as little real independence of thinking as there ever was in old China.
④ 林语堂.《猫与文学》小引. 宇宙风,1936-08-01(22):499.
⑤ 林语堂. 言志篇. 论语,1934-06-01(42):838.

长,坚持独立评论、自由著述。毋庸讳言,在政治上,台湾时期的林语堂比大陆时期的林语堂要更加谨慎小心,虽然反共思想丝毫不减当年,但很少谈及民主自由。其原因不外乎两点:第一是不再年轻气盛,而是见多识广,对社会政治有深刻的理解,不再说不合时宜的话。第二是鉴于当时海峡两岸的政治环境。台湾人民虽然没有太多民主自由,但是也没有多少迫害和政治运动,而是一心发展经济。反观1949年之后的大陆,各种政治运动,天灾人祸,尤其是十年"文革",中国知识分子已经丧失了做人最起码的尊严,还谈什么民主自由!因此,台湾与大陆相比较,当然要宽松许多。而且,蒋介石邀请林语堂赴台,既授官(未接受)又授地(台北林语堂故居所在地),如此礼遇林语堂,林语堂当然识相,不再谈什么民主自由,更不批评政府,而是以"以道辅政"自居,针对大陆的"文革",期望在台湾实现中华民族的文化复兴。

在林语堂故居整理出来的书信中,存有一封1967年12月22日他亲笔恳辞的、预备呈给蒋介石的信稿,此稿虽未呈上,但可以看出当时林蒋之关系以及林语堂当时的政治抱负。内容如下:

> 总统蒋公钧鉴:语堂才疏学浅,不足以**匡辅时世**,惟好学不倦,日补不足。回国以来,专写中文,与国内读者相见,以补前愆而符我公**文化复兴**之至意。诚以国内学界,或专重考据,而忽略文化之大本大经;或抱残守阙,与时代脱节。青年学子旁皇歧途,茫无所归。是以著书立论,思以救正其失,由中央社分发全世界华文日报,读者当有三四十万。不无少补。仰我公为天地存心,为生民立命,凡有设施,皆堂私心最景慕之处。或有差遣,岂敢方命。弟思**在野则响应之才较大,一旦居职,反失效力**。况时机亟变,反攻不远,或有再向西人饶舌之时。用敢披肝沥胆,陈述愚诚,仰祈明察至忠诚之志,始终不渝,专诚肃达,不胜惶悚屏营之至。
>
> 民五十六年十二月廿二日　林语堂敬上

此稿虽未呈上,但是针对此稿的内容有不同理解。周质平理解为蒋介石有意请林语堂出任"考试院"副院长,林语堂请辞,说在野更能发挥自己的作用①。这种说法借鉴了林太乙的《林语堂传》:"他对台湾有一种亲切感,于是决定在那里定居。父母亲先在阳明山租了一幢房子住。后来,蒋总统表示要为他们建筑一幢房子,父亲接受了。这是他生平第一次接受政府的恩惠。总统并且请他任'考试院'副院长,父亲婉辞了。"②1966年林语堂第二次访台期间,蒋介石在台湾南部澄清湖行宫接见了林语堂夫妇。可能就是在会见期间或之后不久,林语堂表示了回台湾定居的打算,蒋介石当即表示要为他们建房子,并邀请他担任"考试院"副院长。林语堂故居于1966年开始兴建,因此,蒋介石请他任"考试院"副院长,也应该是这个时间,而不应该是1967年年底。而且,1966年恰逢"考试院"换届,9月1日孙科接任第4届院长。正如1957年11月蒋介石任命胡适为"中央研究院"院长,然后胡适于1958年4月返回台湾定居就任,蒋介石要任命林语堂担任"考试院"副院长,应该发生在1966年,即林语堂回台定居前,而不是1967年。蒋介石最终并没有任命林语堂担任"考试院"副院长,林语堂也就无须请辞。那么,林语堂自谦"才疏学浅,不足以匡辅时世",是要辞去什么职务呢?通过文本之间的互文性可以揭开谜底。

1966年5月16日,中共中央政治局扩大会议在北京通过了毛泽东主持起草的指导"文化大革命"的纲领性文件《中国共产党中央委员会通知》(即五一六通知),这标志着"文化大革命"的全面发动。为了保护中国传统文化,1966年11月,孙科、王云五、陈立夫、孔德成等1500人联名发起了要求以每年11月12日,即国父孙中山诞辰日,为"中华文化复兴节"的倡议,得到了蒋介石的赞许。1967年7月28日,国民党在中山楼中华文化堂正式举行中华文化复兴运动推行委员会(以下简称"文复委")发起暨成立大会,推举蒋介石任会长,孙科、王云五、钱穆、于斌、左舜生、林语堂、

---

① 周质平. 张弛在自由与威权之间:胡适、林语堂与蒋介石. 二十一世纪双月刊,2014(6):45.

② 林太乙. 林语堂传. 台北:联经出版事业公司,1989:310.

王世宪、钱思亮、谢东闵组成主席团，通过了《"文复运动"推行纲领》及《"文复委"组织章程》，随即"文复运动"在台湾及海外正式推行开来。很显然，台湾"文复运动"发起的直接原因是针对大陆的"文化大革命"。

享有国际声誉的林语堂被蒋介石聘为常务委员。但是，尽管当上了常务委员，林语堂作为一个自由知识分子，并不完全认同这场运动的所有主张。他在"《中央日报》"上发表了《论文艺如何复兴法子》①一文，开篇就说"近日常想到文艺复兴及文化复兴。问题是文艺、文化何以复兴与法子"。他提出两点：一、"我们千万不可再有道统观念"；二、"我们切切不可再走上程朱谈玄的途径"。他反对大一统思想，反对假道学，提倡学以致用。后来在《对于文艺复兴的一些意见》②一文中，林语堂继续提出具体建议："一、国际文化必有国际共同的标准。""二、国际文化思想输出输入，也必有可以共通的观点。""三、精神文化必建于物质基础。"强调中西文化应互融互通，相辅相成，建议建立公共图书馆，提高教师待遇，设立奖学金，等等。

林语堂的这些观点得到了一些人的赞成，同时也遭到了另一些人的反对。其中文复委委员张铁君在《幽默师反道统》一文中抨击林语堂的观点"信口开河"，认为林语堂反道统就是反三民主义③。林语堂可能因此拟了上文这封信，陈述文复运动发展方向的问题："诚以国内学界，或专重考据，而忽略文化之大本大经；或抱残守阙，与时代脱节。"林语堂希望辞去的可能是文复委常务委员一职，因为"一旦居职，反失效力"。这封信因为种种原因，没有呈上，林语堂也因此连任三届常务委员，实在是"人在江湖，身不由己"。不过，林语堂后来全身心投入词典编纂的事业中，文复委对他而言也就名存实亡了。

---

① 林语堂. 无所不谈. 台北：开明书店，1974：53-56.
② 林语堂. 无所不谈. 台北：开明书店，1974：66-68.
③ 转引自：洪俊彦. 近乡情悦：幽默大师林语堂的台湾岁月. 台北：蔚蓝文化出版股份有限公司，2015：161.

# 第六章 双语著译家林语堂
## 研究的当代性

　　徐訏曾说,林语堂在中国文学史中"也许是最不容易写的一章"①,笔者对此深有体会。林语堂研究必须从方面、多角度来综合进行,任何人试图从一篇文章、一本书、一个年代、一个地域来研究林语堂,其结论必然会遭到质疑。在本书中,互文性作为一个理论同时也作为一种研究方法贯彻始终,来梳理林语堂一生的语言文学活动。基于互文性理论,通过互文手法,我们可以系统地研究林语堂的作品,像蜘蛛网一样,把每一根丝理清楚。林语堂的网很大,丝很多,笔者在本书中无法把每一根丝都理出来,只能根据自己的专业背景、学识结构和资料积累,先把好理的理出来,其余的以后再理或者留给后来人。因此,本书突破了现有研究格局,从互文性角度把翻译研究与文学研究融合起来,在掌握运用大量一手资料的基础上,以实证方法探讨林氏中英文创作及著译作品之间相互借鉴和相互影响的互文关系,发掘林学研究中新的学术生长点;同时加深学界对林语堂文学观、翻译观、思想观的了解,补充前期林语堂研究的不足之处,纠正以往仅研究林语堂中文创作或英文小说创作所产生的片面观点。

　　林语堂一生的语言文学活动早在1923年回国之前就留下了预兆。

---

① 徐訏. 追思林语堂先生//子通. 林语堂评说七十年. 北京:中国华侨出版社,
　　2002:155.

如果我们以 1914 年①林语堂在《约翰声》月刊上发表的处女作《南方小村的生活》(*A Life in a Southern Village*, 短篇小说)为起点, 其在圣约翰大学刊物上发表的文章为其后来的文学之路提供了练笔机会。其主编的《约翰声》和《约翰年刊》为其在 20 世纪 30 年代主编《论语》《人间世》《宇宙风》提供了实习机会。他在 1917 年开始的汉字索引研究, 为后来的语言学研究、词典编纂打下了基础。因此, 林语堂早期的所作所为、所言所行与中期和晚期的言行均有互文联系。美国图书馆学专家安德森(Anderson)于 1975 年所做的《林语堂英文著译目录》("Lin Yutang: A Bibliography of His English Writings and Translations"), 按时间顺序详尽地列出了林语堂自 1928 年到 1973 年的绝大部分英文著译。在此基础上, 林语堂研究专家钱锁桥在其最新著作的附录"林语堂全集书目"(Bibliography of the Complete Works of Lin Yutang)中列出了林语堂一生的全部著译②。研究者和读者只要浏览一下这些目录和附录, 仅从论文的标题就可以发现不少互文联系。2018 年出版的《林语堂学术年谱》③尽管存在种种不足之处, 但是文中提供了大量的互文信息, 尤其是林语堂早年在上海圣约翰大学求学时期的文学、文化及学术活动, 与林语堂后来的文学、文化及学术活动有着必然的互文联系。从这些互文联系可以看出, 林语堂用英文讲述中国故事是一种文化自觉行为, 这种自觉行为贯穿了林语堂的一生。

1920 年 11 月 15 日, 林语堂在致胡适的信中用"境地改人的观念, 比人的观念改境地的多"④来感慨留学初期的境遇对自己思想的影响, 但是, 笔者认为, "境地改人的观念"的说法在林语堂的一生都用得着。林语堂到美国哈佛大学留学, 本来期望在比较文学方面有所建树, 后来却因经济

---

① 林语堂 1912、1913 年在《约翰声》上发表了一些习作, 但均为评论性文章, 不是文学创作。
② 钱锁桥. 林语堂传: 中国文化重生之道. 桂林: 广西师范大学出版社, 2019.
③ 郑锦怀. 林语堂学术年谱. 厦门: 厦门大学出版社, 2018.
④ 耿云志. 胡适遗稿及秘藏书信(第 29 册). 合肥: 黄山书社, 1994: 331.

困难而出走欧洲,最终到德国莱比锡大学完成学业,获得语言学博士学位,不同的学校和求学经历影响着他的学术选择。1923年回国后,他到北京大学任职,专攻语言学,并取得了一定的成绩。1926年被迫逃离北京后,到厦门大学就职,他依旧踌躇满志地希望在国学(主要是语言学)领域有所作为,但最终出走,到武汉国民政府任职,为革命摇旗呐喊。短暂狂热之后,他来到大上海,开始了一段新的人生。在上海文学界掀起"幽默年""小品文年""杂志年"之后,离开上海赴美写作,开始了人生的另一段旅程,进入世界文坛。在海外30年之后,他最终回到台湾、香港,度过人生的最后十年。每一次转换"境地",林语堂都因地制宜地做出了人生选择。

林语堂留学回国之初,在语言学领域做出了优异的成绩,在很多方面都是领军人物。除了发表论文(后来大部分录入《语言学论丛》),他积极参与各种语言学组织:1923年成为"国语罗马字拼音研究委员会"会员,1924年倡导成立方言调查会,并担任主席,是我国现代方言研究的开拓者和奠基人;1925年他受邀加入刘半农发起的"数人会",该会成员都是中国语言学界的精英(刘半农、赵元任、钱玄同、黎锦熙、汪怡、周辨明和林语堂)。如果林语堂坚持下去,后来的贡献虽然不一定能达到赵元任的程度,但如胡适所言"可比得马眉叔"还是有希望的。胡适对林语堂后来放弃语言学研究而转向文学可能不以为然,其实林语堂自己对这个转向也未曾料到。究其原因,第一是"境地"的变化,时势弄人。林语堂被迫离开北京大学、厦门大学,从而与语言学研究渐行渐远。第二是性格决定命运。林语堂特立独行,如他在《林语堂自传》所说的:"我喜欢自己所发现的好东西,而不愿意人家指出来的。"①第三是多才多艺。无论是语言学、

---

① 林语堂. 林语堂名著全集(第10卷):林语堂自传 从异教徒到基督徒 八十自叙. 长春:东北师范大学出版社,1994:33.

文学、翻译，还是哲学①或者发明创造(中文打字机)，主编杂志，只要他想
做，都可以做到极致。林语堂自 1932 年 9 月 16 日创刊《论语》到 1936 年
8 月 10 日离开中国，前后不到四年时间，先后主编了三本杂志(《论语》《人
间世》《宇宙风》)，一个比一个办得好——而不是如某些人所认为"一本不
如一本"——"搅动起连续不断而又令人难忘的文坛风波，调动了当时最
重要的作家，编发了大量重要作品，在文学史上留下了浓重的一笔"②。且
不说老舍的《骆驼祥子》等重要作品首先在其刊物连载，连当时政府的重
要通缉犯郭沫若，也连载了《海外十年》和《北伐途次》。第四，林语堂两脚
踏东西文化，在中西语言文化中均能找到立足点。陈平原认为："在中国
现代作家中，大概没有人比林语堂更西洋化，也没有人比林语堂更东方
化。"③也就是说，林语堂是中国现代文学史上一个独特的存在。正因为他
的西洋化加东方化，林语堂总能在中国或者西方找到创作灵感，找到理论
依据，不断有新发现，给世人带来惊喜。

由于其语言、文学、翻译的跨学科学术背景，林语堂一生在这三者之
间自由游弋，根据社会的需要和个人的兴趣，不断调整。通过对林语堂一
生的著译进行互文研究，我们发现，这三者之间不是断层的，而是衔接的、
交织的，只是各个阶段的侧重点不同。著名语言学家王力曾在其散文集
《龙虫并雕斋琐语》"代序"中提到，20 世纪 30 年代《论语》最盛行的时候，
有人发文讽刺林语堂，说"语言学家如果不谈他的本行，却只知道写些幽
默的小品，未免太可惜了"④。这与鲁迅劝林语堂放弃《论语》和幽默，多做
翻译是一个道理。其实，林语堂从来不曾完全放弃过语言学，也没有放弃

---

① 《生活的艺术》一书在美国的畅销让林语堂成为一个家喻户晓的"中国哲学家"
(Chinese Philosopher)，如标题："Lanterns Gongs and Fireworks: A Chinese
Philosopher Recalls His Childhood"(*The UNESCO Courier*, No. 12, 1955)。林
语堂擅长向西方读者讲解中国的智慧，如《孔子的智慧》《老子的智慧》《中国与印
度之智慧》。

② 刘绪源. 从《人间世》到《宇宙风》. 上海文学,2009(3):107.

③ 陈平原. 在东西方文化碰撞中. 杭州:浙江文艺出版社,1987:60-61.

④ 王了一. 龙虫并雕斋琐语. 增订本. 北京:中国社会科学出版社,1993:4.

过翻译,只是阶段性调整侧重点而已。在林语堂的文学作品中,语言学知识、翻译实践都夹杂其中,与作品内容混为一体。郁达夫曾说林语堂的幽默"有牛油气","并不是中国向来所固有的《笑林广记》"①。林语堂的小品文何尝不是如此。他提倡的幽默、小品文、传记等,都是先在西方文学发现,介绍到中国来,再在中国旧文学中找到知音,然后把中西语言文学结合起来,产生出一个混血儿而大力提倡。语录体则是古今语言结合的变体。所以,林语堂提倡的东西,看似那么的新,仔细一琢磨,却又是那么的旧。在仿作、创新过程中,他东西兼顾,古为今用,洋为中用,把中国传统与世界潮流很好地结合起来。《京华烟云》的创作、《红楼梦》的编译、《汉英词典》的编纂等,都是中英两种语言、文学、翻译、文化等各种知识的大融合。总之,无论作品中的互文影响或显或隐,无论中文作品对西方文学还是英文作品对中国文学的借用或引用,林语堂的著译都不是完全的西方化或者中国化。林语堂的著译具有文学体裁与语言风格的杂糅性、现代性,是中西文学交化撞击而生成的新文学创作模式和翻译模式。

鲁迅在《"题未定"(六)》中谈到陶渊明时说:"这'猛志固常在'和'悠然见南山'的是一个人,倘有取舍,即非全人,再加抑扬,更离真实。譬如勇士,也战斗,也休息,也饮食,自然也性交。如果只取他末一点,画起像来,挂在妓院里,尊为性交大师,那当然也不能说是毫无根据的。然而,岂不冤哉!"②这话不仅适用陶渊明,也适用他自己和林语堂。鲁迅为陶渊明喊冤的同时,其笔下的冤魂也不少,林语堂就是其中之一。林语堂崇拜陶渊明,在文中经常引用其诗句,也难逃其命运。很多研究者喜欢引用以鲁迅为首的左翼作家反对幽默、小品文和闲适的话来否定林语堂,就是根据自己的目的来"取舍","再加抑扬"。林语堂是一个多才多艺的人,在语言学、文学、翻译、哲学、文化、艺术等方面都有所作为。他的作品,除了提倡

---

① 郁达夫. 导言//赵家璧. 中国新文学大系:散文二集. 上海:上海良友图书印刷公司,1935:17.
② 鲁迅. 鲁迅全集(第 6 卷). 北京:人民文学出版社,2005:436.

幽默、性灵、闲适,还有宣传抗日、爱国、传播中国文化等内容。因此,只有全面了解林语堂,才能正确评价林语堂。对林语堂的研究和评论犹如一面镜子,照出来的其实是研究者自己。

有些读者可能由于林语堂挨过鲁迅的骂,就认定林语堂是坏人。正如曹聚仁在《鲁迅评传》中所指出的:

> 笔者特地要请读者注意,并不是鲁迅所骂的都是坏人,如陈源(西滢)、徐志摩、梁实秋,都是待人接物很有分寸,学问很渊博,文笔也不错,而且很谦虚的。有人看了鲁迅的文章,因而把陈西滢、梁实秋,看作十恶不赦的四凶,也是太天真了的。……在鲁迅的笔下,顾颉刚是十足的小人,连他的考证也不足道。其实,顾颉刚是笃学君子,做考证,十分认真;比之鲁迅,只能说各有所长,不必相轻。①

林语堂与鲁迅同样是"各有所长,不必相轻"。王兆胜曾将中国现代作家分为三类:一类是以鲁迅为代表的激进派,另一类是以周作人为代表的退守派,第三类是林语堂为代表的介乎两者之间的中间派②。这种分类与20世纪30年代阿英的分类,即打硬仗主义派、逃避主义派和幽默派③,大同小异。在这些分类中,林语堂都占有一席之地,这本身就说明了林语堂的历史贡献和重要地位。不过,"激进、退守、打硬仗、逃避"显然都不是文学术语,因此这些分类都不是从文学观出发的,这是中国学界对20世纪30年代作家作品评论时的通病。笔者认为,既然是对作家分类,就应该从文学本身出发,抛却其他一切因素。林语堂提倡性灵、幽默,是希望"中国散文从此较近情,较诚实而已"④;提倡小品文,也不过是希望散文多一种笔调,都是纯文学的探讨,与救国亡国没有关系。用政治化的思维去看待文学,把文学变成政治的附庸,这是林语堂一直

① 曹聚仁. 鲁迅评传. 上海:复旦大学出版社,2006:66-67.
② 王兆胜. 林语堂与明清小品. 河北学刊,2006(1):133.
③ 阿英. 现代十六家小品. 天津:天津市古旧书店,1990:465-467.
④ 林语堂. 临别赠言. 宇宙风,1936-09-16(25):80.

反对的。

　　林语堂坚持性灵文学,如苏东坡那样"嬉笑怒骂皆成文章",而且由于"一肚皮不合时宜",甚至"逆时代潮流而动"①,因而经常成为批评的对象。林语堂的不合时宜,可以分为超前思维和守旧思维两类。因为思维超前而导致的不合时宜,比如最早提出索引制,提倡幽默、小品文、性灵,发明打字机等等,都是没有人在他之前做过的事。但是,这些超前思维一旦成为定向思维,又往往成为守旧思维,比如其晚年在台湾的作品:在 20 世纪60 年代谈论 30 年代的话题,明显落后于时代。因此,我们似乎看到两个林语堂,或者说,林语堂的两面性:一个是开拓者林语堂,另一个是保守者林语堂。

　　一稿两投,一稿多用,在中英文之间随意游走,这种现象在林语堂的著译生涯里经常出现。从好的一面看,这是开拓者林语堂充分利用其双语优势,活用语言,在中国文学与西方文学两边自由游弋,让只懂中文的读者或只懂英文的读者都能欣赏其作品;从坏的一面看,这是保守者林语堂的文学素材、创作才能枯竭的表现。

　　21 世纪后,中国一直重视中国文化"走出去"。林语堂一直被看作是"中国文化译出的典范"②,一谈到中国文化"走出去"就会想到林语堂③。20 世纪三四十年代,林语堂凭一己之力,用手中的笔让英语世界读者对中国文化产生浓厚的兴趣。如今,"中国的经济地位和文化实力无疑大大超过了 20 世纪 30 年代,但是,为什么直到今天还不曾出现一本和林语堂以上两本书(指林语堂的《吾国与吾民》《生活的艺术》——笔者注)在国外的影响相媲美的中国人自己写的书呢?"④国内学者通过对莫言英译作品译介效果的研究,得出两点事实:第一,中国文化文学在世界上处于弱势地

---

① 庄伟杰. 林语堂的文学史意义及其研究当代性思考. 世界华文文学论坛,2006
　　(4):10.
② 黄忠廉. 林语堂:中国文化译出的典范. 光明日报,2013-05-13(05).
③ 乐黛云. 从中国文化走出去想到林语堂. 中国文化报,2015-12-18(03).
④ 乐黛云. 从中国文化走出去想到林语堂. 中国文化报,2015-12-18(03).

位;第二,中国文学对外译介处于初始阶段。基于此,有学者建议"在策略的制定上必须更多地考虑到译入语强势文化的接受和认同"①。再回头看看林语堂的英文著译,不难发现林语堂的先见之明,这显然是其开拓者的一面。因此,本书对于中国文化"走出去"具有借鉴意义,对跨文化翻译实践和双语创作有指导意义。

林语堂早年研究语言学,是受了当时学术风气的影响,中年提倡幽默和小品文同样受到了时代潮流的影响。林语堂脱离枯燥、琐碎、严谨的语言学学术圈,转行进入自由活泼的文学圈,提倡幽默闲适的小品文,这一转变使他的性情和学问融合为一,他真正找到了自己。这很显然是一个开拓者林语堂。可是,在创作和翻译选题时、介绍中西方文化时,他偏重个人自由方面,反对载道派提倡的"革命文学""大众文学",坚持"五四"时期提倡的"人的文学",在某些人眼里显然与30年代的政治文学相脱节,这是保守者林语堂。在或左或右的中国,长期坚持自由主义,不依附于任何政党,不知道或者拒绝见风使舵,在某些人眼里,这无疑是保守者林语堂。晚年回到台湾,不愿担任"考试院"副院长,捞个肥差安度晚年,却费尽心血编撰《汉英词典》,研究并翻译《红楼梦》,这还是保守者林语堂。开拓也好,保守也好,既与时代相关,又与读者的意识形态有关。

如白居易所言,"文章合为时而著,歌诗合为事而作"。林语堂所处的社会、历史、文化语境和直接的个人生活经验都是其作品的一部分。每个人都难免受到其所处时代的影响,也就是说,林语堂作品具有一定的时代局限性。无论是作者还是读者,他观察社会文化现象,思考社会文化问题,写作或阅读时的思想和方法必然要受到其所接触的社会、所阅读的文本(前文本)的影响和制约。无论我们是否同意林语堂的文学观、文化观、翻译观等,我们不能不承认,林语堂在其中英文著译中所说的,都是其一贯相信的东西、坚持的东西。读者,包括笔者,对林语堂作品的互文性解

① 鲍晓英. 从莫言英译作品译介效果看中国文学"走出去". 中国翻译,2015(1):17.

读,除了学识和专业方面的原因,也难免受时代的局限。21 世纪的我们,可能永远无法发现 20 世纪林语堂作品所包含的全部互文意义,只能根据现有的资料去推测,根据我们的知识和经历去理解。

# 参考文献

Anderson, A. J. *Lin Yutang: The Best of an Old Friend*. New York: Mason/Charter, 1975.

Baer, B. J. (ed.). *Contexts, Subtexts and Pretexts: Literary Translation in Eastern Europe and Russia*. Amsterdam: John Benjamins Pub. Co., 2011.

Bassnett, S. When is a translation not a translation? In Bassnett, S. & Lefevere, A. (eds.). *Constructing Cultures: Essays on Literary Translation*. Shanghai: Shanghai Foreign Language Education Press, 2001.

Bauman, R. *A World of Others' Words: Cross-Cultural Perspectives on Intertextuality*. Hoboken, NJ: Wiley-Blackwell, 2004.

Chu, D. W. The perils of translating Lin Yutang: Two versions of "Wo De Jie Yan" in English. *Translation Review*, 2014(1): 49-58.

Halliday, M. A. K. *Language as Social Semiotic: The Social Interpretation of Language and Meaning*. London: Edward Arnold, 1978.

Hawkes, D. (trans.). *The Story of the Stone (Vol. I)*. Harmondsworth: Penguin, 1973.

Hawkes, D. (trans.). *The Story of the Stone (Vol. II)*. Harmondsworth: Penguin, 1977.

Isaacs, H. R. *Re-Encounter in China*. Hong Kong: Joint Publishing Co., 1985.

Iser, W. *The Act of Reading: A Theory of Aesthetic Response*. London:

Routledge & Kegan Paul, 1978.

Ku, H. M. *The Spirit of the Chinese People*. Peking: The Commercial Press, 1922.

Lefevere, A. (ed.). *Translation, History, Culture: A Source Book*. London: Routledge, 1992.

Li, P. Self-translation as rewriting: A study of Lin Yutang's bilingual works. Paper presented at the FIT Fifth Asian Translators Forum, hosted by Association of Indonesian Translators, Bogor, Indonesia, 2007-04-12.

Li, P. A Critical Study of Lin Yutang as a Translation Theorist, Translation Critic and Translator. Hong Kong: City University of Hong Kong (PhD thesis), 2012.

Li, P. & Sin, K. K. Translation and imitation: From *Pygmalion* to *Confucius Saw Nancy*. *Fudan Journal of the Humanities and Social Sciences*, 2013(2): 110-127.

Lin, Adet, Anor & Meimei. *Dawn over Chungking*. New York: John Day, 1941.

Lin, Y. T. Literary revolution, patriotism, and the democratic bias. *Chinese Students' Monthly*, 1920(6): 25-29.

Lin, Y. T. Lusin. *The China Critic*, December 6, 1928,1(28): 547-548.

Lin, Y. T. *The Little Critic: Essays, Satires and Sketches on China (First Series: 1930—1932)*. Shanghai: The Commercial Press, 1935.

Lin, Y. T. *The Little Critic: Essays, Satires and Sketches on China (Second Series: 1933—1935)*. Shanghai: The Commercial Press, 1935.

Lin, Y. T. *My Country and My People*. New York: John Day, 1935.

Lin, Y. T. Hirota and the child: A child's guide to Sino-Japanese politics. *The China Critic*, VIII, March 14, 1935: 255-256.

Lin, Y. T. Contemporary Chinese periodical literature. *T'ien Hisa Monthly*, II, March 1936: 234.

Lin, Y. T. Oh, break not my willow-trees! *The China Critic*, 12(5). Jan

30, 1936: 108-110.

Lin, Y. T. *Confucius Saw Nancy and Essays about Nothing*. Shanghai: The Commercial Press, 1936.

Lin, Y. T. *A Nun of Taishan and Other Translations*. Shanghai: The Commercial Press, 1936.

Lin, Y. T. *A History of the Press and Public Opinion in China*. Chicago: The University of Chicago Press, 1936.

Lin, Y. T. *The Importance of Living*. New York: John Day, 1937.

Lin, Y. T. *The Wisdom of Confucius*. New York: Random House, 1938.

Lin, Y. T. *My Country and My People*. Revised Version. New York: John Day, 1939.

Lin, Y. T. *Moment in Peking*. New York: John Day, 1939.

Lin, Y. T. *With Love and Irony*. New York: John Day, 1940.

Lin, Y. T. A sister's dream came true. *The Rotarian*, August, 1941: 8-10.

Lin, Y. T. *The Wisdom of China and India*. New York: Random House, 1942.

Lin, Y. T. *Between Tears and Laughter*. New York: John Day, 1943.

Lin, Y. T. *The Gay Genius: The Life and Times of Su Tungpo*. New York: John Day, 1947.

Lin, Y. T. *Widow, Nun and Courtesan, Three Novelettes from the Chinese Translated and Adapted by Lin Yutang*. New York: John Day, 1951.

Lin, Y. T. *Lady Wu: A True Story*. London: William Heinemann, 1957.

Lin, Y. T. *From Pagan to Christian*. Cleveland and New York: The World Publishing Company, 1959.

Lin, Y. T. *The Importance of Understanding*. Cleveland and New York: The World Publishing Company, 1960.

Lin, Y. T. *The Pleasures of a Nonconformist*. Cleveland and New York: The World Publishing Company, 1962.

Lin, Y. T. *Juniper Loa*. Cleveland and New York: The World Publishing Company, 1963.

Lin, Y. T. Humor in East and West. *Korea Journal*, 1970(8): 12-14.

Lin, Y. T. *Lin Yutang's Chinese-English Dictionary of Modern Usage*. Hong Kong: The Chinese University Press, 1972.

Lin, Y. T. Lin Yutang's appreciation of *The Red Chamber Dream*. *Renditions*, 1974(2): 23-30.

Lin, Y. T. *Memoirs of an Octogenarian*(《八十自叙》). 台北:美亚出版公司, 1975.

Lin, Y. T. The monks of Hangzhou. Nancy E. Chapman & King-fai Tam. (trans.). In Lau, J. & Goldblatt, H. (eds.). *The Columbia Anthology of Modern Chinese Literature*. New York: Columbia University Press, 1995: 621-624.

Lin, Y. T. *Lin Yutang's Chinese-English Dictionary of Modern Usage*. Hong Kong: The Chinese University Press, 1972.

Lin, Y. T. Foreword. In Lin, Y. T. *The Importance of Living*. 北京:外语教学与研究出版社,1998: xi.

Loeb, M. *Literary Marriages*: *A Study of Intertextuality in a Series of Short Stories by Joyce Carol Oates*. New York: Peter Lang Pub Inc., 2001.

Mazierska, E. *European Cinema and Intertextuality*: *History, Memory and Politics*. Basingstroke: Palgrave Macmillan UK, 2011.

Meng, C. *Chinese American Understanding*: *A Sixty-Year Search*. New York: China Institute in America, 1981.

Nietzsche, F. *Thus Spake Zarathustra*. Common, T. (trans.). New York: The Modern Library, 1917.

Qian, S. Q. *Liberal Cosmopolitan*: *Lin Yutang and Middling Chinese Modernity*. Leiden and Boston: Brill Academic Publishing, 2011.

Qian, S.Q. *Lin Yutang and China's Search for Modern Rebirth*. Singapore: Palgrave Macmillan, 2017.

Ramsdell, D. Asia askew: US best-sellers on Asia, 1931—1980. *Bulletin of Concerned Asian Scholars*, 1983(4): 2-25.

Shen, F. Six chapters of a floating life. Lin, Y. T. (trans.). In Lin, Y. T. (ed.). *The Wisdom of China and India*. New York: Random House, 1942: 964-1050.

Shen, F. *Chapters from a Floating Life*. Black, S. M. (trans.). London: Oxford University Press, 1960.

Shen, F. *Six Records of a Floating Life*. Pratt, L. & Chiang, S. H. (trans.). London: Penguin Books, 1983.

Smith, A. *The Chinese Characteristics*. New York: Fleming H. Revell Co., 1894.

Wallace, D. *Lin Yutang: A Memorial* (booklet). *Reader's Digest*, 1976 (28): i.

Wang, C. C. (trans.). *Dream of the Red Chamber*. New York: Anchor Books, 1958.

Worton, M. & Still, J. (eds.). *Intertextuality: Theories and Practices*. Manchester and New York: Manchester University Press, 1990.

Yang, X. Y. & Yang, G. (trans.). *A Dream of Red Mansions*. Beijing: Foreign Languages Press, 1978/1994.

Yin, X. H. *Chinese American Literature since the 1850s*. Urbana and Chicago: University of Illinois Press, 2000.

Zanganeh, L. A. Umberto Eco, the art of fiction No. 197. *Paris Review*, 2008(185). 转引自 The Paris Review 主页[2019-09-18]: https://www.theparisreview.org/interviews/5856/umberto-eco-the-art-of-fiction-no-197-umberto-eco.

阿英. 现代十六家小品. 天津:天津市古旧书店,1990.

安危,译. 鲁迅同斯诺谈话整理稿. 新文学史料,1987(3):7-12.

鲍晓英. 从莫言英译作品译介效果看中国文学"走出去". 中国翻译,2015(1):13-17.

鲍耀明. 周作人与鲍耀明通信集. 开封:河南大学出版社,2004.

伯文. 英译中国三大名剧. 上海:中英出版社,1941.

曹聚仁.《人间世》与《太白》《芒种》//曹聚仁. 文坛五十年. 上海:东方出版中心,1997.

曹聚仁. 鲁迅评传. 上海:复旦大学出版社,2006.

曹雪芹. 红楼梦. 北京:人民文学出版社,2003.

陈吉荣. 基于自译语料的翻译理论研究:以张爱玲自译为个案. 北京:中国社会科学出版社,2009.

陈平原. 在东西方文化碰撞中. 杭州:浙江文艺出版社,1987.

陈平原. "思乡的蛊惑"与"生活之艺术"——周氏兄弟与现代中国散文. 中国现代文学研究丛刊,2018(1):1-18.

陈欣欣. 论林语堂的白话文语言观与文学观. 中国现代文学研究丛刊,2012(5):195-203.

陈欣欣. 林语堂:孤行的反抗者. 北京:清华大学出版社,2015.

陈煜斓. 民族意识与抗战文化——林语堂抗战期间文化活动的思想检讨. 山东师范大学学报(人文社会科学版),2008(4):76-80.

陈煜斓. 李代桃僵话柏英识——林语堂初恋情人考. 文艺报,2018-02-28(06).

陈子善,王自立. 郁达夫忆鲁迅. 广州:花城出版社,1982.

陈子善. 边缘识小. 上海:上海书店,2009.

陈子善. 世间再无《论语》,唯幽默永存. 北京晨报,2015-03-29(A18).

陈振文. 开风气之篇与被误引之作——林语堂检字法文献解读. 电子科技大学学报,2014(3):73-78.

褚东伟. 翻译家林语堂. 上海:上海外语教育出版社,2012.

丁林. 碰巧读到林语堂. 万象,2005(3):50-57.

董大中. 鲁迅与林语堂. 石家庄:河北人民出版社,2003.

董娜. 基于语料库的"译者痕迹"研究——林语堂翻译文本解读. 北京:中国社会科学出版社,2010.

丰逢奉. 林语堂的词典"应用"论. 辞书研究,1996(6):135-143.

冯铁. "向尼采致歉"——林语堂对《萨拉图斯脱拉如是说》的借用. 王宇根,译. 中国现代文学研究丛刊,1994(3):117-126.

冯羽.日本"林学"的风景——简评日本学者合山究的林语堂论.世界华文文学论坛,2009(1):41-44.

冯智强.中国智慧的跨文化传播:林语堂英文著译研究.青岛:中国海洋大学出版社,2011.

傅敏.傅雷谈翻译.北京:当代世界出版社,2005.

傅文奇.近十年来林语堂研究的统计与分析.福建论坛(人文社会科学版),2006(5):102-105.

傅小平.库切:所有的自传都在讲故事,所有的创作都是自传.文学报,2017-11-17.

甘莅豪.中西互文概念的理论渊源与整合.修辞学习,2006(5):19-22.

高健.近年来林语堂作品重刊本中的编选、文本及其它问题.山西大学学报,1994(4):42-50.

高植.俗体方案.论语,1934-01-01(32):425.

耿云志.胡适遗稿及秘藏书信(第20册).合肥:黄山书社,1994.

耿云志.胡适遗稿及秘藏书信(第29册).合肥:黄山书社,1994.

郜元宝.尼采在中国.上海:上海三联书店,2001.

洪俊彦.近乡情悦:幽默大师林语堂的台湾岁月.台北:蔚蓝文化出版股份有限公司,2015.

侯丽.林语堂《红楼梦》英译本现身日本,学界希望披露更多细节.中国社会科学报,2015-07-31.

胡适.1936年12月14日致苏雪林信//胡适来往书信选(中册).北京:中华书局,1979:339.

胡适.胡适文集(1).北京:北京大学出版社,1998.

胡适.胡适文集(12).北京:北京大学出版社,1998.

黄肇珩.林语堂和他的一捆矛盾//回顾林语堂:林语堂先生百年纪念文集.台北:正中书局,1994:74-89.

黄怀军.《萨天师语录》对《查拉图斯特拉如是说》的接受与疏离.中国文学研究,2007(2):109-112.

黄怀军.林语堂与尼采.中国文学研究,2012(3):111-115.

黄念然. 当代西方文论中的互文性理论. 外国文学研究,1999(1):15-21.

黄忠廉. 林语堂:中国文化译出的典范. 光明日报,2013-05-13(05).

姜秋霞,金萍,周静. 文学创作与文学翻译的互文关系研究——基于林语堂作品的描述性分析. 外国文学研究,2009(2):89-98.

江帆. 他乡的石头记:《红楼梦》百年英译史研究. 上海:复旦大学博士学位论文,2007.

蒋骁华. 互文性与文学翻译. 中国翻译,1998(2):20-25.

金圣华. 认识翻译真面目. 香港:天地图书有限公司,2002.

黎昌抱. 基于平行语料库的文学自译现象研究. 北京:高等教育出版社,2017.

李平. 和实生物,同则不继——鲁迅与周作人同题忆人散文比较. 江苏广播电视大学学报,2007(6):53-56.

李平. 林语堂的学生生涯史料考察. 闽台文化交流,2009(4):116-121.

李平. 书写差异:林语堂同一作品在中美的不同策略. 阅江学刊,2010(2):111-115.

李平. 张友松与林语堂. 东方翻译,2010(5):54-56.

李平. 鲁迅批评研究真伪现象探究. 江苏广播电视大学学报,2011(3):62-65.

李平. 一个文本,两种表述:《林语堂双语文选》简评. 外语研究,2012(1):107-109.

李平. 林译《浮生六记》研究中存在的问题. 江苏外语教学研究,2013(2):74-77.

李平. 林语堂与词典的不解之缘. 兰台世界,2013(9 上):55-56.

李平. 林语堂与《红楼梦》的翻译. 红楼梦学刊,2014(4):289-301.

李平. 译路同行——林语堂的翻译遗产(*Lin Yutang's Legacy in Translation Studies*). 北京:中央编译出版社,2014.

李平. 《红楼梦》詈词“忘八”及其跨文化传播. 红楼梦学刊,2015(5):149-172.

李平. 文章报国——林语堂的抗日爱国情怀. 南京社会科学,2015(s):153-158.

李平. 林语堂创作与翻译的互文关系初探——以尼采为例. 语堂文化(文学

季刊),2016(1):5-12.

李平.中国文化对外译介中出版社与编辑之责任——以林语堂英文作品的出版为例.天津外国语大学学报,2018(1):62-70.

李平,程乐.从自译视角看忠实的幅度:以林语堂为例.浙江工商大学学报,2012(5):86-90.

李平,李小撒.一作多译:《浮生六记》英译本之互文关系.安徽文学,2014(5):117-118.

李平,冼景炬.翻译中的回译——评《中国与印度之智慧》的中译.译林,2009(4):215-217.

李平,杨林聪.林语堂自译《啼笑皆非》的"有声思维".中南大学学报,2014(1):267-272.

李青崖,林语堂."幽默"与"语妙"之讨论.论语,1932(1):44-45.

李玉平."影响"研究与"互文性"之比较.外国文学研究,2004(2):1-7.

李玉平.互文性新论.南开学报,2006(3):111-117.

李玉平.互文性定义探析.文学与文化,2012(4):16-22.

李智勇.海涅作品在中国的传播和影响.湘潭大学学报,1990(3):111-113.

黎土旺.文化取向与翻译策略——《浮生六记》两个英译本之比较.外语与外语教学,2007(7):53-55.

林克难.增亦翻译,减亦翻译——萧乾自译文学作品启示录.中国翻译,2005(3):44-47.

林如斯.关于《瞬息京华》//林语堂.瞬息京华.郁飞,译.长沙:湖南文艺出版社,1991:796-798.

林太乙.林语堂传.台北:联经出版事业公司,1989.

林太乙.林家次女.北京:西苑出版社,1997.

林太乙.金盘街.北京:中国青年出版社,2002.

林太乙.女王与我.武汉:湖北人民出版社,2006.

林玉堂.论汉字索引制及西洋文学.新青年,1918(4):366-368.

林玉堂.征译散文并提倡"幽默".晨报副刊,1924-05-23(3-4).

林玉堂.幽默杂话.晨报副刊,1924-06-09(1-2).

林玉堂. 最早提倡幽默的两篇文章. 论语,1935-10-01(73):3-5.

林语堂. 插论语丝的文体——稳健、骂人及费厄泼赖. 语丝,1925-12-14(57):3-6.

林语堂. 鲁迅. 光落,译. 北新,1929-01-01(1):88.

林语堂. 有不为斋随笔——读邓肯自传. 论语,1932-10-16(3):101-106.

林语堂. 陈,胡,钱,刘. 论语,1932-11-16(5):147.

林语堂. 编辑后记——论语的格调. 论语,1932-12-01(6):209-210.

林语堂. 论翻译//林语堂. 语言学论丛. 上海:开明书店,1933:325-342.

林语堂. 答高植书. 论语,1933-01-01(32):426.

林语堂. 水乎水乎洋洋盈耳. 论语,1933-03-01(12):404-405.

林语堂. 论幽默(上、中). 论语,1934-01-16(33):434-438.

林语堂. 论幽默(下). 论语,1934-02-16(35):522-525.

林语堂. 言志篇. 论语,1934-06-01(42):838.

林语堂. 一九三四年我所爱读的书籍. 人间世,1935-01-05(19):66.

林语堂. 广田示儿记. 论语,1935-05-16(65):822-824.

林语堂. 流浪者自传(引言). 宇宙风,1935-09-16(1):14.

林语堂. 林语堂自传. 工爻,译. 逸经,1936-11-05(17):64-70.

林语堂. 国事亟矣. 论语,1935-12-16(78):256-257.

林语堂. 冀园被偷记. 宇宙风,1936-03-01(12):567-569.

林语堂. 与又文先生论逸经. 逸经,1936-03-05(1):58-59.

林语堂. 《猫与文学》小引. 宇宙风,1936-08-01(22):499.

林语堂. 临别赠言. 宇宙风,1936-09-16(25):79-82.

林语堂. 林语堂自传. 工爻,译. 逸经,1936-12-05(19):22-26.

林语堂. 悼鲁迅. 宇宙风,1937-01-01(32):394-395.

林语堂. 我所得益的一部英文字典//林语堂. 大荒集. 上海:生活书店,1937:99.

林语堂. 日本征服不了中国. 西风半月刊,1937-11-01(13):2-6.

林语堂. 日本必败论. 宇宙风,1938-08-16(73):8-21.

林语堂. 讽颂集. 蒋旗,译. 上海:国华编译社,1941.

林语堂. 爱与刺. 今文编译社,译. 西安:陕西人民出版社,1991.

林语堂. 谈郑译《瞬息京华》. 宇宙风,1942(113):113-116.

林语堂. 啼笑皆非. 重庆:商务印书馆,1945.

林语堂. 追悼胡适之先生. 海外论坛,1962-04-01(4):2.

林语堂. 联合报创用常用字的贡献. 联合报,1971-09-16(15).

林语堂. 无所不谈. 台北:开明书店,1974.

林语堂. 语堂文集. 台北:开明书店,1978.

林语堂. 不亦快哉. 台北:正中书局,1991.

林语堂. 瞬息京华. 郁飞,译. 长沙:湖南文艺出版社,1991.

林语堂. 林语堂名著全集(第1—30卷). 长春:东北师范大学出版社,1994.

（第1卷:京华烟云(上)｜第2卷:京华烟云(下)｜第3卷:风声鹤唳｜第4卷:唐人街｜第5卷:朱门｜第6卷:中国传奇｜第7卷:奇岛｜第8卷:红牡丹｜第9卷:赖柏英｜第10卷:林语堂自传　从异教徒到基督徒　八十自叙｜第11卷:苏东坡传｜第12卷:武则天传｜第13卷:翦拂集　大荒集｜第14卷:行素集　披荆集｜第15卷:讽颂集｜第16卷:无所不谈合集｜第17卷:拾遗集(上)｜第18卷:拾遗集(下)｜第19卷:语言学论丛｜第20卷:吾国与吾民｜第21卷:生活的艺术｜第22卷:孔子的智慧｜第23卷:啼笑皆非｜第24卷:老子的智慧｜第25卷:辉煌的北京｜第26卷:平心论高鹗｜第27卷:女子与知识　易卜生评传　卖花女　新的文评｜第28卷:成功之路｜第29卷:林语堂传｜第30卷:吾家）

林语堂. 林语堂散文精品. 徐惠风,译. 广州:广州出版社,1997.

林语堂. 我怎样写《瞬息京华》//陈子善. 林语堂书话. 杭州:浙江人民出版社,1998:345-347.

林语堂. 林语堂评说中国文化(1930—1932). 北京:中共中央党校出版社,2001.

林语堂. 林语堂评说中国文化(1933—1935). 北京:中共中央党校出版社,2001.

林语堂. 林语堂《红楼梦》英文编译原稿序言. 宋丹,译. 曹雪芹研究,2019(3):166-178.

林语堂故居. 跨越与前进:从林语堂研究看文化的相融/相涵国际学术研讨会

论文集. 台北:秀威资讯科技股份有限公司,2007.

刘嫦. 也谈归化和异化. 外语学刊,2004(2):98-103.

刘鹗. 老残游记. 北京:人民文学出版社,2000.

刘广定. 大师的零玉:陈寅恪胡适和林语堂的一些瑰宝遗珍. 台北:秀威信息
科技股份有限公司,2006.

刘斐. 中国传统互文研究——兼论中西互文的对话. 上海:复旦大学博士学
位论文,2012.

刘斐. "参互见义"考//语言研究集刊(第11辑). 上海:上海辞书出版社,
2013:247-255.

刘斐. 三十余年来互文性理论在中国的传播与发展. 当代修辞学,2013(5):
28-37.

刘绪源. 从《人间世》到《宇宙风》. 上海文学,2009(3):107-111.

刘炎生. 林语堂评传. 南昌:百花洲文艺出版社,1994.

刘作忠. 捐房抗战——林语堂轶事. 党史纵横,1996(1):43.

鲁迅. 小杂谈三则. 晨报副刊,1924-06-09(03).

鲁迅. 非有复译不可//罗新璋,翻译论集. 北京:商务印书馆,1984:297-298.

鲁迅. 鲁迅全集(第4卷). 北京:人民文学出版社,1981/2005.

鲁迅. 鲁迅全集(第5卷). 北京:人民文学出版社,2005.

鲁迅. 鲁迅全集(第6卷). 北京:人民文学出版社,2005.

鲁迅. 鲁迅全集(第10卷). 北京:人民文学出版社,2005.

鲁迅. 鲁迅全集(第13卷). 北京:人民文学出版社,2005.

鲁迅. 鲁迅全集(第14卷). 北京:人民文学出版社,2005.

鲁迅. 鲁迅全集(第16卷). 北京:人民文学出版社,2005.

路艳霞.《红楼梦》署名不见"高鹗续"了. 北京日报,2018-02-28(11).

吕若涵. "论语派"论. 上海:上海三联书店,2002.

满建,杨剑龙. 论都市文化语境与"小品文年"的生成. 都市文化研究,2014
(1):29-41.

毛泽东. 毛泽东文集(第2卷). 北京:人民出版社,1993.

倪墨炎. 鲁迅照片出版的曲折历程. 档案春秋,2008(6):4-9.

潘文国. 汉英对比研究一百年. 世界汉语教学,2002(1):60-86.

彭程,朱长波. 日本档案馆藏涉林语堂抗日活动档案一组. 新文学史料,2019(4):36-40.

彭春凌. 林语堂与现代中国的语文运动. 中山大学学报,2013(2):37-58.

钱理群,温儒敏,吴福辉. 中国现代文学三十年(修订本). 北京:北京大学出版社,1998.

钱锁桥. 谁来解说中国. 二十一世纪双月刊,2007(5):62-68.

钱锁桥. 林语堂眼中的蒋介石和宋美龄. 书城,2008(2):41-47.

钱锁桥. 小评论:林语堂双语文集(英汉对照). 北京:九州出版社,2012.

钱锁桥. 林语堂传:中国文化重生之道. 桂林:广西师范大学出版社,2019.

钱锺书. 管锥篇(第一册). 北京:中华书局,1979.

钱锺书. 写在人生边上　人生边上的边上　石语. 北京:生活·读书·新知三联书店,2002.

乔志高. 一言难尽:我的双语生涯. 台北:联合文学出版社,2000.

秦海鹰. 互文性理论的缘起与流变. 外国文学评论. 2004(3):19-30.

秦海鹰. 互文性问题研究. (2011-05-15)[2019-09-19]. http://www.npopss-cn.gov.cn/GB/219506/219508/219526/14640234.html.

秦文华. 在翻译文本新墨痕的字里行间——从互文性角度谈翻译. 外国语,2002(2):53-58.

秦文华. 翻译研究的互文性视角. 南京:译文出版社,2006.

秦贤次. 林语堂与北京清华学校(1916—1919). 华文文学评论,2016(4):135-144.

萨莫瓦约. 互文性研究. 邵炜,译. 天津:天津人民出版社,2003.

桑仲刚. 探析自译——问题与方法. 外语研究,2010(5):78-83.

沈复. 浮生六记(汉英对照). 林语堂,译.上海:西风社,1939.

沈复. 浮生六记(汉英对照). 林语堂,译. 北京:外语教学与研究出版社,1999.

沈复. 浮生六记(汉英对照). 白伦,江素惠,译. 南京:译林出版社,2006.

舒启全. 评林氏《当代汉英词典》. 外语与外语教学,1998(6):53-55.

斯诺. 活的中国. 萧乾,译. 长沙:湖南人民出版社,1982.

宋丹. 日藏林语堂《红楼梦》英译原稿考论. 红楼梦学刊,2016(2):73-116.

宋庆龄. 广州脱险记. 论语,1933-06-01(18):631-633.

孙会军. 从《浮生六记》等作品的英译看翻译规范的运作方式. 解放军外国语学院学报,2004(3):67-71.

唐德刚,译. 胡适口述自传. 北京:华文出版社,1992.

唐弢. 回忆·书简·散记. 上海文艺出版社,1979.

唐弢. 林语堂论//子通. 林语堂评说七十年. 北京:中国华侨出版社,2003:261-268.

陶亢德. 林语堂与翻译. 逸经,1936-08-05(11):24.

王丽耘. "石头"激起的涟漪究竟有多大?——细论《红楼梦》霍译本的西方传播. 红楼梦学刊,2012(4):199-220.

王了一. 龙虫并雕斋琐语. 增订本. 北京:中国社会科学出版社,1993.

王吴军. 林语堂终生痴迷《红楼梦》. 炎黄纵横,2013(12):59-60.

王少娣. 互文性视阈下的林语堂翻译探析. 外语教学理论与实践,2008(1):75-79.

王少娣. 林语堂的东方主义倾向与其翻译的互文性分析. 解放军外国语学院学报,2009(2):55-60.

王少娣. 跨文化视角下的林语堂翻译研究. 上海:上海外语教育出版社,2012.

王少娣. 林语堂审美观的互文性透视. 中译外研究,2014(2):107-116.

王一川. 语言乌托邦. 昆明:云南人民出版社,1999.

王云五. 号码检字法. 东方杂志,1925,22(12):85.

王兆胜. 论林语堂的女性崇拜思想. 社会科学战线,1998(1):138-147.

王兆胜. 《红楼梦》与20世纪中国文学. 中国社会科学,2002(3):149-161.

王兆胜. 林语堂与公安三袁. 江苏社会科学,2003(6):158-164.

王兆胜. 林语堂与袁枚:人品与学术. 学术研究,2003(9):110-113.

王兆胜. 林语堂与明清小品. 河北学刊,2006(1):126-136.

王兆胜. 21世纪我们需要林语堂. 文艺争鸣,2007(3):83-96.

王兆胜. 林语堂与中国文化. 北京:社会科学文献出版社,2007.

王兆胜. 林语堂与红楼梦. 河北学刊,2008(6):116-122.

王才忠. 林语堂爱国思想研究. 湖北大学学报,1991(3):118-120.

王国维. 人间词话. 南京:江苏文艺出版社,2007.

王正仁,高健. 林语堂前期中文作品与其英文原本的关系. 外国语,1995(5):
49-54.

卫茂平. 德语文学汉译史考辨:晚清和民国时期. 上海:上海外语教育出版
社,2004.

文军,邓春. 国内《浮生六记》英译研究:评述与建议. 当代外语研究,2012
(10):56-60.

吴波. 从自译看译者的任务——以《台北人》的翻译为个案. 山东外语教学,
2004(6):65-68.

吴晓樵. 鲁迅与海涅译诗及其他. 鲁迅研究月刊,2000(9):81-82.

萧伯纳. 萧伯纳敬告中国人民. 论语,1933-03-01(12):406.

萧伯纳. 卖花女(英汉对照版). 林语堂,译注. 上海:开明书店,1936.

萧伯纳.卖花女:选评. 杨宪益,译. 思果,评. 北京:中国对外翻译出版公司,
2004.

萧红,俞芳,等. 我记忆中的鲁迅先生:女性笔下的鲁迅. 石家庄:河北教育出
版社,2000.

辛斌. 语篇互文性的语用分析. 外语研究,2000(3):14-16.

辛斌. 语篇研究中的互文性分析. 外语与外语教学,2008(1):6-10.

许冬平.《浮生六记》的英译和白话文翻译. 文景,2006(11). (2007-08-29)
[2018-08-27]. http://blog.sina.com.cn/s/blog_4d7cb0a8010009jb.html.

徐訏. 追思林语堂先生//子通. 林语堂评说七十年. 北京:中国华侨出版社,
2002:135-156.

阎开振. 论林语堂小说创作的人道精神与爱国情感. 齐鲁学刊,1994(4):23-
27.

杨昊成.《中国评论周报》中有关鲁迅的三则文字. 鲁迅研究月刊,2013(6):
80-89.

杨景龙. 用典、拟作与互文性. 文学评论,2011(2):178-185.

杨柳. 林语堂翻译研究——审美现代性透视. 长沙:湖南人民出版社,2005.

杨衍松. 互文性与翻译. 中国翻译,1994(4):10-13.

姚芮玲,王烨. 上海《民国日报·杭育》副刊与"海涅情诗选译"研究. 湘潭大学学报,2015(6):121-125.

姚小平.《汉英词典》的过去、现在和未来. 中华读书报,2010-02-03(19).

殷企平. 谈"互文性". 外国文学评论,1994(2):39-46.

尹晓煌. 美国华裔文学史. 徐颖果,译. 天津:南开大学出版社,2006.

郁达夫. 导言//赵家璧. 中国新文学大系:散文二集. 上海:上海良友图书印刷公司,1935:15-16.

郁达夫. 续编论语的话. 论语,1936-03-01(83):513.

郁达夫. 回忆鲁迅及其他. 上海:宇宙风社,1940.

乐黛云. 从中国文化走出去想到林语堂. 中国文化报,2015-12-18(03).

曾泰元. 中英文大师=词典编纂家?《林语堂当代汉英词典》问题初探//跨越与前进——从林语堂研究看文化的相融/相涵国际学术研讨会论文集. 台北:林语堂故居,2007:199-205.

查明建. 从互文性角度重新审视20世纪中外文学关系——兼论影响研究. 中国比较文学,2000(2):33-49.

张陈守荆.《林语堂当代汉英词典》——半世纪的酝酿//陈煜斓. 走近幽默大师. 北京:中国社会科学出版社,2008:454-457.

张隆溪. 结构的消失——后结构主义的消解式批评. 读书,1983(12):95-105.

张庆善.《红楼梦》后四十回作者是谁. 光明日报,2018-07-10(15).

张炜. 浅谈海涅在中国的译介与研究. 科教导刊(中旬刊),2013(12):161-162.

张玉书. 鲁迅与海涅. 北京大学学报,1988(4):1-8.

章廷谦. 1929年9月4日致周作人信//鲁迅研究资料(第12辑). 天津:天津人民出版社,1983:102-104.

赵怀俊. 林语堂文化反思:扬弃尼采的"重估一切". 中国社会科学报,2011-05-03(08).

赵怀俊. 林语堂与民间文学的关联. 山西师大学报(社会科学版),2012(4)：84-87.

赵渭绒. 西方互文性理论对中国的影响. 成都：巴蜀书社,2012.

赵毅衡. 林语堂：双语作家写不了双语作品//赵毅衡. 对岸的诱惑：中西文化交流人物. 北京：知识出版社,2003:91-97.

郑锦怀. 林语堂学术年谱. 厦门：厦门大学出版社,2018.

周劭. 蓊溪寻梦. 苏州：古吴轩出版社,1999.

周质平. 林语堂与小品文. 中国现代文学研究丛刊. 1996(1):160-171.

周质平. 胡适与林语堂. 鲁迅研究月刊,2010(8):61-81.

周质平. 林语堂的抗争精神. 鲁迅研究月刊,2012a(4):50-55.

周质平. 光焰不熄：胡适思想与现代中国. 北京：九州出版社,2012b.

周质平. 张弛在自由与威权之间：胡适、林语堂与蒋介石. 二十一世纪又月刊,2014(6):28-52.

周流溪. 互文与"互文性". 北京师范大学学报,2013(3):137-141.

周作人. 两个鬼//刘应争. 知堂小品. 西安：陕西人民出版社,1991:153-154.

周作人. 谈虎集. 石家庄：河北教育出版社,2001.

朱永生. 功能语言学对文体学分析的贡献. 外语与外语教学,2001(5):1-4.

庄伟杰. 林语堂的文学史意义及其研究当代性思考. 世界华文文学论坛,2006(4):7-11.

左全安. 林语堂爱国思想初探. 贵阳师专学报,1996(1):10-15.

# 索　引

# 后　记

　　林语堂是一位多才多艺的双语作家、语言学家、翻译家。在其 80 年的人生旅程里,留下了 66 部中英文著译,包括散文集、小说、译著、传记、自传、学术著作、英文教材等。

　　本书是我的国家社科基金项目"林语堂创作与翻译的互文关系研究"(13BYY028)的结项成果。本研究用互文性理论,通过互文手法来系统审视林语堂的著译作品。从申报课题到结题,前前后后近 10 年,这 10 年间我经历了生与死的考验,学术和生命在此间流逝。尽管由于家庭不幸、工作不顺心,我几度欲放弃研究,但"不忘初心,方得始终"的信念,让我坚持了下来。10 年前在香港城市大学攻读博士学位期间,我就希望在完成博士论文后写几本有关林语堂的研究著作。如果这个课题无法完成,后续研究就无从谈起。本书也许不是很完美,但它是我多年的研究成果,敝帚自珍。在完成本书的过程中,我不仅发现许多新观点、新材料,并在文中论述,而且再次系统地研究了林语堂的作品,重新认识了林语堂的文学观、翻译观、思想观和人生观,这些为我和其他研究者对人生的认识和后期研究提供了很多启示。

　　首先感谢国家社科办,感谢匿名评审专家,感谢他们对我学术研究的认可,给我机会来实现一个多年的愿望。

　　感谢我的母校南京大学,那里的许钧教授、柯平教授引领我走上了翻译研究之路。感谢我的母校香港城市大学,其图书馆里丰富的图书资源为我的后期研究提供了坚实的基础。感谢我的博导冼景炬(Sin King

Kui)教授,没有他当年的热心、耐心指导,我的学术生涯可能就戛然而止。还要感谢张隆溪教授、朱纯深教授、钱锁桥教授,我的研究离不开他们当年所教授的知识。

其次感谢台北东吴大学英文学系及台北林语堂故居,曾泰元教授、王安琪教授和蔡佳芳女士为我的研究提供了协助,使我有机会两次到那里短期访问,查阅一手文献。感谢曾经的工作单位南京信息工程大学,它为我的课题申请做出了很大的努力,为课题的完成提供了不少便利。感谢现在的工作单位南京农业大学,它没有给我任何压力,让我安心完成本书。

感谢课题组成员及林语堂研究专家。感谢柯平教授、何三宁教授兄长般的指点,褚东伟教授的慷慨帮助,林语堂研究专家洪俊彦先生、陈煜斓教授、冯智强教授、卞建华教授、徐菊清教授等都提供了相关研究资料和信息。特别感谢钱俊(钱锁桥)教授,他多年来持之以恒地开展对林语堂的研究并不断出版新作,间接地给我的研究提供了参考资料和灵感,更给我提供了前进的动力。

感谢梅中泉主编、东北师范大学出版社 1994 年出版的《林语堂名著全集》,这是目前现存的唯一一部林语堂全集。正如梅中泉在总序中所言,这是唯一一套"为着向专家和广大读者全面系统地提供林语堂研究资料而出版本书的,所以尊重历史,尊重事实,基本上保持了原著的本来面目"①,它对我的研究帮助很大,在资料收集和整理方面提供了许多线索。其他出版社出版的林语堂著作,因为随意删节、改编,几乎没有学术参考价值。但是,必须指出的是,这套《林语堂全集》依旧不能算是"全集"。由于种种原因,要么出于政治正确性的考虑,要么出于经济方面的考虑,要么由于对林语堂研究得不够深入,《林语堂全集》的内容有不少删节或遗漏。鉴于此,笔者尽可能参考原作,也就是说,针对林语堂在大陆出版的

① 梅中泉.《林语堂名著全集》总序//林语堂. 林语堂名著全集(第 1 卷):京华烟云(上). 长春:东北师范大学出版社,1994:16.

资料,笔者就查阅民国作品;针对在台湾出版的资料,尤其是《无所不谈》和《林语堂传》,笔者就查阅台湾出版的作品。同样,对于林语堂以英文出版的著译,笔者尽量参考海外原著。正因为此,文中引用了大量英文文献,因为国内读者很难读到这些文献。笔者不仅仅是为了证实一手文献的真实性,更是希望这些文献对其他研究者有用。老实说,译作与原作还是有一定差别的。要研究林语堂,必须能读到原作,译作仅供参考。即使为了读者的研究便利而引用了《林语堂名著全集》,笔者也与原作进行了核对,无误后才引用。

需要说明的是,项目结题材料于 2018 年 9 月初就准备就绪,在递交材料前得知厦门大学出版社将于 9 月出版郑锦怀编著的《林语堂学术年谱》,于是,暂缓结题,得到该书后,根据该书提供的线索查漏补缺,对项目进行了完善。2019 年 7 月结题通过后再次更新资料,修改全文后才出版。该书的出版感谢许钧教授的推荐,感谢浙江大学出版社张颖琪副编审的修改建议,其专业、敬业的态度令人敬佩。

毋庸讳言,尽管阅读了林语堂的全部作品,但是,要把其作品中出现的人物和历史事件之间的互文关系一一理顺,知识的积累还不够,超越和进步都需要时间。笔者在写作过程中,不搞平均主义,不啰里啰唆,坚持"有话则长,无话则短"的原则。任何研究都不是完美的,都只是阶段性成果,因而留下了后续研究的空间。

最后感谢我的家人。妻子为了让我安心研究,牺牲了自己的时间,承担了教育和辅导儿子和女儿的任务。儿子的健康成长,女儿天使般的笑容,都给我带来许多快乐。

2020 年 1 月 20 日

# 中華譯學館 · 中华翻译研究文库

许　钧◎总主编

## 第一辑

## 第二辑

## 第三辑

图书在版编目(CIP)数据

林语堂著译互文关系研究 / 李平著. —杭州:浙
江大学出版社,2020.6
　(中华翻译研究文库 / 许钧主编)
　ISBN 978-7-308-20274-9

　Ⅰ.①林… Ⅱ.①李… Ⅲ.①林语堂(1895—1976)
—文学研究 Ⅳ.①I206.6

　中国版本图书馆 CIP 数据核字(2020)第 099013 号

中华译学馆 莫言题

**林语堂著译互文关系研究**

李　平　著

| | |
|---|---|
| 出 品 人 | 褚超孚 |
| 总 编 辑 | 袁亚春 |
| 丛书策划 | 张　琛　包灵灵 |
| 责任编辑 | 张颖琪 |
| 责任校对 | 陆雅娟 |
| 封面设计 | 程　晨 |
| 出版发行 | 浙江大学出版社 |
| | (杭州市天目山路 148 号　邮政编码 310007) |
| | (网址:http://www.zjupress.com) |
| 排　　版 | 浙江时代出版服务有限公司 |
| 印　　刷 | 杭州高腾印务有限公司 |
| 开　　本 | 710mm×1000mm　1/16 |
| 印　　张 | 19.75 |
| 字　　数 | 302 千 |
| 版 印 次 | 2020 年 6 月第 1 版　2020 年 6 月第 1 次印刷 |
| 书　　号 | ISBN 978-7-308-20274-9 |
| 定　　价 | 68.00 元 |